ESTOICO

Por Eliyang

Editora: Caridad Blanco
Correctora de prueba: Gisela Tesij
Diseño de portada creado en Canva

Publicado por primera vez en el 2021 Hao Han Books LLC

ISBN-Paperback: 978-1-956766-03-5
ISBN-Hardcover: 978-1-956766-01-1
ISBN-EBook: 978-1-956766-05-9

Eliyang

eliyang.novels@gmail.com
https://linktr.ee/Eliyang
https://eliyangnovels.wixsite.com/my-site

Dedicado a todos los que le dieron una oportunidad a esta nueva autora, a mis dos fabulosos hijos por su paciencia y comprensión, y a mi amado marido por el apoyo incondicional. Los amo.

¡Muchísimas gracias!

PRÓLOGO

Esta historia transcurre años después de que se acabaran las continuas guerras que sacudieron al mundo durante décadas. Las naciones y los países como la gente los conocía se habían disuelto y la mayoría de las fronteras habían sido borradas. Los mapas eran, en su mayoría, grandes extensiones de tierra, que marcaban la forma en que se formaban los continentes después del gran cambio.

Sus familias no eran pobres, pero al mismo tiempo, no eran ricas, eran personas sencillas. Era difícil hacerse rico o muy pobre en el lugar donde vivían. No había pasaportes, ni visas. Se regían por una ley universal que aplicaba a todos los seres humanos haciéndolos iguales. Esta ley aseguraba la distribución de los productos necesarios por igual entre las personas y también una contribución justa de todos los ciudadanos del mundo. Reconocieron que la única forma de sobrevivir era juntos, por lo que el mundo entero dejó de lado sus nacionalidades, religiones e ideologías y trabajaron juntos para sobrevivir a la catástrofe. No había grandes líderes mundiales, ni grandes países poderosos supervisando e inmiscuyéndose en los asuntos de todos, ni grandes opresores. Había leyes y aplicación de la ley, pero los aldeanos y los funcionarios designados la aplicaban.

Tras el gran susto del drástico cambio climático de mediados de los cuarenta, la desaparición de muchas ciudades costeras y cientos de millones de muertos, la gente se trasladó a vivir al centro de sus tierras. El lugar que sus familias llamaban hogar era muy similar a esos.

Todavía tenían todo el conocimiento pasado sobre tecnología y demás ciencias, pero como los recursos eran tan limitados, la mayoría de ellos llevaban vidas muy simples y minimalistas. Moraban en hogares simples y pequeños, y localizados en villas con limitados medios de transporte. Tenían caminos de gravilla, pero no tenían vehículos. No todas las villas tenían escuelas, farmacias, u hospitales grandes. Las tiendas eran pequeñas y los productos que no eran esenciales para sobrevivir eran escasos. La educación la realizaban principalmente los padres en sus casas, y la gente generalmente optaba por enseñar a sus hijos sus propias profesiones.

Las profesiones más difíciles y las carreras que ameritaban una educación superior eran perseguidas por aquellos que realmente amaban lo que estaban haciendo. Ser médico no tenía mayor recompensa que poder salvar la vida de las personas. Los doctores tenían los mismos productos básicos o ligeramente mejores que los demás. Científicos, ingenieros y arquitectos también. Todas estas personas mejoraban la vida de todos. Quien quisiera una carrera como esa solo necesitaba la motivación para hacerlo. Todos los estudios superiores eran gratuitos para los que estuvieran dispuestos a servir a sus comunidades.

Todos debían trabajar al menos tres horas a la semana en los campos de cultivo, incluidos los niños. La comida se distribuía entre todos. Si había demasiada comida, la intercambiaban con los aldeanos de villas cercanas, y si la comida no era suficiente, se racionaba.

Ya que sus recursos eran tan escasos, las antiguas profesiones como los herreros tenían una gran demanda. Derretir y reutilizar metales fue uno de los primeros pasos necesarios para detener la minería. Eso es lo que hacían sus padres. Dado que los sistemas monetarios se habían quedado obsoletos, su trabajo era recompensado con el intercambio de bienes.

El sistema funcionaba, pero la gente había empezado a hablar recientemente sobre el ascenso de un tirano en el norte. Una mierda de persona, hambriento de poder, que estaba intentando controlar el capital y unir la tierra para obtener ganancias, matar de hambre a parte de la población y enriquecer a un grupo muy pequeño, incluido él mismo. Los demás habían superado esa etapa y muchos estaban dispuestos a luchar por su estilo de vida, mantener la frontera norte y detener a aquellos que buscaban quitarles la prosperidad de sus manos. La gran mayoría vivían sus vidas de forma sencilla y ponían su confianza en que el ejército y los cuerpos de seguridad lidiarían adecuadamente con esa situación.

Como era requerido para todos los varones, a los 18 años, él fue mandado a la frontera norte a cumplir con un servicio militar obligatorio, mientras ella tuvo una vida tranquila.

Pronto, las innumerables palabras que ambos callaron, desencadenaron en un destructivo silencio.

UNO

EMMERSON

Risas, vino, comida y alegría. Todos aquí estaban felices, celebrando, completamente ajenos a mi dolor y miseria. La suave brisa de verano entró en la casa, atravesando la puerta principal, refrescando la habitación que ocupamos. Esta debería haber sido una hermosa velada. Los cielos despejados mostraban millones de estrellas parpadeantes y la luna brillaba sobre nosotros como la reina que era, pero yo no estaba disfrutando nada de esto. Se contaban chistes y se revivían recuerdos de nuestra infancia. Las historias que a todos les encantaba escuchar una y otra vez se volvían a contar. Escuché que me llamaban por mi nombre y vi que sus dedos me señalaban. Sabía que me habían hecho preguntas, pero no podía mirar a nadie a los ojos, no podía hablar.

Todos estaban celebrando que mi hermano mayor, Kenzo, y su amigo de la infancia, Estoico, hubieran regresado a casa sanos y salvos después de pasar casi cinco años con el ejército, sirviendo en la frontera norte. Se levantaron los vasos y el sonido atronador de "¡Salud!" invadió mi mente.

Toda mi familia estaba aquí, toda su familia estaba aquí. Él estaba aquí.

Tenía mi vista sólidamente congelada en el suelo, mis uñas se clavaban en mis brazos y mis rodillas temblaban debajo de la mesa. Me tomó todas mis fuerzas tratar de ocultar el dolor y la incomodidad entre mis piernas por lo que había sucedido unas horas antes. Me moví en mi silla, y sentí un dolor punzante recorrer mi vientre, mi espalda y mis piernas. Mi mano inmediatamente agarró mi abdomen bajo mientras siseaba de dolor. Desde el otro lado de la mesa, escuché un gruñido bajo, y luego lo escuché ajustar su silla e inclinarse más hacia adelante en la mesa. Podía verlo por el rabillo del ojo. Tenía los codos sobre la mesa y ni por un segundo me había quitado la mirada de encima. Apuesto a que estaba disfrutando de la vista, sabiendo que había roto mi cuerpo sin posibilidad de reparación, que no quedaba nada de mí más que escombros de mi pasado.

Mientras la cena continuaba, la risa retumbó y rebotó en las gruesas paredes de madera de la casa de mi infancia. No había comido un solo bocado. Había estado moviendo mi comida alrededor del plato pero nunca comí nada. ¿Cómo podría? Solo podía sentirme asqueada. En mi mente, sus manos ásperas todavía recorrían mi cuerpo, su aliento soplaba en mi cuello. No, me negué a pensar en eso. Fijé la mirada en el suelo y evité cerrar los ojos por miedo a ver su rostro, como una pesadilla que me seguía y no me soltaba hasta que me despedazara en mil pedazos.

–Emmy, pasa las verduras. –Escuché a mi hermano Ethan decir, despertándome de mi aturdimiento.

Tomando el cuenco, estiré mi brazo frente a mí y esperé a que Ethan lo agarrara cuando mis ojos se encontraron con los de Estoico durante unos breves segundos. Gran error. Allí estaba, sentado al otro lado de la mesa, con la mandíbula apretada, el ceño fruncido, presionando un tenedor entre sus manos callosas, con pura ira en sus ojos. Los ojos azules que me exigían en silencio que siguiera mirándolo, desafiándome, pero me negué. No pude. Tan pronto como Ethan tomó el cuenco, mis ojos cayeron y sentí el peso de su mirada sobre mí de nuevo. Como una oscuridad abrumadora que lentamente apagaba la luz de mi existencia.

Preferiría estar en cualquier lugar menos aquí, el infierno incluido. El frío y la oscuridad de Niflheim serían un escape de las llamas ardientes de los diabólicos ojos azules de Estoico. Preferiría cenar frente a la propia Hel que sentarme frente a "El Dokken" por un minuto más.

Subiendo un poco mi manga larga, me quedé mirando mi muñeca magullada debajo de la mesa. Rápidas imágenes de sus monstruosamente grandes manos sosteniendo mi muñeca contra la arena húmeda pasaron por mi mente. Su cuerpo pesado y húmedo me aplastaba con su peso, manteniéndome en lugar. Su pecho se balanceaba hacia atrás y hacia adelante sobre el mío mientras empujaba con fuerza dentro de mí. El sonido de nuestra piel cuando nuestros cuerpos se encontraron con fuerza. Su carne gruesa rasgando mis entrañas sin piedad. El dolor. La forma en que lamió y mordió mis pezones y tocó mis pechos. Cómo sus ojos azules me miraron fijamente mientras su rostro se distorsionaba por la lujuria, y su boca colgaba abierta. Los gruñidos animales que se le escaparon mientras usaba mi considerablemente más pequeño cuerpo para su propio placer. El último empujón que dio antes de que la quietud se apoderara de su cuerpo y lo sentí estremecerse, virtiendo su placer dentro de mí. El dolor insoportable en mi entrada, y la sensación de mi sangre y su semilla corriendo por mis muslos mientras sacaba de mí su miembro que se ablandaba. Su respiración agitada. El olor de todo. No. Tenía que evitarlo. Yo confiaba en él. Siempre lo hice. Se suponía que él era como un hermano, mi amigo y no el autor de mi destrucción. Me dejó reducida a nada más que un caparazón vacío sin vida.

Sentí que me sacudían el codo derecho y mis ojos se posaron en mi madre. Tenía lo que parecían ser lágrimas de alegría en sus ojos y una dulce sonrisa en su rostro. Lentamente señaló hacia el lado derecho más lejano de la mesa donde mi padre estaba parado con una copa de vino en sus manos.

–Emmerson, querida, ¿escuchaste lo que acabo de decir? –dijo mi padre con los ojos llenos de amor. Era un hombre amable, siempre se preocupaba por su familia, siempre hacía lo correcto.

–¿Qué? –pregunté, completamente perdida.

–Como has sabido toda tu vida, tu mano en matrimonio ya ha sido prometida, y tu madre y yo no podríamos estar más felices. Después de todos estos años, finalmente hemos decidido decirte quién es tu prometido. Como siempre te hemos dicho, tu prometido es un hombre extraordinariamente respetado, y nadie es más digno a mis ojos del gran honor de convertirse en tu esposo. No hay nadie a quien esté más feliz de llamar mi hijo.

«¿Por qué ahora?».

Sabía lo que eso significaba. Al menos me sacarían de aquí y me alejarían de Estoico. Dijeron que me dirían quién sería mi prometido un mes antes de la boda. Inmediatamente me sentí avergonzada, mi esposo pensaría que no lo esperé.

«¿Cómo podría decirle que Estoico me había robado todo? ¿Me creería?».

Mi padre tosió para recuperar mi atención.

–Con eso dicho... –Extendió su brazo hacia Estoico–. Nos complace anunciar que estas dos familias pronto se unirán oficialmente. Estoico, hijo mío, por fin ha llegado el día en que puedas reclamar a tu esposa, y dentro de un mes ustedes dos serán unid...

Silencio...

No escuché nada más de lo que se decía.

Esas palabras se sintieron como si un cubo helado de mierda líquida acabara de golpearme la cara. Estaba congelada en el lugar, incapaz de moverme, incapaz de respirar, incapaz de pensar. Alguien había tomado el suelo de debajo de mis pies y sentí como si estuviera cayendo en un vacío oscuro. La realidad se derrumbó sobre mí como el estruendoso sonido de esa espantosa cascada. Me prometieron a Estoico.

«El Maldito Estoico».

Debieron pasar unos segundos cuando sentí a mi madre sacudiendo mi brazo con entusiasmo. Escuché aplausos y sonidos de entusiasmo de mis hermanos, nuestros padres y nuestros abuelos. Escuché sus voces, pero no pude entender lo que decían.

«¿Por qué estaban celebrando esto?».

No podía comprender lo que acababa de pasar, y las lágrimas empezaron a rodar por mi rostro, no podía controlarlas. Escuché una ronda de "ahhh" provenientes de todas partes de la habitación.

«Malditos idiotas, todos ellos».

Creían que me había quedado sin palabras por la sorpresa y la felicidad, pero nada más lejos de mi horrible verdad. Estaba aterrorizada, agarrada a mi silla como si mi vida dependiera de ello.

Estoico se puso de pie y comenzó a caminar hacia mí. Podía escuchar el sonido fuerte de sus pasos pesados acercándose cada segundo. Tan pronto como estuvo lo suficientemente cerca, se puso sobre una rodilla y tomó mi mano temblorosa en la suya, poniendo lentamente un anillo en mi dedo. Cuando la soltó, mi mano cayó a mi lado, colgando sin vida.

Me negué a mirarlo a los ojos.

Se puso de pie y se acercó tanto a mí que pude sentir el calor proveniente de su gran cuerpo. Se inclinó más cerca de mi oído. Sus labios estaban tan cerca que casi podía sentirlos moverse. Con una voz profunda pero baja que solo yo podía escuchar, dijo:

—Eres mía. —Enviando escalofríos por mi espalda.

Metió mi cabello detrás de mi oreja y me dejó allí, ahogándome en mis propias lágrimas. Pronto el espacio que ocupaba su cuerpo se llenó con nuestra familia, todos apresurándose a felicitarme.

Todo lo que podía pensar era, ¿cómo ha podido ocurrir todo esto? ¿Cómo pudo lavarles tanto el cerebro a todos?

Solo tenía un mes.

«¿Cómo demonios iba a escapar del diablo?».

DOS

EMMERSON

Emmerson 4 años
Estoico 10 años

~Catorce años antes de la cena~

Yo era un espíritu libre, una hija de la naturaleza. Me encantaba jugar al aire libre, meter las manos en el barro, rodar por el césped y nadar en el río. Vivíamos lejos del mar, rodeados de árboles y naturaleza, en un lugar brumoso y misterioso, y un poco frío, pero me encantaba. Siempre andaba con mis pantalones llenos de agujeros y una camisa sucia, con mi cabello castaño oscuro súper rizado y enredado, extendiéndose en todas las direcciones posibles, sudor en mi frente y una gran sonrisa en mi rostro. Pasaba mis días trepando árboles, persiguiendo ardillas y bailando al son del martillo de mi padre. Mi papá, al igual que su amigo de toda la vida, Erik, eran herreros y tenían una herrería en la calle principal.

Mi madre siempre luchaba por enseñarme mis lecciones. No me gustaba tomar lecciones. No tenía idea de lo que quería ser cuando fuera mayor y, para ser honesta, no me importaba. Siempre que podía, me escondía de ella.

—¡Por el amor de Dios, niña! —Escuché a mi mamá gritarme a todo pulmón.

Estaba escondida detrás de un árbol, con una gran sonrisa en mi rostro, tratando de contener la risa.

–¡Emmerson Silva! ¡Ven aquí en este mismo momento!

Seguí riendo en silencio.

–¡Sal o se lo diré a Estoico!

¡Eso me convenció!

Mamá sabía que me asustaba muchísimo. Siempre haría lo que él me pidiera. No quería ponerme en contra de Estoico.

Corrí directamente a los cálidos brazos de mi madre. Ella era realmente hermosa, no había nadie más hermosa que mi madre en nuestro pueblo. Mi padre tuvo mucha suerte. Mamá tenía el tono más oscuro de piel negra que jamás había visto. ¡Ella brillaba! Mi padre, por otro lado, tenía un origen más caucásico, cabello corto y rubio, piel pálida, ojos verdes, barba espesa, aspecto gracioso, pero fuerte y amable, tan amable como una persona puede llegar a ser.

Yo era la menor de nuestra familia. Tres niños y mi mamá todavía parecía una modelo, impecable. Mis dos hermanos mayores, Kenzo, Ethan, y yo le dábamos mucho trabajo. Todos teníamos la piel de color marrón claro y el pelo rizado salvaje. Los ojos de mis hermanos eran de un tono marrón muy oscuro como los de nuestra mamá, como un espejo, pero no los míos. Yo tenía un color marrón claro con verde, como el de mi padre. Realmente era la nena de papá.

Dado que mi padre y su mejor amigo se conocían desde que eran niños, nuestras familias estaban muy unidas. Vivían tan cerca que podíamos ver su casa desde la nuestra. Siempre vi a mi tío Erik y a mi tía Ida como mi familia. No lo decían en voz alta, pero sabía que yo era su favorita. Ambos eran pelirrojos y tenían la piel clara, así que, por supuesto, Estoico resultó ser un pelirrojo pálido.

La tía Ida también era una mujer muy hermosa. Su largo y ondulado pelo rojizo era la envidia del pueblo. Tenía pecas y bonitos ojos azul claro. El tío Erik era un hombre alto y serio, muy fuerte, como mi papá. También era amable, pero se notaba que también era de carácter fuerte. Tenía el pelo largo y rizado que le llegaba hasta los hombros y poco a poco se estaba volviendo blanco, una barba larga y muchos tatuajes. Su pecho y brazos estaban completamente cubiertos con ellos. También tenía algunos en las piernas. Mi papá tenía algunos en los brazos, el cuello y el pecho, pero no tantos como el tío Erik.

Estoico se asemejaba a su padre. Era el niño más alto de su edad, más de metro y medio. Fuerte como un toro pero estúpido como una piedra. Estoico era su único hijo, y resultó ser solo tres meses más joven que mi hermano mayor, Kenzo. No es de extrañar que fueran mejores amigos. Ethan era solo dos años más joven que ellos y siempre los acompañaba para jugar. El trío dinámico era la comidilla del pueblo.

Cuando mi madre comenzó a terminar los estudios del día, cerré mis libros y comencé a mirar nerviosamente alrededor de nuestro patio delantero. Sabía qué hora era. Kenzo y Estoico estaban a punto de terminar con su entrenamiento del día, y Estoico estaría en mi casa, mirándome con esos aterradores ojos azules. Siempre se sentaba a mi lado, haciéndome sentir más pequeña de lo que ya era, mirándome con esa cara seria, inexpresiva y estúpida suya.

No hablaba mucho, pero cuando lo hacía, hacía las preguntas más estúpidas y decía las cosas más idiotas. Estoico siempre intentaba hacer preguntas para ver si había aprendido las lecciones del día. Si fallaba, me miraba como si fuera un mosquito vergonzoso. No importa lo que hiciera, yo siempre era un bicho vergonzoso para él.

Todos los días eran iguales, me hacía terminar mi tarea y me miraba comer mi cena con sus enojados ojos azules. Se quejaba si no terminaba mi comida y me daba palmaditas en la cabeza si lo hacía, como si yo fuera un perro. Después de la cena, siempre se quejaba de mi apariencia. Me decía que las niñas pequeñas no deberían estar tan sucias y me lavaba la cara con sus grandes manos. Estoico esperaba a que terminara de ducharme, luego me arrancaba los sesos "cepillándome el pelo", llamándolo desenredando, y me asustaba con un cuento nórdico antes de mandarme a dormir. A Estoico le gustaban los mitos nórdicos, así que siempre me hablaba de ellos. Del esplendor de Asgard y el Valhalla, al igual de la oscuridad y el frío del Niflheim donde Hel moraba. Él balbuceaba a menudo sobre el poder de Odín, y sobre las hazañas de Thor.

Estoico era un gran dolor en el trasero y todo estaba mal según él. No le gustaba que jugara afuera sola, decía que era peligroso. "Las niñas pequeñas no deberían estar trepando a los árboles". No le gustaba cuando jugaba con mis amigos. "Las niñas pequeñas deberían jugar con otras niñas pequeñas". Odiaba verme llena de barro y felicidad. "Se supone que las niñas pequeñas deben vestirse bonitas y deben aprender a ser una buena mujer para su futuro esposo".

Estúpido Estoico, sabía matar la diversión en todo.

Me trataba como a un bebé, no me dejaba hacer nada por mi cuenta. Todo el tiempo metía su nariz en mis asuntos.

Le odiaba.

Incluso me cortaba la comida en mi plato. "Tienes que masticar bocados más pequeños o te va a doler la barriga". ¡Era tan molestoso!

Siempre supe que me casaría algún día, pero Estoico siempre me lo recordaba. Mis padres dijeron que tenían al chico perfecto, pero a mí me importaba un bledo. Se suponía que no me casaría hasta dentro de muchos años, así que ¿por qué preocuparme?

Estoico era el molesto hermano mayor que nunca pedí. Gracias a él perdí a todos mis amigos. Los asustó a todos con su estúpida cara fea. No era más que un bravucón. Perdí la cuenta de cuántos de mis amigos agarró por el cuello y tiró por el aire como a sacos de basura. Era tan cruel. Sin embargo, mi mamá y mi papá lo amaban. No sabía por qué.

Siempre estaba en mi casa. La tía Ida era enfermera y siempre estaba ocupada, ya que los médicos y enfermeras tenían que viajar para llegar a los pacientes. Ida solía volver a casa muy tarde los días laborables. El tío Erik y "cara fea" cenaban con nosotros la mayoría de los días.

Mañana sería mi cumpleaños y mamá me prepararía mi comida favorita. Cumpliría cinco años y Ethan dijo que me encantarían mis regalos este año. Mi familia solía conseguirme cosas muy útiles y bonitas como botas y libros, pero no Estoico.

Su regalo no me sorprendería. Estoico siempre me traía las muñecas más feas y tristes que cualquiera podría imaginarse. Tenía un gusto horrible. Las pobres tenían brazos y piernas que no coincidían, colores extraños y cabezas que eran demasiado grandes para sus cuerpos. Quién sabe en qué bote de basura las encontraba. Yo ya tenía cuatro. El grupo más feo de juguetes dignos de pesadillas que existía.

Estoico era tan predecible. Siempre me traía trapos feos para mi cumpleaños, alguna cosa de metal de aspecto extraño para la celebración de verano y algo hecho de madera para el festival de la cosecha de otoño. El verano pasado me dio un metal de forma extraña que llamó "Jeg elsker deg" o algo así, lo escribió en la cosa para que nunca lo olvidara. Era tan raro. Para el otoño, llegó a casa con un columpio. Lo colgó de un árbol cercano. El mejor regalo hasta ahora.

Después de la cena fui a lavarme las manos y la cara con el diablo detrás de mí, observando cada uno de mis pasos. Él era como una sombra. Después de mi ducha, me sentó en el suelo entre sus largas piernas y empezó a torturarme con el peine.

Estúpido Estoico.

Mi único consuelo era que mañana comenzaba el fin de semana. No había lecciones los fines de semana. Toda mi familia trabajaría junta en la agricultura por la mañana y el resto del día, me perdería en el bosque y me divertiría excavando rocas y encontrando ranas. Por la tarde tendríamos mi cena de cumpleaños. Sería un gran día.

Esta noche, como siempre, Estoico me contó una historia antes de acostarme. Esta vez se trataba de cómo Odín, padre de todos los dioses, se volvió más sabio por beber de unos cuernos.

«¿Cómo podría hacerte más sabio el beber de un cuerno?». Estúpido Estoico con sus estúpidas historias.

Cubrió mi cuerpecito con mi manta y me dio unas duras palmaditas en la cabeza. Después de que cerró la puerta detrás de él, mi habitación finalmente se llenó de oscuridad. Cerré los ojos y soñé con el día maravilloso que me esperaba mañana.

¡No podía esperar!

TRES

EMMERSON

Emmerson 5 años
Estoico 10 años

-Día del cumpleaños de Emmerson-

—No vayas muy lejos y recuerda estar de regreso temprano. – Escuché a papá gritarme mientras corría a toda velocidad hacia el bosque. Nadie me detendría, ni mis hermanos, ni Estoico. Treparía a todos los árboles que pudiese y saltaría de cabeza al río.

Cuando llegué a mi lugar favorito, vi a los que solían ser mis amigos jugando. Noah, Mason y Oliver jugaban conmigo todos los días, pero eso fue hasta que 'cara estúpida' se enojó conmigo un día por no hacer mi tarea, agarró a dos de ellos y los arrojó al suelo a la misma vez. Ahora, huían cada vez que me veían.

Me acerqué a ellos con las manos en alto.

—Vengo en paz.

Los tres dejaron de hacer lo que estaban haciendo, sus ojos se posaron en mí e inmediatamente después, miraron desesperadamente a mi alrededor y detrás de mí. Sabía lo que buscaban: la sombra del diablo.

—¿Puedo jugar con ustedes? ¡Por favor!

—¡No, vete! –Oliver gritó.

—Sí, vete, o Estoico nos matará –agregó Mason.

—No lo hará porque no sabe dónde estoy. Por favor –dije, juntando mis manos y suplicando.

–De ninguna manera, no quiero morir –dijo Noah.

–No, lo prometo. No nos encontrará.

«¿Por qué no me creerían?».

–¡Si él lo hará! El Dokken siempre te encuentra. ¡No! ¡No! ¡Y no! –Mason gritó en mi cara. No hacía falta que me gritara.

–No, no lo hará –le grité, enfatizando cada palabra. "El Dokken" sonaba como el nombre de un monstruo mítico. Bastante apropiado, les reconozco eso.

Noah levantó una mano con una sonrisa en su rostro como diciendo: "¡Lo tengo!"

–Está bien, te dejaremos jugar con nosotros, pero solo si aceptas nuestro desafío.

–Está bien, eso es justo. Adelante, dime, ¿qué tengo que hacer? –¡Sí! ¡Tenía una oportunidad! Me mantuve erguida con las manos en las caderas.

Los tres se reunieron en círculo y hablaron en voz baja. Después de un minuto, más o menos, Noah avanzó.

–Te desafiamos a que subas a ese árbol y traigas el nido del gorrión contigo. –Señaló la parte superior del árbol más alto.

–¡Hecho! –Dije, llena de confianza, sin siquiera mirar hacia mi destino. Me arremangué y me eché el pelo hacia atrás, pero me rebotó en la cara. Yo podía hacerlo. Tomando pasos decisivos, caminé con mis pequeños pies hacia el árbol.

–Ella no lo va a hacer, está asustada. ¡Qué bebé! –Los pequeños idiotas bromeaban. Veamos quién se reiría después de que obtuviera ese nido.

Mirando hacia arriba, ya no me sentía tan segura, pero no se lo iba a demostrar. Decidí hacer honor a mi nombre y ser valiente.

Empecé a trepar al árbol y pronto me di cuenta de que la tarea iba a ser más difícil de lo que parecía. Había llovido por la mañana y la corteza del árbol estaba húmeda y resbaladiza. Negándome a rendirme, seguí escalando. Después de llegar a la mitad del árbol, perdí toda la confianza y ahora ni siquiera estaba segura de saber cómo bajar.

–No vas a lograrlo, babosa. –Se burlaron de mí y supe que tenían razón. Estaba atorada.

Los tres chicos estaban tan distraídos riendo y burlándose de mí que no notaron que Estoico se acercaba a ellos.

«¿Quiénes eran los perdedores ahora?».

–¿Dónde diablos está Emmerson? –Su voz retumbó. Los tres niños instantáneamente se cagaron los pantalones. Intentaron huir, pero ya era demasiado tarde, no había forma de escapar de él ahora. Antes de que pudieran correr, Estoico tenía uno por el cuello y los otros dos por las camisas.

Él estaba enfadado. Cuando escuché la dureza de su voz, supe que estaba en un montón de problemas. Miré hacia abajo y vi a mis amigos asustados tratando de salir de las garras del Dokken.

Mi pie resbaló y solté un grito agudo mientras me aferraba a mi vida.

–Emmerson –dijo en voz baja. Estoico los dejó a todos cuando me vio. Ni siquiera los miró. Tan pronto como tocaron el suelo, todos corrieron.

–No te muevas. Voy a ayudarte. No te muevas, Emmerson. Espera.

Debió haber sido solo cuestión de segundos antes de que sintiera la mano de Estoico agarrar mi brazo. «¿Cómo llegó aquí tan rápido?».

–Agárrate a mí, Emmerson. –Me atrajo hacia él. Y por primera vez en años, estaba tan feliz de ver su estúpido rostro que lo abracé. Me devolvió el abrazo con tanta fuerza que casi me dolió.

–Aguántame. –Me puso en su espalda y envolví mis brazos alrededor de su cuello–. Agárrate fuerte.

Envolví mis piernas alrededor de su torso.

–No tengas miedo, Emmy.

Yo no tenía miedo.

Estoico bajó del árbol conmigo en sus espaldas. Me di cuenta de que era complicado, pero lo hizo. Tengo que decir que Estoico era fuerte y talentoso, pero solo en lo físico. Suertudo.

Una vez que estuvimos en el suelo, me bajó y esperé los gritos. Cerré los ojos, me estremecí y esperé... pero nada. Abrí un ojo, pero Estoico solo me estaba mirando. Serio, con el ceño fruncido. Levantó mi brazo derecho y lo miró. Levantó mi brazo izquierdo y lo miró. Me quitó el polvo de los pantalones y me dio la vuelta.

–¿Estás herida? –Parecía enojado, pero una vez más, siempre lo estaba. «¿Estaba preocupado?».

–No –dije suavemente.

–Bien.

Silencio.

Estoico simplemente se sentó en el suelo justo frente a mí. Después de lo que parecieron minutos de silencio, Estoico respiró hondo y se puso de pie. Entonces vi los feos rasguños rojos sangrantes que tenía en los brazos. Me sentí mal.

—Ven. —Me ordenó y yo lo seguí. No hice preguntas.

Pensé que Estoico me llevaría a casa y me delataría, pero no, en cambio, nos llevó hasta el río. Cerca de nuestra casa, había un hermoso río con una playa de arena y una cascada. Me encantaba el sonido del agua cayendo con fuerza contra las rocas.

Estoico me indicó que me acercara. Comenzó a limpiarse los brazos en el río y me acerqué con cuidado a él.

Después de dos minutos de silencio, decidí hablar:

—No se lo digas a papá.

—No lo haré.

—Nunca lo volveré a hacer.

Asintió con la cabeza y siguió limpiándose los brazos.

Me senté allí mirando a mi alrededor, completamente absorta por el paisaje, cuando sentí que Estoico me agarró y luego me tiró al agua.

—Eso es lo que te mereces por no escuchar.

Salté y jadeé por el aire. Estoico estaba allí en las rocas, mirándome con ese rostro serio una vez más. El agua fría se sintió genial. ¡Ja, si tan solo supiera! Eso no era un castigo para mí, había querido nadar en el río durante mucho tiempo. Me reí, era tan tonto. Yo era como un pez en el agua. ¡Me encantaba!

Estoico se sentó en una roca.

—No nades demasiado lejos.

—¿Y qué si lo hago? —dije con una voz malcriada. Me gustaba molestarlo. Cara estúpida se enojaba rápidamente.

Estoico saltó al agua conmigo e hizo un gran chapoteo.

—Nada, Emmy, o te atrapo.

Grité y comencé a nadar lo más rápido que pude. No había forma de que dejara que el monstruo me atrapara. Estaba ganando algo de distancia cuando Estoico me atrapó. Me cargó como a una pelota de fútbol y me llevó de regreso a la orilla. Pateé y salpiqué el agua con mis brazos y piernas a lo largo del camino. Yo no quería irme. El estúpido Estoico siempre arruinaba mi diversión.

—Tenemos que volver. —Me hizo pararme en la orilla, me escurrió un poco la camisa y trató de mover el pelo fuera de mi cara.

—Emmy, ¿una colina o un valle?

«¿Qué? Otra pregunta estúpida».

Estoico tenía la costumbre de hacer preguntas sin sentido y nunca explicaba por qué las hacía después de que yo las respondiera.

–¿Una colina? –dije como una pregunta más que como una respuesta, y él asintió.

Me puso en su espalda y me llevó a casa justo a tiempo para mi cena de cumpleaños. Mi mamá me ayudó a cambiarme de ropa, y una vez que estuve limpia y seca, me reuní con mis hermanos en el patio trasero. La mesa estaba puesta y papá y el tío Erik estaban haciendo una barbacoa.

Estoico llegó momentos después con una caja en sus manos.

«¡Oh, no! No otra muñeca monstruosa y fea».

Dejó la caja y fue a jugar con Kenzo.

Corrí detrás de Ethan y jugué con él hasta que mamá nos llamó a todos a la mesa. Papá puso una vela en un panecillo de maíz y todos empezaron a cantarme "Feliz cumpleaños".

–¡Pide un deseo! –Escuché decir a la tía Ida.

Cerré los ojos, pensando mucho en qué desear. Solo había una cosa que quería, que las cicatrices de Estoico se curaran. Después de todo, fue mi culpa.

Abrí los ojos, llené mis mejillas y soplé una cantidad exagerada de aire sobre la vela. Mi familia aplaudió y Ethan corrió hacia mí con tres cajas de regalos.

El primero era de mi tío y mi tía. Me dieron una caja de música que tenía la melodía más hermosa. Corrí y los abracé a ambos antes de regresar para abrir el resto de mis regalos. El segundo regalo era de mi familia, una caña de pescar. ¡Me encantó! ¡No podía esperar para aprender a pescar! Abracé la caña de pescar y la besé. El tercero era el de Estoico.

Estaba lista para ver una muñeca fea, pero en cambio, había un vestido dentro de la caja. Levanté la cosa con una expresión confusa en mi rostro. El vestido era verde y sencillo. Parecía más una camisa larga sin mangas que cualquier otra cosa.

–¡No quiero ponerme un vestido!

–¡Emmerson! No seas así. Di gracias –dijo mi mamá, dándole a Estoico un asentimiento.

–No quiero un vestido. ¡Quiero una espada! –No quería una espada, pero eso no venía al caso. No quería vestirme como una niña. Las niñas eran aburridas.

–Tienes que empezar a actuar como una niña, Emmerson, no como un animalito salvaje. –dijo Estoico en voz baja. «¿Qué significaba eso? ¿Se había vuelto loco?».

Le lancé mi peor mirada.

«¿Cómo se atreve?».

–¡Eres un estúpido! –le dije, pisando fuerte con mis pies.

–Tonta –dijo entre sus dientes apretados, pero lo suficientemente alto para que todos lo oyeran. Estoico ni siquiera me miraba, sus ojos estaban fijos en la distancia.

–Y tú eres una caca fea –grité el peor insulto que se me ocurrió.

–Despistada, ignorante –murmuró, manteniendo sus ojos azules lejos de los míos, lo que me enfureció más.

Papá tosió:

–Está bien, niños, no peleemos.

–Pero no quiero vestirme como una niña. –No iba a dejar pasar esto.

–Un día serás mujer, Emmerson, y hay cosas de chicas que quizás quieras aprender –dijo mi padre–. ¿Por qué no darle una oportunidad? –preguntó.

Con esos lindos y dulces ojos verdes suyos, ¿cómo podría decir que no?

Fingí estar pensando durante unos segundos.

–Está bien, lo intentaré, pero si no me gusta, no voy a usar un vestido nunca más en mi vida.

–De acuerdo. Excepto en el día de tu boda, ¿de acuerdo?

–Está bien.

«Ganaste por ahora, Estoico».

CUATRO

EMMERSON

Emmerson 8 años
Estoico 14 años

El vestido no estaba tan mal, pero me lo puse con pantalones. Era como tener una camisa muy larga y me gustó. Todavía podía correr y saltar con él. Los otros tres cumpleaños después de ese, también me trajo vestidos. Supuse que a partir de ahora me estaría regalando vestidos.

Durante ese verano, Estoico me trajo un aro de metal tan grande como mi cabeza. Dijo que a partir de ese momento me regalaría un aro todos los veranos, pero que cada uno sería más pequeño que el anterior.

Era tan estúpido, ¿por qué querría una colección de aros feos de diferentes tamaños? Él era un idiota.

Hasta ahora, tenía cuatro de ellos. Encajaban perfectamente uno dentro del otro. Algunos eran más gruesos, otros más delgados. ¿Quién sabía por qué?

Los regalos de madera para la fiesta de la cosecha durante el otoño fueron siempre los mejores. Una vez me trajo una pequeña mecedora. Era súper simple, pero era de mi tamaño. Me dijo que no me preocupara si se me quedaba pequeña, dijo que le daríamos un uso más tarde.

Pasó el tiempo y todavía no tenía amigos. Las chicas pensaban que yo era extraña, los chicos se les salía la mierda del susto con Estoico y los animales salvajes no eran la mejor compañía. Eso lo aprendí de la manera más difícil.

Debieron haberme mordido dos veces antes de darme cuenta de que las ardillas me odiaban.

Estoico me hacía ir al río una vez a la semana a pescar. A veces pescábamos peces grandes y mamá nos lo cocinaba. Estoico dijo que el pescado que yo pescaba era su comida favorita, pero entonces me hacía pescar para él como si fuera su esclava. La pesca tomaba un tiempo insoportablemente largo. El aburrido de Estoico simplemente se sentaba en una roca como si estuviera entre los miembros de su familia y miraba el agua. Me aburría y hablaba sin parar. Cada vez que le preguntaba sobre algo, Estoico respondía con precisión. No importaba cuán específica y detallada fuera la pregunta. No sabía cómo lo hacía. Ni siquiera yo podía recordar todas las cosas que pregunté. Kenzo y Ethan también se unían a nosotros a pescar, pero no eran buenos pescando así que simplemente terminaban nadando en el río.

Estoico y Kenzo estaban cambiando rápidamente y empezaron a verse muy diferentes. Estoico había estado haciendo mucho ejercicio con Kenzo. Sus hombros eran más anchos. Se hizo más alto, mucho más alto, y a su rostro le estaba creciendo el cabello. ¡Pelo! ¡Qué asco! Su rostro también estaba cambiando, volviéndose más lineal. Su mandíbula era súper cuadrada ahora y se veía horrible. Lo más aterrador era su voz, se había vuelto mucho más profunda. Al menos me podía reír cuando se le quebraba y lo hacía sonar ridículo.

No pasaba mucho de mi tiempo con chicas, pero podía escucharlas hablar de él todo el tiempo. Todas eran unas idiotas. Odiaba lo que decían sobre Estoico. "Estoico es guapo", "Estoico es inteligente", "Estoico es tan alto", "Estoico es tan fuerte", "Estoico esto" y "Estoico aquello". Si conocieran a Estoico como yo, se mantendrían alejadas de él. Algunas incluso fingían ser amigas mías cuando él estaba cerca. No me importaba. Las avergonzaba justo en frente de la cara de Estoico, y todas se ponían histéricas. Me gustaba cómo Estoico sonreía cuando eso sucedía.

Sin embargo, Estoico no parecía estar interesado en las chicas. Las ignoraba a todas. No era sólo a mi, parecía que odiaba a todas las chicas. Corrección, yo sabía que odiaba a las chicas. Las miraba como si fueran cucarachas repugnantes. Sabía que muchas trataban de hablar con él, pero él las ignoraba completa, absoluta y dolorosamente. Incluso había visto a algunas llorar por él.

Mi hermano y otros chicos de su edad eran completamente diferentes. No sabía por qué a los chicos les gustaban tanto esas chicas de apariencia falsa. Apuesto a que ninguna de ellas pudiese pasar más de dos horas a la intemperie sin derretirse. Los chicos parecían estar siempre persiguiéndolas, pero no Estoico, a esa roca solo le gustaba pescar. Yo era la única chica a la que parecía soportar tener cerca, pero como yo era como su hermana, no le quedaba otra opción.

A mediados de agosto fue cumpleaños número catorce de Estoico, y le preparé la broma perfecta. El tío y la tía iban a tener una cena de cumpleaños en su casa para él más tarde ese día. Como a Estoico le gustaba tanto pescar, decidimos ir a pescar por la mañana. Kenzo tenía novia ahora y había comenzado a actuar como un estúpido, así que solo éramos Estoico y yo nuevamente. Era el momento perfecto para poner en práctica mi plan.

Traje una cajita envuelta con una cinta roja y le dije que era un regalo de cumpleaños secreto. La caja estaba vacía. Le dije que podía abrirla después de que atrapara el primer pez.

–Emmy, ¿tres o cuatro? –Ahí estaba, la pregunta estúpida. Empecé a responder con lo primero que me venía a la mente.

–Cuatro y medio.

Asintió y lo anotó. Bicho raro. Tenía este cuaderno lleno de números. Quién sabía qué maldad estaba tramando.

Antes de que nos diéramos cuenta, el sedal comenzó a temblar, y Estoico atrapó el pescado. Era enorme. Puso el pescado en el balde y extendió su brazo hacia mí.

–¿Qué? –pregunté como si no supiera.

–Mi regalo.

–Está bien, pero tienes que sentarte. ¿OK?

Estoico era demasiado alto, y para que mi plan funcionara, tenía que poder alcanzar su estúpida cara. Caminé hacia atrás sin perderlo de vista. Tenía una mirada extraña en sus ojos. Puede que sospechara que yo no estaba tramando nada bueno. Me conocía demasiado bien.

Se sentó lentamente y me miró con los ojos entrecerrados. Definitivamente, Estoico sabía que yo estaba tramando algo. Cogí la cajita y me acerqué a él. Me acerqué más de lo que necesitaba. Simplemente se sentó y me miró. Sabía que no confiaba en mí. Le di la caja y vaciló.

–Ábrela –canté.

Me dio otra mirada seria y empezó a tirar de la cinta. Estoico abrió la caja y no encontró nada.

–Está vacía.

–¿Qué? ¡No! ¿Se cayó? –Reuní mi mejor actuación. Me tapé la boca con las manos como si me hubiese sorprendido y me acerqué para "mirar" dentro de la caja. Le iba a tomar el pelo al bobo de Estoico.

–¿Qué era? –Miró alrededor del suelo.

Para entonces yo estaba muy, muy cerca de él, no podría escapar de mí. Internamente tuve un momento de risa de villano malvado. «Ja ja ja ja ja». Estoico estaría vomitando durante una semana después de esta.

–¡Oh, creo que lo veo! –Yo era una diva. Estaba muy cerca de él, entre sus piernas.

–¿Dónde?

–¡Aquí! –Agarré su rostro entre mis manos, apreté sus mejillas y levanté su rostro. Una vez que su rostro se encontró con el mío, lo besé. Le di el beso más grande y húmedo que pude. Ja, estaba estupefacto.

Tenía los ojos bien abiertos y la cara se puso roja como un tomate. Sus labios estaban un poco abiertos por mi presión, así que sabía que mi saliva estaba en su boca. ¡Estaba disfrutando de mi victoria! Dado que Estoico estaba congelado en su lugar, simplemente mantuve mis labios apretados contra los suyos, conteniendo mi risa. No se movió. Después de un largo tiempo, Estoico todavía no se había movido y comencé a pensar qué, después de todo, esto podría no haber sido una gran idea.

Cuando traté de alejarme de Estoico, puso una mano detrás de mi cabeza, tiró mi mandíbula hacia abajo con la otra y me presionó más fuerte contra él, deslizando su lengua dentro de mi boca.

«¡Qué asco!».

Traté de apartarlo, pero no se inmutó. Comenzó a lamer mi lengua con la suya y sus labios se movieron sobre los míos.

«¡Qué asco, qué asco, qué asco!».

Sus ojos se cerraron lentamente, y parecía que quería comerme viva. La mano en mi mandíbula se movió lentamente hacia abajo, tocando mi pecho y continuando más abajo. Eso se sintió mal.

Estaba desesperada. No sabía qué hacer, así que le di una patada entre las piernas. Mi pie golpeó algo duro y Estoico cayó al suelo, doblado y gruñendo.

–¿Qué diablos, Estoico? ¡Qué asco! –Empecé a escupir y a sentir náuseas, haciendo todo el ruido que pude. La broma me la pasó a mí. Yo sería la que vomitaría durante una semana. Estúpido Estoico de mierda.

Estoico se quedó allí acurrucado en el suelo sujetándose los pantalones. Ni siquiera podía ver su rostro, pero sus orejas estaban rojas. Me lavé la boca con el agua del río y escupí muchas veces. Debieron de pasar los minutos, pero Estoico se quedó en el suelo, cara en la tierra hasta que empecé a preocuparme.

–¿Estás bien? –Lo miré como si fuera una cosa extraña que encontré en el piso y que estaba a punto de pinchar con un palo.

–Date la vuelta, Emmerson. –Sonaba avergonzado. El gran y fuerte Dokken había caído por el pie de una pequeña niña. Ojalá pudiera grabar esto.

–¿Por qué? –Le iba a hacer pasar un mal rato.

–Porque yo lo dije. Sólo date la vuelta, Emmerson.

–¡Oblígame! –Yo era una mocosa.

–Emmerson, date la vuelta o te besaré de nuevo.

¡Eso fue todo!

–Está bien, está bien, eres tan estúpido. –Me di la vuelta y escuché a Estoico moverse. Le di un pequeño vistazo y lo vi dándome la espalda, metiéndose en el agua.

–¿Qué estás haciendo?

«¿Iba a nadar?».

–Voy a nadar. Vete, Emmerson. Llévate el pescado contigo. Quiero estar solo. –Se sostuvo la cabeza como si estuviera a punto de caerse. Todavía me daba la espalda.

–No, yo también quiero nadar. –Siempre me echaba de todas las cosas divertidas.

–Maldita sea, Emmerson. ¡Lárgate! –me gritó. Estaba enojado y parecía desesperado. Juro que era bipolar.

–¡Está bien, ogro! –Cogí el cubo y me fui dando pisotones de camino a casa. Todavía quedaba mucho tiempo antes de la cena, así que después de dejar el pescado con la tía Ida, fui a rodar por las colinas cerca de la casa de reunión del pueblo.

Cuando llegó el momento, fui a casa, me cambié de ropa y caminé hacia la casa de 'El Dokken' con mamá.

Durante la cena que la tía Ida preparó en su patio, Estoico no se veía muy animado. Nunca lo estaba, pero se veía más miserable de lo que era de costumbre.

«Maldita sea, mi plan funcionó. ¡Sí!».

Debí haber hecho mella en su orgullo porque Estoico todavía parecía avergonzado durante la cena.

«¡Ja ja ja!».

Se puso de pie y su padre lo siguió. Lo vi hablar brevemente con su papá dentro de la casa. Por la expresión de sus rostros, debe haber sido algo serio.

Regresaron cuando llegó el momento de que él recogiera sus regalos. Recibió un sobre de su padre.

«¿Qué tenía dentro? No tenía ni idea».

Todo lo que sabía era que a Estoico le encantó. Le dio a su padre un fuerte abrazo y su padre le dio varias palmaditas en la espalda antes de dejarlo ir.

Mi familia le dio algunas herramientas grandes de aspecto extraño que parecían sierras, algunas cosas puntiagudas y una pala que mi padre hizo él mismo.

«¿Para qué iba a necesitar herramientas?».

No tenía idea, pero era Estoico, así que nada tenía sentido.

Se estaba haciendo tarde, así que todos comenzamos a hablar y bromear. Estoico permaneció en silencio, como siempre. De alguna manera, a mi mamá se le ocurrió el tema de las novias, y Ethan inmediatamente comenzó a burlarse de Kenzo por su nueva "novia". Kenzo estiró su brazo y golpeó la parte de atrás de la cabeza de Ethan con tanta fuerza que hizo eco en todo el patio trasero. Todos nos reímos, preguntándonos cómo es que la cabeza de Ethan estaba lo suficientemente vacía como para hacer ese sonido. Mi mamá intervino y dijo que Riley estaba preguntando por Ethan esa mañana. La tía dejó escapar un gracioso sonido como "wiiii", molestando aún más a Ethan. Todos nos reímos tanto que me empezó a doler la barriga. Ethan trató de defenderse y dijo:

—Al menos he besado a una chica. ¡Estoico huye de ellas como si tuvieran la peste bubónica! —Kenzo se rió entre dientes ante ese comentario, encontrándolo completamente divertido.

Solté una gran carcajada y dije:

—Pfft, besé a Estoico, y estaba tan avergonzado que se dio la vuelta y se quedó en el suelo, escondiendo su rostro durante cinco minutos. —Me reí histéricamente sin darme cuenta de que todas las risas a mi alrededor habían muerto, y yo era la única que se seguía riendo.

De repente, las cabezas de todos se volvieron hacia Estoico, y lo miraban con incredulidad en sus ojos. Su rostro estaba tan rojo que casi parecía morado.

Seguí riendo y mi mamá me dio una palmada en el muslo.

—¡Basta!

—¿Qué? Es gracioso.

—¡Emmerson Silva, detente! —dijo, insinuando: "callate o te doy".

—Estoico, ¿puedo hablar contigo? —La voz de mi padre nunca había sonado más profunda.

Estoico asintió con la cabeza, se puso de pie rápidamente y entró en la casa. Mi padre se puso de pie y caminó justo detrás de él.

–Los acompaño –dijo mi tío y los siguió. Una vez que entraron, cerraron la puerta.

«¿Estaba Estoico en problemas? Fui yo quien lo besó».

Escuché una suave risa y miré a mi izquierda. La tía Ida se cubría la boca, tratando de no reírse demasiado. Escuché risas a mi derecha y mi mamá estaba haciendo lo mismo. Detrás de mí, Kenzo y Ethan también se reían.

–Entonces, ¿lo besastes? –preguntó la tía, y pude escuchar más risas.

«¿Qué estaba pasando?».

–Para molestarlo –dije, sin estar segura de que me gustaba a dónde iba esto.

–Sí, claro –dijo Ethan.

«Estúpido, ¿por qué más lo haría?».

–¡No estoy mintiendo! Fue para molestarlo.

Oh, estaría en problemas por esto. Oh, mierda, pensaban que me gustaba la cara fea de jengibre.

–Sí…. molestándolo. Esa es buena, Emmy –dijo Kenzo, haciendo signos de comillas. Quería darle un puñetazo en la cara.

–Solo recuerda, Estoico ya no es un niño pequeño, cariño –dijo mi madre. Nunca lo fue, siempre había sido tan alto como un gigante.

–Un día lo entenderás –dijo la tía y luego me dio unas palmaditas en la cabeza.

CINCO

EMMERSON

Emmerson 8 años
Estoico 14 años

Habían pasado dos meses desde el debacle del cumpleaños y Estoico apenas me hablaba. Debía haberlo cabreado. Parecía que estaba muy ocupado, pero aún así venía a cenar por la noche, me peinaba y me ponía a dormir. Afortunadamente, esas eran las únicas veces que lo veía durante el día.

Incluso dejó de pescar. Dijo que no tenía tiempo para pescar con niñas tontas e inmaduras como yo. No era como si me importara. De todos modos, me gustó más así. Con Estoico fuera de escena, era libre de hacer lo que quisiera sin tener la sombra de "El Dokken" detrás de mí.

¡Finalmente encontré una amiga! Una chica que no era femenina, como yo. Amelia y yo odiábamos a otras chicas, así que nos hicimos amigas rápidamente. La piel de Amelia era más oscura que la mía y su cabello era afro como el de mamá. Su mamá siempre le hacía coletas. Pensé que se veía linda con ellas, así que le pedí a mi mamá que me las hiciera, para que yo también pudiera parecerme a Amelia. Ella era divertida pero rara. Le gustaban las hojas, así que las coleccionaba. Como Amelia tenía una colección, yo también quería una. No tenía mucho para elegir, así que me conformé con coleccionar escarabajos. Como puedes imaginar, mi colección era un poco problemática para la colección de Amelia, pero no le importó demasiado. Hasta ahora, tenía veinticuatro escarabajos, pero seis murieron. Los guardé de todos modos.

Como pasamos tanto tiempo juntas, la gente empezó a llamarnos gemelas. Algunos niños nos insultaban y trataban de intimidarnos, pero Amelia y yo les arrojábamos piedras con nuestras hondas y les hacíamos arrepentirse por siquiera pensar en meterse con nosotras.

Amelia tenía un hermano mayor, Landon. Era dos años mayor que yo y a veces jugaba con nosotras. Landon era alto y atlético, pero no tan alto como Estoico. Nadie era tan alto como Estoico, él era un gigante. Landon era un abrazador. Yo no era muy tierna, así que Landon me hizo sentir incómoda al principio, pero me estaba acostumbrando. Landon por lo general me saludaba con un abrazo, se despedía con un abrazo, y me abrazaba casi siempre que le apetecía sin una razón.

Era otoño y eso significaba que era hora de celebrar la cosecha. Había ido con la familia de Amelia al festival de otoño. Tenía planes de encontrarme con mi familia más tarde para el concierto. Hasta ahora habíamos ido de paseo en carreta, jugado en el laberinto del campo de maíz, jugado a las calabazas rodantes y estábamos de camino al zoológico de mascotas. Estaba decidida a abrazar a todos los animales allí. Supuse que los abrazos de Landon se estaban volviendo contagiosos.

Crucé los brazos con Amelia y estaba saltando mis pasos cuando vi a Estoico. Estaba un poco lejos, pero me di cuenta de que sostenía algo envuelto en un trozo de tela. Sabía que iba a darme mi regalo de madera, así que tomé a Amelia del brazo y corrí hacia él.

Estoico me vio y se quedó allí esperando a que lo alcanzara con su rostro serio. Algunas cosas nunca cambian. Miró a Amelia y enarcó una ceja.

–Ella es mi mejor amiga, Amelia. –Sabía lo que estaba pensando, no necesitaba hablar.

Estoico le sonrió a Amelia. Vaya, eso nunca sucedía. Quizás él estaba bien con ella.

–¿Es ese mi regalo? –dije, señalando la tela. Yo estaba emocionada. No me culpen, me encantaban los regalos.

Estoico asintió y me lo dio.

Lo desenvolví con entusiasmo y lo que encontré dentro fue algo que no esperaba en absoluto.

–¿Un bumerán? –pregunté. No me malinterpreten, me gustó, pero era solo que no era muy "Estoico" darme algo así.

–Siempre volverá a ti. –Señaló el bumerán.

«¡Ya! Gracias, capitán obvio».

Lo sabía, esa era la idea de un bumerán, ¿verdad? Lo giré en mis manos y noté que Estoico había puesto su nombre en él.

«Narcisista».

–Gracias. ¡Me encanta! –Realmente me gustó. Le sonreí y él me devolvió la sonrisa. Debe haber tenido un buen día porque parecía estar de muy buen humor.

–¡Emmy! –Escuché a Landon llamarme no muy lejos.

«¡Oh, no! Esto no iba a terminar bien».

–Emmy, Amelia, pensé que iban a estar en el zoológico de mascotas –dijo Landon, poniendo su brazo sobre mi hombro y acercándome.

«¡Oh mierda!».

Giré mi rostro para ver a Estoico, y él tenía sus ojos fijos en el brazo de Landon, la mandíbula apretada y un gran ceño fruncido en su rostro. Parecía enojado. Borra eso, estaba enojado. Estaba a punto de exhalar fuego por la nariz y los oídos. Traté de reírme a carcajadas para aliviar la situación, pero soné súper falsa. Para entonces estaba realmente preocupada por la vida de Landon.

–Íbamos de camino allí cuando Emmy vio a su amigo. Mira, un bumerán –dijo Amelia, completamente inconsciente de que su hermano estaba a punto de morir.

–¡Qué bien! –Landon me quitó el bumerán de las manos y escuché a Estoico dar un paso adelante. Sí, Landon iba a morir.

–¿Quién es Estoico? –preguntó Landon.

Olvidé que la familia de Amelia era nueva en nuestro pueblo. No había forma en la tierra de que supiera sobre "El Dokken", pero estaba a punto de descubrirlo de la peor manera.

–¡Yo! –dijo Estoico con una profunda y fuerte voz de monstruo. Si las miradas mataran, Landon estaría muerto y enterrado.

Landon miró hacia arriba y se estremeció cuando vio el rostro de Estoico. Estoico ya tenía sus manos formando puños y se acercaba cada vez más.

Tenía que hacer algo. No podía dejar que Landon muriera frente a su familia en medio del festival con todos los niños mirando.

Empujé el brazo de Landon lejos de mí y rápidamente me interpuse entre él y Estoico. Puse mi pequeña mano sobre el vientre de Estoico y dije:

–Detente. No lo hagas. ¡Son mis únicos amigos, por favor!

Estoico se detuvo y me miró. Por la forma en que sus ojos se movían, podía decir que lo estaba pensando. Bien, había esperanza.

Respiró hondo, estiró su brazo sobre mí y agarró con dureza el bumerán de las manos de Landon, y me lo devolvió.

–Es para ti y solo para ti. –Sus ojos se clavaron en Landon mientras hablaba, pero no sabía si estaba hablando conmigo o con él.

«¿Estaba hablando con Landon o conmigo?»

Estoico luego se inclinó y besó la parte superior de mi cabeza, sin dejar de mirar a Landon. Bueno, no había sangre, lo conté como una victoria. Caminé hacia Amelia y volví a entrelazar los brazos con ella.

–¡Vamos! ¡Al zoológico de mascotas! –Traté de sonar alegre.

Dimos algunos pasos y Landon empezó a seguirnos. Antes de que pudiera poner su brazo alrededor de mí una vez más, Estoico lo agarró del brazo. Por la expresión del rostro de Landon, Estoico le estaba exprimiendo la vida.

–No la toques. –Eso sonaba más a una promesa de asesinato que a una orden.

Landon trató de soltar su brazo, pero Estoico simplemente lo apretó con más fuerza.

–¡Estoico! ¡Déjalo ir en este instante! –Me sentí como si estuviera hablando con un perro. ¡Mal Estoico!

Miró de Landon a mí.

–Te toca una vez más, y le romperé el brazo. –No estaba bromeando. Me dijo eso, pero el mensaje era para Landon. Con eso, Estoico soltó el brazo de Landon y dio unos pasos atrás.

–Oye, ¿qué diablos te pasa?

«No, Landon, no».

Definitivamente ese no era el momento de ponerse engreído. Apenas salvé su trasero.

Estoico miró a Landon enarcando una ceja como diciendo: "¿te atreves a hablarme, maldita mierda?". Estoico le dio la sonrisa más aterradora y espeluznante que jamás había visto y se acercó una vez más, haciéndome temer lo peor.

–¿Quién diablos te crees que eres? ¿Eh? Actuando como si Emmerson fuera tuya o algo así. ¡Asqueroso!

«Bueno... fue un placer conocerte, Landon».

Estoico asintió con la cabeza.

–Sí, Emmerson es mía, y odio que pedazos de mierda como tú la toquen.

Landon abrió la boca para responder, pero antes de que pudiera decir algo, el cuerpo de Estoico se movió y le dio a Landon un puñetazo sólido en la boca, dejándolo fuera de combate. Fue tan rápido que ni siquiera vi su puño avanzar.

Después de un fuerte crujido, Landon cayó al suelo y se quedó allí, inconsciente con la boca ensangrentada. Pensé que Estoico le rompió uno o dos de sus dientes. Definitivamente le rompió la mandíbula.

«¡Qué asco! ¡Nunca había visto tanta sangre!».

Me enojé mucho. Estaba furiosa, por decir lo menos. De repente recordé: ¡Amelia! Amelia estaba en shock con sus manos cubriendo su boca, congelada en su lugar. ¡Oh, no! Estaba a punto de perder a mi mejor amiga porque Estoico se volvió extraño y violento de nuevo.

«¡Que se joda!».

–¡Vete a la mierda, Estoico! ¡Lo arruinas todo! ¡Te odio! –le grité a todo pulmón y pateé sus piernas tan fuerte como pude. Mi ataque no hizo ningún daño, lo que me enfureció aún más.

Estoico no dijo nada. Simplemente tomó el bumerán, me agarró por las caderas, me echó sobre sus hombros y comenzó a caminar.

–¡Déjame ir, enorme idiota! –Pateé y grité, pero no había nada que pudiera hacer. Él estaba tranquilo, serio, como si nada hubiera pasado.

Cuando Estoico se alejó unos metros de la escena, Kenzo trató de detenerlo tirando de su brazo.

–¿Qué diablos, Estoico? ¿Qué pasó? –Kenzo dijo, mirando a Landon en el suelo y a la gente reunida a su alrededor.

–El hijo de puta tenía ganas de morirse.

–Joder, Estoico, lo entiendo, pero no puedes seguir haciendo esto. Hablamos de eso, amigo. –Kenzo comenzó a caminar a nuestro lado.

–Tuve que hacerlo. –Estoico siguió caminando.

–¡Te vas a meter en problemas por esto, hombre! –Kenzo estaba nervioso.

–No me importa un carajo. –Realmente parecía que no le importaba. Maldito Estoico, no le importaba nadie más que a él mismo.

–¡Te odio! Te odio, te odio, te odio. –Para entonces estaba llorando, los mocos me corrían por la cara. Podría despedirme de mis amigos. Nunca más querrían volver a hablar conmigo. Todo por culpa de Estoico.

Seguí pateando y golpeando su espalda con mis puños. Le haría pagar por esto. Le mordí la espalda tan fuerte como pude, y me golpeó el trasero con fuerza.

–¡Detén eso, Emmerson!

Solo me detuve porque no quería otra nalgada.

Pasaron unos minutos más y llegamos a mi casa. Me llevó a mi habitación, me dejó en la cama y señaló el suelo.

—¡Aquí te quedas!

¡Yo no era su mascota! ¡Claro que no lo haría!

Me levanté y traté de caminar hacia la puerta.

Me levantó por las axilas y volvió a sentarme en la cama.

—Quédate, Emmerson, o te arrepentirás.

Estaba enojado, pero sabía que no estaba mintiendo. Tenía esa cara aterradora de "te haré pedazos". Estaba demasiado asustada como para seguir peleando con él.

Estoico se fue, cerrando la puerta detrás de él. Podía escuchar a Kenzo hablando con él y luego apareció la voz de papá también. Pronto hubo mucha gente hablando a la vez, y no podía descifrar de quiénes eran las voces.

Tiré todas las muñecas feas al suelo y les pisoteé la cabeza, fingiendo que eran Estoico.

¡Maldito idiota! Su única alegría era hacer mi vida miserable.

SEIS

EMMERSON

Emmerson 10 años
Estoico 15 años

La broma se la pasaron a él, castigaron a Estoico. Ya era hora de que el tío y la tía le pusieran una correa al perro salvaje. Estoico estuvo castigado durante unos tres meses. Todos intentaron ayudar a arreglar lo que había arruinado. Mi mamá preparó una buena cena para la familia de Amelia como disculpa. El tío Erik, como compensación, les dio dos trabajos de metalistería gratis que hizo que Estoico hiciera él solo, y la tía Ida ayudó a Landon con las cosas médicas. Mi papá no hizo nada. Por alguna razón, se puso del lado de Estoico y también lo hizo Kenzo. Pero eso no fue una sorpresa: Kenzo y Estoico siempre se apoyaron mutuamente.

Estoico le rompió a Landon dos de sus dientes y su mandíbula. Landon se veía raro sin ellos por un tiempo, pero luego la tía Ida lo ayudó a reemplazarlos. Landon tuvo un vendaje envuelto alrededor de su cabeza durante mucho tiempo. Dicho esto, a "cara de culo" no se le permitió acercarse a Landon.

Durante el tiempo que estuvo castigado, Estoico eligió un nuevo pasatiempo. Él ya era bueno haciendo cosas de madera, pero esta vez, no las estaba haciendo para mí, sino para intercambiarlas. Comenzó a aprender con un carpintero experimentado y trabajó para él durante los fines de semana. Él era bueno. Los muebles que hacía eran sorprendentemente bonitos. Papá me dijo que estaba trabajando en una cama nueva para mí ya que estaba creciendo muy rápido. Apuesto a que ese sería mi regalo de otoño.

Ese invierno fue más frío de lo habitual. La nieve lo cubrió todo y nos quedamos varados en casa la mayor parte del tiempo. Papá, Kenzo, Estoico y el tío Erik reforzaron los techos de nuestras dos casas para asegurarse de que resistirían otro invierno fuerte como el anterior. Ethan no era un tipo musculoso ni activo. Ethan había comenzado a interesarse más por los estudios, las matemáticas y los libros. Estaba segura de que sería una de esas personas que buscaría una educación superior y se convertiría en un "profesional", como un ingeniero o un médico.

El invierno y la primavera pasaron en un abrir y cerrar de ojos. Antes de que nos diéramos cuenta, ya era julio y hoy era el cumpleaños de Amelia. Cumplía once años. Por alguna razón, Amelia decidió seguir siendo mi mejor amiga. Estaba tan feliz de que no me hubiera abandonado. Éramos las mejores amigas y cada día, nuestra amistad se hacía más y más fuerte.

Sus mamás le prepararon un almuerzo de cumpleaños y nos invitaron. Papá y Kenzo estaban ocupados ayudando a Estoico y al tío Erik a hacer algo, así que solo estábamos mamá, Ethan y yo.

Por alguna razón, el gracioso y tonto Ethan siempre estaba súper callado cuando estaba cerca de mi amiga. Quizás ella no le agradaba mucho. Él nunca hablaba con ella. Ni siquiera cuando Amelia le hablaba a él. Sin embargo, siempre nos acompañaba. Pasaba mucho tiempo con nosotras.

–¡Oye, Emmy! –Escuché a Landon llamarme con una gran sonrisa. Me alegré de que no me odiara. Sin embargo, nunca volvió a abrazarme. Me alegré un poco por eso.

–¡Eh, tú! –Corrí hacia él, deteniéndome abruptamente una vez que estuve lo suficientemente cerca. Ethan me siguió.

–¿Dónde está la cumpleañera? –No podía esperar a verla. Yo le hice un regalo y no podía esperar para dárselo.

–Ella está en el patio trasero. Ven, te llevaré. –Landon señaló el patio trasero, y Ethan y yo caminamos detrás de él. Mamá se quedó y habló con Ana, una de las mamás de Amelia. El patio trasero de Amelia era muy parecido al mío pero con más árboles. Era un día caluroso y soleado, pero los árboles altos formaban la cantidad perfecta de sombra.

–¡Amelia! –Dejé escapar un chillido y corrí hacia ella. Tan pronto como llegué a ella, nos dimos un enorme abrazo aplastante.

–¡Te tengo algo! –canté, bailando un poco mientras le entregaba la cajita.

–¿Qué es? –Amelia sacudió la caja con ambas manos.

–Tendrás que abrirlo para descubrirlo... –canté de nuevo. Nos reímos entre dientes y ella se sentó en el césped con la caja.

Amelia abrió la caja y encontró mi creación, mi obra maestra. Mamá me había dejado remendar algunas telas sobrantes y yo le había hecho una pequeña bolsa a Amelia. Era simple y no combinaba, pero se veía genial.

Los ojos de Amelia se iluminaron.

–¡Me encanta! –Una sonrisa se extendió por mi rostro.

–Me alegro de que te guste. Cuando mejore en la costura, te haré una mejor.

–No, está es perfecta. ¡No puedo esperar para usarla! –Ella me dio otro abrazo. Me gustaba abrazarla. Ella era la hermana que siempre quise.

Se puso de pie, se colgó el bolso al hombro y fingió modelar.

–¿Cómo me veo? –preguntó, pretendiendo voltear su cabello. Fue gracioso porque su cabello afro no se movía. Me reí y me paré a su lado.

–Oye, creo que te ves absolutamente espectacular –le dije, tratando de sonar como un hombre sofisticado de mediana edad. Nos reímos como idiotas y Amelia se inclinó hacia su lado para mirar detrás de mí.

–¡Oye, Ethan, te veo allí! –Amelia le gritó. Miré hacia atrás y vi el rostro enrojecido de Ethan. Trató de mantenerse fuera de la vista pero falló. Ethan se dio la vuelta y se fue, molesto como siempre. Amelia se rió, le gustaba molestarlo. Puede que Ethan fuera el Estoico de Amelia.

Esa noche cenamos con los Dokken como siempre. Esta vez la tía Ida estaba cenando con nosotros. Mamá había hecho tantas galletas que Ida y Erik tomaron una docena para llevar. Sabía que Estoico se comería la mayoría de ellas. Él comía como un cerdo suelto.

Después de que todos terminaron con la cena, me di una ducha y, como siempre, Estoico se sentó conmigo en el piso de mi habitación para peinarme.

–Emmy, ¿una ventana grande o puertas corredizas? –¡Otra pregunta estúpida!. Nunca dejó de hacerlas.

Si él hacía una pregunta estúpida, yo le daba una respuesta estúpida.

–¡Una pared de cristal! Una grande –dije, abriendo los brazos exageradamente. Como siempre, asintió.

–Emmy, ¿estás bien? –preguntó mientras me peinaba.

«¿Por qué preguntaba?».

–Sí, ¿por qué?

–Emmy, hay algo de lo que quiero hablar contigo. –Estoico hablaba más lento de lo habitual.

–¿Si?

«Bueno, entonces escúpelo».

–Se trata de… es algo importante. –Seguía peinándome el pelo. Estaba dándole vueltas.

–Sí…

«¿Qué esperas?».

Estoico tosió.

–Yo… bueno… ya ves. Los chicos, me refiero a que los chicos y las chicas tienen algunas diferencias.

–Sí…

–Y, a veces, cuando un niño y una niña crecen, ellos…

–¿Tienen sexo? –Salté con un grito. Sí, mi mamá ya me enseñó todo sobre eso. Super asqueroso, si me preguntas.

–¡No! Quiero decir, sí, pero… Um…

Hmm… estaba murmurando. Interesante.

–¿Pero qué, Estoico? –Me di la vuelta para ver su rostro enrojecido. Pude ver que se sentía incómodo hablando de sexo. Siendo la pequeña mocosa que era, le iba a hacer pasar un mal rato.

–Sí, la gente se interesa en el sexo a medida que crecen. Pero no todo el mundo lo piensa de la misma manera –dijo más rápido de lo habitual mientras negaba con la cabeza. Pfft, se veía raro.

–¿Estás pensando en sexo? –Quería ver cuánto duraría antes de que perdiera la paciencia y me enviara al infierno.

–Ese … ese no es el punto que estoy tratando de hacer, Emmy.

–Entonces, ¿no estas pensando en sexo?

–Emmy, yo… no estoy hablando de mí. Estoy hablando en general –dijo, y estudié su rostro. Sí, estaba súper incómodo.

–¿Piensas o no en el sexo? Es una pregunta simple, Estoico. –Sabía que se estaba avergonzando. Estoico actuaba con madurez, pero era tan fácil molestarlo.

–Bueno, a veces… Emm, el punto es que algunos tipos no tienen buenas intenciones, así que debes tener cuidado. –Él quería terminar esta conversación más rápido, pero yo no lo iba a dejar.

–¿Qué quieres decir? –Puse mi rostro de "Soy tonta. No lo entiendo".

–Bueno, a veces las chicas quieren amistades, pero los chicos buscan algo más…

Oh, sabía lo que quería decir. ¡Mantente alejada de los chicos, los chicos son el diablo!

Buen intento, Estoico.

Él ya no podía asustarme para que no tuviera amigos. Mis ojos se entrecerraron en él. Estaba tratando de manipularme porque le prohibieron intimidar a mis amigos, o su trasero sería castigado. Estoico pensaba que yo era estúpida. Le iba a hacer esta conversación imposible. Le haría pagar por todo lo que había hecho.

–¿Qué pasa si la chica quiere lo mismo que el chico? –dije, entrecerrando los ojos más. Lo tengo en mis manos. Sus ojos pasaron de la confusión a la ira.

–¡Emmy, eres demasiado joven! –Eso sonó como una advertencia.

–¿Quién dijo que estábamos hablando de mí? Estamos hablando en general, ¿no? –Se quedó callado. ¡Ya, está cayendo!

–No estamos... Bueno, en parte estamos... Eso es... –Se palmeó la cara y se frotó las cejas con dureza.

«Estás en mis garras ahora, Estoico».

–A las chicas también les gusta el sexo, tu sabes... –murmuré con total naturalidad y le di la espalda. Una sonrisa se asomaba a mi rostro, pero él no podía verla. Iba a cambiarle la conversación rápidamente.

–Lo sé, pero eso es solo para chicas mayores, ¿de acuerdo? –Obviamente.

–Sí, lo sé. Todavía soy muy joven. Hay tanto que todavía no he aprendido... –me volví para mirarlo y le di una mirada inocente con grandes ojos de cachorro –. Pero es bueno tenerte a ti para que me aclares cualquier duda, ¿verdad?"

«Cae en mi trampa, cae en mi trampa, cae en mi trampa...».

Lo pensó durante unos segundos.

–Sí –dijo asintiendo mientras tiraba de mi cabello una vez más. ¡Cayó en mi trampa! Le di la espalda de nuevo. Ahora solo necesitaba pensar en algo que le hiciera querer huir de aquí.

–¡Estupendo! –dije, frotándome las manos como una villana malvada.

–Ahora que estamos hablando de esto, y solo pregunto porque realmente no lo sé –dije mientras pensaba, tratando de pensar en algo rápido.

–¿Qué tan... grande... es ... un pene? –dije la palabra pene más fuerte de lo necesario. Estoico dejó de peinarme.

«¡Sí! ¡Misión cumplida!».

Miré hacia atrás y vi su rostro caer al suelo.

Recógelo, Estoico. Recógelo.

Ahora estaba extremadamente rojo. Estoico necesitaba aprender a no meterse en este tipo de líos. Me aparté de él, tratando de contener la risa.

–Un... Emm, no creo que eso sea... –hizo una pausa, tosiendo–. ¿Por qué? –Su cerebro dejó de funcionar correctamente. Me reí internamente.

«¡Oh, Estoico!».

No había forma de evitarlo. Tenía que darme una respuesta.

–Porque no sé... –De nuevo, le mostré mi expresión inocente acompañada con una combinación de "no sé, soy demasiado tonta". Debería haber sido actriz.

–Todos somos diferentes, Emm –dijo, rascándose el cuello. Asentí con la cabeza, y él exhaló como un alivio porque pensó que estaba fuera de las aguas profundas. Siguió peinándome el pelo.

«No tan rápido, Estoico».

–Ya veo. No hay forma de que lo sepas. Bien, entonces, ¿qué tan grande es el tuyo? Debes saberlo, ¿verdad? Digo, está pegado a ti. –Señalé con un dedo sus pantalones.

El rostro de Estoico se puso morado.

–¿Y a ti qué carajos te importa? –Se cubrió los pantalones con ambas manos, olvidándose del peine en mi cabello, como si yo pudiera verlo desde aquí.

–¿Qué? ¿Es tan pequeño que te da vergüenza? –Sabía que los chicos se preocupaban por su tamaño. Mamá me dijo. Mamá me hablaba de todo.

–Emmerson, soy todo menos pequeño. –Todavía estaba morado, pero no podía dejarme creer que estaba por debajo del promedio. No, tenía que rectificar eso. «Curiosamente grande, el tamaño de su ego, quiero decir».

Puse mi cara inocente de nuevo.

–¿Pero, cómo puedes saberlo? No es como si supieras que tan grande son los demás. –Seguí haciéndome la tonta. Me miró con incredulidad. Para entonces debería haber sabido que lo estaba molestando.

–Créeme, Emmy, lo tengo grande. –Sí, un ego súper grande. Chico estúpido. Le di una mirada que decía "estás lleno de mierda".

–Mira, Emmerson, lo importante es que aprendas a reconocer a los chicos que se presentan como amigos pero que en cambio tienen malas intenciones. Debes tener cuidado, Emmy. No dejes que nadie te toque de forma inapropiada, ¿de acuerdo? ¡OK! –Se puso de pie y se fue antes de que pudiera decir una palabra, dejando el peine colgando de mi cabello.

–¡Vete a dormir! –dijo desde la puerta antes de cerrarla.

Una gran sonrisa malvada se extendió por mi rostro. Ahora que sabía que la hablar sobre sexo era la debilidad de Estoico, lo usaría en su contra. ¿Quién hubiera sabido que la forma más rápida de deshacerse de 'cara de culo' era preguntarle sobre penes y vaginas?

Bueno... no es como si lo pudiese usar a menudo. Kenzo y Estoico estaban a punto de comenzar su entrenamiento militar, y era posible que no los viera durante semanas. Por alguna extraña razón, fueron asignados a un campamento diferente, uno que estaba lejos de aquí. Mamá dijo que su entrenamiento sería más difícil allí.

Justo lo que necesitaban esos dos: más músculos y menos neuronas.

¡Estupendo!

SIETE

EMMERSON

Emmerson 12 años
Estoico 18 años

Mi cuerpo estaba empezando a cambiar y no estaba segura de que me estuviera gustando.

Sentí que me estaba volviendo más alta cada minuto. Mis pechos estaban empezando a crecer y mis pezones estaban muy sensibles. Toda mi ropa comenzaba a acortarse y las cosas nuevas que mi mamá había estado haciendo para mí eran muy ... femeninas. No me gustaban. Yo seguía siendo la misma, Amelia también, las chicas anti femeninas. Mi cabello estaba creciendo más. Como Estoico ya no andaba mucho por aquí, aprendí a peinarlo y a cuidarlo yo sola.

Veía a Kenzo y Estoico cada dos fines de semana. Estaban viviendo en un pueblo diferente donde los tenían entrenando. No tenía idea de por qué, y para ser honesta, realmente no me importaba. De los tres días que tenía libre, Kenzo siempre pasaba uno en casa, y los otros dos se perdía. No regresaba hasta altas horas de la noche o temprano en la mañana antes de que partiera el tren.

Había escuchado a papá regañarlo, pero supuse que Kenzo siempre terminaba haciendo lo que quería. A mamá tampoco le gustaba su comportamiento. Ethan era tan diferente. Nunca se metía en problemas como Kenzo. Estaba más interesado en sus estudios y pasaba poco o ningún tiempo afuera. Cuando salía, lo hacía muy en secreto. Pensé que tenía una novia secreta. Intentó con todas sus fuerzas ocultarlo, pero yo lo sabía. Podía leerlo en su rostro.

Estoico usualmente usaba la mayor parte de su tiempo libre para seguirme. Dios, ¡cómo le encantaba molestar! Al menos solo tenía que aguantarlo cuatro días al mes. Siempre había un día en que desaparecía temprano en la mañana y no regresaba a casa hasta que era hora de cenar.

Estoico no decía mucho, simplemente se quedaba a mi alrededor como un canalla y asustaba a mis amigos. Me veía jugar con Amelia y anotaba cosas en su cuaderno. Independientemente de lo que hiciera durante el día, durante la noche, siempre hacía las mismas cosas que solía hacer cuando yo era pequeña. Me veía comer, esperaba a que terminara con mi ducha, me peinaba, me contaba historias y se aseguraba de que me acostara a dormir. Quizás no se había dado cuenta de que ya estaba creciendo y que no necesitaba de su ayuda para hacer esas cosas.

Mamá y yo habíamos estado yendo a este nuevo grupo de baile que comenzó una amiga suya. Me encantaba. Bailábamos al ritmo de los tambores africanos. El baile era similar a la cultura de mi madre, así que a ella también le encantó. Debo haberlo tenido en mi sangre porque balancear y mover mis caderas al ritmo de los tambores era algo muy natural para mí. Amelia también se unió a nosotros. Una vez que fuéramos lo suficientemente buenas, bailaríamos delante de un público y todo. Estaba super emocionada. Bailar era muy divertido y llenaba mi corazón de felicidad. Estoico no me había visto bailar ya que normalmente bailamos los martes y jueves, y solo venía a casa los fines de semana.

Además de bailar, mamá también había comenzado a enseñarme el portugués, el idioma nativo de nuestros ancestros. Pensé que iba a ser difícil de aprender, pero lo estaba aprendiendo rápido. Sabía que pronto sería buena en eso.

Pasaba tanto tiempo con mamá que incluso estaba aprendiendo a coser. A veces era complicado, pero poco a poco lo estaba logrando. No me gustaba hacer ropa, pero me gustaba hacer otras cosas útiles como bolsos, mochilas y edredones. Hasta ahora las cosas que había hecho eran muy sencillas. Amelia dijo que tenía talento para eso. Estoico notó que estaba interesada en coser y un día regresó del campamento con una nueva máquina de coser. Mi propia máquina. Le quería hacer algo más tarde para agradecerle. No sabía cómo la consiguió, pero me alegré de que lo hiciera.

Según escuché, su entrenamiento era muy duro, pero supuse que lo estaban haciendo bien. De alguna manera, tanto Kenzo como Estoico se hicieron más altos y más fuertes. Empezaban a parecerse más a bestias que a humanos. Especialmente Estoico, intimidaba. Principalmente su rostro muy serio.

El otro día estaba hablando con mis amigos, y tan pronto como vieron a Estoico, salieron corriendo. Estoico siempre me dijo que necesitaba alejarme de los chicos y cuidar mi cuerpo. Dijo que tenía que empezar a pensar en mi futuro marido, que a mi marido no le gustaría que empezara a andar con chicos. No sabía por qué a él le importaba tanto, pero lo hacía.

«¡Ocúpate de tus propios asuntos, Estoico!».

Era invierno y el clima era increíblemente frío. Como hacía tanto frío, todo fue cancelado, incluido su entrenamiento, por lo que Kenzo y Estoico habían estado en casa durante unas tres semanas. Ese es el tiempo más largo que han permanecido en los últimos dos años y medio. Hubo esta tormenta masiva hace dos semanas con fuertes vientos, nieve y temperaturas bajo cero. Un gran árbol cayó sobre la casa del tío y rompió parte de su techo.

Ya que hacía un frío estúpido, mi papá les pidió a los Dokken que se quedaran con nosotros hasta que el clima se calentara lo suficiente como para que pudieran hacer las reparaciones en la casa. Trasladamos sus cosas y comida a nuestra casa, y nos quedamos todos juntos.

Como mi casa solo tenía tres habitaciones, mamá le dio la mía al tío Erik y a la tía Ida. Estoico me había hecho una cama más grande, por lo que no era tan incómodo para ellos allí. Estábamos un poco apretados ya que nuestra casa no era tan grande de todos modos. Incluso con solo nosotros cinco, a veces sentía que no había suficiente espacio. Al menos fue divertido porque jugamos muchos juegos, y jugar juegos era más emocionante cuando había más gente con quien jugar.

Como no tenía dónde, me fui a dormir con los chicos. En la habitación de Kenzo y Ethan, había dos camas. Kenzo eligió dormir con Ethan, lo que nos dejó a Estoico y a mí en su cama. Tenía sentido, supongo. Kenzo y Estoico eran demasiado grandes para dormir en una cama, y Ethan también. Para ser honesta, Estoico era demasiado grande para nuestras camas, punto. Necesitaba dormir en diagonal, e incluso entonces, sus pies colgaban.

Durante dos semanas, compartí la cama con Estoico. Él era un abrazador. Tuve que admitir que me gustaba dormir junto a él. Era como una manta cálida, que era perfecta en este clima frío. Uno de sus brazos era mi almohada, y el otro estaba envuelto alrededor de mí, abrazándome fuerte. Sabía que no había ninguna posibilidad de que me cayera de la cama. La mayoría de las noches me daba palmaditas para dormir o me frotaba la espalda. Fue muy reconfortante.

Por alguna razón, siempre ponía una almohada entre nosotros, lo llamaba espacio personal. Pensé que era un ridículo ya que estábamos tan cerca, pero si había aprendido una cosa sobre Estoico, era que nada de lo que decía tenía sentido.

Un día me desperté más temprano de lo habitual. Apenas había salido el sol, y cuando abrí los ojos, vi a Kenzo en la otra cama durmiendo con el brazo por encima de la cabeza y a Ethan a su lado, roncando suavemente. Miré hacia abajo y vi el pesado brazo de Estoico sobre mí. Me gustaba dormir en posición fetal y me abrazaba como si fuera un osito de peluche. Él siempre era la cuchara grande.

Me di la vuelta en sus brazos y estudié la figura dormida de Estoico. Se veía mucho mejor durmiendo que despierto. Era un poco guapo cuando no estaba enojado y, desafortunadamente, eso era todo el tiempo. Dejé que mis dedos rozaran sus cejas y toqué suavemente sus pestañas de color rojo oscuro. Eran tan largas. Habría sido una chica bonita. Su camiseta estaba estirada y podía ver su cuello y los fuertes músculos de la parte superior de su pecho. No sabía cómo su cuerpo podía estar duro y cómodo al mismo tiempo.

Toqué su nariz recta y luego pasé mi dedo por su mandíbula afilada. A pesar de que se afeitó recientemente, todavía podía sentir el nuevo crecimiento del cabello. Sí, pronto tendría una barba larga como el tío Erik y papá. Su rostro era duro y bien definido. Muy masculino. Comprendí por qué las chicas siempre lo habían encontrado tan guapo. En cierto modo lo era.

Estoico todavía no se había conseguido una novia. Me alegré un poco por eso. No quería chicas estúpidas a nuestro alrededor, a su alrededor. Ya teníamos suficientes chicas locas solo con Kenzo.

Estoico respiró hondo y me abrazó con más fuerza. Dejó escapar un gruñido bajo y besó mi cabeza.

–Duerme, Emmy. Es temprano –dijo con los ojos cerrados.

No sabía que estaba despierto. Me acurruqué más cerca de él, queriendo calentarme. Olía bien. Apoyé la cabeza en su pecho y pude escuchar su corazón latir con fuerza.

–¿Estoico?

–Hmm...

–Te haré una mochila. ¿La quieres negra o verde? –susurré, para no despertar a Kenzo y Ethan.

–Sorpréndeme –susurró en respuesta. Me puso el pelo detrás de la oreja y asentí.

Le iba a dar una sorpresa.

–¿Emmy, piedra o madera? –preguntó con voz adormilada, los ojos aún cerrados. Más preguntas sin sentido.

–Las piedras duran más que la madera –dije en voz baja, y él asintió.

Estoico me dio más de la manta y volvió a besarme la cabeza.

Cerré los ojos y, entre su respiración lenta y la mía, volví a quedarme dormida.

OCHO

EMMERSON

Emmerson 13 años
Estoico 18 años

Mi cuerpo estaba cambiando drásticamente. Mis senos siguieron creciendo y tuve que comenzar a usar un sostén de entrenamiento. Mis caderas estaban formando curvas y mi trasero se estaba volviendo más redondo. Además, me comenzó a crecer pelo en áreas donde no lo quería. Pronto tendría que empezar a afeitarme.

Hace unas tres semanas, tuve mi primer período. No esperaba que fuera tan doloroso y complicado.

Estoico me vio tirada en una esquina y con mucho dolor, y se preocupó. Pensó que estaba enferma, así que tuve que decirle lo que estaba pasando. En lugar de sentir asco y alejarse de mí como pensé que haría, me dio un gran abrazo.

«¡Bicho raro!».

Estoico me dijo que lamentaba que tuviera dolor, pero que esto era algo especial por lo que deberíamos estar felices. Dijo que algún día podría crear una vida. Estoico me sentó en su regazo, me sostuvo en sus brazos y me abrazó por un largo rato. Frotó mi vientre con sus cálidas manos y eso me hizo sentir mejor. Parecía extrañamente feliz, y como yo estaba dolorida y cansada, ni siquiera le pregunté por qué. Solo lo dejé en paz. Me ayudó a sentirme mejor después de todo.

–¿Este o norte? –La pregunta estúpida. Nunca dejó de preguntarlas.

–Noreste –dije mientras descansaba mi cabeza en su pecho. Estoico me frotó la barriga hasta que me quedé dormida, y luego me llevó a mi habitación y me dejó allí.

Sabía que estaba más ocupado que nunca ahora que él y Kenzo estaban a punto de irse. Sin embargo, Estoico todavía me seguía siempre que podía, lo que a veces era un poco molesto. Sabía exactamente cómo vengarme de él y hacerlo desaparecer. Siempre que quería hablar con Amelia en privado mientras Estoico estaba merodeando, todo lo que tenía que hacer era empezar a decir "mi vagina" en voz alta, y él se ponía rojo tomate y se perdía. Funcionaba todo el tiempo.

Ayer, Kenzo y Estoico comenzaron a prepararse para irse. Se irían y no volverían durante tres años. Les hice regalos. Me tomó mucho tiempo terminarlos. Hice mochilas. La de Kenzo era verde y la de Estoico era negra. Me aseguré de ponerles muchos bolsillos y cremalleras. Las reforcé y las hice impermeables. Mamá me ayudó. Esperaba que les duraran mucho tiempo. Dentro de la mochila de Estoico, puse muchas etiquetas con mi nombre. Si alguna chica lo veía, sabría que debía mantenerse alejada. De todos modos, a Estoico no le gustaría ninguna de ellas.

También empaqué bocadillos y cosas esenciales dentro de la mochila, como cepillos de dientes, fósforos y una botella de agua. Les pedí a papá y al tío Erik cuchillos para poder ponerlos en las mochilas también, y me los hicieron. Les di un dibujo de cómo quería que se vieran los cuchillos y ellos hicieron todo lo posible por copiarlo. Resultaron ser súper geniales. No eran tan grandes, pero tenían una curva genial. El mango de Kenzo tenía sus iniciales "KS". El cuchillo de Estoico tenía las nuestras, "E&E". El tío Erik también escribió "Góðr" en el otro lado del mango. No sabía lo que significaba. Mamá les hizo bolsillos protectores de cuero a los cuchillos ya que eran muy afilados.

El día antes de su partida, cenamos todos juntos. Fue una cena extraña. En realidad, nadie habló mucho. Vi a todos los adultos tratando de animarlos, pero Kenzo y Estoico no parecían muy emocionados por irse. Especialmente Estoico, parecía miserable. Les di sus mochilas y a ambos les encantaron. Quería mostrar todas las cosas que habíamos metido dentro, pero tan pronto como Estoico vio el cuchillo, lo agarró junto con la mochila, se levantó y salió de la casa antes de que pudiera mostrarle el resto de las cosas. ¡Qué grosero! El tío Erik, Kenzo y papá lo siguieron, y no regresaron hasta más de media hora después. Cuando regresaron, el resto de nosotros casi habíamos terminado con el postre.

Estoico decidió quedarse en casa con nosotros esa noche, para poder irse junto con Kenzo por la mañana. Durmió conmigo en mi cama. No parecía que hubiera descansado mucho porque se veía como una mierda por la mañana. Tenía los ojos enrojecidos e incluso estaba más pálido de lo que era de costumbre.

Todos los acompañamos a la estación de tren para despedirnos. También estaban presentes muchas otras familias. Por alguna razón, todos estaban demasiado sentimentales. Los ojos de Kenzo estaban vidriosos y mamá y papá lloraban mientras lo abrazaban. El tío Erik y la tía Ida lloraban y abrazaban a Estoico también. Pensé que todos estaban exagerando. Nada más a los adultos les da con ser tan dramáticos. Tres años pasarían rápido, y antes de que nos diéramos cuenta, estarían de regreso. A mi modo de ver, lo peor de la frontera norte era el frío. Algunas de las personas que habían regresado me dijeron que era un trabajo extremadamente aburrido y tedioso. Principalmente protegiendo una valla con un walkie talkie en el frío. Otros dijeron que movieron cajas y cosas como esas.

Kenzo nos atrajo a Ethan y a mí para un gran abrazo y nos dijo que fuéramos buenos con mamá y papá. Nos besó y puso su mochila sobre sus hombros. Vi por encima del hombro de Kenzo que Estoico también se estaba despidiendo de mis padres.

Una vez que Kenzo dio un paso atrás, Estoico se paró frente a nosotros y atrajo a Ethan para abrazarlo. Le dijo algo que no pude oír y Ethan asintió. En dos años sería Ethan quien se iría. Comenzaría su entrenamiento pronto, pero no tendría que viajar como lo hicieron Kenzo y Estoico. Iba a estar en un campamento regular, por lo que estaría en casa. Una vez que cumpliera los 18 años, iría al norte como estaban a punto de hacer Kenzo y Estoico.

Cuando terminó de abrazar a Ethan, Ethan se fue, y todos se apartaron de mí y de Estoico.

Estoico se arrodilló y me abrazó con fuerza. Podía sentir sus lágrimas rodando por un lado de mi cara.

–Ya, ya. Vas a estar bien. El tiempo pasa rápido, ya verás. –Le di unas palmaditas en la espalda y le devolví el abrazo.

«Qué bebé tan grande».

–Emmy, ¿recuerdas tu bumerán? –Sostuvo mi cara entre sus manos y me miró a los ojos. Sus ojos todavía estaban rojos.

–Sí, ¿por qué?

–Soy como ese bumerán, Emmy. Siempre volveré a ti, ¿de acuerdo? –¡Oh! Ya lo entiendo. No sabía que Estoico le daría tanto esfuerzo en pensar algo así.

¿Acaso era eso pura coincidencia? Eso fue algo nuevo.

Me besó con fuerza en la cabeza, se puso de pie, agarró su mochila con una mano y se alejó. Me dio la espalda y se subió al tren sin mirar atrás, ni una sola vez. Kenzo se paró en la entrada del tren y nos saludó con la mano. Pronto las puertas del tren se cerraron y el tren comenzó a moverse. Todos nos quedamos allí mirando al tren desaparecer en la distancia.

Así nada más, se fueron.

Extrañaría sus caras estúpidas, pero sabía que volverían.

Él siempre regresaría.

NUEVE

EMMERSON

Emmerson 16 años
Estoico 21 años

La vida sin mis hermanos fue algo más fácil, sin dramas, sin peleas, sin chicas locas persiguiéndolos. Sí, también contaba a Estoico como a mi hermano. Mi hermano de otra madre.

Habían pasado tres años y finalmente era tiempo de que regresaran. Por alguna razón, las cosas no salieron según lo planeado, por lo que tendrían que regresar a la frontera en seis meses. Al menos, tendrían un buen y merecido descanso.

¡No podía esperar a verlos! Odiaba admitirlo, pero los extrañaba, a todos. Pensé en ellos muy a menudo, especialmente en Estoico. Me dejó regalos con el tío Erik, la tía Ida y mamá. Incluso cuando él no estaba aquí, siempre recibía mi vestido de cumpleaños, mi aro de verano y mi regalo de madera para el otoño. Esculpió un hermoso Yggdrasil en un trozo de árbol redondo. Lo coloqué en mi habitación junto a la cosa de metal que me dio cuando era pequeña, el "Jeg elsker deg". Eso me hizo extrañarlo aún más.

Vine con Amelia a esperarlos en la estación de trenes. Ella y yo nos quedamos justo enfrente, donde estaban las tiendecitas. Amelia quería comer pasteles, así que estábamos llenándonos las bocas antes de que llegara el tren.

Mamá, Papá, Erik e Ida los estaban esperando en el andén. Ethan se había marchado al norte el año pasado. También le hice una mochila.

Mirando hacia atrás, durante estos últimos tres años, había estado muy ocupada. Me volví muy buena cosiendo bolsos y mochilas, y ya estaba consiguiendo cambiar muchas cosas por mis trabajos. Hace poco recibí un arco de madera y se lo daría a Estoico cuando regresara. Sabía que le iba a gustar. También me iba bien con el grupo de baile. Habíamos bailado muchas veces delante de un público, y la multitud se volvía loca cuando lo hacíamos. Aprendí portugués, y mamá y yo lo hablamos todo el tiempo, sobre todo si no queríamos que papá supiera de lo que estábamos hablando.

Desde que Estoico se fue, me dediqué a pasar mucho tiempo con la tía Ida. No quería que se sintiera sola. Ella me enseñó algunas de las recetas favoritas de ella y de Estoico, y las cocinábamos juntas tres veces a la semana. Cuando Estoico regresara, podría sorprenderlo con una buena cena.

Mi cuerpo estaba completamente diferente. Tengo que admitir que crecí. De hecho, me veía muy bien. Estaba mucho más alta, mi cabello rizado casi llegaba a mi espalda baja, mis caderas tenían curvas, mis pechos habían crecido a un tamaño agradable y cómodo, y mi trasero era redondo y algo grande como el de mamá. Como bailaba tanto, mis piernas estaban bonitas y tonificadas.

Cambié mi forma de vestir y podría decir que tenía muy buen estilo. Mamá me ayudó con eso. Toda mi ropa mostraba mis curvas perfectas, me abrazaban en todos los lugares correctos y realzaban todos mis encantos.

Nunca dejé de ser una engreída, así que caminaba por las calles balanceando mis caderas como la reina que sabía que era. Los chicos me coqueteaban todo el tiempo. Recibía silbidos y frases estúpidas dondequiera que fuera. Amelia me llamaba el microondas: los calentaba pero nunca los comía. Amelia también creció y se puso asombrosamente hermosa con un cuerpo escultural. ¡Entre ella y yo podríamos dejarlos a todos muertos! ¿Quién hubiera creído que las chicas menos femeninas resultaron ser las más lindas de todas? ¡Nadie lo hubiera imaginado! No tenía ninguna vergüenza, y a menudo ignoraba los piropos que me hacían los chicos. Yo era hermosa y lo sabía.

Sin embargo, no me importaban mucho los chicos, ninguno de ellos era lo suficientemente interesante o lindos para mí. Amelia dijo que era quisquillosa, pero la verdad es que tendía a compararlos mucho. Ninguno de ellos era lo suficientemente alto, ni lo suficientemente guapo, ni lo suficientemente fuerte para mí. Siempre les faltaba algo. No buscaba la perfección, pero definitivamente no eran lo que quería. Algunos de ellos incluso se frustraron porque ni siquiera les daba ni la hora. Mi "viejo amigo" Noah era uno de ellos.

Es curioso que cuando los gatos estaban fuera, los ratones se relajaron y pensaron que podían salir a jugar. Estaba segura de que tan pronto como Kenzo y Estoico regresaran, todos estos idiotas tendrían que tragarse sus propias lenguas. Un silbido frente a Estoico y las cabezas rodarían. La forma en que noqueó a Landon parecería un juego de niños comparado con la masacre que les esperaba.

Noah ya debió haberme invitado a salir como veinte veces. Me quedé sin formas de decir que no, pero él tenía la costumbre de aparecer en todos los lugares a los que yo iba.

–¿Qué es la que, Emmy? –Hablando del diablo…

–Oh, Noah. ¿Qué haces?

–No mucho, simplemente dando vueltas. ¿Qué están haciendo las dos mujeres más lindas del pueblo? –Noah dijo, tratando de sonar interesante pero fallando. «Oh, esto no le iba a gustar.»

–¿Nosotras? No mucho, tan solo estamos esperando a que lleguen Kenzo y Estoico –dije de una manera muy desinteresada, señalando entre Amelia y yo. Sus ojos crecieron al doble de su tamaño.

–¿Estoico?

–Sí, Estoico y Kenzo –dije, dándole un gran mordisco a mi queso danés.

–¿El maldito Estoico Dokken regresará hoy?

«Se acabó el juego, amigo».

–Sí –dije de forma burlona. Amelia no pudo contener la risa y comenzó a reírse entre dientes.

–¡No me jodas! –dijo y tiró de su cabello.

«¡Qué asco! no gracias».

–¿Sabes qué? No me importa una mierda. Ya no soy ese niño pequeño a quien solía molestar. No dejaré que ese idiota me intimide más. –Asentí. Interesante, iba a probar su suerte. Tan tierno.

–¡OK, buena suerte! –Le hice un gesto con la mano, me di la vuelta, entrelacé mi brazo con el de Amelia y comencé a alejarme de él.

–Debes estar feliz, ¿verdad, Emmerson? –dijo Noah, y me volví para mirarlo. Su ridículo rostro parecía enojado.

–¿Qué? –dije con la boca llena.

–Tu novio va a volver.

–Te refieres a mis hermanos –dije después de tragar.

–No, me escuchaste bien, tu hermano y tu novio de toda la vida.

«¿Qué? ¿Quién diablos se creía que era? ¡Qué cojones!».

–No seas estúpido, Noah, los celos no le quedan bien a nadie. Deja de inventarte mierdas. –Le di la espalda de nuevo y comencé a caminar.

–A nadie menos a Estoico, ¿verdad?

«¿De qué estaba hablando?».

–Estoico no es más que un hermano sobreprotector. –Él, más que nadie, debería haberlo sabido.

–Él te desea, Emmy, siempre lo hizo. Te quiere follar duro, y ni siquiera te das cuenta.

«¿Qué?».

Este idiota estaba delirando. Eso fue todo, yo no puedo más con él.

–No todos los chicos de aquí son cerdos como tú. Estoico es como mi hermano. Admítelo, estás enojado porque sabes que no tienes ninguna posibilidad conmigo. Un consejo, olvídate de mí, Noah.

–Puedes decir lo que quieras, Emmerson, pero en sus ojos, tú eres su mujer –dijo mientras se giraba y comenzaba a alejarse de nosotras.

–Oh, vete a la mierda, cabrón –le grité.

–¡OK! Vámonos. –Amelia me apartó antes de que decidiera quitarme el zapato y hacer algún daño. Noah se fue echando humo.

«Tropieza y muérete, Noah. ¡Tropieza y muérete!».

–¿Qué diablos le pasa? –dije, comiendo mi postre. Amelia me miró con una mirada que decía "ya bien lo sabes".

–¿Qué? –Mi boca estaba llena de nuevo.

–Emmy, no creo que Noah esté completamente equivocado –dijo ella, vacilante.

–Oh, vamos, ¿tú también? –Estaba cansada de que la gente me diera ese ridículo argumento.

–Sólo digo... –dijo, encogiéndose de hombros.

–Créeme, eso es un definitivo no. ¿OK?

–Está bien, si tú lo dices... –Ella todavía no me creía, pero no iba a discutir más sobre ese estúpido tema.

Después de comer, sacudí las migajas de mi camisa. Miré mi reflejo en una de las ventanas de cristal de la tienda, me di la vuelta, me guiñé un ojo y me levanté el pulgar. Me veía bien. Llevaba una camiseta corta de crochet blanca ajustada, sin mangas que dejaba ver mi ombligo y pantalones cortos sueltos que se ajustaban a mi cintura y acentuaban mis curvas. Los pantalones terminaban en la mitad del muslo y fluían con el viento. De hecho, parecían más una falda.

Tenía mis tenis blancos puestos, mi cabello estaba recogido en un moño desordenado y mi piel bronceada brillaba bajo el sol de verano.

–Tenemos que regresar. Veo que la gente ya está saliendo, así que creo que ya deben haber llegado –dijo Amelia. Estuve de acuerdo.

Caminamos de regreso, y tan pronto como pasamos por la entrada de la estación, lo vi. Estaba muy lejos, pero su cabello rojo sobresalía por encima de la multitud. Estoico había vuelto. Di algunos pasos hacia adelante y mi corazón se aceleró.

«¿Por qué latía mi corazón tan rápido?».

Estoico miraba a su alrededor, serio, sus ojos azules escudriñaban a la multitud. Debió de haber estado buscándome. Kenzo estaba de pie junto a él, hablando con papá. Ambos se veían tan diferentes. Sin embargo, un buen tipo de diferente.

Una sonrisa se extendió por mi rostro y, de repente, un mar de emociones me consumió. Grité su nombre y sus ojos se posaron en mí. Frunció el ceño y supe que apenas me reconocía.

En ese momento el mundo se detuvo y mi mente bloqueó cualquier otra cosa que no fuera él. Me reí y corrí hacia él. Corrí tan rápido como pude entre todos los cuerpos en movimiento que para mi no eran más que sombras. Lo único que podía ver era a Estoico. Mi corazón se aceleró, y me topé con al menos cuatro personas diferentes en mi camino hacia él. Se quedó allí, con una sonrisa en su rostro y sus ojos azules brillando como estrellas. Vi a Kenzo inclinarse y decirle algo, y asintió sin apartar los ojos de mí, ni siquiera por un segundo.

Mi moño desordenado se cayó, y mi cabello se desparramó en todas direcciones, pero no me importó. Seguí corriendo hacia él y gritando su nombre. Tan pronto como me acerqué, dejó caer su mochila negra al suelo y abrió los brazos. Salté a sus brazos y me agarró. Mis brazos se envolvieron inmediatamente alrededor de su cuello y mis piernas alrededor de su cintura. Envolvió sus brazos alrededor de mí y me abrazó con fuerza.

–¡Regresaste! –Tenía ganas de llorar. ¿Por qué tenía ganas de llorar? Lo abracé tan fuerte.

–Estoy de vuelta, pequeña. –Su voz. Extrañaba su voz profunda. No me di cuenta de que lo había extrañado tanto.

Me aparté un poco y lo miré a los ojos, sonriendo como una niña pequeña. Había cambiado mucho. Ahora tenía barba y los brazos cubiertos de tatuajes, pero era él. También tenía músculos fuertes como una bestia. Apuesto a que podría romper un tronco con sus propias manos.

«¿Había sido así de guapo siempre?».

–Emmy... –Estoico me estaba estudiando. Sus ojos viajaron hacia abajo y luego hacia arriba. Ya no era la niña que dejó atrás hace tres años.

–¡Estoico! –grité y le di otro abrazo. Enterró su rostro en mi cuello y respiró hondo.

–No te preocupes por tu verdadero hermano. Estoy bien, por supuesto... Solo abraza a Estoico. Estoy bien –dijo Kenzo, pero lo ignoramos. Simplemente tomó la mochila de Estoico y se alejó, murmurando algo. No podía dejar de sonreír. Kenzo estaba siendo demasiado dramático.

–Te extrañé, mucho –dijo y me apretó con más fuerza.

–Sé que lo hiciste. No hay otra como yo en este mundo. –Habló la engreída que llevo en el interior.

Él se rió entre dientes

–Tienes razón. –Muy bien dicho, esa fue una respuesta inteligente.

–¡No quiero dejarte ir! Me aferraré a ti por el resto del día –le dije.

Estoico se rió. No estaba bromeando. Podría abrazarlo durante horas.

–Podría quedarme contigo durante el resto del mes –dijo, y ambos nos reímos.

Movió sus manos desde mi cintura hasta mis muslos para ayudar a sostener mi peso. Tan pronto como sus cálidas manos tocaron mi piel, sentí la piel de gallina. Mis ojos viajaron a sus manos y luego de vuelta a su rostro. Estoico me estaba mirando a los ojos con una expresión que nunca le había visto. ¿Qué era? Me emocionó pero al mismo tiempo me puso nerviosa.

Arqueó una ceja ante mi expresión y sonrió. Este era mi Estoico, pero al mismo tiempo, era diferente. Nos quedamos allí, mirándonos a los ojos durante mucho tiempo.

–¿Quieren ustedes dos volver a casa con nosotros o se van a otro lugar? –preguntó mi mamá, interrumpiéndonos.

–Sigan adelante. Los veremos más tarde –dijo Estoico sin romper el contacto visual conmigo.

–Está bien... la cena es a las seis. No lleguen tarde –dijo mi mamá y se alejó.

–Te veo en casa, hijo. –Mi papá le dio unas palmaditas en el brazo y siguió a mamá.

–¡Emmy! Yo... ¡Oh! Yo... tengo que irme. Mis mamás deben estar buscándome. ¿Hablemos después, vale? –Esa era Amelia, no le respondí ni aparté mis ojos de los de Estoico. Fue como un concurso de miradas. Mis ojos permanecieron fijos en los suyos como un imán.

–¿Quieres dar un paseo? –me preguntó después de que todos se fueron. Todo lo que pude hacer fue asentir con la cabeza como una idiota. No pude detener la sonrisa que se extendía por mi rostro.

–Vamos. Súbete a mi espalda. –Me bajó, se volvió y se arrodilló. No lo pensé dos veces antes de saltar sobre él, envolviendo mis brazos alrededor de su cuello y mis piernas alrededor de su torso. Se agarró a mis piernas y empezó a caminar.

Salimos de la estación y bajamos por la calle, hacia el parque. Debo decir que el mundo se veía diferente desde aquí. Esa sería una larga caída hacia abajo.

«¿Era así cómo se sentía medir dos metros?».

Cada vez que me reajustaba, lo abrazaba con más fuerza. Había un millón de cosas de las que quería preguntarle y hablar, pero no salió nada. Simplemente me aferré a él, disfrutando la forma en que se sentía tenerlo tan cerca.

Su cabello había crecido. Lo tenía atado en un moño, y me pregunté cuan largo era en realidad. Tenía tantas ganas de pasar mis dedos por él. Su espalda era ancha y sus músculos se sentían duros. Siempre había sido fuerte, pero ahora se parecía a un dios más que a cualquier otra cosa. Incluso cuando solo vestía una simple camiseta negra, jeans y botas, parecía que acababa de atravesar Bifrost y salir de Asgard. Ninguna de sus ropas le quedaba ajustada, pero aún se podía ver que estaba absolutamente duro debajo de ellas. Estoico estaba más caliente que el maldito sol, y sentí que me estaba derritiendo lentamente sobre él.

«¡Oh mierda! Noah y Amelia podrían haber tenido razón».

Estoico nos llevó al parque y me sentó en un banco columpio. Estábamos bajo un gran arce y la sombra que nos cubría nos mantenía frescos y cómodos en este día cálido. Se sentó a mi lado y me acercó más a él. Estoico me puso el pelo detrás de la oreja y me besó la cabeza. El lugar estaba casi vacío, solo unos niños pequeños corriendo en la distancia.

–Has crecido mucho. Te ves tan diferente que apenas te reconocí. –Su pulgar acarició mi rostro.

–Tú también cambiaste. –toqué suavemente su barba y él sonrió. Señalé sus tatuajes–. ¿Cuándo te hiciste todo eso?

Lo pensó antes de responder, sabía que iba a medir sus palabras.

–Muchos de ellos, siempre había querido tenerlos. Supongo que era el momento adecuado para hacerlos.

Maldita sea, se veía muy bien con ellos.

–¿Estás seguro de que no fue para impresionar a las damas? –Levanté y bajé las cejas de una manera cómica.

«Oh, espera, ¿había estado con mujeres?».

Debía de haberlas. Era demasiado guapo. Las chicas de su edad deben estar locamente enamoradas de él. Mendigando de rodillas.

–No, no hay nadie a quien impresionar allí.

Mierda. ¡No lo creo!

–Entonces, ¿me estás diciendo que no hay chicas corriendo detrás de ti en el norte como las tenías aquí? –dije, mis ojos buscando en sus profundos ojos azules.

Fijó sus ojos en los míos. Apareció una sonrisa tímida en su rostro y negó con la cabeza.

–Nah. Quiero decir, sí. Hay chicas pero… –me dio unas palmaditas en la cabeza–. Nunca me ha interesado ninguna de ellas.

¡Mentira!

–Entonces… ¿Me estás diciendo que no te gustan las chicas? Quiero decir, está bien…

–Me gustan las chicas, Emmy. –Me detuvo antes de que pudiera terminar mi pensamiento. Casi olvido lo fácil que era enojarlo.

–Oh, yo pensé…

–Me estoy reservando para una en especial. –¡Oh, vaya! No pensé que Estoico fuera tan romántico. Eso es mucho mejor que ser un puto como Kenzo.

–¡Bien! Me gusta eso. ¡Siga con el buen trabajo! –dije, levantándole un pulgar.

–No creo que pueda hacerlo por mucho más tiempo –dijo, mirando al suelo.

«¿Qué significaba eso?».

–¿Qué? –Yo empecé.

–Regresemos. –Me interrumpió. Se puso de pie rápidamente y se arrodilló. Salté sobre su espalda de nuevo y nos dirigimos a casa.

Estoico tomó el camino más largo de regreso a casa. En lugar de la carretera, pasamos por el bosque. Se quedó en silencio durante un rato y luego me hizo una de sus famosas preguntas tontas.

–Emmerson, ¿una hamaca o un columpio?

«¿Qué demonios? ¿Por qué pregunta?».

–¡Un diván columpio! –Me reí entre dientes y él también.

Después de eso, se quedó callado, pero no pude soportarlo y rompí el silencio.

–Estoico, ¿qué estabas haciendo realmente allí en el norte? –Se puso un poco rígido y me reajustó.

–No mucho. Solo vigilando la valla. Fue bastante aburrido.

¿Por qué necesita estar tan fuerte solo para proteger una cerca? Tal vez estaba así porque no tenía nada que hacer más que ejercicios.

–Lo extrañé aquí, extrañé esto –me dijo.

Debe estar hablando de tranquilidad y naturaleza.

–¿Es el norte tan aburrido como las chicas que viven allí? –No quería abandonar el tema. Tenía muchas ganas de saber. No podría dormir bien si no lo averiguaba con certeza. Debía de haber tenido una chica ahí.

–Emmerson, la chica que me gusta está aquí, no allá.

Entonces, sí tiene a alguien. ¡Oh, no!

–¡Oh! Entonces... ¿Tienes una novia secreta?

«Por favor di que no, por favor di que no».

–Algo así. No estoy disponible si eso es lo que estás preguntando. –Me quedé callada. Eso no me gustó. No sabía por qué, pero no me gustaba.

¿Estoico le pertenecía a alguien?

–Y tú tampoco estás disponible, ¿verdad? –preguntó con una voz alegre.

«¿Estaba Estoico feliz por eso?».

Nunca había pensado mucho en mi futuro esposo, pero ahora mismo, por alguna razón, no me sentía bien sobre eso.

–Sí... –traté de no sonar deprimida pero fallé–. ¿De verdad tengo que casarme con él?

–Sí. –Estoico respondió rápido, sonando como una respuesta definitiva. Que manera tenía Estoico de concluir la conversación antes que comenzara.

–¿Qué pasa si no me agrada mi esposo? –Puede que yo no quiera esta boda después de todo.

–Aprenderás a hacerlo. –Otra respuesta definitiva. No dejaba lugar a discusiones.

–¿Y si no le agrado? –Ahora solo estaba buscando excusas.

–Eso no es posible. Eres increíblemente hermosa, Emmy.

«¿De verdad pensaba que era hermosa? Bueno, gracias por alimentar mi ego».

–¿Tú crees? –No podía verle la cara. Sonreí y me mordí el labio.

–Sí.

–Bueno... no eres el único que piensa así. –Me reí pensando en todos los chicos que me habían confesado su amor.

–¿Qué quieres decir? –Su voz se puso seria.

–Soy bastante popular. La pequeña y poco femenina Emmerson se ha convertido en una chica muy guapa –dije con mi voz sexy, y dejó de caminar. Puede que él no creyera lo estúpidamente narcisista que estaba actuando. Apuesto a que esta chica que le gustaba no era ni la mitad de bonita que yo.

–¿Los chicos están coqueteando contigo? –¡Aquí está! Ese era el Estoico que recordaba.

«Hola, mi viejo amigo».

–Pfft, por supuesto. Todo el tiempo –dije riéndome.

–¿Quienes?

–¿Por qué quieres saber eso? ¿Para poder asesinarlos a todos? No seas tonto, Estoico. Tendrías que matar a la mitad del pueblo. –Me reí un poco más, pero a él no le pareció mi chiste tan divertido como a mí.

–¿Has salido con alguien? –preguntó, bajando la voz. Sí, estaba enojado. Oh, ahora sí que lo iba a molestar.

–¿Uhm? Veamos... ¿Qué cuenta como citas? –Fingí que estaba pensando.

Estoico me bajó y se dio la vuelta. Parecía enojado. Olvidé lo fácil que era molestarlo. Mordí mi labio y contuve mi risa.

–¿Te ha besado alguien? –Sus manos estaban formando puños. La única persona a la que había besado era a él. Hace mucho tiempo, en su cumpleaños. Recordé cómo su lengua entró en mi boca, cómo lo pateé y cómo no pudo levantarse después. No pude evitar sonreír.

–¿Te ha besado alguien, Emmerson?

«Tu lo hiciste, idiota».

–Bueno... no puedo decir que no a eso. –Se estiró el cuello y se acercó a mí. Estaba enojado, así que di un paso atrás. Dio un paso adelante y retrocedí de nuevo.

–¿Todavía eres virgen? –preguntó, mirando de arriba abajo a mi cuerpo.

¿Qué carajos? ¿Cómo? Quiero decir, ¿por qué preguntaría eso? Eso era super personal.

–Eso no es asunto tuyo, Estoico. –Otro paso.

–Es una pregunta de sí o no, Emmerson. –Y yo no quería contestarla. Otro paso.

–¿Y si no lo soy? –Sus ojos se agrandaron. Oh, estaba furioso.

–No bromees, Emmerson. Responde. –Otro paso y choqué contra un árbol detrás de mí. ¡Oh, oh!

–No tengo que decirte una mierda, Estoico –dije con mi voz atrevida. Gran error.

Dio otro paso y su cuerpo estaba tan cerca de mí que podía sentir su calor. Estoico me miró, puso su mano sobre mi coño y acarició mi montículo con su pulgar.

–Dímelo ahora, Emmerson, o te bajaré estos lindos pantalones, abriré tus piernas y lo comprobaré yo mismo. –Su voz era profunda y oscura.

Jadeé con fuerza. Estaba petrificada. Sentí que mi corazón se detuvo abruptamente. No podía respirar. Mis ojos se agrandaron y mi boca se abrió. El calor se extendió por todo mi cuerpo y supe que debía de estar sonrojándome. Nunca nadie me había hablado así ni me habían tocado allí.

–Yo … yo … lo soy –dije en voz baja. Tenía miedo de que hiciera lo que dijo que haría.

–¿Tú qué, Emmy? Usa tus palabras. –Siguió rozando sus dedos sobre mí. Su rostro estaba cerca de mi cuello y sentí su aliento sobre mí. Oh Dios, me estaba mojando.

«¿Por qué me estaba mojando?».

–Todavía soy virgen –dije rápidamente, presionándome aún más contra el árbol. Asintió y su mano se movió lentamente hacia arriba. La movió muy lentamente, el dorso de sus dedos rozando mi pecho hasta que llegó a mi cuello y mandíbula.

–¿Has dejado que alguien toque tu cuerpo?

–No –dije suavemente. Sentí mi coño latir, y más humedad.

–Buena chica.

«¡Oh Dios!».

Su mano se movió hacia abajo de nuevo. Esta vez, en lugar de rozar con los dedos, tenía toda su mano moviéndose suavemente sobre mí, poniendo un poco de presión cuando se movía sobre mi teta. Definitivamente estaba empapada ahora.

–Habría odiado si alguien te hubiera tocado. –Su mano se movió más abajo por mi cuerpo. Sostuvo mi cadera y movió su mano detrás de mí y agarró mi trasero.

–Nadie más puede tener este cuerpo. –Su voz sonaba tan sexy. Empecé a respirar con dificultad.

«¿Qué está pasando?».

Bajó la mano y tocó mis muslos y luego movió la mano hacia arriba, metiendo los dedos debajo de la tela suelta de mis pantalones. Me estremecí y me tapé la boca con sorpresa.

«¿Qué carajos?».

–¿Has sido una chica buena, Emmerson? ¿Mmm? –Sus labios estaban tan cerca de mi cuello que podía sentirlos moverse cuando hablaba. Movió su mano increíblemente lento por mi pierna. No supe qué responder a eso.

«¿Qué quiso decir él?».

–¿Te has tocado, pequeña? –Sus manos se estaban elevando.

«¡Oh, maldito infierno!».

Puso su otra mano en el árbol y me enjauló. –¿Has jugado con este pequeño coño apretado? –Su voz estaba llena de deseo.

–No. –Negué con la cabeza. Esa es la verdad. Sabía que otras chicas de mi edad se masturbaban, pero nunca tuve ganas de hacerlo. Nunca me había interesado el sexo. Tenía la sensación de que eso estaba a punto de cambiar.

Su mano alcanzó mi ropa interior húmeda y la rozó ligeramente con el dorso de los dedos.

–¿Te estás mojando, Emmy? –Su voz bajó de alguna manera, pero mantuvo la calma.

–Yo... yo... –No podía hacer que las palabras salieran de mi boca. Estoico sacó su mano de debajo de mis pantalones y la puso en mi cintura. Inmediatamente me di cuenta de lo que estaba haciendo. Estoico abrió la cremallera del costado de mis pantalones cortos. Deslizó su mano dentro de mis pantalones y ropa interior, moviéndola lentamente hacia mi centro.

«¡Santo cielo!».

Agarré su mano con la mía, pero siguió bajando. Mis ojos estaban fijos en su mano, mi respiración entrecortada. Su mano alcanzó mis partes y suavemente pasó sus dedos índice y medio por encima de mí. Su dedo medio estaba justo sobre mi raja con su índice deslizándose a lo largo de mi labio. Los arrastró lentamente por mi montículo. Una vez que su dedo estuvo lo suficientemente bajo, agregó un poco de presión y deslizó su dedo medio dentro de mis labios. Suavemente rodeó mi entrada y luego lo movió hacia arriba, muy lentamente.

Apreté su mano tan fuerte como pude, sin saber si quería que se detuviera o siguiera. Se sentía tan bien.

–Joder, Emmerson, estás tan jodidamente mojada. –dejó escapar un gruñido bajo y presionó sus caderas contra mi cuerpo. Estoico alcanzó mi clítoris y frotó pequeños círculos a su alrededor.

–¡Aahh! –gemí, mi cabeza cayendo hacia atrás.

Estoico siguió frotando círculos con sus cálidos dedos, y yo sostuve su mano como si mi vida dependiera de ello. Sus ojos se clavaron en los míos.

–¡Aah! ¡Aah! ¡Aaahh!... –gemí suavemente, mi boca abierta y mis labios temblando. Sabía cuánto me afectaba esto y se mordió el labio.

Estoico dejó de frotar mi clítoris. Deslizó su mano arriba y abajo de mi coño varias veces, haciendo que todos sus dedos se humedecieran con mis jugos. Me dio un pequeño toque en mi coño que me hizo saltar, y luego sacó su mano.

Vi cómo se metía dos dedos en la boca y los saboreaba, con los ojos clavados en los míos.

–Mmm –dijo, lamiendo sus labios después.

«¡Oh, joder!».

Estaba avergonzada. Quería que la tierra se abriera y me tragara por completo.

Estoico me subió la cremallera de los pantalones, me apartó del árbol y me quitó el polvo de la ropa. Dando unos pasos hacia atrás, dijo:

–Las chicas de tu edad no deberían caminar con la ropa interior empapada, Emmerson. Vamos a casa. Tienes que limpiarte y cambiarte. Todo el mundo está esperando. –Lo vi frotarse la mitad del muslo mientras decía eso. Cuando lo miré mejor, no era su muslo lo que estaba frotando. Su polla estaba dura, y joder, debía ser enorme si estaba colgando tan bajo.

Estoico se dio la vuelta cuando me vio mirando la tienda en sus pantalones.

–Muévete, Emmerson –dijo, dándome la espalda. Comenzó a caminar y yo lo seguí en silencio.

«¿Qué diablos acaba de pasar?».

DIEZ

EMMERSON

Emmerson 16 años
Estoico 22 años

Después de la forma en que me tocó el día que llegó a casa hace unos cuatro meses, pensé que Estoico definitivamente se sentía atraído sexualmente por mí, pero no lo estaba. Estaba tan jodidamente confundida. El estúpido Estoico debe de haber estado jugando conmigo cuando hizo eso. Tal vez esa fue su venganza por el beso frente al río que le di en su cumpleaños hace muchos años atrás.

Regresamos a casa ese día y actuó como si nada hubiera pasado. El resto del tiempo actuó igual, sin miradas sospechosas, sin insinuaciones, sin tocarme. Nada. No podía entenderlo. ¡Estoico era tan... imposible! Desde ese día, me mojaba, casi vergonzosamente, cuando estaba cerca de él, deseando secretamente que pusiera sus manos dentro de mis bragas una vez más.

Supongo que realmente tenía la mente puesta en otra chica. No tenía ningún interés en mí. Por supuesto, debe haberme visto como una hermana. Fui tan estúpida. Todo esto fue tan incómodo y vergonzoso.

Si yo no le gusto, ¿por qué lo hizo?

Al día siguiente de su llegada a casa, Estoico ya estaba ocupado. No lo vi mucho o casi nada durante los primeros dos meses. Cenaba con nosotros la mayoría de los días, pero eso era todo. Su papá, el mío y Kenzo desaparecían con él a veces. No tenía idea de lo que estaba haciendo esa bola de machos barbudos.

Yo también estaba ocupada. Nuestro grupo de baile volvió a bailar para el público y mucha gente vino a vernos. Estoico también me vio bailar por primera vez. Practicamos para ese programa durante meses y fue un éxito total. Bueno, en su mayor parte.

Al comienzo del baile, no estaba nerviosa en absoluto, solo muy emocionada. Había invitado a toda mi familia y sabía que les encantaría. Cuando la música empezó a tocar al ritmo de los tambores africanos, todos empezaron a animarnos. Cuando comenzamos a bailar, estaba llena de confianza como siempre. Mirando a la multitud, encontré la alta figura de Estoico y bailé mientras lo miraba. Tengo que decir que mover mis caderas de esa manera mientras lo miraba me mojó. Se quedó allí, con los brazos cruzados, apoyado en una columna con una suave sonrisa en el rostro. Me di cuenta de que lo estaba disfrutando.

Los ritmos se hicieron más rápidos y bailamos al unísono con una combinación de movimientos de cadera, movimientos de pecho, gestos con las manos y pies, arrastrando los pies. Dimos la espalda a la audiencia e hicimos movimientos sensuales circulando las caderas, y girando lentamente. Teníamos los pies ligeramente separados, inclinándonos un poco hacia la derecha, y nuestras caderas se movían más mientras todas nos agachábamos. Nuestras manos golpearon el suelo con fuerza antes de que volviéramos a levantarnos sensualmente y continuamos bailando. La multitud vitoreó. Los chicos empezaron a silbar y a gritar cumplidos.

Estaba feliz hasta que vi la cara de Estoico. Estaba furioso. Su rostro tenía un toque de rosa, y cerró los puños, frunció el ceño y apretó la mandíbula, obviamente molesto con todos los chicos, pero ni una sola vez había dejado de mirarme. Había fuego en sus ojos y, para mi sorpresa, había algo más. Lo mismo que vi en sus ojos el día que me tocó. Deseo.

Me distrajo. Me perdí como cuatro pasos antes de recuperar el ritmo. No importa lo que hiciera, mis ojos estaban fijos en los suyos. Nunca me había sentido tan nerviosa mientras bailaba. Podía sentir sus ojos comiéndome. Me estaba mojando tanto que me preocupaba que se notara en mis pantalones ajustados. Eso habría sido un tremendo desastre.

Tan pronto como terminó el baile, salí corriendo del escenario. Amelia me siguió.

–Emmy, ¿qué pasó? –preguntó, jadeando como yo.

–¡Amelia! –Tiré de su mano y la llevé a un lugar detrás del escenario donde nadie pudiera vernos.

–¿Puedes ver algo? –Estaba tan avergonzada. Me volví y señalé mi trasero.

–¿Qué?–dijo, inclinándose para ver mejor–¿Estás en tu periodo? No veo nada.

–Oh, gracias a Dios. ¡Tengo que ir al baño que nos quede más cercano!

–¿Qué? ¿Qué sucedió? ¡Detente, Emmy! ¡Háblame! –Ella no tenía ni idea...

–Yo... creo que... ¡Olvídalo! –Me di la vuelta.

–No, dime qué pasó? –Amelia insistió.

–Tengo que hablar contigo, en privado –dije esa última cosa en voz baja–. Pero primero tengo que pasar por el baño.

–OK, vamos.

Después de usar el baño, me escabullí con Amelia y fui a una parte tranquila del parque. Nos sentamos en la hierba detrás de un par de arbustos y sentí que quería ser devorada por un oso gigante y desaparecer.

Amelia se dio cuenta de que no estaba hablando, así que tomó el primer paso y me preguntó:

–Es Estoico, ¿no?

Vaya, justo en el blanco.

–Sí... ¡Dios mío, estoy tan confundida!

–¿Confundida o cachonda? –dijo, y le di una palmada en el brazo.

–¡Amelia! –grité y ella se rió.

–¿Qué? Es normal. ¡Ese hombre es un dios!

No estaba equivocada.

–Me está volviendo loca. ¡Todo esto se siente tan mal! –¡No debería sentirme así!

–¿Por qué? –Oh, vamos, no te hagas la tonta.

–Es como un hermano para mí. –Me di una palmada en la frente.

–Emmy, él no es tu hermano, y creo que eso está claro para todos menos para ti. Te mira como a un delicioso dulce que está a punto de devorar. –Ella se rió en mi cara. Estaba pasando por una crisis existencial y esta cabrona se rió.

«Ten amigas, dijeron. Las amigas te respaldan, dijeron».

Crucé mis brazos, seguramente viéndome miserable.

–No hay mucho en qué pensar, Emmy. Ese hombre está buenísimo, tírate. Apuesto a que tiene una polla dura y deliciosamente grande en la que podrías rebotar durante horas. ¿Por qué reprimirte? Además, serás la envidia de casi todas las chicas de este pueblo. –Ella me guiñó un ojo.

–¡Amelia! –Jadeé y golpeé su brazo de nuevo. Dos veces.

–¡Vamos, Emmerson! Ya no eres una niña. Todos los chicos y chicas de nuestra edad ya han comenzado a hacerlo.

–No todos, Amelia. Nosotras no lo hemos hecho.

Silencio. Amelia asintió y desvió la mirada.

La atraje hacia mí y la obligué a mirarme.

–No lo hemos hecho, ¿verdad? –No me dio una respuesta. ¡Hija de su madre! No podía creerla.

–Emmerson, no quería decírtelo porque es un poco incómodo.

«¡Me lleva el diablo! ¿Amelia estaba activa?».

–¿Con quién? –¿Por qué no me di cuenta? Nunca la había visto con alguien.

–Um... yo... es mejor si no te lo digo.

–¿Por qué? ¿Qué está pasando, Amelia?

–Porque se suponía que era un secreto. Quería decirte todo, pero para ser honesta, es muy incómodo hablar de esto contigo.

–Pero tú y yo siempre nos hemos dicho todo. –Ella lo pensó.

–Ok Emmy, te lo diré, pero tienes que prometer que no se lo dirás a nadie. Él no quiere que su familia sepa de nosotros todavía. Esa es la razón principal por la que no te dije nada antes.

–¿Qué quieres decir?

–He estado saliendo en secreto con Ethan durante años. Lo hicimos justo antes de que se fuera al norte.

«¿QUÉ?».

–¿Ethan? ¿Como en mi hermano, Ethan? –Ella asintió.

–Como puedes ver, hablar de los detalles de la vida sexual de tu hermano no suena como el tipo de conversación que te encantaría tener conmigo.

–¡Mierda! Ethan. ¡Ese mal parido! Lo voy a matar, joder.

–¡Emmy, no! Realmente nos gustamos. Nos tomamos en serio esto. Sin embargo, primero quiere tener una carrera.

–Mierda, ¿crees que se casará contigo?

–Ese es el plan a largo plazo. ¿Estás de acuerdo con eso?

–¿Que si estoy de acuerdo? Amelia, ¡seremos verdaderas hermanas! –Salté sobre ella y le di un gran abrazo y repetidamente besé sus mejillas. Me aparté y la miré a los ojos.

–¿Qué tan bueno estuvo? –Se mordió el labio tratando de no reír a carcajadas.

–¡Me encantó, estuvo tan rico! –Dejó escapar un chillido y ocultó su rostro.

Cierto, era incómodo saber lo que hacía mi hermano con su carne colgante, pero quería ser una buena amiga y estar ahí para ella.

Nos sentamos detrás de ese arbusto hablando de sexo durante aproximadamente una hora. Después de eso, regresamos al salón de actividades que ahora estaba vacío, agarramos nuestras cosas y nos cambiamos de ropa.

Llevaba un vestido gris ajustado. Tenía cuello alto y mangas largas. Me llegaba hasta la pantorrilla y estaba hecho de una fina tela elástica que abrazaba todas mis curvas. Dejé mi cabello suelto para que fluyera con el viento. Me puse mis botas de combate y salí con Amelia.

–¡Vamos al río! Es demasiado pronto para volver a casa. –No quería enfrentarme a un Estoico enojado ahora.

–Está bien entonces, vamos. –Amelia dijo y tiró su brazo sobre mí. Tomamos el sendero corto y llegamos al río en menos de veinte minutos.

Una vez que llegamos allí, encontramos a Kenzo y a Estoico sentados sin camisa en una roca, todos mojados y riéndose como niños pequeños a punto de hacer algo malo.

También había otras personas allí. Algunos de sus amigos nadaban y hablaban, y algunas chicas los miraban desde el agua. ¡Mierda! Eso no me gustaba para nada.

Grupo de idiotas. Pero, ¿por qué nadar ahora? Debe haber estado helado.

–¡Kenzo! –Llamé a mi hermano y ambos miraron hacia atrás. Kenzo me sonrió y le dio unas palmaditas en la espalda a Estoico antes de que se pusiera de pie y caminara hacia nosotros. Kenzo estaba fuertísimo. Se notaba que todas las chicas se lo estaban comiendo con los ojos.

–Eso fue todo un espectáculo, Emmy –dijo, golpeando juguetonamente mi vientre. Él estaba frío.

–¿Te gustó?

–Sí, no sabía que mi hermana pequeña era tan buena bailarina. ¡Sigue así, muy bien hecho! –Kenzo me dio unas palmaditas y caminó hacia el agua. Allí agarró a esta linda chica rubia por sus caderas y la besó. La reconocí. Esa era Ava, su primera novia. Supongo que volvieron a estar juntos entonces.

Amelia me tocó el brazo y señaló a Estoico. Seguía sentado en la roca mirando a lo lejos.

–¡Ve a buscarlo, tigre! –Me golpeó el trasero con fuerza y se escapó antes de que pudiera convencerla de que no me dejara aquí sola.

Tomando una respiración profunda, caminé tímidamente y me senté a su lado.

–Hola... –dije tan bajo que pensé que él no podría escucharme. Continuó mirando a la distancia.

OK, tal vez esto no fue una buena idea. Estaba a punto de desaparecer lentamente antes de que se diera cuenta de mi triste intento cuando escuché su voz.

–Te veías hermosa bailando. Como una diosa. ¿Te divertiste? –Habló serio, todavía sin mirarme.

–Sí, me divertí. ¿Te gustó? –Pensé que esta iba a ser la parte en la que me iba a decir que dejara de bailar. Esperé a que me sermoneara, pero nada. Él asintió. Nada más, solo un asentimiento. OK, entonces...

–¿Madera oscura o madera clara? –Una pregunta estúpida. Me alegré de saber que algunas cosas nunca cambian.

–Oscura, pues, ¿por qué no? –Me reí y él me miró y se rió también.

Vimos a Kenzo cruzando el río nadando con Ava y desapareciendo en el bosque poco después. Estoico negó con la cabeza. Mis ojos se posaron en él y no pude evitar examinar su cuerpo.

Es una obra de arte andante.

Ahora que se había quitado la camisa, podía ver claramente todos los tatuajes que tenía. Había tantos.

–Estos son geniales –dije y señalé su brazo derecho que estaba completamente cubierto con ellos.

Tenía un hacha que estaba envuelta en lo que parecía ser una serpiente y unos nudos celtas que iban desde el hombro hasta la mitad del brazo. En el hombro, el diseño se mezclaba con un cuervo con las alas extendidas hasta el pecho. En su antebrazo estaba la imagen de un viejo barbudo de rostro duro, y barba trenzada, con un ojo ciego y un casco vikingo mezclado con los nudos celtas de su hacha. Los detalles de la barba eran fascinantes. Ese era Odin, de seguro. Todo parecía un gran tatuaje en lugar de muchos tejidos juntos.

Se miró el brazo y dijo después de señalar el hacha:

–Una herramienta para construir o un arma para destruir. –Se inclinó hacia adelante, apoyando su peso en su codo posado en su muslo. Abrió las manos y las miró antes de cerrarlas y dejarlas colgar.

«Mmm, OK».

–¡Oh! ¿Qué hay de este? –Señalé una forma extraña de tres conos entrelazados en su hombro izquierdo.

–El triple cuerno de Odin.

–¡Oh, recuerdo ese! Sabiduría, ¿verdad?

–Sí.

–¿Y esto? Creo que he visto esto en otro lado. –Señalé una palabra escrita en el lado izquierdo de su pecho. Estaba bajo las alas de otro cuervo. Las alas del cuervo se extendieron hasta su cuello. Los dos cuervos estaban en diferentes posiciones.

–*Góðr*, significa valiente –se palmeó el pecho suavemente dos veces–. Justo encima de mi corazón, donde pertenece.

–¿Corazón valiente? Me gusta. Va bien contigo. –Le di una sonrisa tímida. Solo me miró fijamente.

Levantó la mano izquierda y usó los dedos para peinarse el cabello hacia atrás, y vi otro, en la parte interna de su brazo.

–¿Qué dice eso? –Tiré de su brazo hacia mí y leí las palabras escritas en la parte interna de su brazo en español.

–¿Bosques valientes? –pregunté.

Sus ojos estaban fijos en los míos. Mis manos sostuvieron su brazo, un dedo recorriendo las palabras. Él también tenía frío. No dijo nada, solo asintió. Inclinó un poco la cabeza y un rizo rojo cayó sobre su rostro.

–¡Déjame hacerlo! –dije, moviéndome detrás de él–. Me peinaste mil veces, así que ahora es mi turno. –No se opuso.

Le deshice el moño y pasé los dedos por su cabello. Colgaba un poco más allá de su cuello. Era suave y de un intenso y vibrante tono rojo, como el de la tía Ida. Mis manos acariciaron su cabello, y pasé mis dedos más profundamente en él, tocando su cuero cabelludo, desenredándolo. Me encantó la sensación de su cabello sedoso moviéndose entre mis dedos. Cogí todos sus largos rizos en mis manos y los retorcí suavemente en un moño y até una banda alrededor de ellos.

–¡Hecho! –dije alegremente.

En lugar de alejarme, lo abracé por detrás, poniendo mi cara junto a la suya y mis brazos alrededor de sus anchos hombros. Quizás podría calentarlo un poco. Mientras estaba de rodillas, me apoyé en él y mi pecho se presionó contra su espalda.

Una de sus manos fue a mi brazo, y pasó suavemente el dedo pulgar por mi brazo. Estoico empezó a murmurar suavemente, una vieja canción con su voz de barítono. Inmediatamente lo reconocí, "Misty Mountains". Él solía cantarme esa canción cuando no podía dormir de pequeña. La aprendió de un libro que le gustaba leer cuando era un niño.

Nos quedamos así la mayor parte del tiempo, simplemente sintiéndonos el uno al otro, contemplando el paisaje justo frente a nosotros. Hubo risas provenientes de sus amigos jugando en el río, pero todo se convirtió en ruido de fondo. Los pájaros cantaban, las ardillas saltaban de árbol en árbol y los reflejos cegadores de la luz rebotaban en las tranquilas aguas del río. Esto se sintió bien. Abrazar a Estoico de esa manera se sentía bien.

ONCE

EMMERSON

Emmerson 16 años
Estoico 22 años

Esa noche no pude dormir. Ya había amanecido, y todavía estaba despierta. Me había volteado y revolcado en la cama pensando en él toda la noche. Mi mente viajó a su fuerte pecho, todos sus tatuajes, sus brazos definidos, su espesa barba y su voz profunda. Todo sobre él me ponía caliente. Recordé la forma en que se sentía su piel en mis dedos, su mano moviéndose lentamente hacia abajo por dentro de mi ropa interior y su dedo deslizándose entre los labios de mi vagina.

–¡Ah! ¡No puedo aguantar más! –Ahogué un grito en mi almohada. Estaba decidida a hacerlo. Nunca lo había hecho antes, pero tenía que intentarlo. Iba a frotar mi frijol y complacerme yo misma.

«¿Qué tan difícil puede ser?».

Me cubrí con la manta y dejé que mi mano se deslizara dentro de mis bragas empapadas, encontrando mi clítoris. Abrí las piernas y pensé en cómo Estoico lo hizo, y froté círculos a su alrededor. Más humedad se extendió por mis dedos.

Estaba muy sensible y comencé a sentirme realmente bien. Dejé que mi cuerpo se relajara y eché la cabeza hacia atrás sobre la almohada. Pensé en la forma en que Estoico olía, en la forma en que frotó su dura polla sobre sus pantalones la última vez. Imaginé cómo se sentiría tener su lengua dentro de mi boca, que sus besos corrieran por mi cuerpo.

—¡Ahh!

Joder, eso se sentia bien.

Estaba tan inmersa en esa deliciosa sensación nueva que no noté que la puerta de mi habitación se había abierto.

—¡Ah! ¡Ah! ¡Ah! —Estaba gimiendo suavemente mientras mis dedos se movían más rápido. Estaba disfrutando esta sensación.

—Emmerson. —Escuché la voz baja de Estoico.

«¡Santo cielo!».

No puede ser. Salté, me descubrí la cara y lo confirmé. Lo peor que pudo haber pasado en ese momento. Él estaba aquí, con sus ojos enojados sobre mí. Entró en mi habitación y cerró la puerta detrás de él.

¡Oh no! ¿Sabía él lo que yo estaba haciendo?

—Estoico... —dije, sintiéndome a punto de enloquecer. Mi corazón se sentía oprimido en mi pecho.

—¿Qué estabas haciendo, Emmerson? —hablaba en voz baja y me alegré porque no quería que mis padres se dieran cuenta de lo que estaba haciendo.

—Nada. —Me aferré a mi manta con más fuerza cuando se acercó y se sentó a mi lado.

—¿Nada? —preguntó, levantando la ceja. No pensé que me creería.

—¡Sí, nada! —Traté de sonar confiada pero fallé. Sí, no se lo estaba creyendo. Retiró mi manta y reveló mi estado. Tenía puesta una camisa blanca, pero como no llevaba sostén, estaba segura de que podía ver mis pezones duros debajo. Tampoco tenía pantalones puestos y mi ropa interior tenía una gran mancha húmeda.

—Ya veo. —Sus ojos recorrieron mi cuerpo de arriba abajo y se detuvieron justo entre mis piernas. Se mordió el labio y pude sentir que mi cara se calentaba rápidamente. Eso solo fue suficiente para hacer temblar mi cuerpo.

Estoico puso una mano en mi rodilla y comenzó a subirla lentamente por mi pierna. —¿Ya te hiciste venir?

«¡Oh Dios!».

—No... Yo... —Escondí mi rostro con mis manos.

«¿Por qué estaba respondiendo?».

—¿Sabes cómo hacerte venir, Emmy?

«¡Oh, mi Dios!».

Estaba a punto de vomitar mi corazón. Yo no respondí. Siguió moviendo su mano por mi pierna.

Se inclinó más cerca de mí.

–¿Quieres que te frote este coño mojado hasta que te corras, pequeña?

¡No podía respirar! No supe qué hacer. Toda mi familia estaba aquí bajo el mismo techo y Estoico quería tocarme hasta que me corriera.

«¿Y si nos escuchaban?».

Su mano estaba ahora en mi muslo medio.

–Dime, Emmerson, usa tus palabras.

No sabía qué decir. Lo quería, pero puede que no fuera correcto hacerlo. Sobre todo en ese momento. Cualquiera podría descubrir lo que estábamos haciendo. Sus ojos estaban en los míos, y me quedé en silencio por un largo momento, sintiendo su mano moverse.

Su mano ya estaba en su objetivo. Tiró de mi pierna y me abrió para él. Acarició el interior de mis muslos antes de tocarme por encima de las bragas.

–Estás tan jodidamente mojada. Eres una pequeña sinvergüenza, ¿no? –Me dio una suave palmada en el coño que me hizo saltar.

Sostuvo mi pierna con una mano y frotó círculos sobre mi clítoris húmedo cubierto de ropa interior con la otra. Mi clítoris estaba duro y podía verlo muy definido a través de la tela mojada. Lo pellizcó suavemente entre sus dedos, sacándome un gemido ahogado. Era tan difícil pensar. Una parte de mí quería detenerlo, la otra parte simplemente quería dejarlo que hiciera lo que quisiera conmigo. Mordí mi labio y vi sus dedos moverse sobre mí.

Estoico deslizó sus dedos dentro de mi ropa interior, inmediatamente encontró mi sensible y húmedo brote, y lo frotó lentamente con un dedo. Mi mano fue a la suya, la agarró y la apartó mientras negaba con la cabeza.

–Abre más las piernas para mí. –Su voz era tan baja que apenas podía escucharlo. No sabía por qué, pero lo hice. Estoico puso dos dedos planos contra mi botón rosa y comenzó a moverlos cada vez más rápido. Mi crema los hizo resbaladizos.

Estoico ejecutó la tortura más deliciosa por la que había pasado mi cuerpo. Sus manos hicieron un sonido húmedo mientras me frotaba sin detenerse. Mis piernas empezaron a temblar con fuerza y mi respiración se entrecortó.

–¿Te gusta eso, pequeña? –Sus ojos azules se quedaron fijos en mi coño.

–¡Aahhh! ¡Aahhh! –Sabía que eran demasiado ruidosos pero no podía controlarlos. Algo se estaba formando dentro de mí rápidamente.

–Shh. –Puso su otra mano sobre mi boca para amortiguar mis gemidos.

Estaba cerca. Estaba a punto de llegar a ese lugar que nunca antes había escalado, y Estoico era el que me estaba llevando allí.

Estoico apretó su mano alrededor de mi boca con más fuerza mientras mis gemidos casi silenciosos se volvían más desesperados. Mis caderas comenzaron a moverse y mis piernas temblaron violentamente.

Me estaba corriendo. Me estaba corriendo duro en la mano de Estoico. Mis dedos de los pies se curvaron, mi espalda se arqueó y clavé mis uñas en su brazo. Todo mi cuerpo se tensó. El placer se extendió por todo mi cuerpo. Mi coño latía fuerte y rápido. Mis ojos se pusieron en blanco y mi boca se abrió en un grito silencioso.

Escuché pasos provenientes del pasillo.

–¿Emmy?

«¡Oh no, oh no! ¡No no no no no!».

Estoico me cubrió rápidamente con mi manta y permaneció tranquilamente sentado a mi lado, como si nada hubiera pasado, como si no hubiera acabado de darme mi primer orgasmo.

Mi cuerpo todavía estaba convulsionando cuando Kenzo abrió la puerta.

–Emmy, papá dijo que quiere que vayas con él al campo hoy –dijo Kenzo, pero me quedé debajo de mi manta, temblando por las secuelas de un orgasmo devastador.

–¿Emmy está bien? –preguntó a Estoico. Debió haber visto cómo temblaba mi cuerpo.

–Sí, tan solo tiene frío –dijo Estoico, pasando su mano por encima de mi hombro hacia arriba y hacia abajo como si me estuviera ayudando a calentar.

–No te preocupes. Me aseguraré de que llegue a tiempo.

«¿Cómo podía estar tan tranquilo y sereno cuando yo me moría de vergüenza?».

Kenzo se fue y cerró la puerta detrás de él. Estoico siguió frotando mi hombro sobre la manta.

–Esa es mi chica –su pulgar frotó mi brazo–. No quiero que te toques, Emmy. Ese es un trabajo para tu esposo.

«¿Qué carajo? Él acaba de hacerlo».

–Ve a darte una ducha, cariño. Andreas te está esperando. –Tomó uno de mis rizos en sus manos y lo acarició entre sus dedos.

¿En serio? ¿Cómo podía actuar como si nada hubiera pasado?

No lo entendía. Esperé un minuto después de que Estoico saliera de mi habitación. Corrí al baño y me di una ducha fría. ¡Bajo el agua helada, sostuve mi cabeza, queriendo jalarme los pelos!

«¿Cómo dejé que eso sucediera?».

Las cosas ya eran lo suficientemente complicadas antes de eso. ¿Cómo se suponía que iba a enfrentarlo más tarde? ¿A qué estaba jugando?

Después de salir del baño, noté que Estoico se había ido con Kenzo. Debe ser uno de esos días en los que se pierden y no regresan hasta la noche.

Después de trabajar con mi padre durante unas horas, paseé sola por el bosque. Durante el resto del día, simplemente arrastré mis pies, sintiéndome completamente avergonzada de mí misma.

Estoico me llamó una pequeña sinvergüenza. Podría pensar que soy una puta.

¿Realmente me veía tan desesperada? ¿Qué clase de chica hacía eso con un chico que era como su propio hermano, incluso más cercano que su propio hermano? Nunca le gustó que las chicas fueran demasiado atrevidas con él. Debe pensar que soy una maldita pervertida.

«¿Por qué lo hizo? ¿Por qué complacerme?».

Claramente era algo que él no disfrutaba, no había nada allí para él. Estuvo serio todo el tiempo. Estaba tan confundida.

Lo pensé durante mucho tiempo y, en mi mente, solo había una solución. Tenía que hablar con él y aclarar las cosas. Yo estaba determinada. Lo sacaría de la casa después de la cena y tendría esta conversación con él.

Llegó la hora de la cena y nuestra familia se reunió alrededor de la mesa. Mientras comíamos, hubo conversaciones y risas. Estoico estaba sentado a mi lado y, como siempre, comía tranquilamente, escuchando a todos hablar. Esperé hasta que todos parecían distraídos para intentar decirle que quería hablar con él en privado.

Surgió la oportunidad. Me incliné hacia él esperando poder hablarle en voz baja, pero antes de que pudiera decir algo, sonó nuestro teléfono y todos dejaron de hablar y se fijaron en el.

–Yo contesto –dijo Kenzo, poniéndose de pie. Era extraño porque normalmente no recibíamos llamadas telefónicas.

–Hola, esta es la residencia Silva. –tan pronto como Kenzo escuchó a la persona al otro lado de la línea hablar, se irguió–. Sí, señor.

El cuerpo de Estoico se puso rígido y su cabeza se volvió rápidamente hacia Kenzo.

–Sí, señor. Sí, él está aquí conmigo. –Kenzo miró a Estoico–. Sí, señor. Le informaré de inmediato. –Kenzo solo asintió durante el resto de la llamada. Estoico se puso de pie y se acercó a él.

Kenzo colgó el teléfono y nos miró a todos con tristeza antes de ponerse muy serio.

–Tenemos que regresar. Tomaremos el primer tren de la mañana. Empaca. –Kenzo le pasó por el lado a Estoico y se dirigió a su habitación.

Estoico cerró los puños con fuerza y salió de la casa, cerrando la puerta mosquitera con tanta fuerza que casi se rompió.

–¿Qué está sucediendo? –preguntó mamá–. Kenzo, ¿qué está pasando? –Ella lo siguió a su habitación.

Mis ojos se posaron en el tío Erik y él también se puso de pie y caminó detrás de Estoico.

«¿Qué estaba pasando?».

Me puse de pie y papá también. Luego fuimos a la habitación de Kenzo. Él estaba arrojando cosas dentro de su mochila, preparándola.

–¿Qué pasó? ¿Por qué ahora? Ustedes todavía tienen dos meses más de descanso –preguntó mi papá.

–Surgió algo y ahora nos necesitan. –Siguió empacando, y papá y mamá se quedaron mirándolo mientras lo hacía.

–Quiero ir a despedirme de mis amigos antes de irme. El tren sale a las cuatro de la mañana. No me queda mucho tiempo. –Apuesto a que quería ir a ver a Ava. Tardó unos quince minutos en terminar y luego salió corriendo por la puerta.

Mamá se sentó a la mesa y lloró. La ayudé a recoger los platos y a limpiar. Papá salió, tal vez dirigiéndose a la casa del tío Erik. Me quedé callada. No estaba lista para verlos irse tan rápido.

Pasó aproximadamente media hora antes de que Estoico regresara a la casa.

–Dormiré aquí esta noche –le dijo a mi mamá. Se había duchado, cambiado de ropa y sostenía su mochila. La que yo le había hecho. Quizás quería irse de aquí junto con Kenzo como la última vez.

–Está bien, ven aquí. –Mamá abrió los brazos y Estoico la abrazó. Ella besó su frente como nos besaba a nosotros y le dio unas palmaditas en la espalda–. Ve, se hace tarde. Deberías descansar. –Mamá señaló la parte trasera de la casa, y Estoico tomó sus cosas y fue allí.

–Tú también. Ve a dormir. –Ella tomó el trapo que estaba usando para limpiar de mis manos.

Inclinó la cabeza hacia mi habitación y también me palmeó el hombro.

–Sé que les gustaría que fueras con ellos por la mañana, así que vete a dormir temprano también.

Dudé al principio, pero luego caminé hacia mi habitación. Cuando abrí la puerta, Estoico estaba sentado en mi cama con la cabeza entre las manos. Parecía estresado.

–¿Estoico? –Casi tenía miedo de hablar.

–Ven. –Extendió su brazo hacia mí y tiró de mí. Estoico nos acostó en mi cama y me dio un abrazo. Me sostuvo cerca de él, envolviendo sus brazos fuertemente alrededor de mí.

–Vamos a dormir, Emmy.

Eso significaba que no quería hablar. Entonces, no lo hice. Nos quedamos allí en silencio durante mucho tiempo. Me di la vuelta y le devolví el abrazo, enterrando mi rostro en su pecho. Escuché los latidos de su corazón y su respiración suave durante horas. Ninguno de los dos se quedó dormido. Simplemente disfrutamos del cálido abrazo que nos estábamos dando.

A veces, le pasaba los dedos por el pelo y, a veces, él hacía lo mismo con el mío. Suavemente acaricié sus cejas y él acarició las mías. Nos miramos a los ojos y él besó tiernamente mi frente. Estábamos muy unidos, pero no era sexual.

Antes de que nos diéramos cuenta, Kenzo llamó a mi puerta.

–Es hora.

El rostro de Estoico cambió. Era como si alguien hubiese encendido un interruptor y él se convirtió en una persona diferente. Se puso de pie, se puso la chaqueta y tomó su mochila. Se sentó en la cama y empezó a ponerse las botas.

Me paré y me preparé también. Una vez que estuvimos listos, tomó mi mano y salimos de la casa. Estoico sostuvo mi mano durante todo el camino hasta la estación. Tanto Kenzo como Estoico estaban tan callados, como las calles oscuras por las que caminábamos.

La estación de tren estaba desierta y solo unas pocas personas esperaban la llegada del tren. En la plataforma, mi mamá y mi papá abrazaron a Kenzo, y el tío Erik y la tía Ida abrazaron a Estoico mientras él todavía sostenía mi mano. Fue como la primera vez que se fueron.

Esta vez estaba triste. Sabía que pasaría mucho tiempo antes de que pudiera volver a verlos. Había tantas cosas de las que quería hablar con Estoico. Sentí que había perdido mucho tiempo. Debería haberlo perseguido, hacer que me prestara atención, hacer que se quedara a mi lado, acercar su rostro al mío y hacer que me mirara a mí y solo a mí durante esos cuatro meses. Estoico tiró de mí y me abrazó con fuerza.

–Recuerda, Emmy...

–Siempre volverás a mí –le dije, recordando mi bumerán, y él me abrazó con más fuerza.

El tren llegó, reduciendo gradualmente la velocidad cerca de nosotros, pero Estoico todavía me abrazaba. El tren se detuvo y Estoico seguía sin dejarme ir. Kenzo le tocó el hombro y Estoico dejó caer sus brazos. Antes de que pudiera ver su rostro, Estoico se dio la vuelta y se subió al tren. Una vez más, sin siquiera mirar atrás.

–Cuídate, Emmy. –Kenzo me abrazó, me besó en la cabeza y también se subió al tren.

Mamá y la tía Ida estaban cerca de mí, y ambas me rodearon con el brazo. Papá y el tío Erik estaban detrás de nosotros.

Todos vimos cómo el tren comenzaba a moverse, desapareciendo finalmente en la oscuridad de la niebla matutina. Puse mi mano sobre mi corazón y apreté mi suéter. Las lágrimas empezaron a caer por mis mejillas.

–Él siempre volverá a mí –susurré.

DOCE

EMMERSON

Emmerson 18 años

Se habían ido por más de un año y medio y el momento de que regresaran se acercaba cada vez más. En cualquiera de estas semanas, recibiríamos el aviso de que regresarían a casa. ¡No podía esperar!

El año pasado, para mi cumpleaños, Estoico me dejó un vestido de verano realmente hermoso con la tía Ida. La tela era suave y fluía perfectamente por mi cuerpo. Estaba segura de que fue mamá quien lo cosió. Durante el verano, el tío Erik me dio el aro habitual. Se estaban volviendo mucho más pequeños. Me pregunté qué haría cuando se quedara sin espacio. Sin embargo, no me dejó el regalo de madera de otoño. El tío dijo que me lo daría cuando regresara. Para el cumpleaños de este año, en lugar del vestido habitual, me envió un collar. Era una bala en una cadena larga. Era simple y un poco extraña, pero me gustó. Lo usé todo el tiempo. Estoico escribió una carta cursi para acompañarlo, diciendo que era un regalo que venía de un lugar cercano a su corazón. Cuanto más lo pensaba, más lindo ese tonto idiota de Estoico comenzaba a verse.

Agregó una foto de él y Kenzo con amigos bebiendo cervezas. Tenía más tatuajes y su barba estaba más larga al igual que su cabello. Muchas chicas los rodeaban. Podías verles el deseo en sus ojos. Lo miraban como a un trozo de carne. Joder, las odiaba, así que corté a mis hermanos y tiré el resto de la foto. Puse la foto en mi espejo y le lanzaba un beso todas las mañanas.

Le respondí la carta y le envié una foto mía, sonriendo con el vestido de verano que me dio. Agregué una nota que decía, "de la chica más hermosa que jamás hayas visto", con un beso impreso en el costado. Mi engreída interior nunca cambiaría.

Ethan regresó de su asignación y comenzó a ir a la universidad. Dijo que quería convertirse en ingeniero hidroeléctrico. Amelia y él le contaron a todos sobre su relación una vez que Ethan regresó. Ambos estaban trabajando y preparándose para encontrar su propio lugar para vivir juntos.

Ninguno de nosotros ya éramos niños. Todos éramos adultos y se sentía un poco extraño. Me di cuenta de que mamá extrañaba tener niños en la casa. Ese sentimiento no duró mucho porque poco después de la partida de Kenzo, Ava vino a nuestra casa diciendo que estaba embarazada.

Kenzo se perdió todo. Ava dio a luz sola y la tía Ida la ayudó. Mamá, Ida y yo intentamos ayudar con el bebé siempre que pudimos. Kenzo tuvo un hermoso hijo. Ella lo llamó Ian y le dio el apellido Silva. Mamá y papá estaban súper emocionados con su nieto, y yo era la tía loca que estaba consintiendo a mi hermoso bebé.

Todos sabíamos que Kenzo se haría responsable del niño, pero no pensábamos que se casaría con Ava. Ella era una chica dulce y yo en realidad esperaba que ella pudiese encontrar la felicidad. Siempre estaríamos ahí para ella.

Mis mochilas fueron un éxito. A la gente le gustaban y recibí muchos pedidos. Trabajar me mantuvo ocupada y distraída. Todavía estaba bailando con el grupo y recientemente comencé a enseñar el baile a las más pequeñas. Como papá y tío Erik estaban fuera la mayor parte del tiempo, me había vuelto muy buena hablando portugués con mi mamá. Al igual que antes, también pasé tiempo con la tía Ida. Ya sabía muchas de sus recetas de memoria. Quería aportar en mi casa, así que cocinaba la mayoría de las noches.

Los chicos nunca dejaron de coquetear conmigo. No los podía culpar ya que cada día me volvía más hermosa. Noah siguió persiguiéndome por un tiempo hasta que encontró a alguien más a quien perseguir. Me alegré por eso. Otros chicos me invitaron a salir, pero realmente nunca encontré a ninguno atractivo.

Mi mente seguía recorriendo la imagen de las manos de Estoico en mis partes más íntimas, su rostro en mi cuello y sus labios moviéndose sobre mí, diciéndome que no quería que nadie tocara mi cuerpo. Por alguna razón, no quería las manos de nadie más que las de Estoico en mi cuerpo, incluso cuando sabía que no debía ser.

Las demandas de Estoico eran confusas porque no quería que nadie me tocara, pero al mismo tiempo, quería que me casara. ¿Qué esperaba que hiciera mi marido? ¿No tocarme por el resto de mi vida? ¿Se suponía que iba a pasar el resto de mi vida cachonda e insatisfecha, mirando desde la distancia como Estoico tenía su propia familia? ¿Teniendo una vida sexual perfectamente normal con su futura esposa? ¡Maldito Estoico! Era tan frustrante y contradictorio. Después de todo su alboroto, el único que realmente me había tocado había sido él, nadie más.

Recientemente había sentido curiosidad por mi futuro esposo, pero mamá siempre se andaba con rodeos y nunca me daba una respuesta directa. Ella me dijo que una vez que me casara, me mudaría a un lugar diferente no muy lejos de aquí. No quería dejar a mi familia. Estaba cansada de que me ocultaran todo. No estaba segura de querer seguir adelante con este asunto del matrimonio. Yo ya tenía dieciocho años, y un día, un extraño vendría y me reclamaría, y yo tendría que irme con él. No me gustaba cómo sonaba eso. Esperaba que Estoico pudiera convencer a mis padres de que no le dieran mi mano a ese extraño, pero él quería que yo me casara también. No tenía salida.

La última vez que estuvimos juntos, no tuve la oportunidad de hablar con Estoico y aclarar las cosas. No importa lo cachonda que me ponga y lo mucho que lo desee, simplemente no estaba bien para mí dejarle creer que él necesitaba ayudarme a correrme. Eso no era bueno para ninguno de los dos. Él quería guardarse a sí mismo para la chica que le gustaba, y supongo que yo también debería hacer lo mismo. No quería ser la razón por la que fallara en sus metas. Estaba celosa de ella.

«Perra afortunada».

Todavía me resultaba difícil imaginarlo con otra mujer. Para ser honesta, ese pensamiento me daba una amarga combinación de ira y tristeza de la que no había podido deshacerme todavía.

Una vez que Estoico regresara, tendría esa conversación con él y eliminaría por completo cualquier malentendido y seguiría hacia adelante. Estoico siempre había sido un hermano para mi, y yo no podía perderlo. No podía darme el lujo de perder la amistad que teníamos. No quería perderlo por completo tan solo porque yo tenía la mente sucia. ¡Oh Dios mío! Esa sería una de las conversaciones más vergonzosas de mi vida. Tendría que ponerme los pantalones de mujer adulta y hacer lo que tenía que hacer.

Iba a ser difícil para mí porque todavía me excitaba al pensar en él. En momentos aleatorios se cruzaba por mi mente y no podía controlar el calor hirviente que se elevaba por todo mi cuerpo. Así como Estoico me lo pidió, no me toqué. No quería caer más en esta interminable trampa donde mi cuerpo lo deseaba a él y solo a él, pero mi mente reconocía que nunca sería mío. No podía ser mío.

Pasé la mayor parte de mi tiempo durante todo el año pasado repitiéndome una y otra vez que él era mi hermano y nada más. Lo repetí tantas veces que se convirtió en mi mantra.

Mi hermano sobreprotector, serio, alto y guapo, nada más.

TRECE

EMMERSON

Emmerson 18 años
Estoico 23 años

Hace una semana finalmente recibimos la llamada telefónica. ¡Mañana iba a ser el día en que Kenzo y Estoico regresarían a casa! ¡Tendría a mis hermanos de vuelta!

Kenzo finalmente conocería a su hermoso hijo. Tenía que decir que me encantaba ser tía. Ian era tan lindo. Ava estaba haciendo un gran trabajo al criar a Ian. Debe haber sido muy difícil ser madre soltera.

Como llegarían mañana, mamá estaba organizando una gran cena. Dijo que invitaría a toda la familia. Yo sabía que a Estoico le encantaba comer pescado, así que estaba tratando de pescarle uno. Con lo que pesqué le prepararía una de las recetas que me mostró la tía Ida. Debe haber extrañado nuestra comida casera. Yo la extrañaría si fuera él.

Estaba tan jodidamente emocionada por su regreso. No había visto a esos dos en casi dos años. Por la imagen que enviaron, pude imaginarme cuánto más diferentes se verían ahora. No podía esperar a tener a mis hermanos en mis brazos. Los abrazaría muy fuerte a los dos.

Era un día caluroso de verano y, como aún no había pescado nada, decidí irme a nadar. Me quité la camisa y los pantalones y salté solo con mi ropa interior puesta. Tenía la bala que me envió Estoico colgando entre mis pechos como siempre lo había hecho desde que la recibí.

El agua se sentía genial. Me quedé flotando, dejando que el agua me meciera mientras observaba el cielo azul y las nubes suaves sobre mí. Realmente era un hermoso día. Dejé que mi cuerpo se hundiera en el agua y sostuve la respiración mientras nadaba hasta el fondo. Pude ver pequeños cangrejos de río arrastrándose y pequeños peces que se escabullían mientras trataba de tocarlos. Al salir a la superficie, volví a llenar mis pulmones del aire que tanto necesitaba y comencé a nadar de regreso a la orilla.

De repente me sentí cohibida. Mi sostén se veía transparente. Oh, bueno... no creo que haya ningún problema. Primero, estaba completamente sola, y segundo, tenía bonitas tetas. Si alguien me veía así, seguramente disfrutaría la vista.

Me estaba riendo de mis estúpidos pensamientos cuando escuché una voz profunda llamándome por mi nombre detrás de mí. Me di la vuelta y ahí estaba. De pie en la orilla, mirándome, con una gran sonrisa en su rostro.

–¡Estoico! –Nadé tan rápido como pude. No estaba pensando en nada más, simplemente fui lo más rápido que pude. Salí del agua y corrí hacia sus brazos abiertos. Noté que su sonrisa decayó, pero no me importó. Salté y me atrapó.

Estoico me apretó contra su pecho. Como la última vez. Le estaba mojando la ropa, pero no se quejó. Mis brazos y piernas lo rodearon y no podía creer que finalmente lo tuviera en mis brazos.

Las cálidas manos de Estoico subieron y bajaron por mi espalda mientras mantenía su rostro en mi cuello.

–Te extrañé, mucho –le dije, abrazándolo más fuerte.

–Sé que lo hiciste. No hay otro como yo en este mundo –dijo, y recordé la última vez que le dije eso. Nos reímos y él me hizo girar una vez.

Estaba completamente consumida por la felicidad hasta que las manos de Estoico se movieron de mi espalda y agarraron mis nalgas. De repente, lo recordé. ¡Santo cielo! ¡Estaba casi desnuda! No me asusté todavía, ya que podría no ser lo que pensaba.

Como su rostro estaba en mi cuello, no podía verlo, así que no estaba segura.

«¿Estaría tratando de sostener mi peso?».

Cuando me agarró el trasero con más fuerza, lo apretó y lo abrió, lo supe. No. Me estaba tocando.

Mis piernas se cayeron de sus caderas, y lentamente me puso de pie, pero no soltó mi trasero. Estoico me apretó contra él y sentí su dureza contra mi abdomen.

«Oh, no. Esto... Esto no estaba bien».

–Estoico... Yo...

Estoico se inclinó y me besó en la mandíbula. Yo no me moví. Estaba demasiado nerviosa para hacerlo. Estoico besó mi cuello sensualmente, y sus manos subieron por mi espalda y luego volvieron a bajar, por entre mis muslos, acariciándome.

Mis manos fueron a su pecho y puse un poco de presión sobre él, pero no dejó de tocarme y besar mi cuello. Sin saber qué más hacer, retrocedí abruptamente.

–Yo... Yo... estaba nadando. –Señalé el río. Solo necesitaba una excusa para alejarme de él. Él asintió con la cabeza.

–Voy a nadar contigo–dijo y se quitó la camisa. Me di la vuelta y aparté la mirada de él.

«¿Qué carajos podía hacer?».

Podía sentir sus ojos en mi cuerpo y era muy incómodo. Por el rabillo del ojo, lo vi quitarse las botas y abrirse los pantalones.

Busqué un escape, pero él estaba bloqueando mi única salida. Todas las demás opciones requerían nadar. No quería empeorar las cosas, así que me di la vuelta con las manos sobre mi pecho, cubriéndome los senos, para poder hablar con él. Esta conversación incómoda tenía que ocurrir en ese momento.

Cuando me di la vuelta, Estoico estaba de pie completamente desnudo, una mano moviéndose sobre su polla completamente erecta y sus ojos en mi cuerpo.

Mis ojos se fijaron en su miembro y jadeé antes de darme la vuelta una vez más.

«¡Santo cielo! Acabo de ver a Estoico desnudo».

Detrás de mí, Estoico se movió y se acercó a mí. Estaba paralizada. Debería haberme movido, pero no lo hice.

Estoico presionó su cuerpo contra el mío por detrás y, con ambas manos, tocó mis pechos. Pellizcó y soltó mis dos pezones entre sus dedos antes de tomarlos en sus manos y apretarlos suavemente. Su boca se movía sobre mí de nuevo, y me besó el cuello y la mandíbula de arriba abajo. Sus manos siguieron acariciando mis tiernos globos hasta que movió sus manos detrás de mí, desabrochó mi sostén y lo dejó caer. Mis tetas estaban expuestas para él, mis pezones duros y sensibles.

Sus manos volvieron a mis pechos y no supe cómo detenerlo. Quería detener esto. Esto no estaba bien. No deberíamos haber estado haciendo eso. No se sentía bien.

Las manos de Estoico viajaron hacia abajo sobre mis caderas, y deslizó su dedo dentro de mi ropa interior, tirando de ella hacia abajo con él mientras sus manos viajaban por mis piernas. Estaba completamente expuesta. Me quitó por completo la última tela que tenía y sus manos viajaron hacia arriba, recorriendo el interior de mis piernas y tocando mi coño. Lo único que tenía encima era la bala que me colgaba en el pecho.

Lo escuché soltar un gruñido mientras deslizaba sus dedos entre mis pliegues. Fue inquietante. Había pensado en sus dedos sobre mí cientos de veces, noche tras noche, pero en este momento, me estaba incomodando. No estaba preparada para esto, tenía que detenerlo.

Abrí la boca para hablar pero no salió nada. Estoico avanzó y nos metió dentro del agua. Allí me dio la vuelta, puso mis piernas alrededor de sus caderas, me agarró por el trasero y nos metió más profundamente en el agua. Estoico apretó mi pecho con fuerza contra el suyo.

Me quedé allí, con los ojos muy abiertos, mirándolo, sin saber cómo decirle que no quería nada de esto. Podía sentir su polla dura entre mis piernas, palpitando.

Estoico nos llevó muy cerca de la cascada y me sentó en una roca. Luego se incorporó, se paró sobre las rocas y me ayudó a ponerme de pie también. Tomando mi mano, me llevó a la cascada donde puso su brazo alrededor de mí para protegerme del peso del agua que caía sobre nosotros. Una vez que cruzamos al otro lado, llegamos a una pequeña cueva.

La cueva era en su mayor parte rocosa con una pequeña zona arenosa redonda. Había suficiente luz para alumbrar tenuemente toda la cueva. La cascada caía detrás de nosotros como una cortina gruesa que escondería lo que estaba por suceder dentro de esta cueva. El sonido atronador del agua cayendo tragaría cualquier sonido que pudiera escapar de mi garganta. Estaba asustada.

«¿Acaso Estoico habría planeado esto?».

Mi cuerpo comenzó a temblar, y él podría haber pensado que tenía frío porque inmediatamente me abrazó, frotando mis brazos de arriba abajo.

Estoico me levantó y me cargó al estilo nupcial, adentrándose más en la cueva, y me acostó en la arena húmeda. Con ambas manos, separó mis piernas. Fue tan humillante. Él podía ver todo. No quería que me viera así. Traté de cubrir mi coño, pero lentamente alejó mis manos y las puso a mi lado. No dejó que le negara esto.

Sus labios se conectaron con mis piernas, y su boca besó y lamió mis piernas mientras se movía lentamente hacia arriba. No lo quería, pero estaba demasiado congelada como para apartarlo de mí.

Los labios de Estoico se conectaron con mi coño y mi cuerpo se sacudió. Mi primer instinto fue cerrar mis piernas, pero él tenía ambas manos en mis muslos, asegurándose de que permanecieran abiertas para él. Estoico me lamió y probó. Su lengua se deslizó dentro de mi raja y comenzó a saborearme. Los sonidos húmedos que hizo su boca contra mí y el sonido de su rápido lamido me hicieron sentir mal del estómago. No iba a mentir. Había fantaseado con tenerlo así, entre mis piernas, complaciéndome, pero ahora que todo era real, estaba aterrorizada.

Mi coño tenía mente propia, y comencé a mojarme mucho, a la vez que una sensación de hormigueo se acumulaba en la boca de mi abdomen. Estoico me lamió más y usó sus dedos para mover mi clítoris, también. A medida que sus dedos se movían más rápido, perdí el control y sentí que estaba a punto de correrme. Traté de no hacerlo. Mis manos agarraron la arena debajo de mí y mi cuerpo se tensó. Me negué a mirarlo haciéndole eso a mi cuerpo. Aparté la mirada, pero no pude escapar de la sensación entre mis piernas. Cuando menos lo esperaba, mi orgasmo me golpeó fuerte y rápido, y me corrí. Me corrí en la boca de Estoico, y lo lamió todo. Me mordí el labio y me negué a gemir, no quería que pensara que me gustaba. Estaba tan avergonzada.

Sentí que Estoico se colocaba entre mis piernas y entré en pánico. Tenía que hablar ahora. Tenía que decir algo. Puse mis manos sobre su pecho, pero antes de que pudiera decir algo, lo sentí.

–¡Ay! –Estoico presionó su cabeza gruesa y esponjosa contra mi entrada y la deslizó dentro de mí.

«¡No! ¡No! ¡Por favor no!».

Estoico empujó un poco más fuerte adentro mientras sostenía su polla en su mano, insertando más de sí mismo dentro de mí. Lo empujé más fuerte, clavándole las uñas.

–¡Ay! duele. Duele. –Empecé a llorar.

–Va a estar bien –dijo sin mirarme. Solo le importaba una cosa, tomarme. Iba a usarme para su placer, sin importarle cómo me sentía. Lloré más fuerte.

«¿Por qué? ¿Por qué me estaba pasando esto?».

Estoico empujó más de sí mismo hacia adentro y gimió:

–¡Ahh! ¡Mierda! –Estaba disfrutando esto.

El dolor fue terrible. Sentí que me estaban destrozando las entrañas. Podía sentir como me desgarraba mientras empujaba más adentro. Esto no tenía que suceder. Se suponía yo debía de haber esperado por mi marido.

La polla de Estoico se atascó dentro de mí, y la sacó y luego la empujó hacia adelante aún más fuerte, tratando de abrirse paso.

–¡AH! ¡AY! ¡AY! –grité de dolor, más lágrimas caían por mis mejillas.

Estoico se empujó más adentro de mí y llegó a mi cuello uterino.

–¡Ahh! ¡Mierda, Emmy! ¡Ah!

Fue tan denigrante. Sus caderas se movieron e inclinó su cuerpo sobre mí. Me dio algunas embestidas y luego se quedó quieto.

–¡Aaaahhh! –Echó la cabeza hacia atrás y me apretó la cadera con sus grandes manos. Se empujó dolorosamente con fuerza contra mí–. ¡Ahh! ¡Ahh! ¡Mmmm!

Disfrutaba de mi dolor. Tenía los ojos cerrados y su cuerpo se estremecía. Movió sus manos sobre mí, y el calor que una vez encontré reconfortante ahora me quemaba, dejando mi piel dolorosamente en carne viva. Suavemente pasó sus manos por todo mi cuerpo, incluyendo mi cabeza, cara y cabello.

Desvié la mirada. No quería verlo. Movió su gran cuerpo húmedo sobre mí, aplastándome con su peso. Me agarró por la mandíbula y me hizo mirarlo a los ojos.

Mirándome a los ojos, me besó, pero yo no le devolví el beso. Apoyando su peso en sus antebrazos, secó mis lágrimas con su pulgar y besó mis mejillas húmedas. Su toque fue suave, pero en lugar de calmarme, me hizo sentir peor. ¿Cómo se atrevía a tomarme así y luego fingir que era el mismo hermano cariñoso con el que crecí? Él estaba enterrado profundamente dentro de mí, por el amor de Dios.

Apoyó su peso en uno de sus codos, abrió más mis piernas y comenzó a moverse dentro de mí.

Todavía me dolía. El dolor era insoportable. No sabía a qué agarrarme, así que clavé las uñas en las palmas de mis manos.

–¡Ahh! ¡Emmerson! –Se estaba complaciendo a sí mismo de nuevo. Me sentí tan vacía.

–¡Ahh! ¡Pequeña! –Se movió más rápido. El dolor corrió desde mi núcleo hasta mi espalda y mis piernas.

Estoico fue más rápido. Bombeó dentro de mí más fuerte y más profundo. Cada vez que tocaba la parte posterior de mi vagina, sentía un dolor punzante.

«¡Por favor, para!».

Quería gritar, pero mi voz estaba atrapada dentro de mí. El miedo consumió toda mi voluntad.

–¡Ah! ¡Ah! ¡Maldita sea! ¡Estás tan jodidamente rica! –Estoico gimió junto a mi oído. Sus embestidas se hicieron aún más rápidas y fuertes. Nuestras pieles húmedas se golpearon, haciendo un sonido repugnante cuando se encontraron con fuerza.

–¡Joder, Emmy! –Estaba arruinada. Estoico acaba de arruinar mi cuerpo.

Golpeó con puro abandono, sin importarle un carajo todo el dolor por el que estaba pasando. Complaciéndose a sí mismo. Me hizo mirarlo una vez más, y su rostro estaba distorsionado de placer. Su boca colgaba abierta, sus ojos llenos de fuego y lujuria, y su cabello suelto y cayendo sobre su rostro.

Gruñó cuando el ritmo de sus caderas se volvió irregular, al igual que su respiración. Me quedé allí con los ojos llenos de lágrimas, sus manos sosteniendo mi rostro, haciéndome ver cuánto placer estaba teniendo al destruir mi cuerpo.

Estoico comenzó a hacer algunos sonidos animales y gimió aún más fuerte. Su sólida polla se estrelló con fuerza dentro de mí. El dolor recorría todo mi cuerpo. Sentí mi sangre gotear por la parte interna de mi pierna hasta mi trasero mientras él golpeaba violentamente más fuerte dentro de mí. Tomó mis muñecas a cada lado de mí en sus manos y las apretó contra la arena, inmovilizándome. Mis pechos se agitaron hacia arriba y hacia abajo con fuerza mientras sus embestidas movían todo mi cuerpo.

«¡Detente! No más, duele. ¡Por favor, no más!».

Negué con la cabeza, pero siguió adelante. Debí haber gritado, decir algo, cualquier cosa.

Su cuerpo estaba empezando a ponerse rígido y supe que estaba cerca. Dejó caer la cara y lamió mis pezones, metiéndolos en su boca. Primero uno y luego el otro. No detuvo su doloroso asalto. Su cabeza aterrizó entre mi cuello y mi cara, y me dio tres empujones extremadamente fuertes y se quedó inmóvil dentro de mí.

–¡Ahhh! ¡Ahhh! ¡Aaaahhhhhh! –Sus caderas se movieron cuando besó mi cuello y agarró mis muñecas con más fuerza. Su cuerpo comenzó a convulsionar por encima del mío, y perdió toda la fuerza, cayendo sobre mí. Sentí su polla caliente palpitar adentro y vertir más calor en lo más profundo de mí.

«¡No! ¡No! ¡Por favor, no lo hagas!».

No había nada que pudiera hacer. Era demasiado tarde, ya estaba sucia. Me ensució.

Estoico se quedó sobre mí, tratando de controlar su respiración. Su rostro se levantó y me besó de nuevo. No le devolví el beso. Me quedé allí tumbada llorando, sintiéndome usada y vacía. Sus cejas se fruncieron y su mirada me estudió. Miró mi cuerpo, observando con sus ojos llenos de placer lo que acababa de destruir. Se puso de rodillas y comenzó a sacar fuera de mí lentamente su polla que se estaba ablandando.

Los ojos de Estoico estaban fijos en mi coño, seguramente disfrutando de la forma en que su polla se deslizó fuera de él. Observó con el ceño fruncido cómo mi coño expulsó su semilla y mi sangre.

Lloré en voz alta, y él me secó las lágrimas y me besó. Una vez más no le devolví el beso. Besó mi cuello y su cuerpo cayó sobre mí otra vez.

Quería huir de allí. Quería escapar y no volver a ver su rostro nunca más. Quería pelear con él, pero mi cuerpo se sentía débil y sin vida.

Estoico nos hizo rodar a nuestro lado y se quedó allí, abrazándome cerca de su cuerpo. Me solía encantar cuando nos abrazábamos, sintiendo que sus brazos eran un hogar cálido y acogedor, pero en ese momento, no pude evitar odiar ese sentimiento.

Frotó mi espalda y cabello, besando mi frente y la parte superior de mi cabeza repetidamente.

Después de lo que pareció una eternidad, Estoico se sentó, me abrazó a él y me levantó mientras se paraba. Me llevó de regreso al río y cuidadosamente lavó mi cuerpo. Sus manos temblaban y su tacto era delicado, pero yo ya estaba rota. Me di cuenta de que estaba tratando de que sus toques no fueran sexuales.

«¿Por qué se molestaba en tener cuidado después de lo que hizo?».

Todo esto estaba más que mal. No podía creer que me acabara de pasar esto. Me sentí tan traicionada por él. Pensé que podría confiar en él para siempre, pasara lo que pasara. Estaba tan equivocada.

«¿Por qué me haría daño así?».

Podría haber tenido a cualquier otra mujer para complacerse.

«¿Por qué yo? ¿Lo provoqué? ¿Fue culpa mía?».

Tan pronto como terminó de limpiarme, me abrazó de nuevo. Tenía un dolor tremendo y apenas podía ponerme de pie por mí misma. Estoico lo notó, me cargó y nos llevó de regreso a la orilla, donde habíamos dejado nuestras ropas en el suelo.

Una vez que llegamos a la orilla, él me ayudó a vestirme primero. Me puso el sujetador y la ropa interior. Caminó hasta la roca donde había dejado el resto de mi ropa y la caña de pescar y me las trajo. Estoico me puso la camisa, los pantalones y me ayudó a ponerme los zapatos.

Una vez que terminó, me sentó en el suelo y se volvió para recoger su ropa. Tan pronto como se dio la vuelta, me puse de pie con todo el dolor que tenía y me fui, dejándolo completamente desnudo. Corrí tan rápido como mi cuerpo me lo permitió.

–¡Emmerson! –gritó mi nombre y resonó en el bosque como un trueno.

Mirando hacia atrás, lo vi caerse de cara al suelo tratando de ponerse los pantalones rápidamente. No miré atrás de nuevo. Corrí lo más rápido que pude y no me detuve.

–¡Emmerson, detente! –Escuché su voz enojada sonando más lejos de mí. Todavía debía de estar tratando de desenredar sus pantalones.

El dolor consumió mi cuerpo y traté de ignorarlo tanto como pude. Mi vientre, mis piernas, mi espalda, mis muñecas, todo dolía, pero corrí más rápido, alejándome más de él. Las lágrimas cayeron al suelo y me agarré al abdomen, tratando de aliviar el dolor punzante.

La vergüenza me consumió mientras me acercaba a mi casa. Él había limpiado mi cuerpo, pero todavía me sentía increíblemente sucia. Todavía podía sentirlo sobre mí.

Entré a mi casa, dejé los zapatos en la entrada y corrí a mi habitación. Me alegré de que mamá no me viera entrar. Me encerré en mi habitación y caí al suelo, completamente exhausta. No queriendo estar cerca de mi puerta, agarré una almohada y me arrastré con ella debajo de mi cama y luego la rodeé con mis brazos. La cama que Estoico había hecho con sus propias manos era mi único refugio contra el mundo.

Ya no estaba a salvo. Nunca volvería a estar a salvo.

Me tapé la cara con la almohada y grité de dolor. Traté de guardar silencio, no quería que mi familia supiera lo que me había sucedido. Estaba tan jodidamente herida, y mi corazón estaba tan roto como mi cuerpo. Sentí como si la Emmerson de antes acabara de morirse detrás de esa cascada.

Escuché a alguien sacudir la manija de la puerta y luego cuatro golpes fuertes.

–¡Emmerson! –¡Estoico! Me aferré a mi almohada con más fuerza.

–¡Emmerson! ¡Emmerson! ¡Joder, abre la puerta! –Estoico siguió llamando a mi puerta repetidamente. Parecía enojado. Estaba enojado porque huí de él.

–Abre la puta puerta, Emmerson. –Llamó más fuerte, haciendo temblar toda la puerta. Estaba furioso. Incluso podría romperla.

Estoico dejó de tocar a la puerta por un momento.

–Emmy, cariño. Abre la puerta por favor. –Su voz estaba más tranquila, pero no me lo creí. No había manera en este mundo de que yo abriera esa puerta.

–Cariño, abre la puerta. Necesitamos hablar.

«Nunca».

–¿Pequeña? –Ya no tocaba a la puerta.

–Emmerson, por favor. Sé que estás ahí, por favor.

«No. Joder, vete. Desaparece».

No quería volver a verlo nunca más. Podría haberle gritado mil cosas diferentes, pero simplemente me escondí debajo de mi cama y me quedé callada.

–Emmy, por favor.

–¿Emmy?

–Cariño...

Su voz se volvió más y más suave. Siguió llamándome así por un tiempo. Después de unos minutos más, se fue. Escuché sus pasos pesados alejarse más y exhalé el aire que no sabía que estaba reteniendo.

Dejé que mi cuerpo se relajara un poco. Necesitaba pensar en una forma de escapar de Estoico sin que me siguiera. Sabía que tan pronto como él tuviera la oportunidad, intentaría usarme de nuevo. No podía dejar que eso sucediera. Debería haber sido más lista. La gente me había dicho que esto era lo que él quería, pero no los escuché. Me sentí tan culpable. Debería haber hecho algo. Empujarlo, luchar contra él, golpearlo, decir algo, maldita sea, cualquier cosa, pero no lo hice. Dejé que esto sucediera. Dejé que me hiciera esto.

Lo odiaba. Me había estado guardando, y él simplemente lo tomó todo a la fuerza. Ya no era virgen.

Más dolor se extendió por todo mi cuerpo y me doblé. Todavía debajo de mi cama, cerré los ojos y traté de descansar mi cuerpo adolorido.

Pasaron unas horas y escuché a mi mamá llamar a la puerta.

–Emmerson, prepárate. Estamos a punto de servir la cena. Ah, y ponte algo bonito, ¿de acuerdo? –Mamá parecía emocionada.

Iba a ser difícil, pero tenía que hacerlo. Tenía que salir y poner una sonrisa en mi rostro para mi familia. No quería que ninguno de ellos sospechara de mí. Después de la cena, podría irme e ir a la casa de Amelia y esconderme. Vería qué hacer a partir de ahí.

Salí de debajo de la cama y me vestí. Por lo general, coqueteaba conmigo misma en el espejo, pero en ese momento, no podía soportar mirar mi propia imagen. Me puse una camisa de manga larga para cubrir mis muñecas magulladas y me quité el collar de la bala.

Antes de abrir la puerta, respiré hondo y me sequé las últimas lágrimas.

Yo podía hacerlo.

CATORCE

ESTOICO

Estoico 23 años
Emmerson 18 años

Risas, vino, comida y alegría. Todos aquí estaban felices, celebrando, todos menos Emmerson. Ella parecía estar sin vida. La suave brisa del verano entraba en su casa por la puerta principal. Esta debería haber sido una buena noche, uno de los días más importantes de nuestras vidas, pero en cambio, ella parecía que estaba a miles de kilómetros de distancia.

Los cielos despejados mostraban millones de estrellas parpadeantes y la luna brillaba a través de las ventanas, haciendo que su piel brillara como una verdadera diosa. Pero yo sabía que ella no estaba disfrutando de nada de esto. Nuestras familias bromeaban, reían y contaban historias, pero Emmerson solo miraba en silencio al suelo. Incluso cuando le hablaban, ella no respondía.

Kenzo y yo finalmente regresamos a casa después de pasar casi cinco años con el ejército, sirviendo en la frontera norte. Emmerson pensaba que estábamos celebrando nuestro regreso, pero eso no era todo lo que estábamos celebrando esta noche. Yo había estado esperando por esta noche toda mi vida.

Se levantaron los vasos y todos escuchamos el brindis del tío Andreas.

–Por esta y muchas otras cenas juntos como una familia.

Toda la familia aplaudió inmediatamente después. Levanté mi taza, pero no bebí de ella. Mis ojos estaban fijos en Emmerson. Ella todavía estaba sin moverse. Apenas respiraba.

Toda nuestra familia estaba aquí, incluidos los abuelos y algunos primos. Este comedor de tamaño medio estaba lleno de gente alegre, pero la imagen gris y triste de Emmerson estaba en medio de todos ellos. Todo era mi culpa.

Vi sus uñas clavándose en sus brazos, y no había nada que quisiera más que tenerla en mis brazos como lo había hecho hace unas horas. Sostenerla cerca de mi pecho, frotar su espalda y decirle que todo estaría bien. Ella parecía estar exhausta.

Ella se movió en su silla, su rostro se contorsionó de dolor, siseó, y su mano inmediatamente agarró su abdomen bajo. Emmerson estaba sufriendo. Tenía mucho dolor. Y la culpa de esto no la tenía nadie más que yo.

«Mierda. ¿Qué he hecho?».

Dejé escapar un gruñido de mi boca y me incliné hacia adelante, tratando de verla mejor, queriendo alcanzarla. Yo quería ayudarla. Sacarla de aquí y llevarla a algún lugar donde pudiese descansar y recuperarse. Me odié a mi mismo por esto. Estaba enojado conmigo mismo.

«¿Cómo dejé que llegara tan lejos? Joder, actué como un idiota».

Mis codos estaban sobre la mesa y me pasé las manos con fuerza por la cara y la boca, tirando de mi barba. Mis ojos se quedaron fijos en el rostro de Emmerson. Me dolía el corazón y deseaba que supiera lo importante que ella era para mí.

La cena continuó y la risa resonó y rebotó en las gruesas paredes de madera de la casa de su infancia. Algunos de mis recuerdos más preciados se crearon aquí, con ella. Emmerson aún no había probado un solo bocado. Ella había estado moviendo su comida alrededor del plato pero nunca comió nada. Parecía débil y temí que se estuviera enfermando. Si ella se enfermase, eso también sería culpa mía.

El saber que ella estaba tan afectada me hizo hervir la sangre de ira. Quería golpear una pared repetidamente hasta que se derrumbara bajo mis puños. ¡Mierda! La había protegido durante toda su vida y lo arruiné todo en el último momento.

«¿Por qué no pude simplemente contenerme?».

Ella no estaba lista. No importa cuánto yo lo hubiera deseado durante años, ella no estaba lista. Joder, me odiaba a mí mismo. Agarré mi tenedor en mis manos y lo apreté con fuerza, evitando salir de su casa y comenzar a romper lo que encontrara.

Tratando de calmarme, respiré hondo. Todavía podía sentir el calor de su piel suave y húmeda en mis manos, el dulce olor de su cabello. Ella sería para siempre mi obsesión, la única mujer que jamás desearía.

–Emmy, pasa las verduras –dijo Ethan a mi derecha, despertándola de su aturdimiento.

Cogió el cuenco y estiró el brazo, esperando a que Ethan lo agarrara cuando sus ojos se encontraron con los míos durante unos breves segundos. Vi el dolor en sus ojos y me enfureció. Esos hermosos ojos siempre habían estado llenos de vida y felicidad. Miré más profundamente, pero para mi consternación, el dolor y la tristeza no fue lo único que vi en ellos. Había miedo en ellos. Ella me tenía miedo. Lo jodí todo.

Ethan tomó el cuenco y ella miró hacia otro lado una vez más. Quería que volviera a mirarme a los ojos, pero no lo hizo. Mi corazón se hundió. Sabía que me merecía su indiferencia. Debería retroceder y darle espacio, pero no lo haré. No podía. Nunca. Incluso si me tomara el resto de mi vida, la tendría que recuperar. Yo haría cualquier cosa. Ella era mi faro de luz, y sin ella, estaba perdido.

Mi mente viajó de regreso a la cueva. La forma en que su pequeño cuerpo dio paso a mi miembro ansioso. Lo apretado que se sentía su sexo a mi alrededor. Su suave cuerpo temblando bajo el mío. La sensación de sus piernas abiertas a cada lado de mis caderas. Los sonidos húmedos de nuestros cuerpos chocando. Como me perdí en mi pasión y la penetré con fuerza contra la arena. Su sabor. Su olor. La sensación de mis caderas temblando y todo mi cuerpo estremeciéndose cuando un poderoso orgasmo me dominó. Ese sentimiento eufórico de saber que yo fui el primero y que sería el único en su vida, así como ella lo fue en la mía. La manera en que saqué mi miembro de su coño y vi cómo mi semilla y la sangre que indicaba su pureza salían de su apertura y rodaban por sus tiernos muslos.

Sabía que debía haber sido difícil para ella verme de repente como un hombre. Siempre había sido un amigo, su roca, más cercano que un hermano. No debería haberme parecido tanto a un hermano, aunque nunca la vi como una hermana. Siempre debería haberla mantenido a salvo. Fallé.

Andreas se paró con una copa de vino en sus manos.

–Familia, ha llegado el momento de hacer un anuncio importante. Como la mayoría de ustedes saben, esta cena no es solo para celebrar el regreso sano y salvo de mis dos valientes hijos. Hoy es mucho más, una noche de la que algunos de nosotros habíamos estado hablando y esperando durante más de dieciocho años. He visto a mis hijos crecer y convertirse en hombres y mujeres durante este tiempo. Imany y yo creemos que es hora de decirle a Emmerson con quién pasará el resto de su vida.

Andreas tenía una dulce sonrisa en su rostro y no pude evitar sentirme culpable. Apreté mis puños y los puse en mi regazo. Mis ojos se posaron en los tristes de Emmerson una vez más, sabiendo que no le iba a gustar lo que estaba a punto de escuchar.

–Emmerson –dijo Andreas con una sonrisa.

–Emmerson, querida, –lo intentó de nuevo. Esta vez hizo una señal con la cabeza a Imany para llamar su atención.

La tía Imany sacudió el codo de Emmy. Ella parecía completamente desorientada. No estaba escuchando en absoluto. Imany señaló lentamente al tío Andreas, y Emmerson finalmente lo notó.

–Emmerson, querida, ¿escuchaste lo que acabo de decir? –Andreas dijo con los ojos llenos de amor. Era un hombre amable, siempre se preocupaba por su familia, siempre hacía lo correcto. Estaba avergonzado. A él también le había fallado. Tan pronto como supiera lo que había hecho, me golpearía.

–¿Qué? –preguntó ella, completamente perdida.

–Como has sabido toda tu vida, tu mano en matrimonio ya ha sido prometida, y tu madre y yo no podríamos estar más felices. Después de todos estos años, finalmente hemos decidido decirte quién es tu prometido. Como siempre te hemos dicho, tu prometido es un hombre extraordinariamente respetado, y nadie es más digno a mis ojos del gran honor de convertirse en tu esposo. No hay nadie a quien esté más feliz de llamar mi hijo.

Ella estaba pensando. Sus ojos parecían desenfocados y parecía perdida de nuevo. Ojalá pudiera llevármela de aquí. Sentarla y tener una larga charla antes de que se enterara de que pronto nos casaríamos. Sabía que estaba confundida y necesitaba saber cómo me sentía por ella. Nunca se lo había dicho en voz alta.

Andreas tosió para recuperar su atención.

–Con eso dicho... –Extendió su brazo hacia mí–. Nos complace anunciar que estas dos familias pronto se unirán oficialmente. Estoico, hijo mío, finalmente ha llegado el día en que puedes reclamar a tu esposa, y dentro de un mes, los dos serán unidos en matrimonio. Espero que ustedes dos encuentren toda la felicidad que se merecen y que juntos tengan una vida larga y próspera. Por supuesto, estaremos esperando ver pequeños demonios corriendo por nuestros pasillos una vez más, llenando de risa todas nuestras casas como lo hicieron ustedes dos cuando eran pequeños. Estoico, has esperado por mucho tiempo este momento.

«No lo suficiente. Lo había arruinado».

–Para ser honesto, al principio pensaba que estabas siendo un chico tonto jugando. Pero me diste tu palabra y la cumpliste, Estoico. Es hora de que yo cumpla con la mía. Estoico, mi hija es tuya.

Me sentí como una mierda. Les fallé a todos.

Imany sacudió el brazo de Emmerson. Los aplausos y sonidos de entusiasmo de todos en nuestra familia estallaron y vi a Emmerson hundirse aún más en su silla. La comprensión de la situación en la que se encontraba actualmente estaba escrita en todo su rostro. Ella odiaba esto.

Las lágrimas comenzaron a caer de sus ojos y nuestra familia las confundió con alegría. Todos suspiraron un "ahhh" y vitorearon más fuerte. Si tan solo supieran lo que hice, no saldría vivo de aquí, y mucho menos en una pieza.

Estaba asustado. ¿Y si ella se negaba a ser mía? ¿Y si ella decidiera irse? No podría darle esa opción. La necesitaba, no tenía otra opción. Una vida sin Emmerson, era una vida que no valía la pena vivir.

Me levanté y comencé a dar pasos hacia Emmerson, con el peso de mis remordimientos y errores cayendo pesadamente sobre mis hombros. Me acerqué a ella con las manos en los bolsillos, buscando el anillo que había llevado conmigo durante más de once años.

Tan pronto como estuve lo suficientemente cerca, me arrodillé, tomé su mano temblorosa en la mía, y deslicé lentamente el anillo en su dedo. Cuando solté su mano, cayó sin vida y colgó a su lado. Ella todavía se negaba a mirarme a los ojos. La ira consumió mi cuerpo una vez más. Joder, la lastimé. La lastimé mucho. Trabajé muy duro toda mi vida y esperé tanto tiempo. Sabía que lo había estropeado todo pero no podía perderla.

Me puse de pie y me acerqué lo suficiente a su cuerpo, inclinándome más cerca de su oído. Con una voz baja que solo ella podía oír, le dije:

–Eres mía... –Con amor le metí el cabello detrás de la oreja, pero antes de que pudiera terminar de decir "...y lo siento mucho. Haré lo que sea para arreglar esto", Kenzo tocó mi hombro y me jaló hacía un abrazo. A él también le fallé.

Pronto toda su familia y la mía estuvieron a su alrededor, felicitándola.

¿Por qué diablos fui tan impulsivo? ¿Por qué no esperé? ¿Cómo podría ayudarla a sanar?

Sabía que tenía que decírselo a su familia y a la mía. No la dejaría sufrir en silencio.

«¿Cómo podría arreglarlo?».

QUINCE

EMMERSON

Emmerson 18 años
Estoico 23 años

Un anillo. Mi regalo de verano era un anillo de compromiso.

Fui tan estúpida. ¿Por qué diablos no lo vi venir? Por eso siempre actuó como si yo fuera suya, lo era. No era más que una posesión para él. Algo que usaría para su placer. Una perra para la cría. Obligada a dar a luz a sus hijos, cocinar, limpiar y satisfacer todas sus necesidades.

Estaba obsesionado conmigo. ¿Cómo no había visto su posesividad? Lo que yo quería no le importaba, y nunca le había importado. Yo no era libre. No era más que un pequeño pájaro atrapado en medio de sus garras. Siempre lo he sido, pero simplemente no lo sabía. Siempre sería su palabra y su voluntad en contra de la mía, y yo siempre tendría que seguir y obedecer. Joder, lo odiaba. Esa no era la vida que quería para mí. No podría vivir mi vida con un hombre cruel que disfrutara de mi sufrimiento. Un hombre que no quería nada más que controlarme como a una muñeca. Necesitaba escapar. Esperaría a que la mayoría de mi familia se fuera y luego saldría corriendo. Aunque aún no sabía a dónde ir. No me importaba mientras no estuviera aquí. Siempre y cuando no pudiera alcanzarme.

Estaba sola y gracias a él lo había perdido todo. Tendría que dejar atrás a todos y a todo lo que amaba. No tenía idea de a dónde ir, pero una cosa sí estaba por seguro, me iba esta noche.

Me acosté y traté de descansar. Necesitaría la energía. Pasó menos de media hora cuando escuché un suave golpe en mi puerta.

–Emmy, ¿puedo entrar? –Era la tía Ida.

–Sí, un momento. –Sequé mis lágrimas y respiré hondo. Caminé con dificultad hasta la puerta y la abrí. La dejé entrar y ella cerró la puerta detrás de ella y echó el cerrojo.

–¿Estás bien, cariño?

«Miente, Emmerson».

Ella no podía saberlo. Nadie podía enterarse. La lastimaría, esto lastimaría a todos.

–Sí, sólo un poco... cansada. Puede que esté enferma con un virus estomacal o algo así. Solo necesito descansar un poco.

«Por favor, créelo».

–Estoico me lo contó todo. No necesitas mentir, Emmerson.

«¿Qué? ¿Él le dijo qué, exactamente?».

–Lo siento. No sé qué... Yo.... Estoy... –Estaba nerviosa, así que di un paso atrás. No supe qué decir. No sabía lo que él le había dicho.

–Te lastimó, Emmy. No estoy aquí para defenderlo. Estoy aquí para ti, para ver cómo estás, como enfermera. Acuéstate.

–¡No! Estoy bien, eso no es necesario. Yo... –Un dolor punzante se extendió por todo mi cuerpo de nuevo, y me doblé, sosteniendo mi vientre.

–¡Mi hijo es un idiota! Emmy, acuéstate y déjame examinarte, por favor. –La tía tenía los ojos llorosos.

–Yo...

Estaba a punto de rechazar su ayuda de nuevo, pero ella me detuvo.

–Emmerson, te amo. Eres más que una nuera para mí. Eres como mi propia hija. Joder, Emmerson, ayudé a Immy a traerte a este mundo.

Ella sostuvo mi cara en sus cálidas manos.

–Créeme. Mi corazón está roto. Ese maldito idiota ni siquiera sabe lo que ha hecho. Le haremos pagar por esto, pero primero, debemos asegurarnos de que estés bien.

–¡Tía!

Me derrumbé. No supe qué decir. Empecé a llorar y me aferré a ella tan fuerte como pude.

–Te ayudaré, Emmy. Sé que estás herida, pero te ayudaremos. No estás sola, Emmy. Nunca lo estuvistes y nunca lo estarás –dijo, abrazándome.

–Tía, llévame lejos. No quiero estar aquí. No quiero verlo. Por favor, tía. No puedo estar aquí –supliqué.

–Creo que sé de un lugar. Te llevaré allí, Emmy. –Tan pronto como dijo esas palabras, escuchamos un golpe en la puerta nuevamente, y nuestros ojos volaron en esa dirección.

–¿Ida, Emmy? Abran la puerta. Soy yo. –Mi mamá. Mis ojos volvieron a Ida, rogándole que no se lo dijera a mamá. Ida me dio un apretón en los hombros, asegurándome que todo iba a estar bien. Fue hacia la puerta mientras yo secaba mis lágrimas.

–Mi pequeña, ¿cómo estás? –Mamá corrió hacia mí, luciendo preocupada y abrazándome con fuerza.

–Estoy bien, mamá –Traté de sonreírle.

–¿Estás muy herida? ¿Por qué no nos lo dijiste? ¿Por qué te guardaste esto? ¿No confías en nosotros, Emmerson? –Mamá tocó mi abdomen.

«¿Qué estaba pasando?».

–¿Qué...? –Tenía miedo de preguntar.

–Hablé con Estoico y me lo contó todo. Ahora está hablando con tu padre, su padre y Kenzo.

«¿Qué carajos? ¿Se lo dijo a todos?».

Qué vergüenza. Todos ahora sabían que perdí mi virginidad. Santo cielo. Estúpido Estoico. Sabía que era tonto como una roca, pero no tanto.

¿Por qué tendría que hacer eso? ¿No fui lo suficientemente denigrada? ¿Tenía que empeorar las cosas contándoselo a todo el mundo?

Esto no tenía sentido. El que todos supieran no era bueno para él.

¡Que se joda Estoico! Lo odiaba tanto.

–Mamá, yo... Lo siento mucho... Yo... –Empecé a llorar. Mi mamá me abrazó más fuerte. Ella tenía razón. ¿Qué estaba pensando? Debería habérselo dicho, confiar en ella.

–No es tu culpa, cariño. No lo es. –Mamá frotó mi espalda y acarició mi cabello.

–Emmy quiere irse. Conozco un lugar al que podemos llevarla. Los chicos no saben dónde está. Estaba pensando que podrías distraerlos, y podría llevar a Emmy allí por un par de días, tal vez una semana más o menos hasta que se recupere física y mentalmente de todo esto. Una vez que ella se sienta mejor, podemos pensar en lo que deberíamos hacer a continuación. ¿Qué piensas, Immy? –preguntó la tía.

–Es una buena idea. Escribe la dirección para mí. No. No, mejor aún, dimela. La memorizaré. No debemos dejar cabos sueltos. –Mi mamá y mi tía estaban de mi lado. Tenía que decir que se sentía bien tener a alguien de mi lado ahora. Estaban dispuestas a desaparecer conmigo, al menos por un tiempo.

Hicimos exactamente eso. Mamá hizo un escándalo. Gritó y golpeó a Estoico, y todos la siguieron. Cuando los tuvo a todos al otro lado de la casa y lejos de la entrada, se "desmayó". Nunca supe que mi madre fuera tan buena actriz. La tía Ida me sacó apresuradamente y nos marchamos.

Unas 20 calles más adelante, estaba esta pequeña casa que pertenecía a la compañera de trabajo de la tía. Esta doctora había sido enviada para ayudar en la frontera norte y tía Ida estaba cuidando la casa. Ella dijo que su compañera de trabajo lo entendería. El lugar era agradable y acogedor.

Ida me examinó y me sentí muy avergonzada. Hizo muchas preguntas incómodas sobre la violación. También hizo muchas otras preguntas de salud, incluso cuándo fue mi último período. Dijo que me iba a curar, pero que se dio cuenta de que él había sido demasiado brusco conmigo. Dijo que el dolor podría durar unos dos días más. Me dio unos analgésicos y me acostó a dormir. Ida se quedó conmigo en la habitación, acariciando mi cabello.

Mamá llegó unas tres horas después. Ella trajo comida como para dos días. Todavía estaba avergonzada. Solo quería estar sola, así que fingí estar durmiendo. Mamá e Ida fueron a la sala de estar justo afuera de la habitación y comenzaron a hablar. Incluso cuando usaban voces muy bajas, todavía podía escucharlas hablar.

–¿Va a estar bien? –Mi mamá parecía preocupada.

–Si, ella lo estará. Emmerson es fuerte, Imany. –La tía sonaba triste.

–Quiero matar a tu hijo.

–Yo también. ¿Qué dijo Andreas?

Oh no, mi papá. ¿Cómo iba a enfrentarlos a todos ahora?

–Le dio una paliza a Estoico. Erik también. Kenzo se interpuso en el camino y también recibió una paliza. Estoico simplemente se quedó allí y la tomó. Ahora parece una mierda.

«¿Qué diablos, Kenzo? ¿En serio? ¿Defendió a Estoico?».

–Se lo merecía. –Sabía que la tía habría cogido una escoba y también habría hecho algún daño.

–Le pidieron que se fuera. Erik dijo que no lo quería cerca de Emmy.

Andreas también, no creía que Emmy quisiera tenerlo cerca de ella. Nosotras estuvimos dos pasos por delante. –Mamá soltó una risa triste. Mi papá y mi tío también me estaban cuidando.

–¿Se dieron cuenta de que te fuiste? –Podía escucharlas moviendo cosas en la cocina.

–No. Andreas y Erik estaban bebiendo, Estoico se fue con Kenzo y Ethan no estaba en casa. Hablando de Ethan, se fue después de la cena, por lo que es posible que aún no lo sepa.

–Imany, yo... Bueno... –La tía Ida nunca sonó tan nerviosa.

–¿Qué?

–Estoico no usó protección, y Emmerson estaba en sus días fértiles. No le dije eso porque quería que descansara y no se preocupara por eso por ahora, pero creo que podría quedar embarazada.

«¿Qué carajos? ¿Qué carajos? ¡Oh no! ¡Oh, joder no! Joder, esto no podría estar pasando. Por favor diganme que no estaba sucediendo».

–Mierda. –Silencio. Mi mamá estaba en estado de shock y yo también.

–¿Crees que él lo sabe? –preguntó mi mamá.

–¿Que podría haberla dejado embarazada? No, mi hijo es tan denso como una jodida roca.

Me alegra saber que no era la única que pensaba de esa manera. Aunque no quería esto. Realmente no lo quería.

–Bueno, pero es posible que no quede embarazada, ¿verdad? Quiero decir, ¿es como cincuenta y cincuenta? Tenemos que esperar. No hagamos que se preocupe por eso todavía. –Mamá estaba en negación como yo.

–Es muy probable, Imany. Lo siento. Siempre supe que Emmy me convertiría en abuela algún día, pero nunca pensé que sería así. –Podía oírla llorar suavemente. Esto nos estaba pasando factura a todos. Esto ya no se trataba solo de mí y de Estoico.

–Déjala dormir. Hablaré con ella mañana. Ella merece saberlo. Estará bien. Es una mujer fuerte y no está sola. Ella nos tiene. Vayamos y tratemos de descansar. Hay un montón de cosas que tenemos que arreglar mañana, Emmy nos necesitará. –Con eso, ambas regresaron a la habitación.

Esperaba que no se dieran cuenta de mis lágrimas. Ellas pensaban que yo era fuerte, pero me estaba derrumbando. Estaba muy asustada. No quería quedar embarazada. Se metieron en la cama, pero yo permanecí callada. Si me notaron llorando, no dijeron nada al respecto.

Mamá se acostó a mi derecha y la tía a mi izquierda. Ambas me echaron un brazo por encima y me sentí protegida por mis dos madres.

Si tuviera la mala suerte de quedar embarazada, pronto también sería madre. «¿Podría amar a mi hijo como ellas me amaban a mí?».

Realmente no lo sabía.

DIECISÉIS

EMMERSON

Emmerson 18 años
Estoico 23 años

Estaba embarazada.

Era oficial. La tía Ida me hizo la prueba por la mañana. Habían pasado tres semanas desde el incidente y tenía un retraso de cuatro días. Todavía vivíamos aquí, Ida y yo. Estoico no sabía dónde estaba y, como me contaron, él ya no vivía en su casa. El tío Erik sabía que yo estaba con Ida, pero no sabía dónde. Ida no se quería arriesgar a que Estoico se enterara. Solo mamá, mi tía y yo sabíamos del embarazo.

Ida tuvo una dura conversación conmigo a solas después de la prueba. Ella dijo que si realmente no quería a este bebé, había otras opciones. Que no tenía que tenerlo si iba a ser demasiado difícil para mí. Yo sabía que esta conversación la lastimó mucho. Ella quería a su nieto, pero estaba dispuesta a respetar mis deseos.

No tuve que pensarlo demasiado. No pude hacerlo. No podía renunciar a mi propio hijo. No quería hacerlo. Sabía que si decidía lo contrario, ella me ayudaría, y eso también estaría bien. Este bebé era mío primero antes que de Estoico. Ahora que sabía del embarazo, no tenía el corazón para vivir mi vida sin mi bebé. No era como si fuera a estar completamente sola, ni sería la única madre soltera en la villa. Si Ava podía hacerlo, yo también. Además, sabía que

Estoico también querría asumir cierta responsabilidad por este niño. Él sería un buen proveedor para nuestro bebé. No estaba muy emocionada por comenzar esta conversación con él.

Se cancelaron todas las conversaciones y preparativos de la boda. Nuestra familia ya tenía muchas cosas comenzadas antes de "la cena de bienvenida", porque sabían que ese sería el día en que harían el anuncio. Descubrí que mi mamá ya me había hecho un vestido. Papá me había comprado unos zapatos bonitos e Ida ya se había puesto en contacto con los funcionarios. Incluso Ethan y Amelia estaban trabajando en algunas decoraciones. Todo estaba escondido en la habitación de invitados en la casa de Ida.

En todo caso, estas últimas tres semanas me habían ayudado a reflexionar sobre mi vida. Durante las innumerables horas que pasamos juntas, la tía Ida me contó cientos de historias y anécdotas de cuando era pequeña. Me contó muchas de las cosas que Estoico había hecho por mí, y era difícil creer que él alguna vez tuviera buenas intenciones. Ella dijo que incluso cuando él se enojaba y perdía los estribos, siempre pensaba en mí primero y trataba de hacerme feliz.

Ella estaba tratando de hacer que él pareciera menos horrible, pero cuando pensaba en él, todo lo que aún podía recordar era el monstruo empujando dentro de mí. Todavía no estaba lista para enfrentarme a él.

La tía me dijo que tuvo una conversación con él. Me contó que Estoico le dijo que también era su primera vez. Que no tenía experiencia. También había otras cosas, pero Ida dijo que no era su lugar decírmelo. Tenía que venir de él y solo de él.

Lo dudaba. Sabiendo cuán promiscuo era Kenzo y siendo Estoico su cómplice, por lo que me concernía, Estoico ya podría haberse acostado con la mitad de la población del hemisferio norte. Incluso cuando dijo antes que quería reservarse, no creí que realmente lo hubiera hecho. Ahora supe por qué Estoico dijo que se estaba guardando para mí. Por supuesto, estaba intentando decir cualquier cosa que lo hiciera verse bien ante mis ojos.

Con todas las cosas que dijo Ida, tenía muchas ganas de darle el beneficio de la duda, pero tenía miedo. ¿Y si Ida estaba delirando? Después de todo, era su propio hijo. Por supuesto, estaría cegada. Ella todavía esperaba que me convirtiera en su nuera, incluso me lo había confesado.

La tía me prometió que Estoico no era el monstruo que yo pensaba que era, y que al menos debería darle la oportunidad de explicarse. Siempre que estuviera lista, por supuesto. Ella dijo que él también debía de estar sufriendo, pero yo lo dudaba. Si hubiera visto la forma en que se veía su rostro cuando entró en mi interior o si hubiera escuchado la forma en que gimió de placer mientras me destrozaba, ella también lo dudaría.

Hasta el momento de la violación, me concentré mucho en ver a Estoico como mi hermano. Estaba tan empeñada en no verlo como un hombre que prácticamente me hipnoticé, haciéndome creer que no lo era. Me repetí a mí misma que él era solo un hermano para mí, como un mantra. Tomé todos esos sentimientos lujuriosos que tenía por él y los encerré. Me sentí culpable por quererlo. ¿Por qué tenía tanto miedo de desearlo? Quizás tenía miedo de perderlo. De cualquier manera, mira a dónde me llevó eso. Fui una idiota.

Al recordar lo que sucedió, pude ver por qué se había confundido. No lo empuje y nunca dije que no. Solo lloré, paralizada. Sin mencionar que corrí desnuda a sus brazos. Sin embargo, debería haberse detenido. Pude haberlo confundido con mis acciones, pero Estoico todavía era un maldito idiota por no detenerse.

Pasar de esta situación se volvería realmente incómodo. Los Dokkens siempre habían sido muy cercanos a nosotros, así que tendría que ver a Estoico con regularidad. Por supuesto, tendría que verlo y hablar con él. ¿De qué otra manera esperaba que fuéramos padres de este bebé? No era como si tuviera otra opción. Estaba actuando como una cobarde, pero pronto debería ser fuerte y enfrentarlo. Algún día, reuniría el valor, pero no ahora. Podría escribirle una carta para informarle sobre el embarazo y pedirle que no se comunique conmigo.

Todo lo que quería hacer era hablar con Amelia. Quería contarle sobre el bebé. Me pregunté cuál sería su reacción. Ella podría estar feliz de convertirse en una tía, o podría querer matarme por ocultárselo. ¿Quién sabe?

Durante estas últimas semanas, sólo la había visto dos veces. No queríamos arriesgarnos a que Ethan o Kenzo la siguieran. Hoy había planeado disfrazarme e ir a visitarla. Ella no sabía que la visitaría, así que esperaba encontrarla en casa.

Después de terminar mi almuerzo y lavar los platos, me cubrí con un viejo chal. Asegurándome de que el camino estuviera despejado, me encorvé y caminé como una anciana hasta la casa de Amelia. Una vez que llegué, llamé a la puerta. Landon respondió.

–Oye, Emmy. ¿Eres tú? –Tuvo que mirarme bien para comprobarlo y reconocerme. Debo haber hecho un buen trabajo con mi disfraz.

–Sí, soy yo. ¿Amelia está en casa? Quiero hablar con ella. –No quería quedarme a la intemperie por mucho tiempo.

–No, ella se acaba de ir. ¿Quieres entrar? –Landon siempre había sido tan amable conmigo.

–No, está bien. Yo mejor me voy. –Antes de que pudiera darme la vuelta, Landon me agarró del brazo.

–¿Te estás escondiendo de Estoico?

«¿Cómo lo supo? ¿Amelia le dijo?».

–Cómo...

–Viene preguntando por ti cada dos días. –Oh, será mejor que no me quede entonces.

–Oh, ya veo. Supongo que me iré entonces. –Me despedí con la mano, pero Landon me detuvo de nuevo.

–Espera, iré contigo. Parece que necesitas a alguien con quien hablar. –Bueno... No estaba equivocado.

–OK. –Cerró la puerta detrás de él y me siguió.

Landon y yo caminamos hacia el parque y nos sentamos en el columpio del banco. Por lo general, el parque estaba lleno de niños corriendo, pero en ese momento, todos los niños debían haber estado tomando sus lecciones en casa.

–Así que dime. ¿Qué pasó?

«¿Debería decirle?».

–Yo... Estoy confundida. –Eso no era mentira.

–¿Sobre Estoico? Escuché que estaban comprometidos.

«¿Dónde? ¿Quién le dijo?».

–Lo estábamos, pero lo rompí.

–Ya veo. –Landon tenía una sonrisa en su rostro.

«¿Se había alegrado de que rompiera mi compromiso con Estoico?».

Bueno, debe odiar a Estoico después de lo que le hizo hace tantos años.

–Tengo que decirte, Emmerson. Ese tipo no es bueno para ti. Es violento y estoy seguro de que te hará daño uno de estos días. –Demasiado tarde, ya lo hizo. Aunque no lo quería admitir.

–Yo sé. –Mi voz sonó baja y rota.

–Él no se preocupa por ti, Emmy. Nunca lo hizo. No es más que un gran idiota egoísta. –Landon lo odiaba. No podía culparlo.

–Su mamá me dijo que él se preocupa por mí. Aunque... No lo sé. Landon, ¿qué...? quiero decir, ¿cómo puedo saber si realmente le importo? –Quizás era mejor hacerle este tipo de preguntas a un hombre.

–Cuando a un hombre le gusta mucho una chica, quiere verla feliz,

Emmerson. Él no la lastimaría. –Landon se acercó a mí.

–Si alguna vez tuviera la oportunidad de ser el hombre de una joven hermosa, inteligente y maravillosa como tú, nunca la lastimaría. –Eso tiene sentido. Landon se acercó a mí y me pasó el brazo por encima del hombro como solía hacer cuando éramos pequeños.

–¿Es posible herir a alguien sin darse cuenta? –Quería saber.

–Emmerson, las personas que lastiman a otros lo hacen intencionalmente.

–¿Tú crees? Quiero decir, a veces las circunstancias no son del todo claras y... –Landon me interrumpió.

–Mírame, Emmy. Si Estoico te lastimó, significa que no te merece, punto. Es mejor estar lejos de él. –Sentí su brazo caer más abajo por mi espalda, y apartó mi cabello de mi cara con la otra mano.

–Pero y si...

Antes de que pudiera terminar mi pensamiento, sentí que el columpio se movió. Landon se echó hacia atrás y escuché un fuerte y horrible crujido. Landon gritó, y cuando volví la cabeza para verlo, su brazo estaba terriblemente torcido, su hueso roto y saliendo de su brazo.

La imagen era nauseabunda.

Landon gritó más fuerte y, de repente, fue levantado por el cuello por detrás y luego arrojado con fuerza al suelo. Estoico. ¡Oh, no! Estoico me encontró.

No me estaba mirando. Sus ojos estaban rojos, llenos de odio. Sabía que solo había una cosa en su mente. Matar a Landon.

Tan pronto como Landon aterrizó en el suelo, Estoico comenzó a patearlo violentamente y a pisotearlo con sus enormes pies, lastimándolo aún más. Landon parecía un insecto aplastado. Me puse de pie con las manos en la boca, incapaz de gritar. ¡Tenía que salir de allí, joder!

Comencé a correr, abandonando completamente a Landon. No sabía si todavía estaba vivo o no, pero iba a salvar mi propio trasero. Estoico me vio y gritó mi nombre.

–¡Emmerson, detente! –Yo no lo hice. No quería morir, así que corrí más rápido.

–Emmerson, carajo, detente.

Seguí corriendo. Esta vez supe que estaba corriendo detrás de mí. Estaba tan jodida. Landon tenía razón. Estoico era demasiado violento. Siempre me haría daño.

Corrí rápido, pero no era rival para él. Me agarró y me sujetó por las caderas.

–Joder, detente, Emmy. Detente, cariño. –Estoico me abrazó por detrás. No lo iba a dejar. Le di una patada e intenté con todas mis fuerzas liberarme.

–¡Déjame ir! ¡Déjame ir! ¡Ayuda! –grité.

–Joder, Emmy. Detente, no te lastimaré, cariño. Deténte, por favor. –No confiaba en él. Seguí gritando, esperando que alguien me escuchara y me salvara.

Estoico me abrazó con más fuerza y me dio la vuelta, poniendo mi cara en su pecho. Lloré mientras él mantenía una mano en mi cabeza y la otra en mi espalda. Sentí que me besaba la cabeza y me mecía de un lado a otro. Su pecho se movía hacia arriba y hacia abajo, presionando con fuerza contra mí.

–Está bien, cariño –parecía que se estaba calmando a sí mismo más que a mí–. Está bien. Está bien. Te encontré. –Acarició mi cabello y siguió abrazándome.

–Déjame ir, Estoico –dije llorando. No me quedaba más energía. Era inútil, y no había forma de que pudiera escaparme de él ahora.

Estoico me cargó al estilo nupcial, me abrazó con fuerza y comenzó a caminar. Escondí mi rostro en su pecho y me cubrí con su camisa, sin querer mirarlo a los ojos. A lo largo del camino, lloré suavemente, sin querer enfrentarlo. Todavía me sentía humillada.

Estoico no dijo nada. Simplemente caminó. Echando un vistazo a mi alrededor, reconocí el camino por el que caminaba.

Me estaba llevando a casa.

DIECISIETE

ESTOICO

Estoico 5 años
Emmerson 0 años

-Dieciocho años antes de la cena-

Era primavera, y el olor dulce de las flores estaba en el aire. El clima comenzó a sentirse más cálido cada día que pasaba. Era un día tranquilo, así como a mí me gustaban.

Aquel día, mi mejor amigo y su hermano pequeño se quedaron conmigo y papá en nuestra casa. Mi mamá estaba ayudando a su mamá. Todos los adultos estaban muy ocupados, caminando arriba y abajo con expresiones de preocupación en sus rostros. Había un bebé en el vientre de la tía Imany y su panza crecía cada día más. Ella me dejaba tocar su vientre y me encantaba cuando podía sentir al bebé moverse dentro de ella. Mi parte favorita era cuando le daba unos golpecitos en la barriga y el bebé me pateaba la mano. Su barriga estaba súper grande, así que supuse que era hora de que saliera el bebé. Tenía una idea de cómo saldría, pero no estaba seguro.

Poco después del almuerzo, llegó el tío Andreas a nuestra casa. Su cara estaba roja y parecía que había estado llorando. Mi padre se acercó al marco de la puerta donde Andreas estaba parado y le dio un gran abrazo. Después de secarse las lágrimas, Andreas dijo que el bebé era una niña. Escuché a Kenzo y Ethan quejarse de decepción. A mi no me importaba que fuera una niña, ella podía jugar con nosotros sin problema..

–Todos pueden venir a conocerla, pero tendrán que lavarse las manos y la cara. Ella es muy delicada y queremos cuidarla mucho –dijo Andreas.

Ethan y Kenzo corrieron al fregadero y lucharon por ser los primeros en lavarse las manos mientras yo esperaba pacientemente detrás de ellos. Me di cuenta de que necesitaban un taburete porque todavía estaban demasiado bajos, así que fui a buscarlo. Kenzo se subió al mostrador y se lavó primero, y Ethan se quejó. Supuse que no conseguí el taburete lo suficientemente rápido como para detener la pelea. Yo no necesitaba el taburete ya que alcanzaba el fregadero sin problemas. Una vez que me limpié, mi padre nos llevó a todos a la casa de los Silva.

Mis amigos se apresuraron a ver a la bebé y me dejaron en la puerta principal. Nuestras dos casas tenían un solo nivel. Imany y la bebé estaban acostadas en la habitación de la parte trasera de la casa. Cuando llegué allí, todos los adultos y mis amigos estaban rodeando a la tía Immy y a la bebé. No podía verla en absoluto, así que simplemente apoyé la espalda contra la pared y esperé. Los escuché hablar y reír. Todos decían que la bebé era hermosa, pero aún no había podido verla.

Después de un largo rato, el tío Andreas dijo:

–Está bien, muchachos, dejemos que las damas descansen. Les daré un poco de pan y luego podrán jugar afuera. –Cuando todos empezaron a salir de la habitación, eché un vistazo rápido a la pequeña bebé envuelta en una manta. Todos, incluida mi mamá, se habían ido, y yo me quedé allí, mirando a la bebé desde lejos, rascándome el costado de los dedos con mis propias uñas.

–Estoico, ¿no quieres conocerla? Acércate. No tengas miedo. –La tía Imany parecía estar cansada pero feliz. Me acerqué con cuidado y recordé lo que dijo Andreas: "Ella era muy delicada y necesitábamos cuidarla mucho."

Imany palmeó la cama junto a ella, pidiéndome que me sentara a su lado. Lo hice, y por alguna razón, mis ojos no podían dejar de mirar a la bebé. Ella era la cosa más hermosa que había visto en toda mi vida.

–¿Quieres aguantarla? –preguntó la tía, y asentí con la cabeza dos veces.

–Kenzo y Ethan son... un poco descuidados, pero tú... Yo confío en ti, Estoico. Siempre eres cuidadoso, ¿verdad?

Una vez más, asentí con la cabeza dos veces.

–Tómala, sostén su cabeza así... y luego pon tu mano aquí. Sujétala firmemente, ¿de acuerdo? –Imany instruyó.

Hice lo que me dijo y pude sentir que la emoción llenaba mi pequeño corazón.

–Su nombre es Emmerson, significa valiente. Puede parecer pequeña ahora, pero un día te hará correr detrás de ella. Ya verás. –Escuché su suave risa, pero mis ojos estaban fijos en la cosa más preciosa y mágica que jamás había tenido en mis brazos.

Tenía los ojos cerrados y parecía tan tranquila. Tenía la piel de color marrón claro, más clara que la de Kenzo y Ethan. Su cabeza tenía un poco de cabello rizado muy fino. Se veía un poco flaca y muy suave. La abracé con fuerza contra mi cuerpo, asegurándome de que no se cayera. Ella debió sentir que la estaba abrazando con fuerza porque se retorció un poco y abrió los ojos. Un párpado y luego el otro.

De repente, me encontré mirando a sus ojos de color marrón claro y verde. Mis ojos se abrieron cuando ella me miró y sentí que el tiempo se detuvo. En ese momento supe que quería mirar esos ojos por el resto de mi vida. Su pequeña mano escapó de la manta, y envolvió todos sus pequeños dedos alrededor de mi pulgar. Ella apretó mi pulgar tan fuerte como su pequeña mano pudo, y sonreí, sintiendo que mi corazón latía más rápido. Luego hizo el sonido más hermoso y cerró los ojos. Ella se sentía segura.

–Creo que le gustas –dijo el tío Andreas con una sonrisa. Ni siquiera me había dado cuenta de que estaba en la habitación.

–La quiero, quiero quedarme con ella. –Las palabras salieron de mi boca antes de que pudiera detenerlas.

–Ella es una bebé, no un juguete, Estoico. –dijo Andreas con una sonrisa–. Pero puedes verla tanto como quieras.

Nunca dejé de mirarla, ni por un segundo. No podría haber estado hablando más en serio. Nunca había deseado algo con tanta desesperación.

–La quiero y cuidaré de ella. Lo prometo. –Me aferré a ella con más fuerza. Realmente la quería. Siempre la mantendría a salvo.

–Bueno, ella es su propia persona, ya sabes. –Podría ver que él encontraba todo esto cómico, pero yo no. Realmente lo dije en serio.

–¿Puedo casarme con ella? –Estaba tratando desesperadamente de encontrar una solución, cualquier cosa para poder llamarla mía.

–Bueno... –Andreas miró a la tía y se rascó el cuello–. ¿Qué piensas, Immy?

–Creo que esto es demasiado lindo –dijo con una sonrisa en su rostro.

–Te diré algo –dijo poniendo una mano en mi hombro–. Estoico, mi hija es muy preciada para mí. Cuando tenga la edad suficiente para casarse, me gustaría verla casarse con una persona buena y responsable. ¿Puedes ser una persona buena y responsable?

–¡Sí, señor! –Lo miré directamente a los ojos sin dudarlo.

–Ser una buena persona requiere mucho trabajo, Estoico. Tendrás que trabajar duro durante muchos años y siempre intentar dar lo mejor de ti en todo lo que haces, ¿de acuerdo?

–Lo haré, señor. –Sería el mejor en todo y en cualquier cosa que intentara, tenía que hacerlo.

–OK, entonces. Supongo que podemos tener una conversación con Ida y Erik –rió–. Debo decirte que no esperaba tener una propuesta de matrimonio para mi hija en el día de su nacimiento.

–Prométeme que cuando me convierta en un hombre digno, me la darás. – Hablé en serio. El tío creía que yo estaba jugando. Necesitaba una promesa real. Le haría cumplir su palabra más tarde, después de convertirme en el mejor hombre que este pueblo había visto jamás.

Andreas sonrió.

–Es una promesa, Estoico –me señaló con un dedo–, pero solo si eres digno, ¿de acuerdo?

–Lo seré. Te doy mi palabra.

–Bien entonces. –Me dio unas palmaditas en el hombro y le guiñó un ojo a Imany.

Mis ojos viajaron de regreso a mi bebé. Dormía plácidamente en mis brazos donde pertenecía. Sabía que a partir de ese momento, la cuidaría con todo mi corazón. Me prometí a mí mismo que siempre estaría ahí para ella, no importará qué. La mantendría a salvo y la cuidaría. Todas las cosas que le daría las ganaría con mi arduo trabajo y las haría con mis propias manos. La ganaría justamente.

Bajé mi rostro y la besé en la cabeza.

–Duerme, bebé.

· · · · · · · · • • • • • ● ● ● ● ● ● • • • • • · · · · ·

Pasó el tiempo y Emmerson comenzó a crecer rápidamente. Desde el día en que nació, había pasado mucho tiempo con ella. La cargué durante sus siestas, ayudé a la tía a hacerla eructar después de tomar su leche y también ayudé a la tía a lavar sus pañales sucios. Caminaba con Emmerson por las mañanas para que pudiera disfrutar del sol. Hice lo que fuera por hacerla feliz y cuidarla.

Estuve allí para todos sus primeros momentos. Estaba recostado en el suelo junto a ella, animándola, la primera vez que se dio una vuelta. Su gran cabeza la hizo perder el equilibrio y estaba tan asustada que lloró. Pero yo estaba allí para abrazarla. Después de que se acostumbró, rodamos por toda la casa.

También estuve allí cuando se puso de rodillas por primera vez, cuando aprendió a sentarse sola, cuando empezó a mecerse hacia adelante y hacia atrás, cuando empezó a gatear y cuando se incorporó y se paró por primera vez. Después de sus primeros pasos, Emmerson caminó hacia mis brazos abiertos. Ese día estaba tan feliz que no podía dejar de sonreír.

Emmy era quisquillosa con la comida. Tomaba una eternidad darle de comer. Una vez que la tía Imany comenzó a darle comida en trozos, no quiso comer. Pensé que era perezosa y no quería masticar su comida. Empecé a cortar su comida más pequeña, para que pudiera comerla fácilmente.

A pesar de que era quisquillosa, Emmerson se puso muy, muy regordeta. Tenía tantos rollos que su madre la llamaba la "panadería". No podía dejar de besar sus mejillas regordetas. Era tan suave.

Cuando creció más, perdió sus lindos rollitos de bebé, y luego sucedió lo más asombroso. Emmerson empezó a hablar. Su primera palabra fue "Oi". Así fue como me llamó durante un largo tiempo. Una vez que Emmerson comenzó a formar oraciones, nadie la detuvo. Balbuceaba durante horas. Siempre escuché todo lo que ella tenía que decir. Se puso muy juguetona y sus risas llenaban toda su casa y mi corazón. Su risa era mi sonido favorito.

A Emmerson le encantaba jugar al aire libre y podía pasar horas afuera. Ella era feliz, no importaba si era barro, tierra, agua o hierba. A ella le encantaba. A menudo tenía que llevarla a casa llorando porque quería quedarse afuera.

Lo admito. Yo la consentía. Ella me tenía en sus pequeñas manos, y yo haría e iría a donde ella quisiera. Le aguantaba sus manitas y dejaba que me guiara a donde ella quisiera. Ella era un espíritu libre, y yo me aseguraría de que tuviera la libertad de explorar y jugar al aire libre tanto como quisiera. No me importaba limpiarla después, siempre que estuviera a salvo y feliz.

Me mantuve fiel a mi promesa de ser el mejor en todo lo que pudiese. Le pedí ayuda a mi mamá y ella me ayudó a administrar mi tiempo para que pudiera pasar la mayor parte del tiempo con Emmy. Me despertaba tres horas antes para poder hacer mis tareas y las tareas de la casa. Después de eso, ayudaba a mi padre durante las primeras dos horas después de que abrieran la herrería y luego llevaba a Emmy a dar un paseo matutino. Tomaba mis lecciones con Kenzo en su casa de 10:00 am a 2:00 pm. Después de las lecciones, ayudaba con Emmerson hasta su hora de dormir, y ayudaba a la tía a ponerla a dormir. Me gustaba contarle historias. Los mitos eran nuestros favoritos. A Emmy le gustaba cuando hablaba con ella. Emmerson era la persona con la que más hablaba. Siempre tomaba su mano hasta que se durmiera y luego le daba un beso de buenas noches en la cabeza antes de irme.

Quería demostrarle a Andreas que yo era digno y que podía mantenerla. Por esa razón, siempre hacía los regalos de Emmerson con mis propias manos. Para su primer cumpleaños, le pedí a Imany que me enseñara a coser una muñeca. La tía Imany era sastre. Hice mi mejor esfuerzo incluso cuando me pinché cientos de veces en el proceso. La muñeca no era la más bonita, pero era lo que había hecho yo solo. Cuando se la di a Emmerson con mis pequeñas manos llenas de vendajes, le encantó. La hizo reír. Le gustó tanto que se la llevaba con ella a dormir todas las noches durante un largo tiempo.

Pasaron tres años y todos los adultos pensaron que ya me habría cansado de Emmy. Que me habría olvidado de la promesa que me hicieron, pero nunca lo hice. De hecho, a menudo le recordaba a Andreas la promesa. Le llevaba todos los resultados de mis exámenes para mostrarle mis buenas calificaciones. Aprendí a trabajar con metales con papá y el tío Andreas a diario, y sobresalí en todos los deportes en los que me inscribí. También ayudé con Emmy a diario, más durante los fines de semana, incluso cuando había defecado y apestaba. Siempre estuve ahí para ella. Sabía que estaba enorgulleciendo a mi tío y a mi padre.

Mi padre me dijo que amar y estar enamorado no era lo mismo, que yo era demasiado joven y que algún día entendería la diferencia. Dijo que tal vez algún día me daría cuenta de que amaba a Emmerson pero no quería casarme con ella. Dijo que estaría bien. Papá no podría estar más equivocado. Me casaría con mi bebé y viviría a su lado para siempre.

Independientemente, todos estuvimos de acuerdo en que era mejor que Emmerson no supiera que yo era su futuro esposo. No queríamos que ella me tratara de manera diferente.

El día que Emerson cumplió tres años, le di otra muñeca. Ella se rió mucho cuando vio su muñeca nueva.

–Tal como yo. –Acarició el desordenado pelo de lana de la muñeca.

Asentí y sonreí.

–Gracias, Estoico –dijo, y sus pequeños brazos se envolvieron alrededor de mi cintura. La felicidad se extendió por todo mi cuerpo y pude sentir que mis mejillas se sonrojaron.

Antes de la cena de cumpleaños que siempre le preparaba la tía, Emmerson estaba jugando afuera con otros niños de tres años que la tía invitó del vecindario. La vi jugar con sus amigos desde la distancia. Ethan siguió hablándome sobre esta nueva cosa que quería construir, pero mis ojos permanecieron fijos en Emmy.

Había tres niñas y cinco niños jugando a su alrededor. En mis ojos, ella brillaba como la luna en medio de un cielo oscuro. Se veía tan feliz que me hizo feliz.

Los niños empezaron a jugar a la mancha y Emmy empezó a correr tras los chicos. Agarró a uno por el cuello de su camisa y tiró de él hacia abajo. Al principio, pensé, "esa es mi nena", pero tan pronto como el chico se levantó y tiró de la mano de Emmerson hacia él, mi sonrisa se desvaneció. Tenía esta horrible sensación en medio de mi estómago. No me gustó. Ni siquiera un poco.

Emmerson se rió y siguió corriendo. Sabía que se estaba divirtiendo, pero no pude evitar sentir que algo andaba mal. Emmy era mía. No quería ver a esos pequeños poner sus manos sobre mi niña.

Respiré hondo y aparté la mirada. Emmy tenía todo el derecho de elegir a sus amigos y divertirse. Traté de concentrarme en los tontos movimientos de baile que estaba haciendo Kenzo. Se veía patético. Estaba mirando a mis amigos riéndose de sus estúpidos movimientos cuando decidí echar un vistazo a lo que estaba haciendo Emmy.

Emmerson estaba sentada sobre un niño y le hacía cosquillas como lo hacía conmigo. Hasta aquí llegó mi paciencia.

Por primera vez en mi vida, sentí oscuridad e ira. Me levanté rápidamente sin decir una palabra y me acerqué a Emmerson. Mis manos estaban formando puños y podía sentir que mi cara se ponía roja. En mi mente solo había una idea: destruir a ese pequeño mierdudo.

Cuando la alcancé, la agarré por las axilas, la levanté del suelo y la puse detrás de mí. Luego agarré a ese mocoso por el cuello y lo acerqué a mi cara.

—No toques a Emmerson. —No reconocí mi propia voz. Cuando lo solté, cayó al suelo y corrió por su vida.

«Mejor que siga corriendo».

Lo escuché llorar mientras corría y mi sangre hirvió.

—¿Estoico? —La dulce voz de Emmerson me distrajo. Miré detrás de mí y allí estaba Emmerson, completamente confundida.

—¿Qué pasó? —Ella no tenía idea de lo que acababa de suceder, yo tampoco.

Tenía que pensar en algo. Tenía que pensar en algo rápido. Ella parecía preocupada.

Me arrodillé, la sostuve por los hombros y traté de sonreír lo mejor que pude.

–Emmy, las niñas pequeñas deberían jugar con otras niñas pequeñas. –No la quería cerca de mocosos nunca más.

–¿Por qué? –Su rostro me dijo que sabía que estaba lleno de mierda. Ella era demasiado inteligente. No tenía ninguna otra razón aparte de que no me gustaba.

–Porque yo lo digo –dije con una voz profunda que no tenía idea de dónde había venido. Y luego vi algo que nunca antes había visto en los ojos de Emmerson. Ella estaba enojada conmigo, furiosa.

–¡Eres un estúpido! –Esas palabras salieron de su boca y enfurecí. Ambos estábamos furiosos ahora. Me puse de pie y la miré. Ella se mantuvo firme y me miró fijamente. Mis manos volvieron a formar puños y también las de ella. Podía sentir mi pecho moverse mientras respiraba con fuerza, y podía ver que su cara se ponía roja.

–¡Vete a casa ahora! –Estaba a punto de perder mi paciencia.

–¡No! –Ella se atrevió a desafiarme. El diminuto cacahuete se atrevió a desafiarme.

–¡VETE A CASA AHORA, EMMERSON! –Nunca le había gritado antes. Di un paso más cerca y dije en voz baja:

–O te juro que arrastraré tu trasero de regreso a casa.

El rostro de Emmerson cambió y, por segunda vez en aquel día, vi algo en sus ojos que nunca antes había visto: temor. Debería estar avergonzado de mí mismo. No me gustó esto. Se sintió horrible.

Los ojos de Emmerson derramaron algunas lágrimas, y supe que yo estaba actuando como una mierda. Me sentí como una. Emmy pateó mi pierna y corrió a casa. Me lo merecía.

La vi correr y llorar, y supe entonces que las cosas estaban a punto de cambiar.

DIECIOCHO

ESTOICO

Estoico 10 años
Emmerson 5 años

Después de ese día, ella me odió, pero no me arrepiento.

Había estado tirando al suelo y pateando a cualquier mocoso que se acercaba demasiado a Emmerson. Esos niños pequeños me tenían miedo. Podía verlo en sus ojos. Ninguno de ellos se atrevería a acercarse a mi nena. Todos me conocían. Era mejor que Emmy se enfadara conmigo a que esos idiotas la empujaran, la jalaran y la tocaran. No me gustaba la forma en que jugaban los niños y no quería que ella se lastimara.

Mi papá y Andreas me habían dado muchas charlas sobre cómo no estaba bien que yo lastimara a los demás. Dijeron que lo que estaba sintiendo se llamaba celos. Traté de controlarme y contenerme, pero no pude. Los celos se apoderaban de mí cada vez. Papá y Andreas siempre me dijeron que Emmy era joven y necesitaba amigos. Lo entendí, pero no la quería con esos idiotas descuidados. Si Emmy quería un amigo, me tenía a mí. Yo siempre estaría ahí para ella.

Me dijeron que necesitaba controlar mi enojo, pero para ser honesto, solo perdía los nervios cuando se trataba de ella. El resto del tiempo, estaba muy relajado. Me sugirieron que participara más en deportes y artes marciales para canalizar mi fuerza y enojo en algo positivo, por lo que me inscribieron a mí y a

Kenzo en kickboxing, rugby, judo y hockey sobre césped. También fuimos a nadar mucho. Estaba mucho más ocupado que antes.

Las lecciones se habían vuelto más difíciles y serias también. No hace mucho, Kenzo y yo aprendimos sobre el sexo y la reproducción. En realidad estaba bien equivocado acerca de cómo nacía un bebé. En primer lugar, estaba completamente equivocado acerca de cómo el bebé aparece dentro de la madre. Aparentemente, el parto era una experiencia insoportablemente dolorosa para las mujeres. Me sentí mal por Emmy. Un día pasaría por todo ese dolor para traer a nuestros hijos al mundo. Me aseguraría de compensarla. Sobre el sexo, bueno... no estaba muy interesado. Supuse que algo así sería muy incómodo, pero es lo que hay.

A menudo le hacía regalos a Emmy. Hace un año y medio, le di a Emmy lo primero que hice con metal. Papá me ayudó a hacerlo. Quedó raro, pero podía permanecer en pie, así que lo conté como una victoria. Le dije a Emmy que se llamaba "Jeg elsker deg", que significaba "Te amo" en el idioma de los parientes de mi madre. Lo escribí en el metal, para que Emmy nunca lo olvidara. Con la ayuda de papá, estaba haciendo aros para Emmerson. Andreas me dijo que podría casarme con Emmerson cuando ella cumpliera los dieciocho, así que quería regalarle un aro todos los años hasta que cumpliera los dieciocho. Ese día le daría el último aro y le pondría un anillo en el dedo. Eran como una cuenta regresiva.

El año pasado, para su cumpleaños, le hice otra muñeca y dijo que era fea. Sabía que dijo eso porque todavía estaba enojada conmigo. Este año hice algo diferente. Le pedí a la tía Imany que me enseñara a coser un vestido. Escogí una bonita y brillante tela verde del mercado. El verde hacía juego con sus hermosos ojos. La mujer del mercado tomó dos bolsas de nueces a cambio de la tela. Me tomó tres días completos trepar árboles y abrir nueces para llenar esas bolsas.

Como no tenía experiencia en coser, Imany eligió un patrón muy simple para mí. Seguí todas las instrucciones y el vestido resultó ser bastante decente. No parecía que lo hubiera cosido yo mismo. Estaba orgulloso.

No podía esperar a ver a Emmerson vistiendo algo bonito. Siempre había tenido ropa gastada con agujeros. No porque Imany no le hiciera nada, sino porque así le gustaba vestirse. Emmerson odiaba los vestidos y todo lo femenino. El que hice fue bastante simple, y realmente esperaba que le gustara. Puse el vestido en una caja y lo guardé para su cumpleaños que era el día siguiente. Tal vez si se vestía como una "niña", las otras niñas querrían jugar con ella y finalmente tendría algunas amigas.

Hoy, como todos los viernes, trabajé con mi papá durante aproximadamente dos horas, fui al gimnasio a practicar kickboxing con Kenzo, tomé lecciones en la casa de Liam y Lucas y regresé a la casa de Kenzo para cenar.

Todas las noches, me sentaba junto a Emmy, le hacía preguntas para ver si estaba aprendiendo las lecciones como debería y me aseguraba de que comiera su cena. Después de la cena, me aseguraba de que se limpiara. El agua salía de color marrón oscuro después de que ella terminaba de lavarse la cara. Esperaba pacientemente a que la tía Imany la ayudara a ducharse y luego la sentaba conmigo en el suelo y le peinaba su cabello loco. A ella le gustaba quejarse, pero yo había aprendido a tener cuidado. Siempre comenzaba con las puntas e iba subiendo hasta desenredarlo todo. Cuando estaba lista, le contaba una historia y la acostaba a dormir.

Esa noche, le hablé de la vez que Odín, padre de todos los dioses, bebió hidromiel de tres cuernos y ganó mucho conocimiento. Lo que quería que Emmerson aprendiera de esta historia era que debía buscar sabiduría. A ella solo le importaba jugar y divertirse. No pensé que entendiera la mitad de las cosas que le decía. Se lo tomaba todo demasiado literal. Sabía que ella todavía me odiaba, pero yo siempre iba a estar a su lado.

Le di unas palmaditas en la cabeza y salí de su habitación. Mañana mi maní cumpliría cinco años. Iba a ser un buen día.

· · · · · · • • • • • • • • • • • • · · · · · · ·

-Día del quinto cumpleaños de Emmerson-

—No vayas muy lejos y recuerda estar de regreso a las tres. –Escuché al tío Andreas gritarle a Emmerson. Estábamos haciendo nuestras horas de agricultura obligatoria semanal. Todavía no había terminado, así que me quedé con él y papá. Vi a Emmerson correr a toda velocidad hacia el bosque y supe exactamente hacia dónde se dirigía. Emmy tenía un lugar favorito al que siempre iba.

Tuve un mal presentimiento al respecto. Llovió por la mañana y la corteza de los árboles estaban húmedas. Sabía que Emmerson intentaría trepar a un árbol. Nunca medía los riesgos antes de saltar de cabeza. Ella se podría caer. Rápidamente terminé lo que estaba haciendo y le indiqué a mi papá que me iba a ir.

–¿A dónde vas? Lucas nos pidió que jugáramos con él. Ven con nosotros. – Kenzo me golpeó más fuerte de lo necesario en la espalda.

–Tu hermana. –Señalé el bosque. Kenzo sabía que no podría convencerme. A menudo la seguía, manteniendo mi distancia. Emmerson ni siquiera se daba cuenta de que estaba allí. Solo necesitaba saber que estaba a salvo.

–Ah, OK. No llegues tarde. –Me dio unas palmaditas de nuevo y se fue a jugar con Lucas.

Comencé a caminar hacia el bosque, y cuando me acerqué a su lugar favorito, vi a Noah, Mason y Oliver. Esos tres pequeños mierdas solían ser amigos de Emmy. Estaba seguro de que les había convencido de que no podían estar cerca de ella. Esos idiotas se estaban riendo a carcajadas, así que ni siquiera me vieron acercarme a ellos.

–¿Dónde diablos está Emmerson? –Mi voz retumbó. Las tres pequeñas mierdas instantáneamente se cagaron los pantalones. Intentaron huir, pero ya era demasiado tarde. No había forma de escapar de mí. Antes de que pudieran correr, agarré a uno por el cuello y a los otros dos por sus camisas.

Yo estaba enojado. No veía a Emmerson por ningún lado, y si estos tres imbéciles tenían algo que ver con eso, se meterían en un montón de problemas conmigo.

De repente, escuché un grito agudo y miré hacia arriba. Emmerson estaba colgada en lo alto de un árbol.

–Emmerson –apenas podía hablar. Vi mi futuro a punto de caer en la nada. Mi corazón se detuvo y mis manos soltaron inmediatamente a los niños.

–No te muevas. Voy a ayudarte. No te muevas, Emmerson. Espera. –Me temblaban las manos. Estaba asustado. Nunca había estado tan asustado en toda mi vida. Corrí y trepé a ese árbol lo más rápido que pude, ignorando todos los cortes y rasguños que me estaba haciendo en el camino. Ardían y picaban, pero no paré. No podía.

En un tiempo récord, alcancé a Emmerson. Mi mano agarró su brazo con fuerza.

–Agárrate a mí, Emmerson. –La atraje hacia mí, y por primera vez en años, me abrazó. Debía de estar muy asustada. La abracé tan fuerte que supe que la estaba lastimando, pero no me importó. Ella estaba a salvo en mis brazos.

–Aguántame –susurré y puse a Emmerson en mi espalda, y ella envolvió sus pequeños brazos alrededor de mi cuello–. Agárrate fuerte. –Envolvió sus piernas alrededor de mi torso–. No tengas miedo, Emmy –le dije, más por mí que por ella.

Bajé con cuidado del árbol con Emmy en mi espalda, deteniéndome de vez en cuando para asegurarme de que todavía me estaba agarrando fuerte y que estaba segura. Tanto como pude, mantuve una mano debajo de ella y sostuve su peso.

Llegamos al suelo y la bajé de mi espalda. Sentí que estaba a punto de vomitar mi corazón. Como si acabara de esquivar una bala. Emmy tenía los ojos cerrados pero los abrió lentamente. Me quedé mirando mis colores favoritos, feliz de no haberlos perdido.

Rápidamente levanté su brazo y lo miré. Levanté su otro brazo y lo miré también. Estaba buscando rasguños como los que yo tenía. Le quité el polvo a los pantalones y le di la vuelta. Ella parecía estar bien.

–¿Estás herida? –Yo estaba enojado. No debería haberla dejado ir sola. Ésa era exactamente la razón por la que no la quería cerca de ellos. Si llegaba a alcanzar esas pequeñas bolsas de mierda de nuevo, los iba a matar.

–No –dijo en voz baja. Su dulce voz era música para mis oídos.

–Bien. –Mi cuerpo se relajó y sentí que me quitaban un peso de los hombros. Exhalé el aire que no sabía que estaba conteniendo.

Permanecí en silencio por un rato, aclarando mis pensamientos. Era su cumpleaños y sabía que ella quería nadar.

Respiré hondo y me puse de pie. Pude ver sus ojos viajar a mis brazos. No quería que se sintiera mal por los rasguños, así que comencé a caminar.

–Ven –le ordené, y ella me siguió. Por primera vez, ella no peleó conmigo ni hizo preguntas.

Caminé hasta el río. Su rostro se iluminó tan pronto como se dio cuenta de hacia dónde nos dirigíamos.

Empecé a limpiarme los brazos en el río y me di cuenta de que todavía estaba lejos de mí. Le indiqué que se acercara y lo hizo.

Después de dos minutos de silencio, decidió hablar.

–No se lo digas a papá. –¡Esta niña! Casi muere, pero lo que le importaba era que yo no se lo contara a Andreas.

–No lo haré. –Era su cumpleaños. Quería que ella estuviera feliz, no quería arruinarle el día.

–Nunca lo volveré a hacer –dijo con la cara baja. Al menos esta situación le había hecho entrar en razón. Asentí con la cabeza y seguí limpiando mis brazos.

Por el rabillo del ojo, la vi completamente hipnotizada por la vista y el sonido de la cascada. Tenía una sonrisa en su rostro y sus ojos brillando como mil estrellas. Debería conseguirle una casa con una vista como esta, para poder ver esa expresión en su rostro todos los días.

No teníamos mucho tiempo, así que la agarré por las caderas y la arrojé al río, donde el agua estaba un poco más profunda. No estaba preocupado porque Emmy era una buena nadadora.

–Eso es lo que te mereces por no escuchar –dije cuando la vi jadear por aire. Ella se veía feliz. Emmy se rió como la niña tonta que era y comenzó a nadar.

Me senté en una roca.

–No nades demasiado lejos. –Tenía que poder llegar a ella rápidamente si lo necesitaba.

–¿Y qué si lo hago? –Pequeño maní malcriado. Ella sería mi perdición.

Salté al agua, haciendo un gran chapoteo.

–Nada, Emmy, o te atrapo. –Yo jugaba mucho a perseguirla. Era gracioso verla intentar escapar de mí y fallar miserablemente. Ella era tan pequeña. Definitivamente era más pequeña de la altura promedio.

La escuché gritar y empezó a nadar lo más rápido que pudo. La dejé ganar algo de distancia para hacerlo interesante. Muy pronto la alcancé, la agarré como a una pelota de fútbol y caminé de regreso a la orilla. Pateó y salpicó el agua a lo largo del camino.

–Tenemos que volver. –La hice pararse en la orilla. Ella estaba empapada. Traté de apretar su camisa para que no goteara tanto, y le moví el cabello de la cara.

–Emmy, ¿una colina o un valle? –Me pregunté si preferiría tener nuestra casa en una colina con vista al río o en un valle donde pudiera caminar fácilmente hasta el agua y nadar.

–¿Una colina? –respondió ella y yo asentí. Una colina sería. Necesitaba empezar a buscar el lugar perfecto. Le pediría a Kenzo que me ayudara.

La puse sobre mi espalda y la llevé de regreso a su casa. La dejé allí y fui a cambiarme y traer su regalo.

Cuando llegué a su casa, dejé la caja y fui a ver a Kenzo.

–Oye, amigo. ¿Qué pasó? –Kenzo notó mis rasguños. Si eso significaba salvarla, obtendría un millón más.

–Tu hermana.

–Ella te va a matar alguno de estos días. ¿Qué estaban haciendo ustedes dos? –Él estaba escudriñando mis ojos. Nunca lo dijo en voz alta, pero sabía que él no confiaba completamente en mí. Kenzo pensaba que algún día lo iba a estropear todo.

–Nadando. –Una verdad a medias. Me lanzó una mirada que decía: "Sé que hay más, pero no preguntaré. Dime si quieres".

–Sabes que, me preocupo por ti. ¿Y si Emmy no quiere casarse contigo?

«Qué pregunta más estúpida».

–Lo hará. –No hay dudas.

–¿Y si no lo hace? –Insistió Kenzo.

–Lo hará. –No me hagas pensar en eso, Kenzo.

–¿Y si Emmy es una de esas chicas a las que les gustan otras chicas? Todavía es joven, ¿sabes?

–No lo es –respondí rápidamente. ¿Necesitaba estar celoso de las niñas también?

«¡Mierda! Deja de hablar, Kenzo».

–No, solo digo. ¿Y si lo es?

–No lo sé. –Despedirme de mi familia imaginaria con ella. Quizás sería un buen tío para sus hijos. Todavía le construiría una casa. Haría cualquier cosa por ella.

«¡Ah, mierda! Joder, no quería pensar en eso».

–Joder, no quiero pensar en eso –dije, y Kenzo se rió de mi miseria.

–¡La cena está lista! –Imany nos llamó a la mesa.

Andreas puso una vela en un pan de maíz y todos comenzamos a cantar "Feliz cumpleaños" a Emmerson.

–¡Pide un deseo! –Escuché a mi mamá decir. Amaba a Emmy como si fuera su propia hija.

Emmy cerró los ojos y se tomó el deseo demasiado en serio. Abrió los ojos y con las mejillas llenas de aire escupió sobre la vela. Todos aplaudimos y Ethan se apresuró a traerle los regalos.

El primero fue una caja de música que le regalaron mis padres. A ella le gustó. El segundo era de su familia, una caña de pescar. Le encantó. Me aseguraría de llevarla a pescar de vez en cuando. El tercero era el mío, el vestido. Las palabras de Kenzo daban vueltas en mi cabeza.

«¿Y si a Emmerson le gustan las chicas?».

Abrió la caja e inmediatamente hizo una mueca. Lo cogió y lo miró como si fuera la cosa más repugnante que había visto antes. A ella no le gustó.

–¡No quiero ponerme un vestido! –dijo con su voz malcriada.

–¡Emmerson! No seas así. Di gracias –dijo Imany, dándome un asentimiento. Ella sabía lo duro que trabajé en ese vestido. Me di cuenta de que Imany sentía lástima por mí.

–No quiero un vestido. ¡Quiero una espada! –Emmerson dijo, y estaría mintiendo si no dijera que me sentí triste. ¿Y si Kenzo tenía razón? Necesitaba que al menos intentara ser una niña, que le diera una oportunidad. Si eso no era lo que ella quería, entonces no habría nada que pudiera hacer. Con todo el dolor en mi corazón, tendría que dejarla ir y ser solo un hermano para ella.

–Tienes que empezar a actuar como una niña, Emmerson, no como un animalito salvaje –le dije. Sentí que se me humedecían los ojos, así que miré a lo lejos.

–Eres un estúpido –dijo dando un pisotón. Ella y sus rabietas.

–Tonta. –Emmy no entendía nada.

–Y tú eres una caca fea –gritó. Apuesto a que fue el peor insulto que se le ocurrió.

–Desorientada, ignorante, –murmuré, manteniendo mis ojos lejos de ella. Sabía que estaba enojada, pero no quería que me viera llorar. Ella nunca lo entendía, ninguno de mis mensajes. Ella no entendía una mierda.

Andreas tosió:

–Está bien, niños, no peleemos.

–Pero no quiero vestirme como una niña.

«Joder, Emmerson, déjalo ir, ¿quieres? Rellena tu cara con el pan de maíz y cállate».

–Un día serás una mujer, Emmerson, y hay cosas de chicas que quizás quieras aprender–dijo Andreas–. ¿Por qué no darle una oportunidad?

Sabía exactamente cómo me sentía. Siempre lo había sabido. Yo sabía que Andreas lo pedía más por mí que por cualquier otra cosa. Andreas sabía que no era la ropa lo que realmente me importaba.

Ella lo pensó y dijo.

–Está bien, lo intentaré, pero si no me gusta, no voy a usar un vestido nunca más en mi vida.

–De acuerdo. Excepto en el día de tu boda, ¿de acuerdo? –dijo Andreas.

–Está bien –dijo ella, derrotada. Andreas me dio una sonrisa y una mirada tranquilizadora.

Gané esa vez, pero podría perderlo todo más tarde.

DIECINUEVE

ESTOICO

Estoico 14 años
Emmerson 8 años

~Día del cumpleaños de Estoico~

Ella usó el vestido que le hice.

Emmy se veía linda con él. Supongo que era lo suficientemente cómodo para que ella pudiera seguir jugando con él. Me alegré por eso. Quiero decir, todavía no había salido de las aguas profundas. Puede que todavía le gusten las chicas. Joder, puede que le gusten los chicos y no yo. Cualquier cosa podría pasar. Independientemente de todas mis preocupaciones, no había nada que pudiera hacer. Emmerson no era más que una linda niña tonta a la que le encantaba divertirse y ser juguetona. Ella no estaba para nada interesada en las relaciones, y no debería estarlo. Me encantaba eso de ella. No quería que ella creciera demasiado rápido. Yo quería que ella disfrutara de su infancia. Esperaría. Me quedaría cerca y protegería esa felicidad e inocencia.

Hablando de crecer, mi cuerpo estaba cambiando rápidamente. Estaba mucho más alto, medía un metro ochenta y tenía la espalda más ancha. Mi voz se hizo más profunda y me estaba saliendo pelo por todas partes. Oh, y mi polla también se puso enorme. Debo haber tenido como tres sueños húmedos hasta ahora. No es realmente un sueño, solo que me desperté con mi ropa interior mojada. Normalmente no pensaba en sexo. Sabía que era extraño no hacerlo, pero simplemente no lo hice. No podía hacerlo. Pensar en otras chicas se sentía mal, pero pensar en Emmerson era peor, así que no pensé en eso en absoluto.

Emmerson dijo que no le gustaba mi vello facial, así que me sentí cohibido y comencé a afeitarme la cara. Fue un dolor en el trasero. Las cosas que hacía por ella, para agradarle.

Kenzo recientemente se obsesionó con las chicas. Él era mucho más sexual de lo que me gustaba admitir. Yo veía a las chicas como hermosas y lindas, pero no tenía ningún interés en nada que no fuera una amistad. Para ser honesto, la persistencia de algunas de estas chicas me daba un poco de asco. Algunas de ellas eran tan atrevidas que me intimidaban, así que retrocedía rápidamente. Parecía que les tenía miedo, pero no era eso. Era solo que no me gustaba que se acercaran a mí tanto. Kenzo lo sabía, pero se burlaba de mí todo el tiempo. Qué podía decir, amaba a Emmy, pero ella todavía estaba muy pequeña, así que nunca la vi de esa manera. No pensaría en ella de esa manera en absoluto hasta que se hiciera mucho, mucho mayor.

Emmerson odiaba cuando las chicas le hablaban solo para acercarse a mí. Las avergonzaba de la peor manera. Si no lo supiera mejor, diría que se ponía celosa. En cierto modo me gustaba eso. ¿A quién engañaba? Eso me encantaba porque me daba esperanza.

Kenzo, por otro lado, ya había perdido su virginidad. Estaba teniendo sexo con su novia Ava. Tuve que escucharlo contarme sobre todo lo que hacían en las esquinas, el bosque y las sombras antes de finalmente hacerlo. Me lo contó todo con lujo de detalles. Todo, desde cómo se veía una vagina, cómo se sentía al tacto, hasta cómo se sentía enterrar la polla en una. Dijo que era el mejor sentimiento, y que las palabras no podían describir el placer. Tuve que admitirlo, los orgasmos sonaban muy bien. Sin embargo, yo realmente no quería escuchar los detalles de lo que hacía Kenzo, pero pensé que ser su mejor amigo tenía sus altibajos.

Ava era linda y buena chica, pero yo pensaba que Kenzo la estaba usando. Cuando hablaba de ella, siempre se trataba de su cuerpo. Le dije que estaba mal, pero no escuchó. Estaba seguro de que Kenzo se metería en muchos problemas más adelante.

Kenzo dijo que no debería esperar a que Emmerson creciera. Me dijo que a Emmy no le importaría si yo era virgen o no, pero no se trataba de Emmerson. Se trataba de mí. No quería estar con nadie más que con ella, y como ella no estaba ni cerca de estar lista, me obligué a no pensar en el sexo en absoluto. ¿Era eso saludable? No tenía ni idea. Solo sabía que quería mantenerla a salvo siempre, y eso también incluía a salvo de mí.

Kenzo pensó que reprimirme me volvería loco, y que podría dar lugar a un problema mayor en el futuro. Además, estaba el hecho de que no tendría la experiencia suficiente para complacer a Emmerson una vez que empezáramos a tener relaciones sexuales. Quería decir: si lo hacíamos. Pensé en eso y me encargué de estudiarlo tanto como pude. Leí libros sobre órganos reproductores femeninos y sobre cómo complacer a las mujeres, y no temía preguntarle a mi papá más tarde si era necesario. Tenía una idea bastante clara de cómo hacer que una chica llegara a un orgasmo.

Mientras tanto, ocupaba mi tiempo en cosas útiles como planificar y trabajar para mi futuro con Emmerson, al igual de otras cosas simples como estudios y deportes.

Durante los últimos dos años, había estado buscando el lugar perfecto para construir una casa para Emmerson y finalmente lo habíamos encontrado. Kenzo me ayudó. Recorrimos en bicicleta todo el pueblo y pedimos sugerencias unas mil veces. El panadero me habló de un lote abandonado y fuimos a buscarlo enseguida. Aunque no estaba seguro de poder conseguir la tierra, tenía muchas esperanzas de poder hacerlo.

El terreno estaba en una colina que daba al río. Era un lugar tranquilo y rodeado de árboles. Estaba lejos de la carretera y tenía un camino de tierra de 75 metros de largo entre los árboles. El lugar era hermoso y espacioso. Había una casa vieja allí, pero la derribaría, reutilizaría lo que pudiera y reciclaría el resto. Quería que nuestra casa durara lo suficiente para que nuestros bisnietos vivieran en ella.

Hablé con mi primo Gabriel que era arquitecto. Pensamos en estimaciones, medidas y materiales. Escribí todo en un pequeño cuaderno que llevaba conmigo. De esa manera sabría exactamente cuánto tendría que trabajar para hacer esto una realidad. Le hacía preguntas a Emmerson sobre la casa todo el tiempo. Ella me daba respuestas tontas, pero yo las tomaba en serio.

Kenzo y yo comenzamos el entrenamiento militar antes de lo que solían hacer otros los niños. Los oficiales nos vieron jugando al rugby y nos reclutaron. Entrenábamos con los de dieciséis años y a muchos les pateábamos el trasero. Se suponía que íbamos a comenzar el entrenamiento obligatorio el próximo año de todos modos, por lo que ninguno de nosotros se preocupó demasiado por comenzar temprano.

Era mi cumpleaños y no había nada que me gustaba más que pasar tiempo a solas con Emmerson pescando. La había estado llevando a pescar semanalmente. Sabía que arruiné sus posibilidades de tener amigos, pero no me importaba mucho. Estaba aquí para ella. Yo siempre estaré aquí para ella. Tenía muchas cosas que hacer, pero siempre hacía tiempo para Emmy.

Kenzo debía de estar en algún lugar follando a Ava, y Ethan había comenzado a pasar más tiempo con sus propios amigos. Lo bueno de estar a solas con Emmerson era que podía escucharla hablar durante horas. A veces no se callaba, pero me gustaba mucho escuchar todo lo que tenía que decir. Tenía algunas ideas firmes sobre la vida, su propósito, la justicia y sobre las personas en general. Creo que sería una defensora de los menos afortunados cuando creciera.

Me trajo un regalo. Nunca antes me había dado un regalo. Siempre era al revés. Lo puso en una caja y lo envolvió con una cinta roja. Tenía mucha curiosidad por saber qué podría ser. Conociendo a Emmy tan bien como la conocía, sabía que sería algo que ella pensaba que no me gustaba, como gusanos o bichos. Me dijo que podía abrir mi regalo después de que pescáramos nuestro primer pez. Sonaba sospechosa, pero quería ver a dónde iba todo esto. Era el primer regalo que recibía de ella, así que estaba seguro de que me gustaría. No importa si era una cucaracha muerta, siempre la conservaría.

Sentado junto a ella esperando que un pez mordiera el anzuelo, recordé que no había decidido cuántas habitaciones debería tener nuestra casa.

—Emmy, ¿tres o cuatro? —Me dirigió la misma mirada que me lanzaba cada vez que le preguntaba algo. Ella pensada que estaba lleno de mierda.

—Cuatro y medio. —Interesante, la media habitación podría ser su espacio de trabajo. Me pregunté cuánto más trabajo tomaría. Lo anoté para poder agregarlo a las estimaciones. Más tarde, me sentaría con mi primo Gabriel y redactaría las ideas para un plano de planta.

El sedal comenzó a temblar, y me levanté para atrapar el pescado. Puse el pescado en el balde y extendí mi brazo hacia ella, pidiéndole mi regalo.

—¿Qué? —Ella estaba actuando de manera extraña.

—Mi regalo.

—Está bien, pero tienes que sentarte. ¿OK? —Caminó hacia atrás sin apartar los ojos de mí. Ella no tramaba nada bueno.

Me senté lentamente en una roca baja y entrecerré los ojos mirándola. Ella sabía que yo sabía que no estaba tramando nada bueno. Ella me dio la caja y se acercó a mí. Es como si no tuviera sentido del espacio personal, pero así era Emmy. No me molestó tenerla cerca. Nunca lo había hecho. No con ella. Tenía la caja en mis manos, pero dudé en abrirla. Estaba seguro de que puso lo peor que se le ocurrió.

—Ábrela —cantó. Tenía el lindo hábito de cantar lo que decía cuando estaba emocionada. Tiré de las cintas y abrí la caja, pero no había nada dentro.

–Está vacía. –¿Eso era todo? Una caja vacía.

–¿Qué? ¡No! ¿Se cayó? –Se tapó la boca con las manos y miró la caja. ¿Realmente me trajo algo y se cayó?

–¿Qué era? –Si supiera qué es, podría ayudarla a encontrarlo. Miré alrededor del suelo, pero conociendo a Emmy, podría haberlo dejado caer en el camino hacia aquí. Era posible que también tuviéramos que mirar alrededor del sendero.

–¡Oh, creo que lo veo! –Ella se acercó. ¿Dónde lo vio ella? No vi nada.

–¿Dónde? –Todavía lo estaba buscando. Estaba seguro de que no vi nada por aquí.

–¡Aquí! –dijo y agarró mi cara con sus pequeñas manos frías, apretó mis mejillas y tiró de mi cara hacia arriba. Mis ojos se conectaron con mis colores favoritos en todo el mundo, marrones con un toque de verde en ellos. Antes de que pudiera reaccionar, Emmerson me plantó un beso. Sentí que mi corazón se detenía, y luego una ráfaga de sangre caliente se extendió por mi pecho. Mi respiración estaba atrapada en mis pulmones y mi mente se quedó en blanco. Emmerson me había dado mi primer beso.

Tenía los labios húmedos y la saboreé. Presionó sus labios con más fuerza sobre los míos y pude sentir que estaba conteniendo la risa. Sentí mi cara calentarse y supe que debía estar súper roja. Emmerson se quedó allí, besándome mientras me miraba directamente a los ojos.

En ese momento, lo sentí. Ese sentimiento que había estado tratando de reprimir con tanta fuerza todo este tiempo. Lo que me prometí a mí mismo que no pensaría hasta que ella fuera mayor. Lujuria. Me golpeó fuerte y rápido, y no estaba preparado para ello. Sentí que mi pene se endurecía y mi mente pensó mil cosas diferentes que nunca debí haber pensado acerca de Emmerson. De repente, todas esas cosas por las que había trabajado tan duro para reprimir todo este tiempo salieron a la luz violentamente.

Ella se estaba sintiendo incómoda y comenzó a alejarse. Una parte de mí me dijo que la dejara ir, mientras que otra parte de mí simplemente reaccionó. Puse una mano detrás de su cabeza, bajé su mandíbula con mi otra mano y la presioné más fuerte contra mí, deslizando mi lengua dentro de su boca. Probé su lengua suave y cálida con la mía y le di un beso ardiente lleno de deseo. Nunca me había sentido tan excitado antes. Cerré los ojos y seguí besándola, completamente inmerso en este sentimiento adictivo. Sin darme cuenta, mi mano se movió lentamente de su rostro y viajó hacia abajo, tocando su pecho plano y continuando más abajo. Quería sostenerla por sus caderas, necesitaba acercarla aún más a mí.

Sin previo aviso, Emmerson me pateó entre las piernas, golpeándome justo en mi erección. Eso me despertó de una puta vez. Caí al suelo, me doblé y gruñí. Me merecía esa patada.

Pronto, la severidad de mis acciones se derrumbó sobre mí. Eso estuvo mal. Eso estuvo más que mal. ¿Qué diablos había hecho?

Comenzó a dolerme, y no fue por la patada. Estaba avergonzado de mí mismo. Me equivoqué mucho. Kenzo tenía razón, yo era una bomba a punto de estallar. Podría haber lastimado a Emmy.

–¿Qué diablos, Estoico? ¡Qué asco! –La escuché hacer ruidos exagerados y escupir en la arena, pero mantuve mi cara en el suelo donde pertenecía. Todavía lo tenía duro, y no había forma de que pudiera ponerme de pie sin que Emmerson lo notara. ¡Qué carajo! Rara vez tenía erecciones, y ahora esta hija de puta no se marchaba. ¿Qué puedo hacer? No podía dejar que me viera así. Ya hice suficiente daño y no quería arruinar su inocencia. No sabía cómo les explicaría esto a mi papá y a Andreas. Ella era solo una niña tonta, y no tenía idea de lo que había hecho, de lo que yo había hecho. ¡Joder!

–¿Estás bien? –Dolía escuchar su dulce voz. No podía enfrentarla, joder. Ahora no. Necesitaba esconderme.

–Date la vuelta, Emmerson. –Nunca me había sentido tan avergonzado en toda mi vida.

–¿Por qué? –¡Porque la tenía dura como una piedra!

–Porque yo lo dije. Sólo date la vuelta, Emmerson. –No podía permitir que bromeara ahora.

–¡Oblígame! –Maldita mocosa. Emmerson podía ser un verdadero dolor de cabeza cuando quería.

–Emmerson, date la vuelta o te besaré de nuevo. –Yo no lo haría. Realmente no lo haría, nunca más. Ya me sentía bastante mal.

–Está bien, está bien, eres tan estúpido. –Eso la convenció.

Tan pronto como se dio la vuelta. Me arrastré hasta el agua y entré, asegurándome de que la parte inferior de mi cuerpo estuviera cubierta debajo del agua.

–¿Qué estás haciendo?

«Esperando que el río me tragara por completo».

–Voy a nadar. Vete, Emmerson. Llévate el pescado contigo. Quiero estar solo.

–Mis manos se aferraron a mi cabeza como si estuviera a punto de caerse. Más como querer arrancarme los pelos. ¿Cómo pude hacer algo tan horrible como eso?

–No, yo también quiero nadar. –Ella no tenía la mínima idea de lo que estaba pasando.

–Maldita sea, Emmerson. ¡Lárgate! –Le grité más fuerte de lo que necesitaba. Tenía miedo de que me ignorara y se lanzara al agua conmigo. Estaba desesperado. Necesitaba que se fuera y necesitaba que se fuera rápido.

–¡Está bien, ogro! –Cogió el cubo y la vi alejarse dando pisotones. Finalmente.

El agua fría se sentía bien, pero no hacía nada para aliviar el calor que estaba sintiendo. Nadé hasta el otro lado del río y me senté en la orilla. Todavía podía sentir sus suaves labios en los míos. Todavía podía saborearla. Sabía que estaba mal, pero no pude evitarlo. No había forma de que pudiera pasar la tarde con ella cerca de mí y esta sensación dentro de mis pantalones.

Kenzo dijo que la mejor manera de deshacerse de una erección cuando un chico estaba muy excitado era masturbarse. Yo nunca lo había hecho. En el bosque, justo después de mi primer beso, no fue como pensé que empezaría a hacerlo. Supongo que tenía que hacer lo que tenía que hacer. Me levanté, caminé más hacia el bosque y, lleno de vergüenza, me bajé los pantalones. Me apoyé contra un árbol y comencé a tocarme.

Fue incómodo, por decir lo menos. Traté de concentrarme, pero mi mente seguía divagando hacia el beso de Emmerson. No quería pensar en ella al hacer esto, pero no pude evitarlo. Cerré los ojos y recordé la forma en que se sintió ese beso, y mi mano comenzó a moverse más rápido. Comenzó a sentirse realmente bien, y apreté mi puño más fuerte a mi alrededor. Mi boca se colgó abierta. Podía sentir el placer creciendo rápidamente. Usé mi otra mano para apoyarme contra el árbol y fui más rápido, queriendo terminar con esto.

En ese momento, mi mente vagó hacia un lugar más oscuro. Pensé en su cuerpo. Sabía que estaba mal, pero no pude evitarlo. Yo estaba tan cerca. Moví mi mano aún más rápido. –¡Ah! ¡Ah! ¡Aahhh! –Me vine. Gemí en voz alta y me corrí por todo el árbol. Tuve mi primer orgasmo. Mis piernas se sentían débiles y mi respiración entrecortada. El placer duró unos segundos, pero de inmediato comencé a sentirme mal por lo que había hecho. Me sentí más avergonzado que antes. Había algo mal en mí. Eso estuvo mal. Nunca debí haber hecho eso. ¿Cómo la enfrentaría ahora? Esto era un desastre.

Nadé de regreso a nuestro lado del río, recogí la caja vacía y el resto de las cosas, y regresé caminando a casa.

Emmerson debió pensar que odiaría un beso, y por eso lo hizo. Si tan solo supiera lo que había despertado en mí. Esta cajita que me dio tenía más que mi primer beso. Esa caja era como la caja de Pandora para mí, liberando todos mis deseos más oscuros. Se necesitaría mucho trabajo para luchar contra lo que había desatado.

Una vez que llegué a casa, me di una ducha y me vestí para la cena. Tan pronto como la vi llegar con su familia, volví a sentir vergüenza. No se podía deshacer lo que había hecho. Todo lo que podía hacer era esperar y esconderlo, por ahora, hasta que pudiera tener una conversación con papá. Él sabría qué hacer.

En medio de la cena, me levanté y entré a la casa. Para ser honesto, estaba a punto de llorar. Me sentí tan culpable. Mi padre debió haber notado que no me sentía bien porque me siguió.

–¿Estoico? ¿Estás bien, hijo? Te noto... –Antes de que pudiera decir algo más, lo interrumpí.

–La cagué. –Las lágrimas corrían por mi rostro. Mi padre me acompañó hasta el interior de la casa y me dio un gran abrazo.

–¿Qué pasó? ¿Estás herido? –Parecía preocupado. ¿Cómo podría decírselo?

–Hice algo malo –dije, tratando de evitar que mi voz se quebrara.

–Nadie es perfecto, Estoico. Todos cometemos errores de vez en cuando. Es lo que nos hace humanos. –Papá todavía no sabía lo que había hecho.

–Yo... Yo... –Ni siquiera podía decirlo en voz alta.

–Parece que esta es una charla que llevará mucho tiempo. Te diré una cosa, intentemos volver, y tan pronto como termine la cena, podemos sentarnos y tener una larga charla. ¿OK? Estoy aquí para ti, Estoico, y sea lo que sea, podemos encontrar una solución juntos. ¿OK? –Asentí. Todavía tenía algo de tiempo para encontrar las palabras adecuadas para que lo que hice sonara menos horrible.

Caminamos de regreso a la cena e hice todo lo posible por mantener la calma. Pronto llegó el momento de abrir mis regalos. Mi papá me entregó un sobre. Cuando lo abrí, no podía creer lo que veía. Mi papá me había conseguido el terreno en el que quería construir nuestra casa. Debe haber enviado la solicitud justo después de que se lo dije por primera vez. Los papeles estaban a mi nombre. Era mía, la tierra era mía.

Por unos momentos, muchas emociones diferentes pululaban dentro de mí. Estaba más que feliz de que la casa con la que había soñado para Emmerson estuviera cada vez más cerca de convertirse en realidad. Por otro lado, le había hecho un daño terrible y sentía que no me merecía nada de eso. Le di a mi papá un fuerte abrazo y él cariñosamente me palmeó la espalda.

El tío Andreas y la tía Imany debían de haber sabido sobre la tierra porque me regalaron herramientas para poder empezar a trabajar allí. Estaba muy agradecido por todas las herramientas. Supuse que Andreas estaba feliz de que estuviera a punto de empezar a construir una casa para su hija. Aunque me sentí horrible. Era como si lo hubiera apuñalado por la espalda. Esperaba que pudiera confiar en mí después de enterarse de lo sucedido.

Continuamos con la cena hasta que se hizo tarde. Todo el mundo se estaba divirtiendo, conversando y riendo. Todo en lo que yo podía pensar era en la conversación que estaba a punto de tener con mi padre y la conversación que tendría que tener con Andreas después. Yo mismo se lo iba a decir. No quería que se enterara por nadie más.

Nuestra familia terminó de comer y comenzó a conversar. De alguna manera, a Imany se le ocurrió el tema de las novias, y Ethan inmediatamente comenzó a burlarse de Kenzo sobre su nueva novia. Kenzo estiró su brazo y golpeó la parte posterior de la cabeza de Ethan con tanta fuerza que hizo eco por todo el patio trasero. Todos se rieron de lo vacía que sonaba la cabeza de Ethan. Imany luego dijo que una chica llamada Riley estaba preguntando por Ethan, y se sintió avergonzado. Mi madre, haciéndose la chistosa, dejó escapar un sonido ridículo para molestar aún más a Ethan.

Todos rieron excepto Ethan. Trató de defenderse diciendo:

—Al menos he besado a una chica. ¡Estoico huye de ellas como si tuvieran la peste bubónica! —El maldito Kenzo se rió entre dientes ante ese comentario. Burlarse de mí día tras día no era suficiente para él.

De la nada, Emmerson soltó una gran carcajada y dijo:

—Pfft, besé a Estoico, y estaba tan avergonzado que se dio la vuelta y se quedó en el suelo, escondiendo su rostro durante cinco minutos.

«¡Santo cielo! ¡Oh, mierda!».

Emmerson siguió riendo histéricamente sin darse cuenta de que todas las risas a su alrededor habían muerto. Los ojos de todos se posaron en mí y sentí que mi rostro ardía de vergüenza. ¡Santo cielo! No era así cómo quería que se enteraran.

Emmerson siguió riendo para sí misma e Imany le dio una palmada en el muslo.

—¡Basta!.

–¿Qué? Es gracioso. –Emmerson no tenía idea de que me estaba muriendo por dentro.

–¡Emmerson Silva, detente! –dijo Imany en voz una baja que todos escucharon.

–Estoico, ¿puedo hablar contigo? –¡Ah, joder! Andreas sonaba enojado. Estaba tan jodido. No había nada más que pudiera hacer más que enfrentarlo como un hombre. Me levanté y entré a la casa. Escuché a Andreas siguiéndome, y poco después, escuché la voz de mi padre.

–Los acompaño. –Papá caminaba detrás de mí. Al menos no me dejaría morir solo. Una vez que estuvimos todos dentro, papá cerró la puerta y nos sentamos en el sofá.

–Es mi culpa. Nunca volverá a suceder –dije antes de que pudieran decir algo.

–¿Qué pasó exactamente, Estoico? –dijo Andreas.

–Me hizo una broma, pero lo llevé demasiado lejos. Lo siento mucho. –Esa explicación fue vaga.

–¿Qué quieres decir exactamente? –Supongo que no tenía otra opción que soltar los frijoles.

–Ella me engañó y me besó pensando que lo odiaría y que me sentiría asqueado, pero en cambio, la abracé y le devolví el beso, con lengua. Tuve una erección y... toqué su pecho. Me dio una patada en la polla para alejarme de ella, así que me dejé caer al suelo y me quedé allí tratando de cubrirme. Estuvo mal. Nunca debí haberlo hecho. No sé en qué diablos estaba pensando. No sé qué me pasó. Me siento muy mal por eso. Por favor, perdóname. –Sería mejor que dejara lo que hice en el bosque justo después, fuera de esta confesión. Estaba seguro de que Andreas no querría saber lo que hice pensando en su pequeña hija.

Por un momento hubo silencio. Andreas y papá mantuvieron una conversación silenciosa con sus ojos.

–OK. Voy a ser honesto. No me gusta esto –el tío Andreas no volvería a confiar en mí y no lo culpé–. Pero lo entiendo.

«¿Qué?».

–Escucha, esto nunca puede volver a suceder, al menos no hasta que Emmerson tenga la edad suficiente para saber lo que está pasando también. Ella no tiene idea –dijo Andreas, y yo estuve de acuerdo.

–Estoico, sé que eres un buen niño con buenas intenciones y, para ser honesto, a todos nos preocupaba que algo así pudiera pasar tarde o temprano. Siempre has hecho lo correcto, pero sería injusto de mi parte esperar que fueras perfecto. Todos cometemos errores, más ahora que te estás convirtiendo en una adolescente superado por sus hormonas. Todos hemos pasado por eso, así que sabemos cómo es. Que esto sea una lección y no cometamos este error nunca más. Sé que mi hija es tonta y hace estupideces todo el tiempo, pero tú eres mayor, Estoico. Nunca más puedes permitir que algo así vuelva a suceder. Tal vez sea hora de que ustedes dos se tomen algo de espacio el uno del otro. –Andreas tenía razón. Solo asentí con la cabeza.

–Yo también pienso lo mismo. Sabemos que quieres verla todos los días, pero ¿qué tal si pasas tiempo con ella durante la cena cuando está toda la familia junta? De esa manera puedes estar con ella, pero ustedes dos no estarán completamente solos. ¿Eh? –Mi papá también tenía razón. Podría comprometerme y hacer eso.

–OK. Ya no estaré a solas con ella. –Pondría algunas excusas y me mantendría ocupado.

–No es que no confiemos en ti, Estoico. Es que sabemos lo rápido que las cosas pueden salirse de control.

«Créame, yo lo sabía. Lo aprendí de la peor manera».

–Entiendo. –Realmente lo hice. Yo era la última persona en este planeta que querría ver a Emmerson herida.

–OK, entonces. Se hace tarde, así que me iré. Feliz cumpleaños, Estoico. –El tío Andreas me dio una palmada en el hombro y se alejó. Les escuché decir adiós y marcharse.

–¿Eso era todo lo que tenías que decir? –Mi padre me conocía mejor. Negué con la cabeza. Mi mamá entró a la casa y papá le dio una señal de "sigue caminando, estamos hablando". Mamá lo entendió y se fue a su habitación.

–¿Quieres hablar aquí o quieres sentarte afuera? –Mi papá sabía que mamá era entrometida y podía oírnos hablar. No quería que Imany se enterara de esta parte.

–Afuera.

–Está bien, ven. –Lo seguí. Nos sentamos en el banco y no tenía idea de cómo iniciar esta conversación.

–Así que... Yo... Después de eso, yo... –Traté de decir las palabras pero no pude. Me rasqué la cabeza y evité los ojos de mi padre.

–¿Te masturbastes?

«¿Cómo lo supo?».

–Cómo...

–Dijiste que tenías una erección. ¿Verdad? ¿Qué más hubiera hecho un adolescente con una erección? –Joder, tal vez el tío Andreas también lo supo.

«¡Qué vergüenza!».

–Sí.

–Y... ¿Te sientes culpable? ¿Sabes, porque Emmerson aún es demasiado joven?

«Exactamente».

–Sí.

Hubo una larga pausa.

–Escucha, Estoico, puedo imaginar cómo te estarás sintiendo. –Otra pausa larga.

–Creo que mientras cosas como esas permanezcan en tu mente y nunca, nunca actúes sobre ellas, realmente no son lo peor que puede pasar. A veces no podemos controlar cómo nos sentimos. Tú también eres joven y es normal tener estos sentimientos a tu edad.

–Pero... Yo... Yo sabía que estaba mal, pero no pude evitarlo. Debería haber podido, pero no lo hice. Fue mi primer beso, y la primera vez que, ya sabes, me corrí. Lo hice pensando en ella. Realmente me siento mal, papá. –Escondí mi rostro con mis manos.

–Es saludable para ti experimentar con lo que te hace sentir bien. Todos lo hacemos. –mi papá dejó escapar un gran suspiro–. No sé qué decirte. ¿Qué tal si empiezas a imaginar una versión más mayor de ella? No sé si podría ayudar. Quiero decir, siempre que nunca dejes de verla como la persona maravillosa que es, debería estar bien. Las niñas no son objetos.

–Sí, lo se. –Eso podría funcionar. Si todo lo demás falla, esa podría ser mi última opción.

–Gracias, Papá.

–De nada. Vuelve a entrar y descansa un poco. Hoy ha sido un día largo y jodido.

Mi papá me acompañó de regreso a casa. Me metí en mi cama, pero no pude evitar sentirme triste por el día de mañana. Tendría que empezar a distanciarme de Emmy. Sería difícil para mí, pero sabía que era lo correcto.

VEINTE

ESTOICO

Estoico 14 años
Emmerson 8 años

Habían pasado dos meses desde el debacle del cumpleaños y, como prometí, no pasaba mucho tiempo con Emmerson. La extrañaba. Echaba de menos las cosas sencillas de la vida diaria. Todavía iba a cenar a su casa por la noche. Le peinaba el pelo y la ponía a dormir también, pero eso fue todo. Esa era la única vez en el día que podía verla. Al menos todavía podía verla a diario, por ahora.

Estaba más ocupado. Trabajar, limpiar y despejar la tierra era un montón de trabajo. Además de eso, Kenzo y yo fuimos seleccionados para entrenar para una unidad especial, y tan pronto cumpliéramos los quince, tendríamos que viajar a un campamento diferente. Los funcionarios dijeron que teníamos talento, por lo que querían ponerlo en buen uso. Eso significaba que no podría ver a Emmerson durante semanas seguidas. No me gustó, pero tal vez la distancia nos podría ayudar a crecer a ambos.

Le dije que no tenía tiempo para pescar con niñas tontas como ella, pero en realidad, eso era todo lo que quería hacer. Sentarme y escucharla hablar durante horas. No había nada que quisiera más que eso.

No tenía idea de lo que Emmerson estaba haciendo en estos días. La veía salir de su casa emocionada desde mi ventana todos los días. Kenzo dijo que pensaba que ella tenía una amiga. Había estado saliendo más con Kenzo y Lucas. Pasábamos mucho tiempo en los negocios de las calles principales simplemente hablando. A los chicos les gustaba mirar a las chicas mientras pasaban. A veces eran tan estúpidos que me daba vergüenza estar cerca de ellos. Kenzo rompió con Ava. Era bastante popular entre las chicas, por lo que había estado con otras dos hasta ahora. Supongo que tenía sentido, ya que Kenzo era guapo y tenía labia. Sin embargo, todavía pensaba que se iba a meter en problemas. Sabía que Andreas también le había hablado de eso.

No éramos el único grupo de chicos que miraba a las chicas. El otro día, vi a este grupo de cabrones hablando de chicas de una manera que realmente me dio asco. Escuché a uno de ellos hablar sobre cómo le gustaba la mejor amiga de su hermana pequeña y cómo esa chica era tan ignorante que él podía tocarla, fingiendo darle abrazos, y ella le dejaba. Joder, había tantos pedazos de basura aquí afuera. Ser una chica debía ser una maldita pesadilla.

Hoy era el festival de otoño. Como siempre, le había hecho un regalo de madera a Emmerson. Pronto estaría lejos de ella por largos períodos de tiempo. Estaría yendo y viniendo durante más de dos años, y después de eso, me enviarían a la frontera norte por otros tres años. Decidí darle un regalo con otro mensaje oculto. Sabía que debería decirlo, pero para ser honesto, era demasiado tímido.

Hice un bumerán para ella, para que supiera que incluso cuando parecía que la estaba dejando, lo estaba haciendo teniéndola fija en mi mente, y que mi único propósito en la vida sería volver con ella. Siempre volvería a ella.

Le pregunté a la tía Imany dónde estaba Emmerson y me dijo que Emmy ya estaba en la feria con una amiga. Caminé hacia la feria con Kenzo, sosteniendo el bumerán cubierto con una pequeña tela. Tan pronto como entramos, mis ojos comenzaron a buscarla, y en la distancia, la vi arrastrando a una niña como ella. Kenzo estaba distraído hablando con una chica a nuestra derecha, así que me quedé allí, mirando a Emmerson correr hacia mí, feliz de verme.

Ella se paró frente a mí con la chica. Esta debe ser la amiga de la que me habló Kenzo. Miré a la chica y arqueé una ceja. Emmerson supo de inmediato lo que estaba pensando.

—Ella es mi mejor amiga, Amelia —dijo Emmerson. Ella estaba feliz. Finalmente encontró una amiga. Me alegré de que ya no se sintiera sola. Quizás darle algo de espacio era lo mejor que podía haber hecho.

—¿Ese es mi regalo? —dijo, señalando el bulto debajo de mi brazo. Estaba emocionada. Necesitaba recordar hacerle los regalos con anticipación y dejarlos con papá, para que él pudiera dárselos si yo no estaba cerca.

Asentí y se lo di.

Lo desenvolvió con entusiasmo y su expresión cambió rápidamente. Me di cuenta de que ella no esperaba algo así en absoluto.

–¿Un bumerán? –Emmerson me preguntó. Ella parecía confundida. Pensé que le gustaba, pero no entendía por qué le estaba dando algo así.

–Siempre volverá a ti. –Señalé mi nombre escrito en el bumerán, esperando que entendiera el doble significado. Por la expresión de su rostro, estaba seguro de que no lo hizo.

–Gracias. ¡Me encanta! –Parecía que realmente sí le gustó. Ella me dio la sonrisa más hermosa y dulce, y no pude evitar sonreír como un idiota. Esto es justo lo que necesitaba, ver a Emmy feliz. Esa sonrisa solamente, hizo mi semana.

–¡Emmy! –Un chico la llamó por su nombre no muy lejos de nosotros. Miré en su dirección, y mis ojos no podían creerlo. Ese era el mismo cabrón que escuché hablar de una chica más joven no hace mucho tiempo. La mejor amiga de su puta hermana. Oh, joder, ¡NO!

–Emmy, Amelia, pensé que iban a estar en el zoológico de mascotas– dijo, poniendo su brazo sobre el hombro de mi Emmerson y acercándola a él. Enfurecí. Iba a matar a este maldito hijo de puta.

Mis manos ya estaban formando puños, y estaba contemplando en mi mente todas las formas en que podría romperle el cuello a ese idiota como a un maldito pollo.

Emmerson notó que estaba furioso y trató de reír a carcajadas, tal vez para aliviar la situación, pero sonó súper falso. No había manera de salvar esta mierda. Hoy sería su último día.

–Íbamos de camino allí cuando Emmy vio a su amigo. Mira, un bumerán –dijo la amiga de Emmerson, completamente inconsciente de que su hermano estaba a punto de morir.

–¡Qué bien! –dijo y tomó el bumerán de las manos de Emmy. Sin pensarlo dos veces, di un paso adelante, acercándome a mi objetivo. Después de que terminara con él, ni siquiera su mamá lo reconocería.

–¿Quién es Estoico? –Tuvo los cojónes de preguntar. No tenía ni puta idea de en qué clase de mierda se había metido. Nadie que me conociera hubiera intentado jamás en su sano juicio tocar a mi Emmerson. Este bastardo era nuevo aquí. Me aseguraría de arrancarle las pelotas para que no olvidara mi nombre nunca más.

–¡Yo! –dije con mi voz profunda. Mi ira salía por cada poro y tenía los ojos fijos en la mierda que estaba a punto de pisar. Si Emmerson pensó que yo era malo antes, todavía no había visto nada.

Tan pronto como me miró, se estremeció como una puta perra. Mis manos todavía estaban formando puños cuando me acerqué, decidido a terminar con su vida. ¡A la mierda! Iba a acabar con él incluso si me metía en problemas. Esto valdría la pena. Lo iba a disfrutar.

Emmerson apartó el brazo de ese animal de ella y se interpuso entre él y yo. Emmy puso su pequeña mano sobre mi abdomen y dijo:

–Detente. No lo hagas. ¡Son mis únicos amigos, por favor!

Recordé haberla visto tan feliz jugando con su amiga. Joder, ella era tan inocente. Esto no era culpa de Emmerson ni de su amiga. ¡Mierda! Quería que ella fuera feliz. No quería ser la razón por la que su única amiga la dejara. Me ocuparía de este hijo de puta tan pronto como ella no estuviera mirando. No había forma de que dejara a Emmy sola con este pervertido. Iba a darle una paliza, literalmente arrancarle la polla y hacer que se la comiera.

Emmerson se quedó allí, mirándome a los ojos con nerviosismo, suplicando que no le arruinara esto.

Respiré hondo y traté de controlar mis deseos más oscuros de matarlo allí mismo. Estiré mi brazo sobre Emmerson y agarré con dureza el bumerán de sus manos. Se lo devolví a Emmerson y le dije, mirando a los ojos de ese mal nacido:

–Es para ti y solo para ti. –Luego me incliné y besé la parte superior de su cabeza, sin dejar de mirarlo. Si no lo había entendido antes, sería mejor que lo hiciera rápido, Emmerson era mía.

Emmy se acercó a su amiga y volvió a abrazarla.

–¡Vamos! ¡Al zoológico de mascotas! –Ella estaba fingiendo. Sabía que estaba nerviosa.

Dieron unos pasos y ese chupapollas empezó a seguirlas. Antes de que pudiera poner su brazo alrededor de Emmy, agarré su brazo y lo apreté con fuerza en mi mano. Me estaba conteniendo, no quería que Emmerson me viera romper sus huesos justo en frente de ella.

–No la toques –dije más como una promesa de asesinato que como una orden. No había nada que quisiera más en ese instante que romper dolorosa y lentamente cada hueso de su cuerpo.

Trató de soltar el brazo, pero lo sujeté con más fuerza. Si hacía el movimiento equivocado, sería carne muerta.

–¡Estoico! ¡Déjalo ir en este instante! –Me habló como si le hablara a un maldito perro. Quizás eso era lo que yo era, su perro. Sabía que debería controlar esto, debería ser mejor persona. Ella me estaba mirando. Emmy todavía tenía la esperanza de que yo no perdiera el control y comenzara a lanzar golpes rápidos en su estúpida cara.

Miré de él a Emmy y dije:

–Te toca una vez más y le romperé el brazo. –No estaba bromeando. Le dije eso a ella, pero el mensaje era para él. Una vez más y no me importaría si Emmerson veía sus huesos saliendo de su brazo.

Con eso, dejé caer su brazo. Iba a seguirlos por el resto de la tarde. No iba a perder a Emmy de vista. Si este idiota intentaba cualquier cosa, perdería la polla.

–Oye, ¿qué diablos te pasa? –¡Ah, no! Joder, ¿en serio?. Se atrevió, el pedazo de mierda.

Levanté una ceja y no pude controlar la sonrisa sin humor en mi rostro. Estaba acabado. Me acerqué, y esta vez no me contuve una puta vez. Emmerson no podía hacer nada para ayudarlo.

–¿Quién diablos te crees que eres? ¿Eh? Actuando como si Emmerson fuera tuya o algo así. ¡Asqueroso! –¿Asqueroso? ¿Yo? Si amar a Emmerson con todo mi corazón me convertía en un desgraciado, que así fuera. Y no estaba actuando como si Emmerson fuera mía, ella era mía, me la prometieron.

Asentí con la cabeza.

–Sí, Emmerson es mía, y odio que pedazos de mierda como tú la toquen.

Antes de que pudiera abrir su repugnante boca una vez más, lo callé para siempre. Le di un puñetazo sólido en la boca.

Su cuerpo cayó frío al suelo, inconsciente, con la boca ensangrentada, los dientes rotos y la mandíbula completamente rota. Pensé en subirme a él y hacer que su cara pareciera carne molida, pero no serviría de nada. No estaba despierto para que yo pudiera disfrutar de sus gritos.

Emmerson miró a su amiga y luego a mí. Ella estaba furiosa. ¡A la mierda! No quería volver a verla cerca de este hijo de puta nunca más.

–¡Vete a la mierda, Estoico! ¡Lo arruinas todo! ¡Te odio! –me gritó. Ella comenzó a patearme las piernas, haciendo una rabieta, pero no me hizo nada. Eso solo la enfureció más.

No dije nada. Cogí el bumerán, agarré a Emmy por las caderas, la tiré sobre mis hombros y me alejé.

–¡Déjame ir, enorme idiota! –Podía patear y gritar todo lo que quisiera. La llevaba a casa. Por fuera, estaba tranquilo como si nada hubiera pasado, pero por dentro estaba furioso, con ganas de destruir a ese tipo. Darle un boleto de ida sin regreso para ir a ver a Hel.

Kenzo tiró de mi brazo, tratando de detenerme, pero seguí caminando. Ni siquiera el propio Odín se atrevería a interponerse en mi camino ahora.

–¿Qué diablos, Estoico? ¿Qué pasó? –Kenzo estaba mirando al hijo de puta tirado en el suelo y a la gente que se reunía a su alrededor.

–El hijo de puta tenía ganas de morirse.

–Joder, Estoico, lo entiendo, pero no puedes seguir haciendo esto. Hablamos de eso, amigo. –Kenzo comenzó a caminar a nuestro lado. Sabía que lo habíamos hablado. Papá y Andreas me hablaron de que no debería estar tan celoso todo el tiempo. No eran celos. Sabía que se suponía que debía controlar mi ira y pensar antes de actuar, pero no esto. Esta era una excepción. Debería haber hecho más daño.

–Tuve que hacerlo. –Seguí caminando.

–¡Te vas a meter en problemas por esto, hombre! –Kenzo estaba nervioso. Me importaba un carajo. Debería haberlo destruido, se libró fácilmente.

–No me importa un carajo. –No me importaba nada más que la seguridad de Emmerson.

–¡Te odio! Te odio, te odio, te odio. –Emmy estaba llorando. No me sentí mal porque esto era por su propio bien. Prefiero que pierda a una amiga antes que abusaran de ella.

Ella siguió pateando y golpeando mi espalda con sus puños. No me detuve. Me mordió la espalda y no lo pensé dos veces antes de darle una fuerte nalgada en el trasero.

–¡Detén eso, Emmerson! –Dejó de patear y golpear, pero siguió llorando.

Pronto llegamos a su casa y la llevé a su habitación. La dejé caer en su cama y señalé el suelo.

–¡Aquí te quedas! –Lo dije en serio. No estaba bromeando. Decidió probar su suerte y se puso de pie, llena de orgullo, con la intención de salir de su dormitorio. ¡Joder, no!

La levanté por las axilas y la volví a sentar en la cama.

–Quédate, Emmerson, o te arrepentirás. –Estaba enojado, pero nunca la lastimaría. No a ella.

Ella se quedó y yo me fui, cerrando la puerta detrás de mí. Kenzo caminó hacia mí, su rostro lleno de preocupación.

–Amigo, la cagaste. Aún está inconsciente. ¿Qué diablos, Estoico? ¿Por qué diablos hiciste eso? Tienes que pararla con tus celos, hombre.

–No fueron celos. Ese hijo de puta la estaba tocando –dije, señalando la puerta. Odiaba siquiera pensar en eso.

–¡Sí! Eso es lo que hacen los amigos, idiota. –No me entendió.

–No, en realidad la estaba tratando de tocar, tocar su cuerpo. Joder, Kenzo, debería haber matado a ese hijo de puta.

–¿Qué? ¿Qué diablos, Estoico? ¿De dónde diablos sacaste eso? –Estaba demasiado ocupado mirando a las chicas para darse cuenta de lo que él y sus amigos estaban hablando el otro día.

Me acerqué a Kenzo y dije en voz baja:

–Lo escuché el otro día presumir con sus amigos acerca de tocar a la mejor amiga de su hermana, haciendo que parecieran abrazos y llamarla jodidamente ignorante. Joder, Kenzo, estabas allí.

–¿Quién? ¿El chico nuevo de la calle principal? ¿Era él? Joder, Estoico, vamos a matar a ese hijo de puta ahora mismo. –Kenzo estaba tan furioso como yo.

Antes de que pudiéramos hacer un movimiento, Andreas entró en la casa.

–¿Qué diablos has hecho ahora? –estaba echando humo–. ¡Maldita sea, Estoico! Jodiste mucho a ese chico. ¿Qué diablos te pasa? ¡No puedes seguir haciendo esto! ¿Dónde está Emmerson? ¡Sal de esta casa ahora mismo! –Kenzo se paró frente a mí. Andreas estaba a punto de agarrarme del cuello.

–No, papá, escucha. No es lo que parece. –Se mantuvo firme y yo me puse a su lado, no me iba a esconder detrás de mi amigo y no me disculparía por defender a Emmerson.

–No, es exactamente lo que parece. Siempre es la misma mierda de siempre con él. –me señaló y negó con la cabeza–. ¡Vete a la mierda!

–No, papá. Ese hijo de puta estaba tratando de abusar sexualmente de Emmerson. Lo escuchamos alardear de eso, pero en ese entonces no sabíamos de quién estaba hablando. Lo juramos.

–¿Qué? –Andreas estaba tratando de comprender lo que acababa de decir Kenzo.

–Hace unos días, le oímos decir que tocó a la mejor amiga de su hermana pretendiendo abrazarla y la llamó ignorante. Hoy lo vimos, resulta que es el hermano de la mejor amiga de Emmerson. Joder, lo dejé librarse muy fácilmente –le dije.

Andreas frunció las cejas.

–¿Están seguros de esto? –Sus ojos se movieron de los míos a los de Kenzo y de nuevo a los míos. Asentimos con la cabeza.

–Traté de contenerme por Emmy. Quería romperle todos los huesos, pero no lo hice. Debería haberlo hecho, joder. –Estaba más que cabreado.

Andreas estaba furioso, caminó en círculos y se tiró de la barba. Él estaba pensando.

–No se lo digas a Imany e Ida. Vamos a lidiar con este hijo de puta a nuestra manera.

–¿No necesita saberlo Emmy? –preguntó Kenzo.

–No, vamos a vigilarlo. Tan pronto como lo tengamos a solas, nos aseguraremos de dejarle claro que si intenta tocarla una vez más, no tendrá tanta suerte. Vamos a mantenerlo bajo control. Tenemos que decírselo a Ethan también. No la quiero cerca de él sola. –Eso fue inteligente. Imany no sospecharía de Ethan, y él podría vigilarla por nosotros. Si Kenzo lo hacía, sabría que tramamos algo.

Asentí con la cabeza.

–Vamos a... –comenzó a hablar Kenzo, pero fue interrumpido. Mi mamá, Imany y papá entraron a la casa.

–¿Qué diablos has hecho? –Mi padre estaba furioso. Miré a Andreas y él negó con la cabeza. No debería decírselo a papá delante de mamá o de Imany.

–El cabrón se lo merecía. –Fue todo lo que dije.

El infierno se desató y todos empezaron a gritarme y discutir al mismo tiempo. Mi mamá me estaba golpeando fuerte en el hombro, e Imany estaba a punto de tomar una escoba y golpearme el trasero también. Mi papá parecía avergonzado de mí. Si tuviera que hacerlo de nuevo, lo volvería a hacer.

Desde el otro lado de la habitación, Andreas me dio un asentimiento de aprobación y salió de la casa.

Les dejaría creer lo que quisieran por ahora. Cazaríamos a ese hijo de puta más tarde.

VEINTIUNO

ESTOICO

Estoico 15 años
Emmerson 10 años

Me castigaron.

Mi mamá me castigó inmediatamente, y todo se decidió entre ella, Imany y papá antes de que pudiera hablar con él. Para cuando le dije a papá, ya era demasiado tarde. Tuve que aceptar el castigo. Imany preparó una cena de disculpas para la familia de Landon. Papá me hizo darles dos trabajos de metalistería gratis como compensación, y Mamá ayudó a ese cabrón con las cosas médicas. Si le dijéramos a mamá y a Imany, estaba seguro de que también le habrían dado una paliza. Entendí por qué Andreas no quería que se lo dijéramos. Al igual que yo, quería que Emmy fuera feliz y no tuviera que preocuparse por nada más que jugar y divertirse, incluso si eso significaba crear una burbuja de seguridad a su alrededor. Lidiar con este tipo de mierda era nuestro trabajo.

Cuando las cosas se calmaron, Kenzo y yo seguimos a Landon desde lejos sin que él se diera cuenta. Cuando lo vimos dar una vuelta hacia un pequeño callejón solo, lo acorralamos como a una rata. Tan pronto como lo agarré por el cuello y lo levanté con una mano, se asustó tanto que se orinó en los pantalones y suplicó misericordia. Esperé hasta que su rostro se pusiera morado antes de dejarlo caer en un charco de su propia orina, y Kenzo sacó el aire de sus pulmones con una fuerte patada tan pronto como golpeó el suelo. Sacó un cuchillo y lo presionó contra su pene.

–Toca a Emmerson de nuevo y haremos que te ahogues con tu propia polla. ¿Está claro?

Él asintió con la cabeza y lloró, los mocos corrían por su horrible rostro. Kenzo lo empujó con fuerza y su cabeza rebotó contra el pavimento.

Kenzo se puso de pie.

–Te estaremos vigilando. Siempre –dijo Kenzo, y le di una mirada como para querer matarlo con ella. Con mi mandíbula apretada y mis manos formadas en puños apretados, me contuve de matar a este hijo de puta.

Kenzo me dio una palmada en los abdominales como diciendo "vamos" antes de girarse. Su hombro golpeó el mío mientras comenzaba a alejarse. Miré a esa rata por unos segundos más antes de darme la vuelta y seguir a Kenzo.

Ya no se trataba solo de Emmy, sino que teníamos que asegurarnos de que el animal se mantuviera alejado de todas las niñas pequeñas. Le dimos el susto de su vida, pero no bromeábamos. Si lo sorprendíamos tocando a Emmerson de nuevo, sería carne muerta. Si nos enterábamos o sospechábamos que también estaba tratando de abusar sexualmente de otras chicas, también estaba muerto. Le dijimos que teníamos los ojos puestos en él, y los teníamos. Ethan debía estar siempre cerca de Emmy y vigilarla cuando estuviera cerca de él. Todos nuestros amigos también estaban de nuestro lado. Muchos chicos del vecindario lo sabían y nos dirían de inmediato si lo veían intentar algo.

Después de ser castigado, tomé un nuevo pasatiempo que pronto se convirtió en un trabajo de medio tiempo para mí. Empecé a aprender con un carpintero experimentado y trabajaba para él durante los fines de semana. Resultó que era bueno trabajando con madera. Siempre lo hice para construir o hacer cosas para Emmy, pero ahora estaba haciendo cosas más complejas como cunas, armarios, camas, juegos de mesa, etc. Tenía que decir que estas habilidades serían útiles a la hora de construir la casa y amueblarla.

Durante las últimas dos semanas, había estado trabajando en una cama nueva para Emmerson. Sería su regalo de otoño. Ella estaba creciendo tan rápido. Emmy no lo sabía, pero cada día que pasaba se volvía más hermosa. Su cabello se estaba volviendo más largo y su rostro estaba cambiando. Se veía menos como una pequeña niñita tonta y más como una "niña". Una realmente linda. Parecía que fue ayer cuando la sostuve en mis brazos por primera vez.

Hoy era el cumpleaños de Amelia. Emmerson pudo quedarse con su amiga y estaba muy feliz por eso. Andreas y yo siempre enviábamos a Ethan con ellas para vigilar al cabrón. A Ethan no le gustaba, pero sabía lo importante que era para Emmerson su amiga. Ya debía estar acostumbrado. Podría usar el tiempo que pasaban jugando en el bosque para leer, como le gustaba hacer, mientras estaba cerca de ellas. En realidad, era un tipo muy inteligente. Ethan llegaría lejos.

Las mamás de Amelia invitaron a toda la familia Silva, pero Andreas y Kenzo se quedaron hoy conmigo y con papá, trabajando en la preparación de los cimientos de la casa. Me alegré de tener a mi familia conmigo haciendo realidad mis sueños.

Después de un duro día de trabajo, todos volvimos a cenar juntos. Una vez que terminó la cena y Emmerson se duchó, fui a peinarle el cabello como siempre lo hacía.

Mientras peinaba su cabello, mi mente vagó de regreso a nuestra casa. La mayoría de los planes estaban hechos. Solo necesitábamos algunos detalles finales. Quería que tuviera una ventana grande o una puerta corrediza en nuestro dormitorio que tendría vista al río y las colinas.

–Emmy, ¿una ventana grande o puertas corredizas? –Volvió la cabeza hacia mí y me miró.

–¡Una pared de cristal! Una grande –dijo, abriendo los brazos.

Asentí y cuando se dio la vuelta, sonreí. Eso se vería hermoso. ¿Por qué no pensé en eso antes? Me despertaría todas las mañanas por el resto de mi vida con Emmerson en mis brazos y la vista perfecta del sol saliendo sobre las colinas y el río. Cada estación sería igualmente hermosa. Ocho años más. Solo necesitaba trabajar duro y esperar ocho años más.

No pude evitar pensar que pronto Emmerson estaría sola la mayor parte del tiempo, y yo estaría a kilómetros de distancia, sin siquiera saber cómo estaba. Sabía que Andreas quería que no se diera cuenta porque todavía era demasiado joven, pero quería tener esta conversación con ella. Podría haber muchos "Landons" en este mundo, y ella tendría que aprender a protegerse.

–Emmy, ¿estás bien? –¿Cómo podría iniciar esa conversación con ella?

–Sí, ¿por qué? –Parecía desinteresada.

–Emmy, hay algo de lo que quiero hablar contigo. –Estaba andando por las ramas. De hecho, estaba nervioso.

–¿Sí? –Ahora parecía impaciente.

–Se trata de... Es algo importante. –Traté de hablar mientras seguía peinándola.

–Sí... –dijo, extendiendo el sonido de la "i". Ella debió haber estado pensando que yo era un estúpido.

Aclaré mi garganta.

–Yo... Bueno... Ya ves. Los chicos, me refiero a que los chicos y las chicas tienen algunas diferencias.

–Sí... –Esta vez extendió la "s". Oh mierda, ella pensaba que yo era un estúpido.

–Y, a veces, cuando un niño y una niña crecen, ellos... –Estaba a punto de decir que se interesan el uno por el otro como en una especie de relación, pero antes de que pudiera terminar mi pensamiento, ella intervino y dijo:

–¿Tienen sexo?

«Oh mierda, no. No era de eso de lo que quería hablar. Retrocede, retrocede rápido».

–¡No! Quiero decir, sí, pero. Um... –No salía nada. Joder, intenté pensar en algo más que decir, lo que fuera. Maldita sea, no había nada.

–¿Pero qué, Estoico? –Emmy se dio la vuelta para mirarme. Ella me conocía, sabía que había acabado de cavar un hoyo y saltado en él. Podía ver los engranajes girando en su cabeza. Estaba jodido.

Antes de que tuviera más ideas, le dije:

–Sí, la gente se interesa en el sexo a medida que crecen. Pero no todo el mundo lo piensa de la misma manera.

«Ahí, de vuelta a la pista».

–¿Estás pensando en sexo? –¡Oh, no me jodas! ¿Cómo diablos se le ocurrió eso?

–Ese... Ese no es el punto que estoy tratando de hacer, Emmy. –Por favor, déjalo. Ya era un tema algo difícil, no lo empeores.

–Entonces, ¿no estas pensando en sexo?

«¿Por qué estaba insistiendo? ¿Por qué quería saberlo?».

–Emmy, yo... No estoy hablando de mí. Estoy hablando en general. –Vamos Emm, no te centres en este tema.

–¿Piensas o no en el sexo? Es una pregunta simple, Estoico. –¡Ah, joder! Ella debe haber sabido que me estaba avergonzando. Emmy podía oler que estaba nervioso. Tenía que hacerle pensar que no lo estaba. Darle una respuesta madura. Yo era el mayor, ¿verdad?

–Bueno, a veces... Emm, el punto es que algunos tipos no tienen buenas intenciones, así que debes tener cuidado. –Terminemos con esto.

–¿Qué quieres decir? –Emmy me miró con esa linda cara infantil suya. ¡Ah! Esta niñita despistada será mi fin.

¿Cómo podría poner esto en palabras simples?

–Bueno, a veces las chicas quieren amistades, pero los chicos buscan algo más... –Entrecerró los ojos. Ella no me iba a soltar tan fácilmente.

«¿En qué me había metido?».

–¿Qué pasa si la chica quiere lo mismo que el chico? –dijo, entrecerrando los ojos más. ¿Qué demonios? Mis pensamientos pasaron de cero a mil en cuestión de segundos.

«¿En qué diablos estaba pensando?».

–¡Emmy, eres demasiado joven! –Será mejor que ni siquiera piense en sexo hasta el día de nuestra boda.

–¿Quién dijo que estábamos hablando de mí? Estamos hablando en general, ¿no? –Emmerson me tenía en sus manos. Necesitaba arreglarlo.

–No estamos... Bueno, en parte estamos... Eso es... –Me palmeé la cara y me toqué las cejas con dureza. Ahora estaba en sus pequeñas garras.

–A las chicas también les gusta el sexo, tú sabes... –murmuró y se dio la vuelta. Realmente no quería hablar de esto.

–Lo sé, pero eso es solo para chicas mayores, ¿de acuerdo? –Será mejor que no esté pensando en eso.

«Santo cielo. ¿Estaba pensando en eso?».

–Sí, lo sé. Todavía soy muy joven. Hay tanto que todavía no he aprendido... –Se volvió para mirarme de nuevo. Su rostro angelical con esos grandes ojos marrones y verdes brillantes mirándome. Ella era tan inocente. Emmy era tan bella.

–Pero es bueno tenerte a ti para que me aclares cualquier duda, ¿verdad? –Bueno sí. Supongo. Preferiría que ella viniera a mí que cualquier otro chico, incluido Kenzo. Él le daría el peor consejo del mundo.

–Sí –le dije y seguí peinándola. Me alegré de que confiara en mí. Ella me dio la espalda de nuevo.

–¡Estupendo! –dijo ella, un poco demasiado alegre–. Ahora que estamos hablando de esto, y solo pregunto porque realmente no lo sé –hizo una pausa.

«¡Oh, no! ¿Qué estaba planeando ella?».

–¿Qué tan... grande... es... un pene? –gritó la palabra pene.

«¡Oh, no!».

Dejé de peinarle el cabello y sentí que mi cara estaba a punto de caerse. ¡Oh, esto no era bueno! ¿Y si iba a Andreas y le decía que yo estaba hablando de penes con ella? Oh, esto podría salir muy mal.

«¿Cómo diablos me metí en este lío?».

–Um... Emm, no creo que eso sea... –hice una pausa, tosiendo–, ¿Por qué? –Qué diablos. No me gustó que pensara de esa manera.

–Porque no sé... –Joder, estaba haciendo esa expresión inocente de nuevo. A estas alturas no sabía si estaba siendo honesta o si me estaba jodiendo. Le daría una respuesta genérica simple, con la esperanza de que se lo creyera.

–Todos somos diferentes, Emm –dije, rascándome el cuello. Por favor, detente ya. Estaba perdiendo todo el punto.

Ella asintió con la cabeza. Dejé escapar un profundo suspiro. Uff, ella tomó mi respuesta.

–Ya veo. No hay forma de que lo sepas. Bien, entonces, ¿qué tan grande es el tuyo? Debes saberlo, ¿verdad? Digo, está pegado a ti. –Señaló con los dedos mis pantalones. El rostro inocente se había ido. ¡Maldita Emmerson Silva!

–¿Y a ti qué carajos te importa? –dije y me tapé con ambas manos después de dejar el peine colgando de su cabello. Quiero decir, no era como si ella pudiera verlo, pero seguro que se daría cuenta si empezaba a ponerme duro. Oh joder. Podría tener una erección. No, esto no estaba bien.

Emmerson no pensaba en los penes en general, preguntaba por el mío. ¿Por qué? Sentí que mi cara se ponía muy caliente de vergüenza.

–¿Qué? ¿Es tan pequeño que te da vergüenza? –Espera, ¿qué? ¿pequeño? ¿Yo? Joder Emm, ¿por qué crees que un chico como yo lo tendría pequeño?

–Emmerson, soy todo menos pequeño. –Todavía estaba avergonzado, pero no podía dejar que creyera que tenía una polla pequeña. Si iba a hablar de eso, al menos ese detalle debería aclararse.

–¿Pero, cómo puede saberlo? No es como si supieras que tan grande son los demás –dijo con una cara inocente.

«¿Se estaba burlando de mi?».

–Créeme, Emmy, lo tengo grande. –Y un día harías más que solo mirarlo. Ah, joder. ¡Nah! ¡Oh, no! Está sucediendo. Piensa en otra cosa, piensa en otra cosa rápidamente. ¡Ah!... A la mierda con esto. !Abortar misión!

–Mira, Emmerson, lo importante es que aprendas a reconocer a los chicos que se presentan como amigos pero que en cambio tienen malas intenciones. Debes tener cuidado, Emmy. No dejes que nadie te toque de forma inapropiada, ¿de acuerdo? ¡OK! –Me levanté rápido y corrí antes de que ella pudiera abrir esa boca malcriada y decir otra palabra.

–¡Ve a dormir! –dije desde la puerta antes de cerrarla.

Pasé rápido por delante de todos sin decir nada y me fuí directamente a casa. Entré en mi habitación y cerré la puerta.

Joder, odiaba esto. Odiaba tanto esto, pero supongo que esta noche volvería a ser yo, mi mano y una versión mayor de Emmy. Preparé los pañuelos y me acosté en mi cama.

Ella realmente me hizo pasar un mal rato, uno duro, y por duro, me refiero a sólido como una roca.

Me aseguraría de hacerle pagar todo más tarde. Puse mi mano alrededor de mí y me comencé a acariciar.

«No tienes idea de lo que me estás haciendo, Emmerson».

VEINTIDÓS

ESTOICO

Estoico 18 años
Emmerson 12 años

Kenzo y yo completamos el entrenamiento regular en nuestra aldea y fuimos enviados a un lugar diferente donde entrenaban a los mejores candidatos. Nos dijeron que iba a ser más desafiante, pero no nos dieron más información sobre el motivo. Solo sabíamos que éramos los mejores y por eso fuimos elegidos.

Tomamos el tren y viajamos más de doscientos cuarenta kilómetros al oeste hasta este nuevo campo de entrenamiento. Allí todo era diferente. Tan pronto como llegamos, nos gritaron y nos trataron como a una mierda. Sabía que el objetivo era hacernos más fuertes, pero lo odiaba.

El entrenamiento era insoportablemente doloroso y estuvimos expuestos a todo tipo de clima y simulaciones de lucha. Resultó que los dos primeros meses solo fueron para ponernos a prueba. De los casi trescientos chicos de todas las aldeas cercanas, solo se seleccionaron treinta. Kenzo y yo incluidos.

Una vez superadas las primeras pruebas, se llevó a cabo una reunión en la que nos explicaron sus verdaderos motivos. Los norteños planeaban expandirse hacia el sur. Nos contaron todas las barbaridades que estaban haciendo con sus ciudadanos y sobre todo el sufrimiento que padecían los habitantes del norte. Dijeron que teníamos la oportunidad de evitar que eso sucediera aquí, que teníamos la oportunidad de llevarles la pelea a su puerta y de eliminarlos. Si los norteños lograban expandirse hacia el sur, nuestra forma de vida podría correr un gran peligro.

Nos dieron dos opciones: podríamos quedarnos y entrenar para estar al frente de la batalla, donde estaríamos en riesgo de perder nuestras vidas pero tendríamos la oportunidad de derrotar a nuestros enemigos, o podríamos regresar y seguir sirviendo para el ejército en la frontera donde no estaríamos en peligro.

Inmediatamente pensé en Emmerson. Su gran sonrisa mientras corría por el bosque. Su felicidad. La forma en que le encantaba nadar en el río. Nuestra paz.

Algunos chicos se levantaron y se fueron. Yo no pude. Si lo que dijeron era cierto, haría cualquier cosa en mi poder para evitar que todo eso se acercara a ella. Estaba de acuerdo con ellos. Necesitaban ser detenidos antes de que crecieran.

Miré a mi izquierda y encontré el rostro preocupado de Kenzo.

–Regresa a casa, yo me quedo –le dije, respirando profundamente. Se quedó callado por un momento.

–¿Por qué diablos crees que te dejaré ir solo? –El rostro de Kenzo cambió. Él estaba enfadado.

–Uno de nosotros tiene que quedarse atrás para asegurarse de que Emmy esté bien. –El que fuera al norte podría no regresar. Sería mejor que al menos uno de nosotros se quedara. No me perdonaría si Kenzo resultara herido.

Kenzo negó con la cabeza.

–¡Joder, Estoico! O nos quedamos aquí juntos o nos vamos juntos. –Kenzo no estaba dispuesto a negociar esto, pero tenía que intentarlo.

–Mira, Kenzo, esto no es una broma. Puede que no volvamos, amigo. Te tienes que quedar.

–Esa es exactamente la razón por la que debemos permanecer juntos. Nos complementamos, por lo que tenemos una mejor oportunidad si nos apoyamos mutuamente.

–Pero... Emmerson... –comencé a decir, pero Kenzo me interrumpió.

–¿Por qué no te quedas tú entonces? ¿Eh? Yo iré. Así, uno de nosotros se queda a cuidar de Emmy, como tú quieres.

–Joder, Kenzo. Sabes que no te dejaré.

–¿Por qué no? Nuestros padres tienen tres hijos, pero los tuyos solo te tienen a ti. Como dijiste, Emmerson te necesitará. Si alguien tiene que quedarse, debes ser tú. ¡Joder, Estoico! Ya tienes una hermosa vida planeada para mi hermana y no puedo arriesgar eso. Todo lo que yo hago es follar mujeres. Entre tú y yo, la elección está clara. Si uno de nosotros tiene que estar en riesgo, soy yo.

–No... No, no te dejaré... –Negué con la cabeza y fijé mis ojos en el suelo, enredando mis dedos.

–Y yo tampoco te dejaré. –Me rodeó con un brazo. Sabía que me estaba mirando, pero evité sus ojos.

–¡Haremos esto juntos! Permanecemos juntos, luchamos juntos, nos mantenemos seguros los unos de los otros y regresamos a casa juntos.

No me gustó. No quería que Kenzo estuviera en peligro.

Nos quedamos en silencio un buen rato. Incluso si odiaba admitirlo, Kenzo tenía razón. Él y yo estábamos entre los mejores cadetes y luchadores, y si los nuestros iban a luchar, nos necesitarían. Era la única forma de mantener a nuestra familia a salvo. Para mantener a Emmerson a salvo. ¡Maldita sea!

Ese día acordamos no decirle a nuestras familias hasta que estuviéramos más cerca de nuestra fecha de partida. Seguíamos viajando de un lado a otro, del campo de entrenamiento a nuestro pueblo cada vez que podíamos, lo que era cada dos semanas.

Sabíamos que estos podrían ser nuestros últimos años y las últimas veces que pasaríamos tiempo en casa con nuestras familias, así que nos tomamos el tiempo para hacer lo que más queríamos.

Kenzo simplemente follaba todo lo que podía. Debió haberse acostado con unas treinta y tantas chicas diferentes. Él era un puto. Kenzo pasaba un día en casa con su familia y otros dos follando. Yo no. Siempre me tomaba un día para trabajar, preparando el terreno para nuestro hogar, y los otros dos para seguir a Emmerson. Quería pasar todo el tiempo que pudiera con ella. Sabía que a veces se enfadaba, pero tenía que hacerlo. Puede que no regresara, y todo lo que quería era estar cerca de ella. Incluso si solo la miraba, escuchaba su voz o la veía jugar con su amiga.

Me tomé un poco de ese tiempo para escribir las cosas y hacer estimaciones. Llevaba mi cuaderno y anotaba todos los detalles que se me ocurrían. A veces dibujaba a Emmerson. Dibujaba como una mierda, así que nunca le mostraría esto a nadie, pero lo disfruté. Pude memorizar cada detalle de su hermoso rostro, cada uno de sus rizos.

El cuerpo de Emmerson estaba cambiando rápidamente. Estaba más alta y tenía pequeños bultos en el pecho. Intenté con todas mis fuerzas no pensar en ello, pero fue muy difícil. Mi mente estaba constantemente en la cuneta. Habían pasado más de tres años desde que Emmerson me dio mi primer beso y todavía podía sentir sus labios en los míos. Pensé que estar lejos de ella ayudaría, pero no, estaba condenado.

Al final de cada día, cenaba con los Silva, esperaba a que se duchara, la peinaba, le contaba historias y la acostaba a dormir. Sabía que ella no me necesitaba, pero me estaba aferrando a cada segundo que podía pasar con ella.

Me estaba perdiendo gran parte de su vida. Cada vez que regresaba, ella estaba haciendo o aprendiendo algo nuevo. Kenzo me dijo que estaba bailando y aprendiendo otro idioma. Imany me dijo lo bien que estaba cosiendo, y moví cielo y tierra para buscarle una nueva máquina de coser. Me tomó muchas noches trabajando fuera del campamento cavando un pozo para esta pareja de ancianos, pero lo conseguí. La mujer era sastre y estaba a punto de jubilarse. Su pueblo le había dado esa nueva máquina unos meses antes, pero ella apenas la había usado.

Me encantó la sonrisa en el rostro de Emmerson el día que volví con esa máquina de coser. La expresión de su cara ese día no tenía precio. Ella estaba más que feliz.

En el campamento, Kenzo y yo comenzamos a entrenar con armas. Ya habíamos aprendido a armar y desmontar rifles y todo tipo de armas. Tuvimos toneladas de ejercicios y entrenamiento táctico. Estábamos aprendiendo a trabajar como parte de un equipo y también a sobrevivir de forma independiente. Fueron muy duros con nosotros. No esperaban nada más que lo mejor de nosotros, y entendimos por qué. Nos despertábamos a las cuatro todas las mañanas y corríamos cinco kilómetros antes de empezar a hacer ejercicios todos los malditos días.

Kenzo y yo nos hicimos más altos, más fuertes y más rápidos. Sabía que lucíamos intimidantes. La gente nos miraba fijamente cuando caminábamos por la ciudad. Mientras caminábamos, los hombres se hacían a un lado para dejarnos paso, las mujeres nos miraban como si quisieran comernos vivos y los niños corrían. Kenzo y yo nos íbamos a tomar cervezas durante los fines de semana y casi siempre en los días que regresábamos a casa, justo antes de tomar el tren. Dormíamos la borrachera en el camino a casa.

Había visto muchos mocosos merodeando alrededor de Emmy. Todavía me ponía un poco celoso. Siempre le dije a Emmy que necesitaba mantenerse alejada de los chicos y cuidar su cuerpo. Le di una lección sobre cómo tenía que empezar a pensar en su futuro marido, y que a él no le gustaría que empezara a andar con chicos. Fue estúpido hablar de mí mismo en tercera persona, pero hice lo que tenía que hacer. Ella siempre me miraba como si estuviera lleno de mierda. Quizás lo estaba. No, ella tenía razón. Sabía que lo estaba. Debería dejarla en paz.

Los inviernos habían sido extremadamente fríos. El tiempo empeoró tanto que los trenes no podían funcionar y el entrenamiento se canceló, por lo que Kenzo y yo nos quedamos en casa unas tres semanas. Ese fue el tiempo más largo que nos quedamos en casa en los últimos dos años y medio.

Ese invierno hubo una tormenta masiva con fuertes vientos, nieve y temperaturas bajo cero. Un gran árbol cayó sobre nuestra casa y rompió parte del techo. Papá estaba más que furioso ya que acababan de reparar el techo antes de la temporada de invierno.

Andreas nos invitó a quedarnos en su casa hasta que el clima se calentara lo suficiente como para que hicieran las reparaciones en la casa, y mi familia aceptó. Estaba más que feliz. Quizás la caída de ese árbol fue lo mejor que me pudo haber pasado. Pasé mucho tiempo junto a Emmy. Imany les dio a mis padres la habitación de Emmerson, y ella se quedó con Kenzo, Ethan y yo.

En la habitación de Kenzo y Ethan, solo había dos camas. Kenzo, siendo el pensador furtivo que era, rápidamente se excusó y dijo que quería dormir con Ethan, dejando a Emmerson conmigo.

No pude ocultar la sonrisa que se extendió por mi rostro, y me lanzó un guiño y articuló: "De nada", sin que Ethan y Emmy se dieran cuenta. Entrecerró los ojos y señaló mi polla como si dijera, "te controlas", pero sabía mejor que nadie que nunca haría nada que no debería.

Durante dos semanas, compartí la cama con Emmerson. Fueron las mejores dos semanas de mi vida. Realmente no dormí mucho porque mi mente estaba llena de pensamientos que no debería tener, pero hice todo lo posible para alejarlos. Nunca actuaría sobre esos pensamientos. Amé cada segundo. Coloqué la almohada más gruesa que pude encontrar entre nosotros, para que ella no sintiera mi erección si tenía una mientras dormía. Le dije que la almohada era para el espacio personal. Ella pensó que estaba loco.

Simplemente abrazaba a Emmerson con fuerza en mis brazos cada noche que pasábamos juntos. Ella apoyaba su cabeza en mi brazo y yo la cubría con el otro brazo como si fuera una manta. Le daba palmaditas para que se durmiera o le frotaba la espalda como cuando era una bebé. A veces ella se dormía mirándome de frente, y a veces yo la abrazaba cuando se dormía de espaldas a mí. No importaba qué, yo siempre me quedaba de frente a ella. Me di cuenta de que estaba cómoda en mis brazos donde pertenecía, como el día que la conocí.

Un día, Emmerson se despertó temprano en la mañana. Como en realidad no dormía bien a su lado, me di cuenta de inmediato que se despertó por la forma en que cambió su respiración. El sol apenas había salido y Kenzo y Ethan todavía dormían. Se dio la vuelta en mis brazos y me miró a la cara por un largo tiempo. Tenía uno de mis ojos ligeramente abierto, pero también estaba fingiendo estar durmiendo.

Me encantó la forma en que me miró ese día. Algo había cambiado porque la expresión en sus ojos era diferente, de alguna manera. Yo ya no era la cosa fea que la molestaba. Su mirada era pensativa y suave. Me gustó eso. La sentí tomar un par de respiraciones profundas antes de que levantara la mano y acariciara mi rostro.

Sus dedos rozaron mis cejas y tocaron suavemente mis pestañas. Sus ojos bajaron a mi pecho y se abrieron más. La vi morderse el labio y supe que me estaba admirando. Mi Emmerson estaba embobada mirándome. Casi me hizo reír.

Movió sus manos a mi cara y tocó mi nariz y luego lentamente pasó su pequeño y delicado dedo a lo largo de mi mandíbula. Sus marrones y verdes se fijaron intensamente en mí. Se mordió el labio de nuevo y no pude fingir que estaba durmiendo más. Respiré hondo, abrazándola más fuerte a mi cuerpo.

Dejé escapar un gruñido y besé su cabeza.

–Duerme, Emmy. Es temprano, –dije con los ojos "cerrados". Se acurrucó más cerca de mí y apoyó la cabeza en mi pecho. Estaba tan cerca de mí que apuesto a que podía oír mi corazón latir con fuerza.

–¿Estoico? –dijo con una voz angelical.

–Hmm...

–Te haré una mochila. ¿La quieres negra o verde? –Ella susurró.

–Sorpréndeme –le respondí en un susurro. Le puse uno de sus suaves rizos detrás de la oreja y ella asintió. Apreciaría cualquier cosa que ella hiciera para mí con sus propias manos como mi posesión más preciada.

Pronto tendríamos que irnos. Quería tener todo listo, así que cuando regresáramos, si regresáramos, podría comenzar a construir nuestra casa de inmediato. Había muy pocas cosas que todavía tenía que configurar.

–¿Emmy, piedra o madera? –dije, mis ojos aún estaban cerrados. Fue una de las últimas cosas que haría, pero quería tener una idea de qué tipo de encimeras necesitaría.

–Las piedras duran más que la madera –susurró su respuesta, y asentí, dándole más de la manta y besé su cabeza de nuevo.

Cerró los ojos y se relajó. Sentí su pecho respirar más y más suave hasta que se quedó completamente dormida.

VEINTITRÉS

ESTOICO

Estoico 18 años
Emmerson 13 años

Emmerson tuvo su primer período.

Realmente no sabía por qué, pero estaba estúpidamente feliz por eso. La vi tirada en un rincón luciendo débil y me preocupé por ella. Al principio, pensé que estaba enferma, pero me dijo lo que realmente era antes de que la cargara y la llevara a mi mamá para que la revisara.

La abracé por mucho tiempo y le dije que era algo especial y que deberíamos estar felices por ello. Le dije que algún día podría crear una vida. Quería que tuviéramos una gran familia con muchas pequeñas Emmersons corriendo salvajes en el bosque.

La senté en mi regazo, la sostuve en mis brazos y la abracé durante mucho tiempo. Froté su vientre dolorido con mis manos y la vi relajarse en mis brazos.

Más que nunca, me sentí motivado para trabajar en nuestra casa. Pensar que un día mi hijo estaría creciendo en ese vientre me llenó de emoción.

–¿Este o norte? –pregunté, y ella se tomó su tiempo para responder. Quería saber en qué dirección debería mirar el frente de la casa. El norte era el camino de entrada y el este el río.

–Noreste –dijo mientras descansaba su cabeza en mi pecho. Froté su vientre hasta que se durmió. Luego la llevé a su habitación y la dejé allí para que descansara. Antes de salir de su habitación, me paré junto a su puerta y la miré durmiendo por un momento. Ella era tan bella.

Cerré su puerta y regresé a casa. Estaba en serios problemas. Cada vez era más difícil no pensar en ella sexualmente. Como dijo mi padre, siempre que permanezca en mi cabeza y nunca salga, debería estar bien. No podría ser demasiado duro conmigo mismo, o estallaría como dijo Kenzo.

Sus senos se estaban agrandando y había comenzado a usar sostén. Una vez más, no pude apartar mi mente ni mis ojos de ellos.

«¿Qué me pasaba?».

Aunque no eran solo sus pechos, ella también había comenzado a tener curvas. Se veía muy linda. Solo Kenzo conocía mi lucha. Pensaba que estaba estúpidamente desesperado y yo pensaba que tenía razón. Él sabía que yo nunca haría nada al respecto. Emmy no era más que una niña pequeña. Yo todavía tenía muchos años de espera por delante.

Ella sabía cómo deshacerse de mí. Siempre que comenzaba a decir "mi vagina" en voz alta, mi cara se enrojecía y me desaparecía. Sabía que no iba a decir nada más, pero no quería quedar atrapado como la última vez. Nunca más. Aprendí mi lección.

A medida que se acercaba la hora de nuestra partida, Kenzo y yo hicimos lo que prometimos. Ambos les dijimos a nuestros padres que teníamos que hablar con ellos. Decidimos hacerlo juntos. Les dijimos que había algo importante que necesitábamos que supieran y que era importante para mí que Emmerson no se enterara.

Todos esperaron hasta que Emmy saliera a jugar con Amelia y Ethan la siguió como siempre. Los llevamos a la casa de mi familia y los sentamos en la sala de estar. Kenzo fue quien más habló. Yo simplemente me senté en silencio y vi cómo sus rostros se contorsionaban lentamente por el miedo cuando finalmente entendieron lo que Kenzo estaba diciendo. Vi que sus ojos se humedecían y las lágrimas comenzaban a caer antes de que Kenzo pudiera terminar de hablar.

—No lo entiendo. ¿Por qué carajo tienes que irte? ¿Qué diablos es esto, Estoico? —mi padre gritó. Estaba furioso.

La ira fue su primera reacción, pero Andreas lo detuvo.

—Espera, déjalos terminar.

Escuché un fuerte grito ahogado y mi mamá se tomó el pecho y lloró en voz alta. El miedo fue su primera reacción.

—¿Por qué? —Imany gritó. Ella estaba temblando.

–Estamos recibiendo muy buen entrenamiento y tenemos información muy actualizada. Tenemos el mejor equipo posible, así que estamos preparados para ello. Nuestro equipo es muy profesional. Sí, es arriesgado, pero tenemos esto bajo control. Nos quedaremos juntos. Estaremos a salvo. Todo lo que les pedimos es que confíen en nosotros. –Kenzo trató de calmarlos.

–Di que no irás. ¡Diles, llámalos ahora! –dijo Imany mientras Andreas la abrazó.

–Esta fue nuestra elección. No hay marcha atrás. Ya estamos metidos en esto. Iremos independientemente de lo que digan ustedes. Solo queríamos que lo supieran. Todos merecen saberlo –dijo Kenzo.

–Pero no Emmerson. No quiero que Emmerson se preocupe. Quiero que ella sea feliz. Siempre. –Hablé por primera vez.

Hubo un intercambio de miradas en la habitación y Andreas asintió.

–No le diremos.

Pasaron alrededor de dos horas antes de que se calmaran y dejaran de llorar. Después de eso, todos intentamos fingir que todo estaba bien durante un par de semanas.

Hablé con mi papá y Andreas en privado. Les pedí que le construyeran la casa a Emmy si no regresaba. Les dejé toda la información en un lugar donde pudieran encontrarla fácilmente. Ambos prometieron hacerlo y sentí un poco de alivio al respecto. También les dejé todos los regalos de Emmerson. Papá tenía los aros, mamá tenía los de madera y yo dejé a Imany con algunas telas hermosas, para que pudiera hacer vestidos a Emmerson a medida que creciera.

El día antes de irnos, cenamos todos juntos. Pasarían tres años hasta que volviera a ver esos hermosos ojos, si es que regresaba.. Todos estábamos tristes. Emmerson siguió mirando las caras de todos, sin entender por qué. En medio de la cena, Emmerson nos sorprendió con regalos. Nos había hecho mochilas como me dijo que haría. La mía era negra y la de Kenzo era verde. Eran realmente buenas. Mi corazón se llenó de alegría y tristeza al mismo tiempo. Era lo primero que me había hecho, pero también podría ser lo último.

Abrimos las mochilas y traté de no llorar cuando vi que puso muchas etiquetas con su nombre dentro. Tenía un nudo en la garganta y las lágrimas amenazaban con caer. En el costado de la mochila, cada uno de nosotros encontró un cuchillo. Papá y Andreas la habían ayudado a hacer cuchillos para nosotros. Nos dijo que los había diseñado ella misma. Lo sostuve en mis manos y noté lo que decía el mango. Les había pedido que grabaran nuestras iniciales "E&E" en un lado, y papá puso "Góðr", su nombre, en el otro. No aguanté más..

Agarré todo, salí apresuradamente de la casa, y luego corrí.

Corrí rápido. Mi visión estaba borrosa y no sabía hacia dónde me dirigía, pero corrí. Oí que la puerta se abría de nuevo detrás de mí, pero no miré hacia atrás. Mi papá gritó mi nombre, pero no me detuve. No quería que ninguno de ellos me viera llorar, que pensaran que era débil. Traté de seguir corriendo, pero me fallaron los pulmones. Me doblé, tosiendo y llorando en voz alta. Mi papá me alcanzó, me enderezó y me abrazó con fuerza. Antes de que pudiera reaccionar, los brazos de Andreas me rodearon a mi derecha mientras que los de Kenzo estaban a mi izquierda.

No dijeron nada. Simplemente me abrazaron. No hubo juicio. Todos sabían exactamente cómo me sentía. Me abrazaron hasta que me tranquilicé y dejé de llorar. Sabía que también los había hecho llorar. Hubo miles de palabras no dichas entre los cuatro. Ninguno de nosotros se atrevió a decirlo en voz alta, pero todos estábamos asustados.

Nos abrazamos durante media hora antes de secarnos las lágrimas y regresar para terminar nuestra cena. Había hablado con Andreas anteriormente y me permitió quedarme con ella una última noche. Le dije a Emmy que quería irme con Kenzo por la mañana como excusa. Como su cama era más grande, le dije que debería quedarme con ella y me creyó. Me alegré de que no peleara conmigo. Kenzo se perdió. Salió de la casa. Quién sabe lo que estaba haciendo.

Esa noche no dormí nada. Sostuve a Emmerson en mis brazos, pensando que podría ser la última vez que la viera. Debería haber sido más positivo, pero estando tan cerca de irme, simplemente no podía. Tan pronto como se durmió, lloré en silencio. Lloré la mayor parte de la noche. Acaricié su cabello, tratando de memorizar la forma en que se sentía en mis dedos. Traté de memorizar la suavidad de su piel y su dulce olor. Con cada minuto que pasaba, mi corazón se oprimía y se hacía cada vez más difícil respirar.

Cuando Emmerson se despertó por la mañana, pude ver que estaba preocupada por mí. No había dormido nada. Lloré todo el tiempo y me sentí físicamente enfermo. Debía lucir como una mierda.

Todos nos acompañaron a la estación de tren para despedirnos. Había muchas otras personas alrededor, pero todo en lo que podía concentrarme era en Emmy. Nuestros padres ya no podían fingir. Estaban super tristes. Vi a Imany y Andreas llorar mientras abrazaban a Kenzo. Mis padres también lloraban mientras me abrazaban. Mi mamá me rogó que me mantuviera a salvo y que volviera. No importa lo que hiciera, tenía que volver. Emmerson se quedó parada en un rincón, luciendo confundida y mirándonos llorar. Ethan lo supo ya que lo descubrió todo antes de que Kenzo pudiera decírselo.

Mis padres me dejaron ir, y Andreas e Imany me abrazaron a continuación.

–Mantente a salvo, hijo –me dijo Andreas. Los extrañaría mucho a todos. Vi a Kenzo abrazar a Ethan y a Emmerson y decirles algo.

Andreas e Imany me dejaron ir y le di un abrazo a Ethan.

–Mantenla a salvo y siempre cuídala. Cuento contigo –le dije, y él asintió–. ¡Gracias! –dije antes de dejarlo ir.

Ethan se apartó y vi a todos los demás hacerse a un lado también. Me arrodillé y abracé a Emmerson con fuerza. Traté de contenerme, pero las lágrimas escaparon de mis ojos y rodaron por un lado de su rostro.

–Ya, ya. Vas a estar bien. El tiempo pasa rápido, ya verás. –Me dio unas palmaditas en la espalda, tratando de consolarme, y me devolvió el abrazo. Tenía tanto miedo de no volver a verla. Iba a extrañarla muchísimo. Tenía que ser más fuerte y tener esperanza.

–Emmy, ¿recuerdas tu bumerán? –Respiré hondo y sostuve su carita entre mis manos, mirándola directamente a los ojos.

–Sí, ¿por qué? –dijo tímidamente.

–Soy como ese bumerán, Emmy. Siempre volveré a ti, ¿de acuerdo? –Hice una promesa y haría cualquier cosa por cumplirla. Su rostro se iluminó cuando se dio cuenta del significado de mi regalo, y me sonrió. La besé con fuerza en la cabeza, me puse de pie, agarré mi mochila con una mano y me alejé. Le di la espalda, no queriendo que ella me viera perder el control, y me subí al tren sin mirar atrás, ni una sola vez.

Una vez dentro, tomé mi asiento, me cubrí con mi chaqueta y sollocé mientras abrazaba mi mochila.

Kenzo se sentó a mi lado, me rodeó con el brazo y me atrajo hacia él.

–Regresaremos antes de que te des cuenta –dijo, tratando de animarme.

Las puertas del tren se cerraron y empezó a moverse. Mi corazón se hundió y lloré más fuerte.

Tenía que regresar. Teníamos que regresar.

VEINTICUATRO

ESTOICO

Estoico 21 años
Emmerson 16 años

El infierno.

Si había algo así en este mundo, yo vivía en él.

Era medianoche y teníamos una misión: infiltrarnos en la residencia de un general de las fuerzas enemigas y eliminarlo. Todos íbamos vestidos de negro, completamente equipados con pasamontañas negros, chaleco táctico, una carabina M4 engalanada con una mira ACOG y un supresor, y una pistola M17. Kenzo y yo también teníamos los cuchillos de Emmy. No iba a ningún lado sin su cuchillo.

Saltamos el muro de hormigón que rodeaba el edificio. Quince de nosotros cruzamos silenciosamente el césped hacia la entrada sur de la residencia. Solo doce entraríamos al edificio principal y tres se quedarían custodiando la entrada

Había unos treinta soldados más repartidos por el perímetro y diez más bloqueando todas las posibles salidas. Los habíamos atrapado como las ratas que eran.

Usamos una barra Halligan para abrir la puerta. Entré al edificio con Kenzo cubriendo mis seis. Rápidamente escaneamos el lugar. Estaba vacío. Tomé la derecha y Kenzo se fue a la izquierda. Escaneamos la habitación. El lugar no tenía cortinas, ni armarios y solo había dos pasillos que conducían al oeste y al este.

–Despejado. –Escuché a Kenzo decir en voz muy baja antes de que hiciera señas para que los demás procedieran.

Nos dividimos. Un equipo de seis iría hacia el oeste mientras Kenzo, cuatro camaradas más y yo tomaríamos la derecha.

Comenzamos a marchar mientras apuntábamos con nuestras armas listos para disparar y entramos al pasillo. Había un hombre con una pistola y apreté el gatillo. Disparo al pecho. Uno menos. Me acerqué a él y le disparé en la cabeza.

Muerte confirmada.

Seguimos marchando por el pasillo. Una vez que llegamos al final, escuché a Kenzo decir en la radio:

–Pasillo despejado.

Paramos en la entrada de la cocina. Le señalé a Kenzo que cubriera mi izquierda. Entré y vi dos hombres con armas.

«Dispara».

Le disparé a uno y Kenzo le disparó a el otro. Me acerqué y le disparé en la cabeza.

Muerte confirmada.

Kenzo hizo lo mismo en el otro lado. Examinamos la cocina, abrimos la despensa y encontramos que la puerta trasera estaba sellada. Los miembros del equipo cubrían el pasillo por el que entramos.

–La cocina está despejada.

Nos movimos más hacia adentro. Había un pasillo más pequeño, pero estaba vacío.

Entré con Kenzo en mi seis y marchamos hasta llegar al final.

–Despejado.

Había una sala de servicio a nuestra izquierda. Revisé la puerta, pero estaba cerrada. La abrí de una patada. Tomé la derecha con Kenzo directamente detrás de mí a mi izquierda.

«Mujer y niño, desarmados».

–¡Bájense! ¡Al suelo! –dije, y lo hicieron. Seguí apuntándolos con mi arma.

Kenzo abrió el armario y examinó la habitación.

–Despejado. –Otro miembro del equipo entró y le puso esposas de plástico a la mujer y al niño. Regresamos al pasillo.

Nos paramos frente a la habitación contigua. Le hice un gesto a Kenzo para que se detuviera. Revisé la puerta. Estaba abierta. Hice una señal para hacerle saber que íbamos a entrar. Entré a la habitación y Kenzo me cubrió la espalda. Tres chicas gritaron, desarmadas.

–¡Tranquilas! Manos arriba, tírate al suelo. ¡Tú también, al suelo! –Se tiraron boca abajo en el suelo.

Eran tres en una habitación que tenía dos literas y todas las camas tenían mantas.

–¿Dónde está la cuarta? –Les pregunté en voz baja.

Una de las chicas señaló hacia arriba. Kenzo revisó los armarios y debajo de las camas.

–Despejado.

Seguí apuntándolas con mi arma. Las chicas tenían moretones y estaban sucias. Esos idiotas estaban abusando de ellas. Todas debían de ser poco mayores que Emmerson pero no por mucho. Que se jodan, los iba a matar a todos.

Los compañeros del equipo entraron para esposar a las chicas.

–Continuemos –dijo Kenzo.

Regresamos al pasillo y le indiqué al equipo que estábamos subiendo las escaleras.

Fui primero y me detuve en el primer descanso, luego le hice una señal a Kenzo para que avanzara. Pasó a mi lado y se detuvo en el último escalón. Me hizo una señal y subí. Dos miembros más me siguieron y otros dos cubrieron la parte inferior de las escaleras.

El pasillo parecía vacío. Hice más señas para indicar que Kenzo y yo tomaríamos la habitación de la derecha. Los otros dos tomarían la habitación de la izquierda. Los últimos miembros del equipo al pie de las escaleras subieron y cubrieron el pasillo.

Cuando nos acercamos a la habitación, pudimos escuchar el llanto de una chica y sonidos de bofetadas. Él estaba allí con ella. La usaría como escudo, y si no tenía cuidado, tendría que matarla también.

Le indiqué a Kenzo que esperara. Revisé la puerta y estaba abierta. Abrí la puerta pero solo un poco. Lo suficiente como para poder ver adentro de la habitación. Él estaba sobre la chica, montándola por detrás y golpeándola. Tomé mi pistola, equipada con un silenciador, y apunté.

Objetivo confirmado. Tenía una oportunidad e iba a tomarla. Le disparé y cayó de espaldas sobre la cama. Entré y Kenzo estaba justo detrás de mí.

–¡Abajo! Al suelo –le dije a la chica. Caminé hacia él y le disparé en la cabeza.

Muerte confirmada.

Kenzo revisó los armarios, las cortinas y el baño.

–Despejado.

Cogí la manta y la tiré sobre su cuerpo desnudo.

–Quédate en el suelo.

Escuché disparos desde el otro lado de la habitación. Esos no eran nuestros. Miembros del equipo vinieron a esposar a la chica.

Volvimos al pasillo. La otra mitad de nuestro equipo estaba del otro lado, lo que significaba que el lado oeste del edificio también estaba despejado. Solo quedaba un pasillo. Y por lo que parece, sabían que estábamos allí.

Seguimos marchando adelante. Una vez que nos acercamos a la entrada del pasillo, señalé al otro equipo para que se detuvieran.

Podíamos escuchar los sonidos de alguien manejando un arma. El otro equipo nos hizo una señal. Ellos iban a moverse hacia adelante y nosotros le cubriríamos sus seis. Revisamos el pasillo con un espejo. Era un pasillo largo que conducía a un espacio abierto sin puertas, hombres armados al otro lado. Uno de los otros miembros del equipo lanzó una granada de ráfagas múltiples M11 como distracción, y esperamos las tres detonaciones antes de proceder a entrar.

Ellos marcharon y nosotros los seguimos, abriendo fuego. Estaba justo detrás del que iba a la cabeza. Vimos a sus hombres caer rápidamente. Estábamos ganando terreno cuando una bala golpeó al compañero que estaba a mi lado en el costado de la cabeza, girándola hacia mí. Su sangre me salpicó en la cara y vi su cuerpo caer a cámara lenta, su cabeza golpeando el suelo con fuerza y sus ojos sin vida mirándome.

Mi cuerpo saltó y grité a todo pulmón.

–¡No!

Estaba durmiendo.

Me senté y apreté los puños, mi cuerpo temblaba.

No fue una pesadilla. Era algo mucho peor, un recuerdo. Uno de los muchos que me perseguían cada puta noche.

–Amigo, ¿estás bien? –Kenzo me preguntó desde el otro lado de nuestros barracones compartidos. Lo desperté.

–Sí. –Me recosté en mi cama. Kenzo se dio la vuelta y volvió a quedarse dormido. Puse mis manos debajo de mi cabeza y traté de relajarme. Habíamos visto horrores. Cosas de las que ni siquiera me atrevía a hablar. Cosas que eran más adecuadas para las pesadillas que la vida real.

Habían sido tres años jodidamente largos, y finalmente íbamos a tener un descanso.

Ese recuerdo era del último general en el que teníamos una ubicación confirmada. Nos habían dado un descanso de seis meses hasta que inteligencia pudiera localizar el resto de los objetivos. No podía esperar a volver a casa.

La vida sin ver la sonrisa de Emmerson era dolorosa. ¡La extrañé mucho! No podía esperar a verla. También extrañaba a mis padres.

Esta pelea se estaba volviendo más difícil con cada día que pasaba. Siempre que sentía que mis demonios me derribaban, pensaba en Emmerson y eso me ayudaba a regresar a la realidad. Kenzo dijo que la mejor distracción era un coño mojado y una buena follada fuerte. Sin embargo, él era un puto. Kenzo ya debía de haberse follado a la mitad de las mujeres de la base más la mitad de las locales. Era guapo y carismático, pero le aterrorizaban los compromisos. Ese hombre nunca se conformaría, nunca. Él también se vio afectado, pero se esforzó por ocultarlo con bromas y sonrisas.

Me dijo que el día antes de irnos, fue con Ava y tuvo sexo sin protección con ella. Dijo que fue la mejor sensación que ha tenido. Por lo general, usaba una envoltura, pero Ava dijo que quería sentirlo, así que cedió.

Yo no sabría como se siente joder. Yo todavía era virgen. Nunca había visto una vagina. Todo lo que tenía era mi mano, la almohada que bombeaba y una imagen inventada de una Emmerson mayor. Me pregunté cómo se vería realmente ahora. Me imaginé que todavía vestía su ropa holgada de niña juguetona con su cabello desordenado. Corriendo descalza por el bosque. Esa imagen me hacía sonreír.

Me masturbaba a menudo pensando en una versión mayor de ella, y Kenzo lo sabía. Era incómodo como el infierno, pero él era el único con quien podía hablar sobre estas cosas. Me dijo que no me hiciera venir demasiado rápido y que practicara los movimientos de las caderas con una almohada en diferentes posiciones. Kenzo me dio muchos consejos con detalles y tomé nota. Todo, desde cuánta presión poner en mis dedos cuando tocara sus partes más delicadas hasta cómo moverlos dentro de ella, encontrar su punto G y hacerla correrse. No sabía cómo lo hacía. No pensé que yo pudiera aconsejar a nadie sobre cómo complacer a mi hermana pequeña. Kenzo sabía que yo la amaba más que a nada en este mundo y que ella era todo en lo que pensaba.

Emmerson tenía dieciséis años ahora, pero ella todavía era una niña. Sabía que era demasiado joven para el sexo, así que esperaría más. Se lo comenté a Kenzo, pero él pensó que me la follaría. Dijo que preferiría que lo hiciera de la manera correcta y que usara protección. Incluso cuando Kenzo dijo que los chicos de dieciséis años ya estaban activos, yo seguía pensando que era demasiado pronto. Sería mejor para ella si esperáramos. No me importaba esperar.

Kenzo y yo habíamos cambiado mucho. Nos hicimos tatuajes y nos dejamos crecer la barba. Tuvimos que hacer un montón de ejercicios, así que estábamos fornidos. Tenía la mayor parte de mi brazo derecho entintado con tatuajes nórdicos de un hacha y Odin con nudos celtas. También tenía dos cuervos, uno a cada lado. En mi hombro izquierdo, tatué el triple cuerno de Odin, y sobre mi corazón, tenía Góðr escrito en letras oscuras. Góðr significaba valiente como el nombre de Emmerson. Dentro de mi brazo izquierdo, tenía la traducción literal del nombre completo de Emmerson. 'Bosques Valientes'. Estaba dejando espacio para poner un tatuaje de la cara de Emmerson en algún lugar por ahí también. Los tatuajes de Kenzo eran en su mayoría mujeres, pistolas y calaveras.

En el tren de regreso a casa, Kenzo se quedó dormido con la cabeza apoyada en el vidrio de la ventana. Yo no pude descansar. Estaba demasiado emocionado. Finalmente volvería a ver a mi niña. No podía esperar para abrazarla.

Una vez que llegamos, vimos a Imany, Andreas, mamá y papá esperándonos en la plataforma.

«¿Dónde estaba Emmerson?».

Mi papá me acercó para un gran abrazo y pude ver que tenía los ojos llorosos. Era un hombre duro y trató de no demostrarlo, pero sabía que me había echado mucho de menos. Mamá también. Ella lloró, me estudió, me dio una vuelta y me preguntó si estaba bien. Debe haber sido difícil para ellos no saber si estaba a salvo o no.

–Estoy bien, mamá. –Ella me abrazó con fuerza.

Mamá me dejó ir, y luego Imany y Andreas me abrazaron. Eran mi segundo par de padres. Vi a papá y mamá abrazando a Kenzo.

–¡Te hemos echado mucho de menos! –Imany dijo con lágrimas en los ojos.

–Yo también te he echado de menos, tía. –Me soltaron e inmediatamente mis ojos comenzaron a vagar.

«¿Dónde estaba ella?».

–¿Dónde está...?

–Emmerson está con Amelia afuera. Estará aquí pronto –dijo Andreas y me dio unas palmaditas en la espalda.

Emmerson seguía jugando con Amelia. Me alegré de que tuviera una amiga y que no se sintiera sola. Mis ojos seguían buscándola mientras Kenzo se paró a mi lado.

–No busques una niña. Apuesto a que ha cambiado mucho –dijo.

–¡Sí, cambió mucho! Se ve tan diferente ahora, tan bonita –dijo Imany, enfatizando la palabra "bonita", pero no le presté mucha atención.

Mis ojos seguían escaneando desesperadamente a la multitud cuando lo escuché.

–¡Estoico! –Mis ojos se posaron en una mujer joven. Una muy linda. Esa no podía ser ella.

Comenzó a correr hacia mí y mi cerebro finalmente la reconoció.

«Joder, era hermosa».

Mi mente bloqueó cualquier otra cosa que no fuera ella. En ese momento, el mundo se detuvo y sonreí. Estaba congelado. Corrió hacia mí, tropezando con gente en el camino. Mi corazón estaba acelerado, y Kenzo se inclinó hacia mí y dijo:

–¡Te lo dije! Será mejor que te la envuelvas, amigo. Es demasiado joven para quedar embarazada. –Asentí con la cabeza sin pensar en lo que dijo ni mirarlo.

Su cinta para el cabello se aflojó y se cayó. Sus rizos ondulados rebotaban mientras corría, y juro que brillaba como una diosa. Se estaba acercando y vi lo que estaba vistiendo. No podría haber estado más jodidamente equivocado. Ella se veía extremadamente sexy. Las curvas de su cuerpo eran como para morirse.

«Maldita sea, estaba en problemas».

–¡Estoico! ¡Estoico! –Seguía gritando mi nombre y mi corazón estaba a punto de detenerse. Se acercó, dejé caer mi mochila al suelo y abrí los brazos. Saltó a mis brazos y la agarré. Sus brazos se envolvieron inmediatamente alrededor de mi cuello y sus piernas alrededor de mi cintura. Envolví mis brazos alrededor de ella y la abracé con fuerza.

–¡Regresaste! –dijo y me abrazó más fuerte.

–Estoy de vuelta, pequeña. –Estaba de regreso y tenía a mi Emmerson en mis brazos. No lo podía creer. Se sentía irreal.

Ella se apartó un poco para mirarme a los ojos y sonrió. Emmy todavía tenía esa linda sonrisa infantil aunque había cambiado mucho. Su rostro había cambiado, pero sus ojos eran tan hermosos como siempre los recordaba. Tenía el pelo largo, aretes, pestañas largas, una linda nariz y labios gruesos y suaves.

«Joder».

–Emmy... –La estudié. Tenía un par de senos hipnotizantes de un tamaño perfecto. Su pequeña camisa blanca ajustada los envolvía perfectamente. Su abdomen era plano y su cintura pequeña. Sus caderas eran curvas, y podía sentir el comienzo de la curva que su trasero redondo hacía en su espalda baja con mis manos. Sus pantalones cortos mostraban sus tonificadas piernas bronceadas y cremosas. ¡Santo cielo! Era más que hermosa. Más que cualquier cosa que pudiera haber imaginado.

–¡Estoico! –Me despertó de mi aturdimiento y me dio otro abrazo. Enterré mi cara en su cuello y respiré hondo, oliendo el aroma de coco que emanaba de ella. Olía deliciosa.

–No te preocupes por tu verdadero hermano. Estoy bien, por supuesto... Solo abraza a Estoico. Estoy bien, –dijo Kenzo, pero lo ignoramos. Simplemente recogió mi mochila y se alejó. Él sabía que no había manera en este mundo de que la dejara ir ahora.

–Te extrañé, mucho. –Escuché mi propia voz decir y la apreté más fuerte.

–Sé que lo hiciste. No hay otra como yo en este mundo. –Su voz era tan dulce. Ella no tenía idea de cuán en lo cierto estaba. Me reí entre dientes.

–Tienes razón. –Nunca habrá nadie como ella para mí.

–¡No quiero dejarte ir! Me aferraré a ti por el resto del día –dijo. ¡Si tan sólo supiera! Amaba a esta chica más que a nada en este mundo. Me sentí tan feliz que me reí. No había estado tan feliz en años.

–Podría quedarme contigo durante el resto del mes. –¡Por el resto de mi vida! Ni siquiera estaba bromeando. Ambos nos reímos como idiotas.

Sin pensarlo, moví mis manos desde su cintura hasta sus muslos para ayudar a sostener su peso como solía hacerlo. Mis manos pasaron por sus nalgas, y tan pronto como tocaron su piel cálida, mi polla se contrajo. Ella estaba tan sorprendida como yo, y sus ojos viajaron a mis manos. Se le puso la piel de gallina. Cuando sus ojos se posaron de nuevo en mí, yo la estaba mirando. Las cosas de las que estaba tan seguro hace unos minutos atrás, ahora las dudaba seriamente. Las palabras de Kenzo corriendo por mi mente.

«Mierda, la deseaba».

Levanté la ceja izquierda y sonreí. Joder, la quería, pero vi en sus ojos que ella también quería esto.

«¿Qué debería hacer? ¿Esperar o ceder?».

Nos quedamos allí, mirándonos a los ojos durante mucho tiempo.

–¿Quieren ustedes dos volver a casa con nosotros o se van a otro lugar? –preguntó la tía Imany, interrumpiéndonos. No había forma de que la quisiera compartir ahora. La quería toda para mí. Quería llevarla a algún lugar donde pudiéramos estar solos.

–Sigan adelante. Los veremos más tarde –dije rápidamente sin romper el contacto visual con ella.

—Está bien… La cena es a las seis. No lleguen tarde —dijo Imany y se alejó.

—Te veo en casa, hijo. —Andreas me dio unas palmaditas en el brazo y siguió a Imany.

—¡Emmy! Yo… ¡Oh! Yo… tengo que irme. Mis mamás deben estar buscándome. ¿Hablemos después, vale? —Esa era su amiga, ni siquiera la miró. Sus ojos estaban en mí y solo en mí. Sentí que se me ponía dura. Si la mantenía así, seguro que lo sentiría.

—¿Quieres dar un paseo? —le pregunté una vez que todos se fueron. Ella asintió con una linda sonrisa en su rostro.

—Vamos. Súbete a mi espalda. —La bajé, me volví y me arrodillé. Saltó sobre mi espalda, envolviendo sus brazos alrededor de mi cuello y sus piernas alrededor de mis caderas. Me aferré a sus piernas suaves y comencé a caminar.

Podía sentir sus tiernos pechos presionados contra mi espalda, y el calor de su cuerpo se extendía por todo mi cuerpo. Se sentía perfecta.

Salimos de la estación y bajamos por la calle, hacia el parque. Cada vez que la reajustaba, me abrazaba con más fuerza. Estaba esforzándome en no pensar mucho porque sabía exactamente a dónde me llevaría eso. Tenía miedo de ponerme demasiado caliente y cometer un error, así que caminé sin decir nada.

La llevé al patio de recreo y la senté en un banco columpio. Me senté a su lado y la acerqué más a mí. No pude evitar tocar su cabello y le coloqué un rizo detrás de la oreja. Su cabello era tan suave. Antes de que supiera lo que estaba haciendo, mi cuerpo se inclinó y besé su cabeza.

—Has crecido mucho. Te ves tan diferente que apenas te reconocí. —No estaba mintiendo. Mi pulgar le acarició la cara. Ella ya no era una niña. Parecía más una mujer, pero aún era joven. Muy joven. Si quería mantener mis propias palabras, tendría que tener cuidado con ella. No había forma de que pudiera permitirme a mi mismo perder el juicio cerca de ella y arriesgarme a lastimarla como dijo Kenzo. Ella era hermosa, pero aún tenía que esperar. Joder, iba a ser difícil.

—Tú también cambiaste. —Ella tocó suavemente mi barba con sus dedos, y mi boca se curvó de inmediato en una sonrisa. Supuse que cambió la forma en que se sentía acerca de mi vello facial. Señaló mis tatuajes.

—¿Cuándo te hiciste todo eso? —preguntó y comencé a pensar.

«¿Cuánto debería decirle?».

—Muchos de ellos, siempre había querido tenerlos. Supongo que era el momento adecuado para hacerlos. —Tener su nombre en mi piel siempre fue algo que quise. Una marca para decirle al mundo que yo era suyo.

Ella puso esta expresión traviesa y levantó y bajó las cejas tratando de ser graciosa.

–¿Estás seguro de que no fue para impresionar a las damas?

«¿Qué? ¡Joder, para nada!».

–No, no hay nadie a quien impresionar allí. –Me pregunté por qué estaba interesada.

–Entonces, ¿me estás diciendo que no hay chicas corriendo detrás de ti en el norte como las tenías aquí? –Mis cejas se fruncieron.

«¿Estaba ella celosa?».

Mis ojos se desviaron hacia los de ella. Le di una sonrisa tímida y negué con la cabeza.

–Nah. Quiero decir: sí. Hay chicas pero... –le di unas palmaditas en la cabeza y continué–. Nunca me ha interesado ninguna de ellas.

No son nada en comparación a ti, cariño. Nadie podrá compararse, jamás.

–Entonces... ¿Me estás diciendo que no te gustan las chicas? Quiero decir, está bien...

«¿Qué?».

¡No! Tenía que corregir eso rápido.

–Me gustan las chicas, Emmy –la interrumpí.

–Oh, yo pensé...

«Olvida lo que pensabas».

–Me estoy reservando para una en especial. –Sus ojos se abrieron y sonrió. A ella le gustó esa respuesta.

–¡Bien! Me gusta eso. ¡Siga con el buen trabajo! –dijo, dándome un pulgar hacia arriba y una sonrisa descarada.

Miré al suelo y negué lentamente con la cabeza.

–No creo que pueda hacerlo por mucho más tiempo. –No si me quedaba tan cerca de ella, no con lo ridículamente hermosa que era. Estaba empezando a perder la confianza en mi propia fuerza de voluntad. Quizás estar a solas con ella no era una buena idea.

–¿Qué? –preguntó ella. No quería explicarle esto. No quería hablar de esto.

–Regresemos. –la interrumpí antes de que su mente comenzara a vagar demasiado hacia el lugar exacto del que quería que se mantuviera lejos.

Me levanté rápido y me arrodillé. Volvió a subirse a mi espalda y yo me dirigí a casa. Sí, sería mejor que no me quedase a solas con ella por mucho tiempo.

Tomé el camino más largo de regreso a casa y, en lugar de la carretera, pasamos por el bosque. Extrañaba estos bosques. El olor a aire fresco. La tranquilidad.

Caminé en silencio durante un rato. Mi mente en todas las cosas que necesitaba empezar a hacer por nuestra casa. Empezaría a trabajar en ello mañana a primera hora. No podía esperar para casarme con ella. La deseaba tanto.

Balancearse con ella en ese banco se sintió bien. Debería poner un banco columpio en nuestro porche con vista al río. Podríamos sentarnos allí, relajarnos y abrazarnos.

—Emmerson, ¿una hamaca o un columpio? —Le tomó un momento responder.

—¡Un diván columpio! —Ella se rió entre dientes, y yo también. Eso sería realmente perfecto. Allí podría hacerle el amor y comerle el coño hasta que se corriera en mi boca. Ah, joder, tenía que dejar de pensar así.

Permanecí en silencio durante unos minutos, tratando de sacar mi mente de la cuneta. Emmerson no pudo soportarlo y comenzó a hablar una vez más. Algunas cosas nunca cambiaban.

—Estoico, ¿qué estabas haciendo realmente allí en el norte? —Mi cuerpo se tensó y la reacomodé en mi espalda. No podría decirle eso. Nunca podría decírselo. Que había estado matando gente. Que había estado en medio del puto infierno.

—No mucho. Solo vigilando la valla. Fue bastante aburrido. —Mentí. Fue lo mejor que pude hacer por ella. Tenía miedo de cómo reaccionaría si lo supiera.

—Lo extrañé aquí, extrañé esto —dije, tratando de cambiar el tema. Por "esto", me referí a nosotros. Yo cargándola en mi espalda en el bosque. Solo Emmy, yo y la naturaleza, nada más.

—¿Es el norte tan aburrido como las chicas que viven allí? —Ella no estaba abandonando el tema. Parecía celosa.

—Emmerson, la chica que me gusta está aquí, no allá. —Debería ser más directo, pero estaba un poco nervioso por confesarle mi amor. No quería que pensara que era un canalla.

—¡Oh! Entonces... ¿tienes una novia secreta? —Definitivamente estaba celosa.

—Algo así. No estoy disponible si eso es lo que estás preguntando. —Ella se quedó callada. Sus pensamientos deberían de haber ido a cien millas por segundo.

Emmy era tan linda.

–Y tú tampoco estás disponible, ¿verdad? –Yo pregunté. No podía esperar el día en que la tomaría como mi esposa.

–Sí... –trató de no sonar deprimida, pero falló–. ¿De verdad tengo que casarme con él?

–Sí –dije rápidamente, sin pensarlo dos veces. Ella tenía que ser mía.

–¿Qué pasa si no me agrada mi esposo?

–Aprenderás a hacerlo. –Otra respuesta rápida. No iba a dejar espacio para una discusión aquí. Por la forma en que sus ojos me devoraron en el andén, me di cuenta de que yo también le gustaba.

–¿Y si no le agrado?

«¿Me estaba tomando el pelo?».

–Eso no es posible. Eres increíblemente hermosa, Emmy. –Eso era un hecho. No mentiría sobre eso.

–¿Tú crees?

–Sí. –Cien por ciento.

–Bueno... no eres el único que piensa así –dijo y se rió.

«¿Qué diablos significaba eso?».

–¿Qué quieres decir? –Mi voz bajó.

–Soy bastante popular. La pequeña y poco femenina Emmerson se ha convertido en una chica muy guapa. –¡Joder! Dejé de caminar. Ella tenía razón. ¿Por qué diablos no pensé en eso antes? Los chicos deben estar siguiéndola, rogando de rodillas.

«¡Maldita sea!».

–¿Los chicos están coqueteando contigo? –Estaba enojado.

–Pfft, por supuesto. Todo el tiempo.

«¡Mierda! Iba a matarlos a todos».

–¿Quienes?

–¿Por qué quieres saber eso? ¿Para poder asesinarlos a todos? No seas tonto, Estoico. Tendrás que matar a la mitad del pueblo.

«¿Tantos? No me digas...».

–¿Has salido con alguien? –Estaba jodidamente enojado. Será mejor que diga que no, o tendría que añadir algunas cabezas a mi conteo.

–¿Uhm? Veamos... ¿Qué cuenta como citas? –Ella empezó a pensar.

«Maldito infierno».

Allá estaba yo rechazando coños gratis, guardándome para ella, y aquí estaba ella, saliendo con idiotas.

La bajé y me di la vuelta. Quería asesinar a alguien. Se mordió el labio y contuvo la risa.

¿Acaso era esto gracioso? ¿Se pensaba que esto era una maldita broma?

–¿Te ha besado alguien? –Sentí mis manos formando puños. Lo pensó de nuevo y sonrió.

¿Había besado a alguien? ¡Mierda! ¿Más de uno?

No. No. Esto no puede ser. Estaba a punto de perder el control.

–¿Te ha besado alguien, Emmerson? –Traté de mantener la calma, pero me di cuenta de que estaba fallando.

–Bueno... no puedo decir que no a eso.

«¡Oh no! ¡Joder, no!».

Estiré mi cuello y me acerqué a ella. Alguien se atrevió a besar a mi mujer. Estaba más que cabreado. Podía ver la furia en mis ojos y se asustó. Ya no me importaba una mierda. Caminé hacia ella y ella dio un paso atrás. Di un paso hacia ella y ella retrocedió.

–¿Todavía eres virgen? –dije, mirando arriba y abajo de su cuerpo. Ese bonito cuerpecito. Joder, la había esperado por tanto tiempo. Me había masturbado pensando en ella durante años. Tenía cientos de chicas desesperadas tratando de meterse en mi cama, y las envié a todas al infierno porque quería que fuera Emmerson la primera y la única en mi vida.

–Eso no es asunto tuyo, Estoico.

Respuesta incorrecta. Ese coño definitivamente era asunto mío. Di otro paso y ella retrocedió de nuevo.

–Es una pregunta de sí o no, Emmerson. –Lo estaba perdiendo. No podía controlar a dónde me llevaba la mente.

«Manténlo bajo control, no pierdas la cabeza, Estoico. Joder, no la pierdas».

Otro paso.

–¿Y si no lo soy? –Mis ojos se agrandaron. Ella no lo haría. Estaba a un centímetro de perder el control. Olvidé lo que Emmerson era capaz de hacerme. Nadie más podía hacerme hervir la sangre como ella.

–No bromees, Emmerson. Responde. –Le estaba dando una última oportunidad para rectificar esto. Otro paso y chocó contra el árbol detrás de ella. Me negué a pensar que alguien más ya había tenido su cuerpo. Eso no pudo haber sucedido.

−No tengo que decirte una mierda, Estoico.

«¡Demonios! ¡Eso fue todo!».

Di otro paso y mi cuerpo estaba tan cerca de ella que podía sentirla temblar. La miré, puse mi mano sobre su coño, rozando mi pulgar sobre su montículo.

−Dímelo ahora, Emmerson, o te bajaré estos lindos pantalones, abriré tus piernas y lo comprobaré yo mismo. −Que no pensara ni por un segundo que estaba bromeando. Si actuaba como una mocosa una vez más, lo haría.

Ella estaba congelada en su lugar. Sus ojos se abrieron al igual que su boca. Su rostro se sonrojó y lo supe. Si no hubiera sido virgen, no habría reaccionado de esta manera.

−Yo... Yo... Lo soy. −Parecía asustada. Debería retroceder, pero en cambio, seguí rozando mis dedos sobre ella. Ya sabía la respuesta a mi pregunta, pero ahora, ahora me estaba dando hambre de ella. Yo la deseaba. La deseaba desesperadamente.

Iba a parar. Tenía que hacerlo. Solo quería molestarla un poco.

−¿Tú qué, Emmy? Usa tus palabras. −Acerqué mi cara a su cuello y aspiré su olor adictivo. Estaba tan nerviosa que su cuerpo se estremecía levemente. No pensé que ella ni siquiera se hubiera dado cuenta.

−Todavía soy virgen −dijo rápido y en voz alta, presionándose aún más contra el árbol. Asentí con la cabeza y mis manos se movieron lentamente por su cuerpo. Tenía que parar. Debería detenerme, joder, pero no pude. Moví el dorso de mis dedos suavemente, arrastrándolos sobre sus deliciosos senos hasta que llegué a su cuello y mandíbula.

Respiraba con dificultad y estaba más sonrojada que antes. Joder, ella debe estar mojándose con esto. Yo estaba duro como una roca. Ella se veía tan inocente en este momento.

−¿Has dejado que alguien toque tu cuerpo?

«¿A quién engañaba?».

Yo la deseaba. Quería desnudarla, acostarla en el suelo y tomarla. Justo en este terreno.

−No −dijo en voz baja. Mi polla se movió en mis pantalones. Sentí una gota de líquido preseminal goteando por la punta.

−Buena chica. −Ella estaba mintiendo. Ella estaba siendo una mocosa para molestarme. Nunca antes había estado tan cerca de un hombre.

Joder, me engañó con eso.

Mis manos se movieron hacia abajo de nuevo, pero esta vez en lugar de rozar con mis dedos, dejé que toda mi palma la acariciara. Quería tocarla, pero me contuve. Cuando pasé mi mano sobre su teta, agregué solo un poco de presión, y ella dejó escapar un pequeño gemido ahogado. Joder, debe estar tan mojada. Quería abrir sus labios y comerme su dulce coño.

–Habría odiado si alguien te hubiera tocado. –Estaba demasiado ido. Mi mano se movió más abajo por su cuerpo, la moví detrás de ella y agarré su trasero. ¡Mierda! Su culo estaba tan jodidamente firme y tierno. Podría tener mi mano llena. Quería abrir esas nalgas y frotar mi polla entre ellas.

–Nadie más puede tener este cuerpo. –Eso fue casi un susurro. Mi voz estaba llena de deseo. No estaba pensando, solo estaba reaccionando. Bajé mi mano y la serpenteé entre sus suaves muslos, moviéndola hacia arriba y metiendo mis dedos bajo el dobladillo de sus pantalones. Se estremeció y se tapó la boca con sorpresa. Deseaba ese coño. Quería ese pastel de cereza con tantas ganas.

–¿Has sido una buena chica, Emmerson? ¿Mmm? –Mis labios estaban tan cerca de su cuello que podía sentir su piel cuando los movía. Moví mi mano increíblemente lento por su pierna. Le estaba dando tiempo para detener esto. Si ella no quería esto, sería mejor que hablara rápido. Tenía que dejarlo claro y ella necesitaba saber lo que yo quería, lo que buscaba.

–¿Te has tocado, pequeña? –Mi mano se deslizaba más arriba por su pierna. Puse mi otra mano en el árbol y la encerré.

«Joder, dime que me detenga, Emmerson».

Ella todavía estaba callada. Necesitaba que ella dijera algo.

–¿Has jugado con este pequeño coño apretado? –Mi voz estaba llena de deseo.

«Di algo, Emmy, o jugaré con él ahora».

–No –dijo con la voz llena de lujuria. Me estaba volviendo loco. Joder, quería esto. Mi manos alcanzó su ropa interior húmeda y la rocé suavemente con el dorso de mis dedos. Estaba empapada.

–¿Te estás mojando, Emmy? –Mi voz bajó aún más de alguna manera. Sabía la respuesta a esa pregunta, pero quería que ella me lo dijera, que me pidiera que la tocara.

–Yo… yo… –Ella estaba demasiado nerviosa. Joder, no podía soportarlo más. Saqué mi mano de debajo de sus pantalones y la puse en su cintura sobre su cremallera. Abrí la cremallera y deslicé mi mano dentro de sus pantalones y ropa interior, moviéndome lentamente hacia abajo. Puso su mano sobre la mía mientras la acariciaba. Ella no hizo nada más, así que seguí bajando.

Sus ojos estaban fijos en mi mano, su respiración entrecortada. Estaba consumido por este hambre, este deseo de sentirla. Emmy era todo lo que siempre había deseado. Mi mano alcanzó su montículo. Joder, estaba afeitada. Su coño estaba limpio y suave. Suavemente pasé mi dedo medio e índice sobre ella. Deslicé mi dedo medio justo sobre su raja y mi índice sobre sus labios aterciopelados. Los seguí moviendo lentamente de arriba a abajo.

Una vez que sentí su humedad, mi polla goteó más líquido preseminal. Iba a tener una maldita mancha en mis pantalones. Sabía que mi dedo debía haber estado justo en su entrada. Puse un poco de presión y deslicé mi dedo medio dentro de sus labios. Me tomó unos segundos sentir su entrada apretada, y luego lo moví lentamente hacia arriba, buscando su clítoris.

Me apretó las manos con fuerza, pero no me detuvo. Ella estaba empapada. Estaba tan resbaladiza. Su coño era cálido y suave. Todo lo que podía pensar era frotar mi punta en él.

–Joder, Emmerson, estás tan jodidamente mojada. –Un gemido escapó de mi boca y presioné mis caderas contra su cuerpo. Quería follarla como un maldito perro. Emmerson volvió a apretar mi mano pero no dijo nada.

Lo encontré, su pequeño clítoris. Recordé todas las cosas que Kenzo me dijo y comencé a frotar suavemente pequeños círculos a su alrededor.

–¡Aahh! –ella gimió. Joder, gimió. Su cabeza cayó hacia atrás y vi placer en su rostro.

«Sí, cariño, déjame hacerte sentir tan bien».

Seguí frotando círculos y ella se aferró a mis manos como si su vida dependiera de ello. Puse mis ojos fijos en ella, viéndola derretirse en mis manos.

–¡Aah! ¡Aah! ¡Aaahh! –Emmerson gimió suavemente, sus labios temblando. La estaba haciendo correrse. Estaba haciendo que Emmy se corriera en mis manos. Necesitaba parar. Si la veía correrse, no lo pensaría mucho y la tomaría. Tenía que detenerlo.

Dejé de frotar su delicada perla y deslicé mis dedos hacia arriba y abajo de su montículo, mojándolos con sus jugos. Le di una suave palmadita en su coño que la hizo saltar, y luego reuní todas mis fuerzas para sacar mi mano.

Sus ojos, llenos de deseo, vieron cómo me metía dos dedos en la boca y saboreaba sus jugos.

–Mmm –dije. Sabía tan jodidamente rica. Mis ojos llenos de lujuria se fijaron en los de ella. Ella se sonrojó de nuevo. Le subí la cremallera de los pantalones, la aparté del árbol y le sacudí el polvo de la ropa.

Dando unos pasos hacia atrás, dije:

–Las chicas de tu edad no deberían caminar con la ropa interior empapada, Emmerson. Vamos a casa. Tienes que limpiarte y cambiarte. Todo el mundo está esperando.

Sin siquiera darme cuenta, había comenzado a frotar mi pene duro dentro de mis pantalones. Estaba tan duro que casi me dolía. Necesitaba aliviarlo. Iba a tener que masturbarme mucho esta vez. Ella me vio, y le tomó un segundo darse cuenta exactamente de lo que estaba haciendo. Su rostro hizo una expresión de sorpresa cuando vio lo bajo que colgaba mi polla en mis pantalones.

Aunque estaba disfrutando de lo caliente que se estaba poniendo Emmerson, no podía dejarla. Joder, no pude. Me di la vuelta ya que no podía dejar que me mirara la polla. Iba a hacer que quisiera sacarla, y una vez fuera, no me detendría hasta que estuviera dentro de ella.

–Muévete, Emmerson –le dije, dándole la espalda. Comencé a alejarme y ella me siguió en silencio.

Necesitaba alejarme de ella. Eso no podría volver a suceder. Por su propio bien.

VEINTICINCO

ESTOICO

Estoico 22 años
Emmerson 16 años

Desde que sentí su coño mojado en mis manos hace unos cuatro meses, me había estado masturbando constantemente. No podía estar en la misma habitación con ella sin ponerme duro. Sabía exactamente cómo se sentía ese coño en mis manos, lo mojada que podía llegar a estar y exactamente cómo le gustaba que la acariciaran.

La estaba evitando. A veces la miraba desde lejos, pero tenía miedo de acercarme demasiado, incluso más, estar a solas con ella. Cuando estuve junto a ella, actué como si nada hubiera pasado. Mi rostro podría haber estado tranquilo, pero mi corazón siempre latía rápido como si estuviera a punto de saltar fuera de mi pecho.

Me mantuve ocupado. Mi padre había reservado los materiales para nuestra casa y comencé a trabajar de inmediato. Cualquiera que quisiera construir su propia casa tenía derecho a una cierta cantidad de materiales para construirla. Era suficiente como para construir una casa de dos habitaciones. El único requisito era servir a la comunidad, lo que ya hice, por más tiempo del que lo hacía la mayoría de las personas. Y ni siquiera había terminado de servir. Como serví por más tiempo y Emmerson quería cuatro dormitorios y medio, obtuve más materiales que la mayoría de las personas. Tuve que trabajar por algunos materiales adicionales y cosas únicas que ella pidió, como las jodidas paredes de vidrio que quería. Hice una pared de vidrio en nuestro dormitorio y otra en la media habitación que estaba planeando usar para su espacio de trabajo.

Durante los primeros dos meses, papá, Kenzo y Andreas me ayudaron a hacer el trabajo pesado y construir la estructura de la casa. Terminamos un poco de plomería, toda la electricidad, paredes, techos y el sistema de calefacción, así como también colocamos ventanas, puertas y revestimientos. Una vez que se hicieron las cosas más grandes, pasé la mayor parte del tiempo en casa terminando las cosas que podía hacer yo solo, como los pisos, los azulejos, más plomería, gabinetes que construí yo mismo, luces, pintura, etc.

La casa iba muy bien. A este paso, la tendría lista antes de regresar al norte, lo cual era bueno porque si no regresaba, al menos Emmerson podría vivir en la casa que le construí. Si volvía, me casaría con ella y nos mudaríamos de inmediato.

Emmerson tuvo una presentación de baile. Sabía que le gustaba bailar, pero nunca tuve la oportunidad de verla. No sabía lo que esperaba, pero lo que ella bailó ese día definitivamente no era nada parecido a lo que yo hubiera podido imaginar.

Ella estaba emocionada y nos invitó a todos. El lugar estaba lleno de gente, así que decidí quedarme en un rincón, apoyado en una columna con Kenzo a mi lado. Cuando empezó a bailar, yo me mantuve optimista. Salió con un atuendo ajustado, luciendo como una completa y absoluta reina. Mi reina.

Comenzó el baile y la música era contagiosa. Sus movimientos estaban muy bien coordinados. Emmy era talentosa. Sus ojos encontraron los míos entre la multitud y, por un momento, sentí que estaba bailando solo para mí. Sus caderas se movían perfectamente al ritmo. Todo lo que quería era que ella presionara ese trasero con fuerza contra mí y moviera sus caderas de esa manera. Sus movimientos me estaban formando una jodida erección más dura de lo normal.

Estaba disfrutando del baile hasta que empezaron a girar sensualmente sus caderas. Entonces la multitud se alborotó. Mi sonrisa decayó. Los chicos de alrededor de todo el jodido salón comenzaron a silbar y gritar cumplidos. Algunos incluso gritaron el nombre de Emmerson. Decían cosas como, "Emmy, eres mía", "me estás matando" y "quiero algo de eso".

«No me jodas».

Emmerson no se había equivocado. Si quisiera asesinarlos, tendría que eliminar a la mitad del maldito pueblo. Era demasiado hermosa y su cuerpo se movía de manera muy sensual. Era perfecta.

Estaba más que cabreado, ya estaba pensando en formas de matarlos y hacer que pareciera un accidente cuando los ojos de Emmerson se desviaron hacia los míos una vez más. Sí, estaba enojado, pero justo enfrente de mí estaba la mujer de mis sueños rodando sensualmente sus caderas mientras me miraba directamente a los ojos. Joder, la deseaba. Quería tenerla. Quería hacer que se corriera duro y gritara mi nombre en voz alta, para que todos esos hijos de puta supieran a quién diablos pertenecía.

Se puso nerviosa y perdió el paso. Rápidamente recuperó el ritmo, pero yo ya lo había visto. Ella me deseaba tanto como yo la deseaba. Empecé a pensar que tal vez debería hacer algo con ella, pero definitivamente no penetrarla. Necesitaba tenerla temblando en mis manos. Hacerle saber que era mía.

Me quedé allí, comiéndomela con los ojos. Froté encubiertamente mi polla dura sobre mis pantalones. Todos los ojos estaban puestos en ella, por lo que nadie se dio cuenta. Nadie más que Kenzo.

–Hombre, ¿en serio? –Kenzo dijo y me detuve.

–Fallo mío. –Traté de acomodarlo en mis pantalones, pero no, era demasiado difícil ocultarlo.

–Toma. –Me tiró su bolso–. Ayúdame con eso –dijo en voz alta para que nuestros amigos pudieran oírlo.

Nos reímos de nuestra broma interna y puse la bolsa frente a mí, cubriéndome.

«Joder, ¿qué me pasa?».

El baile terminó y Emmerson salió corriendo del escenario. Traté de seguirla con la mirada, pero desapareció.

–¡Oye! Vamos a bajar al río. Deberías venir –dijo Kenzo, señalando a nuestros viejos amigos.

–Sí, OK. –Necesitaba una distracción.

–¡Estupendo! –Escuché a esa morena decir, demasiado emocionada. Se mordió el labio y se acercó a mí. ¡Perfecto! Otra chica cachonda persiguiéndome. Desde que volví, todas se habían arremolinado a mi alrededor como moscas. Cada vez que salía con Kenzo, pasaba lo mismo.

–Tal vez tú y yo podamos ponernos al día –dijo.

«No, gracias».

Kenzo me dio esa mirada. La que decía: "No está nada mal. Tómala, es gratis." Negué con la cabeza. No le dije nada. Me di la vuelta y salí.

Kenzo me siguió y nos dirigimos al río. Había unos siete chicos y diez chicas, incluida Ava. Ava y Kenzo habían comenzado a salir de nuevo. Dijo que no era nada serio. Yo sabía que era solo cuestión de tiempo antes de que Kenzo la cagara.

Tan pronto como llegamos al río, todos se quitaron la ropa y se metieron al río en ropa interior. Kenzo y yo nos quitamos la camisa pero mantuvimos los pantalones puestos. No necesitaba darles ninguna idea a estas chicas, y Kenzo ya tenía un coño en mente para la noche.

—¡Ven, te reto a que me ganes! —Kenzo saltó y lo seguí. El agua estaba fría, pero no nos importó. Hacía mucho más frío en el norte.

—¿Hasta dónde? —pregunté.

—¡Allí! —Señaló la roca más alejada del otro lado.

—OK.

—En sus marcas, listos... —dijo, y el hijo de puta se fue. Debería haberlo sabido mejor que confiar en Kenzo.

Traté de alcanzarlo, pero al igual que Emmerson, parecía como si hubiera nacido en el agua.

Kenzo llegó primero a la roca y se sentó en ella.

—Vamos, abuela. Quiero hablar contigo.

—Me engañaste.

—Supéralo, idiota. Vente. —Me senté a su lado, tirando de mi cabello suelto hacia atrás.

—Dime. ¿Pasó algo? —él pregunto. Qué pasó y cuándo eran las preguntas más apropiadas.

—¿De qué estás hablando? —Tal vez si me hacía el tonto, lo dejaría.

—No soy ciego. Vi la forma en que Emmy te miraba mientras bailaba y la forma en que la mirabas. Sin mencionar que después de tres años de hablar de ella sin parar, ahora la estás evitando y le estás dando la espalda. Así que, empieza a hablar.

—¡Ah, me cago en la mierda! —dije y aparté la mirada.

—Maldita sea, Estoico.

—Créeme, no quieres oírlo.

«Confía en mí esta vez».

—Estoico, sí, soy su hermano, pero también soy tu mejor amigo. Y ahora mismo me necesitas. Somos más que amigos. Somos hermanos y nos guardamos las espaldas todo el tiempo. No hay nadie en quien confíe más que en ti, y sé que no hay nadie en quien confíes más que en mí. Joder, dime porque sé que te está comiendo.

«¡Ah, joder! Él estaba en lo correcto».

–Yo la acaricié. –Silencio. Las cejas de Kenzo se fruncieron.

«Hasta aquí llegó nuestra amistad».

–Más bien, la toqué ahí... –Kenzo se quedó en silencio.

«Bueno... ese comentario no lo hizo mejor».

–Ni siquiera una hora después de llegar aquí, y tenía mis manos dentro de sus bragas. –Yo estaba avergonzado.

–¿Y? –Kenzo dijo.

–Y... –No sabía a dónde iba con esto.

–¿Le gustó o la cagaste?

«¿Hablaba en serio?».

–No sé. Lo comencé y lo terminé. No duró mucho. Tenía miedo de perder el control.

–¿Perder el control? ¿Perder tu paciencia y tener sexo con ella?

–Sí.

–Y eso es malo porque...

–Joder, Kenzo, sabes cómo me siento. Ella todavía es muy jóven.

–Estoico, nadie espera que te comportes como un santo con ella. Ni mi familia, ni la tuya, y con la forma en que te mira, ni siquiera ella misma. Todos sabemos que la amas y la has esperado, y que harías cualquier cosa por ella. Le construiste una maldita casa, amigo. Cálmate. –No sabía. Negué con la cabeza y me quedé en silencio. –¿Le gustó?

–Yo... Yo creo que sí. Ella comenzó a gemir... Kenzo, no quiero decirte estas cosas.

–Entonces, ¿me estás diciendo que tenías a la chica de tus sueños gimiendo en tus manos y la dejaste? –Arqueó una ceja y me miró con incredulidad. Le devolví la mirada y se echó a reír a carcajadas.

–¡Joder, Estoico, eres un idiota! –Se agarró el estómago y se inclinó para reír más. Su risa hizo eco. ¡Malparido! ¿Y llamó a esto ayuda? Fruncí el ceño y apreté los puños. Estaba a punto de darle un puñetazo a este cabrón.

–Entonces, me estás diciendo que la calentaste y la dejaste con las ganas. ¡Dios, debe estar jodidamente cachonda! –Siguió riendo. No lo había pensado así.

«¿De verdad la dejé cachonda? ¡Ah, no me jodas!».

Siempre arruinaba las cosas. Sin embargo, fue más que eso.

–Ella no estaba hablando.

–¿Qué quieres decir? –Empezó a calmar su risa.

–Hice insinuaciones y ella no dijo nada. ¿Y si ella no lo quería?

–¿De verdad? Si no lo detuvo, le gustó, ¿de acuerdo? Estaba demasiado nerviosa para decirlo, pero créeme, lo quería. –Puede que tenga razón.

–La próxima vez, no la dejes con hambre y termina el trabajo, ¿de acuerdo? Si está nerviosa y no dice nada, sigue adelante. A veces, cuando no tienen experiencia como Emmy, incluso pueden ponerse tímidas y dar un poco de resistencia, pero créeme, lo quieren. Si ella te pide que te vayas a la mierda, entonces te detienes. –Kenzo tenía más experiencia, así que tal vez tenía razón. Recordé cómo Emmerson tomó mi mano. Qué nerviosa y tímida estaba.

«Joder, era un idiota».

–Las chicas son demasiado complicadas. –¿Cómo se suponía que iba a saber lo que ella quería o no quería si no estaba hablando?

–Para eso me tienes. –Me guiñó un ojo. Cretino.

–¿Una carrera de regreso? –preguntó, y asentí con la cabeza.

–En sus marcas.... –Comenzó, y yo salté y lo dejé atrás. No volví a caer en su trampa. Pero incluso saltando primero, Kenzo todavía ganó.

Nadamos y hablamos con amigos durante un buen rato. Me tomé un descanso y me senté en una roca, con ganas de estar solo. Esas chicas me estaban coqueteando mucho todo el tiempo y yo estaba incómodo. Contemplé la vista. Solo tenía dos meses más y no quería irme.

Kenzo se sentó a mi lado.

–Amigo, voy a llevar a Ava al otro lado. Cúbreme el culo, ¿de acuerdo?

Me reí.

–Hermano, te vas a meter en problemas.

–¿Para qué sirve tener un cañón gigante si no lo voy disparar? –Nos reímos. Él era un idiota.

–Vas a cavar tu propia tumba con esa polla –negué con la cabeza.

–¡Nah! Lo único que voy a cavar ahora es ese coño. –Señaló a Ava.

«Maldito idiota».

Nos reímos un poco más y luego escuchamos la voz de Emmerson.

–¡Kenzo!

–No vuelvas a cagarla –me dijo antes de palmear mi espalda. Se puso de pie y comenzó a caminar hacia ella. ¿Cómo puedo arreglar esto? ¿Debería tocarla de nuevo? ¿Debería intentar llegar más lejos con ella? No, eso no. Al menos debería hacerla venir, le debía un orgasmo. Definitivamente debería tener una conversación con ella. Joder, yo era un hombre de 22 años. Estaba actuando como un niño. Necesitaba crecer un par de pelotas sólidas y hacer lo que tenía que hacer.

–Hola... –Escuché a Emmy decir en voz baja, pero seguí mirando a lo lejos. Iba a ser honesto. Emmy me ponía nervioso, pero tenía que tratar de ser más directo con ella.

–Te veías hermosa bailando. Como una diosa. ¿Te divertiste? –Le pregunté, pero todavía no estaba mirando en su dirección.

–Sí, me divertí. ¿Te gustó? –¿El baile? ¡Me encantó! La puta multitud de erecciones palpitantes, no tanto.

Asentí con la cabeza. No era culpa suya. Le gustaba bailar y eso la hacía feliz. No le iba a pedir que dejara de hacer algo que la hacía tan feliz. Si tenía algún problema con eso, lo solucionaría yo mismo. Sería mejor que cambiara de tema.

–¿Madera oscura o madera clara? –Tan pronto como terminara de colocar los pisos, tendría que teñirlos.

–Oscura, pues, ¿por qué no? –ella se rió, y yo la miré y también me reí. Los pisos de madera oscura se verían realmente bien. Tendría que ir a buscar esa tinta más tarde.

Vimos a Kenzo cruzando el río nadando con Ava y desapareciendo en el bosque poco después. Negué con la cabeza. No tenía una puta vergüenza.

–Estos son geniales. –Señaló los nudos celtas envueltos en un hacha que tenía en mi brazo derecho.

Lo miré y dije:

–Una herramienta para construir o un arma para destruir.

Me incliné hacia adelante apoyando mi peso en mi codo sobre mis muslos. Abrí las manos y las miré antes de cerrarlas y dejarlas colgar. Emmerson no tenía idea de lo que habían hecho esas manos o de lo que seguirían haciendo. Bueno y malo por igual. Ella no podía entender completamente lo que significaba para mí. Las cosas que había construido y las vidas que había quitado.

–¡Oh! ¿Qué hay de este? –Señaló el triple cuerno de Odin en mi hombro izquierdo.

–El triple cuerno de Odin. –Debo haberle contado esa historia unas cien veces. Puede que no lo recuerde, ya que todavía era muy pequeña.

–¡Oh, recuerdo ese! Sabiduría, ¿verdad? –¡Me lleva el diablo! Ella lo recordó.

–Sí.

«Busca siempre sabiduría, Emmy».

–¿Y esto? Creo que he visto esto en otro lado. –Señaló al "*Góðr*" sobre mi corazón y bajo el ala de uno de mis cuervos. Por supuesto que lo has visto. Ustedes lo escribieron en mi cuchillo.

–*Góðr*, significa valiente –palmeé mi pecho dos veces–. Justo encima de mi corazón, donde pertenece.

Vamos, Emmerson, este es fácil. Era el significado de tu nombre, sobre mi corazón... No era una ciencia.

–¿Corazón valiente? Me gusta. Va bien contigo. –Ella me dio una sonrisa tímida y yo hice una palmada mental. ¡No me jodas! ¿Necesitaba explicárselo con un pequeño dibujo y un baile para que ella lo entendiera?

Levanté la mano izquierda para peinarme hacia atrás y ella me detuvo.

–¿Qué dice eso? –Tiró de mi brazo hacia ella y leyó las palabras.

–¿Bosques valientes? –ella preguntó. Este era super obvio. No podía creerla. Mis ojos estaban fijos en los de ella, sin saber cómo podía seguir sin entender nada.

Sus manos sostuvieron mi brazo y uno de sus suaves dedos recorrió su nombre. Amé la forma en que su toque se sintió en mi piel. Fue tan gentil. Estaba sin palabras. Solo tenerla tan cerca acariciando mi brazo fue suficiente para hacer que mi corazón quisiera detenerse. Solo le asentí con la cabeza como respuesta.

Incliné un poco la cabeza y un rizo cayó sobre mi rostro. Tenía que volver a atarme el pelo. Estaba a punto de mover mis manos a mi cabello cuando ella me detuvo.

–¡Déjame hacerlo! –dijo, moviéndose detrás de mí–. Me peinaste mil veces, así que ahora es mi turno.

¿Cómo podría objetar a eso? Disfrutaría de tenerla cerca de mí, tocándome, incluso si solo fuera mi cabello.

Emmerson deshizo mi moño desordenado y comenzó a pasar sus dedos por mi cabello. Sus manos recogieron gentilmente todos mis rizos en ellas. Sentí sus dedos rozar mi cuero cabelludo. Usó sus dedos para desenredarlo. Ella tardó mucho más de lo necesario, pero yo estaba bien con eso. Emmy solo me estaba sintiendo. Me retorció el pelo y lo ató con la banda.

–¡Hecho! –dijo alegremente.

Esperaba que volviera y se sentara a mi lado, pero me sorprendió. Emmerson me abrazó por detrás. Su rostro estaba piel con piel con el mío, y sus brazos estaban envueltos alrededor de mis hombros. Se apoyó en mí con el pecho presionado contra mi espalda.

A diferencia de todas las otras veces, esto no se sintió sexual. Se sintió dulce, reconfortante y tranquilo. Como debería ser. Mi mano fue a sus brazos, rozando suavemente mi pulgar sobre ellos. La vista me hizo pensar en esta vieja canción, "Misty Mountains", que solía cantarle a Emmerson cuando era pequeña y no podía dormir. Sin darme cuenta, comencé a murmurar suavemente con mi voz de barítono. Mi corazón se llenó de emoción sabiendo que en dos meses tendría que regresar al infierno y arriesgar mi vida, para poder volver a esto: la paz en los cálidos brazos de Emmerson. Si pudiera volver a esto, todo habría valido la pena. Nos quedamos así la mayor parte del tiempo, sintiéndonos el uno al otro, contemplando el paisaje justo frente a nosotros. Las chicas en el agua estaban echando humo. Me alegré. Ahora sabían con certeza a quién pertenecía.

Regresé a la casa de mis padres y me acosté en mi cama esa noche, pensando en todos los hermosos momentos que quería crear para Emmerson. Quería que su vida fuera feliz y llena de alegría. Trabajaría mucho para asegurarme de eso.

VEINTISEIS

ESTOICO

Estoico 22 años
Emmerson 16 años

A la mañana siguiente, me desperté gritando. Tuve otro puto recuerdo de batalla. Se estaban volviendo cada vez más recurrentes. A veces también los tenía cuando estaba despierto. Mamá corrió a la habitación y me abrazó. Me alegré de que no dijera ni preguntara nada al respecto. No quería hablar de eso.

Desayuné con ella, me di una ducha y luego fui a la casa de Emmy. Kenzo vendría conmigo a mi casa y me ayudaría a terminar el porche. Ir a la casa de los Silva era como caminar en mi propia casa.

Entré sin llamar.

—¡Estoico! Buenos días. ¿Ya desayunaste? —Imany siempre estaba tratando de alimentarme.

—Sí, con mi madre.

—¡Bien! Kenzo aún no ha terminado con el desayuno. Está en el comedor.

—OK. —Estaba a punto de ir camino al comedor cuando Imany me detuvo.

—¡Estoico!

—¿Sí?

—¿Podrías despertar a Emmy? Ya es tarde y aún no ha desayunado. —Sonreí. «Dormilona. ¿Debería entrar callado y asustarla?».

–Sí –le respondí a Imany y caminé hasta la habitación de Emmerson.

En silencio abrí la habitación de Emmerson, pero no estaba listo para lo que vi.

Emmerson estaba debajo de su manta, claramente con las piernas abiertas, con una mano entre ellas. Se estaba tocando a sí misma.

«¡Santo infierno de mierda!»

–¡Ah! ¡Ah! ¡Ah! –Ella estaba gimiendo suavemente, sus dedos se movían rápidamente. ¡Joder! Kenzo tenía razón. La dejé cachonda. Eso estaba a punto de cambiar.

–Emmerson –dije en voz baja, y ella saltó y se descubrió la cara.

Emmy se sonrojó, completamente avergonzada. Acababa de entrar en la habitación de la chica con la que había estado fantaseando durante toda mi vida mientras ella se complacía a sí misma. Ella no debería tener que hacer eso. Ese era mi trabajo. Darle placer a ese pequeño coño apretado era mi trabajo.

Entré en su habitación y cerré la puerta detrás de mí. Tenía que ser rápido y silencioso si no quería que su familia supiera lo que estaba a punto de hacerle a esa raja húmeda.

–Estoico... –Ella estaba enloqueciendo.

«Tan linda».

–¿Qué estabas haciendo, Emmerson? –dije en voz baja.

–Nada –dijo, agarrándose más fuerte a la manta.

Me acerqué y me senté a su lado. Mi polla se estaba poniendo dura dentro de mis pantalones.

–¿Nada? –Yo pregunté. Quería burlarme de ella. Mirarla ponerse nerviosa y perder el control.

–¡Sí, nada! –respondió ella, tratando de fingir que todo estaba bien pero fallando.

Retiré su manta y la vi. Apenas llevaba nada. Su irresistible cuerpo estaba expuesto a mí. Sus pezones se endurecieron dentro de la puta camisa transparente que llevaba. Estaba sin pantalones y tenía una gran mancha húmeda en medio de su ropa interior. Debe de haber estado mojándose toda la puta noche.

–Ya veo –dije, mis ojos fijos justo entre sus tonificadas piernas. Ah, joder, quería abrirle las piernas y comerle el coño como un maldito salvaje. Me mordí el labio ante ese pensamiento y la vi sonrojarse aún más.

Le puse una mano en la rodilla y comencé a subirla lentamente por su pierna.

–¿Ya te hiciste venir? –Se veía jodidamente mojada. Realmente no importaba. Intentaría hacerla venirse de nuevo.

–No... Yo... –dijo tímidamente y ocultó su rostro con las manos. Ella estaba tan avergonzada. Si tan solo supiera las cosas que su sedoso sexo estaba haciendo con mi mente.

–¿Sabes cómo hacerte venir, Emmy? –Se sorprendió al escuchar eso, pero no respondió. Regresamos a esto. Iba a seguir el consejo de Kenzo. Seguí moviendo mi mano lentamente por su pierna.

–¿Quieres que te frote este coño mojado hasta que te corras, pequeña? –Esa pregunta fue directa. Ella jadeó pero no me respondió. Ella no me estaba deteniendo, joder. Así que no me detuve. Sin embargo, quería que ella me lo dijera. Quería estar seguro de que esto era lo que ella quería. Mi mano estaba ahora en la mitad de su muslo.

–Dime, Emmerson, usa tus palabras. –Mis ojos estaban en los de ella, esperando una respuesta, pero ella se quedó callada.

Después de un largo silencio, mis manos alcanzaron su humedad. No iba a parar. Iba a asumir que ella quería esto.

«Maldita sea, yo quería esto».

Tiré de su pierna hacia mí, abriéndola, así podría tener un mejor acceso a su centro mojado. Acaricié el interior de los muslos y la toqué por encima de sus bragas empapadas.

–Estás tan jodidamente mojada. Eres una pequeña sinvergüenza, ¿no?

Le di una suave palmada sobre su sensible coño que la hizo saltar. Dios, quería darle así con mi carne caliente y pesada. Quería frotar mi líquido preseminal por toda esa bonita hendidura. Separar sus labios con mi cabeza y frotarme en su humedad.

Con una mano le sostuve la pierna y, con la otra, froté círculos sobre su ropa interior. Su clítoris estaba tan duro que podía verlo perfectamente a través de la tela húmeda. Lo pellizqué suavemente entre mis dedos, sacando otro jadeo de ella. Emmy estaba tan jodidamente excitada en ese momento.

Se mordió el labio y observó cómo mis dedos se movían sobre ella. Era hora de dejar de jugar. Deslicé mis dedos dentro de su ropa interior. Inmediatamente encontré su sensible y húmedo brote, y lo froté con un dedo.

Su mano fue a la mía, pero la aparté mientras negaba con la cabeza. Ella quería esto. Estaba empapada y temblando. Debió haber estado pensando en esto toda la puta noche. No había forma de que pudiera detenerlo hasta que ella se viniera en mis manos.

–Abre más las piernas para mí. –Mi voz seguía siendo baja, casi un susurro. Ella hizo lo que le pedí. Apoyé dos dedos sobre su botón rosa y comencé a moverlos cada vez más rápido sobre ella. Sus jugos la hicieron estar resbaladiza, su coño estaba suave y cálido. Quería meter un dedo en ese estrecho agujero, pero todavía no quería romper nada dentro de ella. Eso era para que mi dura polla la destruyera. Golpear con fuerza dentro de ella y marcar su cuerpo con el mío.

Pude ver el placer en su rostro. A ella le encantaba esto. Estaba inmersa en esta sensación que le estaban transmitiendo mis dedos. Mientras la frotaba, mi mano hizo unos sonidos eróticos y húmedos. Sus piernas empezaron a temblar y su respiración se entrecortó. Le estaba encantando. Sus ojos llenos de placer se perdieron en este sentimiento.

Estaba increíblemente duro. Mi polla se presionó dolorosamente contra mis pantalones, temblando con cada respiración irregular que Emmy tomaba. Mi pene rogaba que lo sacara de mis pantalones. Me dolía estar cerca de la cálida entrada de Emmerson y no poder enterrarme en ella.

–¿Te gusta eso, pequeña? –Le pregunté, mis ojos fijos en ese coño. Mirando mis dedos moviendo todos sus jugos. Viendo cómo nos hacía brillar a los dos con su espesa crema transparente. Ella no me respondió de nuevo.

–¡Aahhh! ¡Aahhh! –Emmerson gimió en voz alta, sin poder controlarlo. No podría dejarla hacer eso.

–Shh. –La callé y puse una mano sobre su boca para amortiguar sus sensuales gemidos. Joder, mi pene estaba goteando, y sabía que también debía tener una maldita mancha en mis pantalones.

Emmerson comenzó a perder el control de su cuerpo. Estaba tan cerca. Emmy estaba a punto de correrse fuerte, y era yo quien la estaba haciendo venirse. Todo mi cuerpo estaba excitado y tenía la piel de gallina, pero no detuve mis dedos. Ver a Emmerson correrse era tan jodidamente sensual.

Emmy comenzó a gemir más fuerte y sonaba más desesperada. Presioné mi mano alrededor de su boca con más fuerza para amortiguar sus gemidos. Sus caderas comenzaron a agitarse y sus piernas temblaron violentamente.

Emmerson estaba corriéndose. Mi pequeña se estaba deshaciendo en mis putas manos. Tan jodidamente hermosa. Sentí más semen goteando de mi punta, pero no pude detenerlo. Mi polla palpitaba con fuerza. Nunca antes había visto algo tan caliente y adictivo. Quería embestir mi verga dura dentro de ella y follarla hasta que quedara sin sentido. Hacer que esas tetas perfectas rebotaran con fuerza.

Los dedos de sus pies se curvaron, su espalda se arqueó y clavó sus uñas en mi brazo lo suficientemente fuerte como para hacerme sangrar. Todo su cuerpo se tensó y pude ver el placer esparciéndose por todo su cuerpo en forma de piel de gallina. Podía sentir su coño latir fuerte y rápido en mis manos. Sus ojos se pusieron en blanco y su boca se abrió en un grito silencioso. ¡Santo cielo, sí! ¡Sí, Emmerson!

«¡Oh, no! ¡Mierda! ¡Joder, no!».

Me estaba corriendo en mis pantalones.

«¡Santo cielo!».

Me vine en mis malditos pantalones.

«¡Maldita sea!».

El cuerpo de Emmerson comenzó a convulsionar con fuerza. Mis dedos aún se movían cuando escuché pasos que venían del pasillo.

–¿Emmy? –Escuché que Kenzo la llamaba. «Vete a la mierda, Kenzo. ¡No, ahora, no!»

La cubrí a ella y la mancha húmeda de mis pantalones rápidamente con su manta. Permanecí tranquilo sentado a su lado, actuando como si nada hubiera pasado, como si no hubiese acabado de correrme en mis pantalones después de hacer que Emmerson tuviera un orgasmo por primera vez.

Kenzo abrió la puerta sin llamar. Este hijo de puta llegó en el peor momento.

–Emmy, papá dijo que quiere que vayas con él al campo hoy –dijo Kenzo, y le lancé una mirada de "piérdete". No lo entendió.

Emmerson todavía estaba temblando por las secuelas de su orgasmo. Kenzo notó cómo todo su cuerpo temblaba.

–¿Emmy está bien? –preguntó, señalándola.

–Sí, tan solo tiene frío –le dije, pasando mi mano sobre su hombro arriba y abajo como si pudiera ayudarla a calentarse. Le di a Kenzo una mirada que decía "¿qué carajos? vete a la mierda ahora", y esta vez lo entendió. Él articuló un "¡oh!" y luego una sonrisa apareció en su estúpido rostro.

–No te preocupes. Me aseguraré de que llegue a tiempo. –Estaba tratando de mantener la calma. Señalé la puerta con la cabeza, él asintió y me dio un pulgar hacia arriba. ¡Oh, carajo! Me iba a quemar por esto más tarde.

Kenzo se fue y cerró la puerta detrás de él. Seguí frotando su hombro sobre la manta. Tratando de consolar su cuerpo tembloroso.

–Esa es mi chica. –Mi pulgar frotó su brazo– No quiero que te toques,

Emmy. Ese es un trabajo para tu esposo. –Quería ser yo quien le diera placer. Prender su cuerpo en fuego y verla convulsionar en un charco de sus propios jugos.

–Ve a darte una ducha, cariño. Andreas te está esperando. –Tomé uno de sus rizos en mi mano, sintiendo la suavidad entre mis dedos. Cada centímetro de ella era perfecto. Solté su cabello y le di la espalda, no queriendo que ella viera mis pantalones llenos de esperma.

Salí de su habitación y fui directamente a la de Kenzo.

–¿Qué hiciste...? ¡Qué carajos! –Kenzo se echó a reír como el puto idiota que era. Por supuesto, Kenzo estaba en su habitación.

–Ni siquiera lo digas. –Cerré la puerta detrás de mí y comencé a bajarme los pantalones.– Necesito cambiarme.

Kenzo se puso de pie, sacando calzoncillos y pantalones de sus cajones y tirándomelos. Me limpié todo lo que pude con mi ropa interior y la enrollé en una bola.

–Dame una bolsa o algo, me los voy a llevar. Los lavaré en casa.

«¡Qué jodida vergüenza!»

Kenzo buscó en sus armarios un bolso mientras yo me vestía.

–Toma. –Me lo arrojó.

–Gracias. –Mi cabeza colgaba agachada–. Yo... yo... ¡Joder! –Me palmeé la cara.

–No te preocupes, yo también me corrí en los pantalones cuando toqué un coño por primera vez. –Tomé una respiración profunda–. ¡Hace seis malditos años atrás! –Se echó a reír de nuevo y le tiré la bota. Hijo de puta.

Salí de su casa a toda prisa. Estaba demasiado avergonzado para quedarme más tiempo. La imagen del rostro de Emmerson mientras se corría, con los ojos en blanco y la boca abierta, se quedó grabada en mi mente permanentemente. Era todo en lo que podía pensar. No había manera en el infierno de que pudiera mantener mis manos alejadas de su coño ahora que sabía lo hermosa que se veía cuando se corría.

Tendría que tener una conversación con ella. Quizás pedirle que fuera mi novia. No estaba seguro, pero sentí que debería empezar algo con ella ahora. Cualquier cosa. Ya debía de ser obvio para ella que teníamos algo más que una amistad entre nosotros, y no quería que pensara que solo la estaba usando para divertirme. Necesitaba que ella supiera que hablaba en serio, que la quería.

Fui a la nueva casa con Kenzo y trabajamos la mayor parte del día. Kenzo no sabía si iba a construir o simplemente comprar una y mudarse. No tenía prisa.

Apuesto a que solo quería quedarse en la casa del tío, donde todo era fácil para él: su mamá cocinaba para él y él podía seguir jodiendo y dando lata. Si alguna vez decidiera construir su casa, yo estaría a su lado ayudándolo en cada paso del camino como él lo estuvo conmigo.

Esa noche volvimos juntos a su casa como solíamos hacer para cenar. Emmerson se veía deslumbrante. Me senté junto a mi chica y disfruté tranquilamente de la velada. Estaba planeando salir con ella después de la cena y tener una conversación sobre nosotros. Quizás al final de esta noche, estaríamos saliendo oficialmente.

Todo el mundo estaba bromeando y hablando cuando de repente sonó el teléfono. Todos dejamos de hablar y Kenzo fue a buscarlo.

–Hola, esta es la residencia Silva. –le oí decir.

–Sí, señor.

«¡Oh, no! ¡Oh, joder no!».

Todo mi cuerpo se tensó y me volví para mirarlo. Tuve un mal presentimiento sobre la llamada. Traté de buscar en sus ojos cualquier cosa que pudiera indicar que mis instintos estaban equivocados, pero nada.

–Sí, señor. Sí, él está aquí conmigo. –Kenzo me miró. ¡No!

–Sí, señor. Le informaré de inmediato. –Kenzo siguió asintiendo y yo me puse de pie y caminé hacia él. No puede ser. No ahora. Kenzo debió haber visto lo desesperados que se veían mis ojos.

Kenzo colgó el teléfono y nos miró a todos con tristeza.

–Tenemos que regresar. Tomaremos el primer tren de la mañana. Empaca. –me dijo y se dirigió a su habitación. ¡Mierda! Apreté el puño con fuerza y salí de la casa, restallando la puerta mosquitera al salir.

¡Mierda! La tristeza y la ira consumieron todo mi cuerpo. No estaba mentalmente preparado. Mis pasos fueron más rápidos. Necesitaba prepararme lo más rápido que pudiera. Solo me quedaban horas y quería pasar cada segundo posible en los brazos de Emmerson.

Entré a mi casa y corrí a mi habitación. Cogí la mochila de Emmerson y comencé a arrojar cosas en ella rápidamente. Dejé a un lado un atuendo para cambiarme y luego mi papá entró en la habitación.

–¿Qué está pasando? –preguntó con una mirada de preocupación en sus ojos.

–¡No lo sé! –grité. Yo estaba enojado. No debería haberle gritado. Seguí tirando cosas y mi padre se acercó, me tomó de las manos y me acercó para abrazarme.

–Está bien. –Me abrazó con fuerza y comencé a llorar.

–Mierda, papá, no estoy listo. No estoy listo. –Las lágrimas cayeron. No estaba listo para dejar a Emmerson de nuevo, para caminar con mis propios pies de regreso a la oscuridad de Niflheim.

Mi papá me dio unas palmadas en la espalda y lloró conmigo.

–Me haces sentir orgulloso, Estoico. Te amo. ¿Lo sabes bien, no? –Asentí con la cabeza, pero él no dijo nada más. Nos abrazamos durante unos minutos antes de que me dejara ir.

–Tengo que ir a buscar a tu mamá.

–Quiero estar con Emmerson.

–Lo sé. Vete a la ducha y traeré a tu mamá. Puedes decirle adiós y luego volver con Emmerson. –Se fue a toda prisa.

Yo lo hice. Una vez que mi mochila estuvo lista, me di una ducha rápida y me preparé para el largo viaje. Reuní todos los papeles y detalles que tenía de la casa y todas las cosas que planeaba hacer y las metí en una bolsa.

Mi papá entró de nuevo a mi habitación.

–Mamá está en camino.

–Papá. –Caminé hacia él y le di la bolsa.

–¿Qué es esto?

–Los documentos de nuestra casa. Todo está ahí: planes, permisos, todo. Sabes lo que queda por hacer. No es mucho. Prométeme que si no vuelvo, la terminarás, para que Emmy pueda vivir en ella –dije, señalando la bolsa. Todo mi arduo trabajo durante casi una década estaba en sus manos.

Sacudió la cabeza.

–¿De nuevo? ¡No! Hazlo tú mismo cuando regreses. –Estaba en negación. Me devolvió la bolsa.

–Papá.

–¡No, Estoico! Volverás. ¿Me estás escuchando? Harás todo lo que esté en tu poder para volver a nosotros. –Estaba llorando de nuevo–. Porque yo no puedo perderte.

Lo abracé una vez más.

–Papá, por favor. Necesito una promesa. ¡Por favor!

–No, Estoico. Tienes que volver.

–Lo haré, papá. –le di unas palmadas en la espalda–. Es por si no lo hago, pero no lo pienses, papá. Volveré.

–OK, entonces. Deja la maldita bolsa allí.

–¡Estoico! –Mi mamá entró.

–Ma. –Se apresuró a entrar y me dio un abrazo.

–Mantente a salvo, ¿me escuchas? No trates de ser un héroe, solo mantente a salvo.

–Sí, mamá. –La abracé fuerte. Su cabeza solo llegaba a la mitad de mi pecho. Ella había comenzado a verse tan pequeña.

–Mamá, cuida a Emmerson por mí.

–Lo haré, cariño, lo haré. Ella es una chica maravillosa. Emmerson estará bien. Ve y no te preocupes, está bien. Emmy estará a salvo con nosotros.

Asentí y besé su cabeza. Papá se unió al abrazo y nos quedamos abrazados en silencio durante unos cinco minutos más.

–¡Erik! –Ese era Andreas.

–Tengo que irme, mamá –le dije, dándole un último abrazo–. Necesito ir con Emmerson.

–OK. –Ella me vio salir de mi habitación.

Papá y yo salimos hacia donde estaba Andreas. Tan pronto como estuve cerca de él, me acercó para abrazarme.

–Mantente a salvo, Estoico. Mantente a salvo. –Me dio unas palmaditas. Él también tenía lágrimas en los ojos.

–¿Dónde está Kenzo? –Pensé que sabía la respuesta a mi propia pregunta.

–Maldita sea, desapareció. Quién sabe dónde.

Asentí.

–¿Puedo pasar la noche con Emmerson?

–Sí, seguro. Ve, vete, no te queda mucho tiempo. –Le di una sonrisa triste y me dio un suave empujón antes de irme. Entré a la casa de Emmy y vi a la tía Imany primero.

–Dormiré aquí esta noche. –Ella entendió lo que quería decir.

–Está bien, ven aquí. –Imany abrió los brazos y la abracé. Ella me besó la frente y me dio unas palmaditas en la espalda–. Ve, se hace tarde. Deberías descansar. –Señaló la habitación de Emmerson, y yo agarré mis cosas y fui allí.

Abrí la puerta, dejé mi bolso, me senté en la cama y me quité las botas. No podía creer que estuviera a punto de dejarla de nuevo. Justo cuando había decidido convertirla en mi novia. Había tantas emociones corriendo por mi mente en ese momento. Sentí que si comenzaba a hablar de ello, me entristecería y perdería el tiempo llorando, así que mejor no diría nada.

Me estaba agarrando la cabeza, sintiendo el peso de todo el estrés por el que estaba pasando aplastándome cuando Emmerson entró en su habitación.

–¿Estoico? –No había tiempo que perder. Todo lo que quería era tenerla en mis brazos todo el tiempo que pudiera.

–Ven. –Extendí mi brazo hacia ella y la jalé hacia mi. Acosté a Emmerson en la cama y la abracé. La acerqué aún más a mí y la rodeé con mis brazos.

–Vamos a dormir, Emmy. –Eso significaba que no quería hablar y ella lo entendió.

Nos quedamos allí en silencio durante mucho tiempo. Se dio la vuelta y me devolvió el abrazo, enterrando su rostro en mi pecho. Disfruté el suave latido de su corazón contra mi pecho, su suave piel y su dulce olor durante horas. Ninguno de los dos se quedó dormido. Simplemente disfrutamos del cálido abrazo que nos estábamos dando.

A veces, ella pasaba su dedo por mi cabello y, a veces, yo hacía lo mismo con el suyo. Suavemente acarició mis cejas como solía hacer cuando éramos pequeños y pensó que todavía estaba durmiendo, y yo le hice lo mismo. Nos miramos a los ojos y suavemente besé su frente.

Ese momento fue como nada de lo que habíamos tenido antes y todo combinado al mismo tiempo. Era nuevo pero familiar. No fue sexual. Tenía a la mujer más hermosa de este mundo en mis brazos por última vez en lo que podrían ser años, y no pensé en nada ni siquiera cercano al sexo. Durante esas horas, éramos el universo del otro.

Eso fue amor. Un amor tierno. El tipo de amor que siempre había sentido por ella. El tipo de amor que dio forma a mi vida. El tipo de amor que nunca desaparecería incluso si yo lo hiciera. El tipo de amor que duraría mucho después de mi partida.

El tiempo pasó volando mientras yo estaba perdido en sus ojos marrones y verdes, y antes de que nos diéramos cuenta, Kenzo llamó a la puerta.

–Es hora.

Mi rostro se endureció. En ese momento ya no era el Estoico que creaba y construía para su futuro, tenía que ser el Estoico que lucharía y defendería su seguridad.

Me levanté, me puse la chaqueta y acerqué la mochila a mí. Me senté en la cama y comencé a ponerme las botas. Ella también se puso de pie y se preparó.

Una vez que estuvo lista, tomé su mano y la llevé fuera de la casa. Le sostuve la mano durante todo el camino, sin querer perderme la sensación de su piel en la mía, ni siquiera por un segundo.

La estación de tren estaba desierta y solo unas pocas personas esperaban la llegada del tren. En la plataforma, papá y mamá me abrazaron por última vez mientras yo todavía sostenía la mano de Emmerson en la mía. Imany y Andreas también abrazaron a Kenzo. Todos aquí sabían a lo que nos enfrentaríamos, todos menos Emmerson. No quería que ella lo supiera. Imany y Andreas habían acordado volver a mantenerlo en secreto. Fue lo mejor que pude hacer por ella. No quería que ella viviera una vida con miedo o incertidumbre. Como dije antes, quería que ella fuera feliz. Siempre.

La acerqué y la abracé con fuerza.

–Recuerda, Emmy...

–Siempre volverás a mí. –Ella recordó. La abracé con más fuerza y las lágrimas comenzaron a caer de mis ojos.

El tren llegó, reduciendo gradualmente la velocidad cerca de nosotros, pero yo todavía la sostenía. El tren se detuvo y me negué a dejarla ir. Solo otro segundo. Por favor.

Kenzo me tocó el hombro y tuve que enfrentar la realidad. Dejé caer mis brazos y giré mi cuerpo antes de que pudiera ver las lágrimas en mis ojos. Subí al tren sin mirar atrás y me senté, tapándome la cara con las manos.

Unos momentos después, Kenzo se sentó a mi lado y me rodeó con el brazo como lo había hecho la primera vez.

–Va a estar bien. Regresaremos. Juntos, ¿recuerdas?

Asentí con la cabeza, pero eso no impidió que la tristeza se extendiera rápidamente dentro de mi pecho.

El tren empezó a moverse, dejando atrás mi vida y todo mi mundo, parados justo en esa plataforma.

Nos dirigíamos a toda velocidad de regreso al infierno.

Solo había un pensamiento en mi mente: tenía que volver a ella.

VEINTISIETE

ESTOICO

Estoico 23 años

Dos meses después de nuestra llegada, recibimos una llamada de casa. Ava estaba embarazada y se iba a quedar con el bebé. Kenzo iba a ser padre. Estaba nervioso. Llamó a Ava y tuvo una larga conversación con ella. La tía Imany y mi mamá le dijeron que no se preocupara, que ellas se asegurarían de que Ava y el bebé tuvieran todo lo que necesitaran. Kenzo no lo dijo en voz alta, pero sabía que se sentía como una mierda. Todavía estaba jodiendo con chicas, pero no tanto como antes. Quizás tener un hijo lo cambiaría para siempre.

Un mes después de eso, nos asignaron a una misión que salió terriblemente mal. De alguna manera, los enemigos sabían que veníamos y fuimos emboscados. Estábamos atrapados en un edificio abandonado, bajo fuego, completamente rodeados sin ninguna salida posible. Éramos diez, y luchamos y nos mantuvimos firmes tanto como pudimos. Usamos todos los trucos en los libros para darnos más tiempo, pero pronto comenzamos a quedarnos sin municiones. Nuestro equipo de respaldo había llegado y podíamos escuchar los disparos fuera del edificio en donde estábamos atrapados.

Nuestras fuerzas los superaron en número y muchos de los soldados enemigos comenzaron a retirarse. Algunos de ellos estaban atrapados en el edificio con nosotros y decidieron atacarnos. Solo algunos de nosotros todavía teníamos municiones, por lo que mantuvimos a los que ya no tenían en el centro. Solo me quedaban unas pocas rondas. Kenzo no tenía nada.

Cruzamos fuego con dos y derribé a uno. Un compañero de mi derecha le disparó al otro y fuimos a buscar sus rifles. Estaba cubriendo a Kenzo, pero cuando se inclinó para tomar el rifle del cuerpo, aparecieron otros dos bastardos más. Les disparé, pero mi maldita pistola se atascó. Éramos un blanco fácil. Kenzo todavía estaba tratando de coger el rifle y vi que nos apuntaron. Actué antes de pensar. Me lancé cubriendo a Kenzo con mi espalda. Sentí cuatro disparos en mi chaleco, y otro entró entre mi omóplato izquierdo y mi axila. Me dolió como un hijo de puta.

Cuando mi cuerpo cayó al suelo, Kenzo se paró con el rifle y derribó a uno de ellos. Detrás de ellos, alguien de nuestro ejército le disparó al otro.

Todo lo que sucedió después de eso fue borroso. Recordaba muy poco de lo que sucedió. Lo único que pude recordar fue escuchar a Kenzo gritar mi nombre y sacudirme, un breve momento en el auto que me transportaba, y luego las luces del hospital.

Me desperté dos días después con Kenzo a mi lado y un dolor terrible en la espalda, el hombro y el brazo. Gruñí y Kenzo saltó.

–¡Qué! ¡Estoico! Estoico, ¿estás despierto? –Kenzo sacudió mi brazo derecho.

–¿Qué carajos? –Estaba desorientado. Traté de sentarme, pero Kenzo me empujó hacia abajo.

Kenzo se puso de pie y me dio una fuerte palmada en la cabeza.

–¡Hijo de puta!

–¡Qué carajos! ¡Ay!

«¿Por qué me estaba pegando este cabrón?».

–¡Me asustaste tanto que por poco me cago, Estoico! ¡No vuelvas a hacer nada tan estúpido como eso, maldito idiota! –Kenzo me estaba gritando, sus manos temblaban. Se volvió y empezó a alejarse.

–¿Qué carajos? ¿te vas? –dije, con mi garganta reseca. ¡Ah! Me sentía como una mierda.

–¡Para conseguir al jodido doctor, maldito cabrón! –Salió y regresó con una enfermera. Un médico entró un minuto después para ver cómo estaba.

Kenzo me dijo que tuve suerte de que la bala no alcanzara mi corazón. Estuve en una cirugía prolongada para extirpar la bala. Kenzo me la guardó. Me quedé en el hospital durante tres semanas. Como estaba aburrido, le pedí a Kenzo que me consiguiera una cadena e hicimos un collar con la bala.

Una vez que me dieron de alta del hospital, Kenzo me llevó a tomar cerveza. Alguien tenía una de esas cámaras fotográficas instantáneas, así que nos tomamos una foto con amigos. Le envié a Emmy la foto con el collar para su cumpleaños. Le escribí que provenía de un lugar cercano a mi corazón aunque sabía que no entendería el doble sentido.

Volver a ponerme en forma fue difícil. No tenía idea de que tres semanas acostado como una papa podría ser tan dañino. Me pusieron en rehabilitación un mes más para que volviera a mi condición anterior.

Dos semanas después de que le enviara esa foto, Emmerson me envió una respuesta. Envió una foto de ella con el vestido de verano hecho con la tela que le di el año pasado como regalo de cumpleaños. Imany hizo un gran trabajo. Emmerson tenía la sonrisa más hermosa y su cabello estaba suelto, ondeando al viento. Mi chica era hermosa, como un ángel. Dejó un beso en la foto y agregó una nota que decía, "de la chica más hermosa que jamás hayas visto".

¡Joder, qué razón tenía!

Me gustó tanto esa foto que la semana siguiente fui a tatuarla en mi brazo izquierdo. El artista hizo un gran trabajo. Se veía perfecta.

Me masturbaba con esa imagen casi todos los días después de eso. La coloqué junto a mi cama y la miraba hasta que me quedaba dormido. La extrañé mucho. Me pregunté si Emmy estaba tan cachonda por mí como yo lo estaba por ella.

Tenía muchos más tatuajes. Incluso los tenía en mis manos, torso y cuello. Ambos brazos estaban llenos. Dejé espacio en mi pecho para los nombres de mis hijos. Quería tantos hijos como Emmy pudiera darme. Quería tenerla embarazada todo el puto tiempo. ¿Qué tenía de bueno tener una casa grande si no podíamos llenarla? No podía esperar para volver y trabajar en eso. Me refiero a hacer a los niños, ya que nuestra casa estaba casi terminada.

Por alguna extraña razón, encontramos a Ethan en la ciudad de manera inesperada. Ethan estaba a punto de regresar a casa. Lo llevamos a tomar. Se había vuelto más alto y más fuerte. Nos dijo que planeaba casarse con Amelia y que quería comenzar a estudiar para convertirse en ingeniero. Le dije que siguiera vigilando a Emmy cuando regresara, y Kenzo le pidió que se asegurara de que Ava estuviera bien hasta que él regresara. Fue agradable tener a alguien de casa aquí con nosotros, aunque fuera solo por un día.

Kenzo y yo íbamos a tomar tan a menudo como pudimos. Por lo general, no nos emborrachábamos, pero algunas veces lo hacíamos. Una de esas veces, lo lamenté mucho. Me pasó algo horrible y nunca más me emborraché después de eso.

Después de una larga semana de entrenamiento y una misión exitosa, fuimos a celebrar y me emborraché. Bebimos tanto que Kenzo tuvo que ayudarme a caminar de regreso a nuestros barracones. Kenzo me dejó en mi cama y se fue a follar con una chica con la que había estado hablando en el bar. No sabía cómo, pero una puta chica se coló en nuestra habitación. La conocía ya que me acechaba y me había estado invitando a salir con ella durante meses, pero la había rechazado muchas veces.

Estaba borracho como una mierda y casi inconsciente. Ella se subió a mi cama y se quitó la camisa y el sostén. No quería que esa perra repugnante me tocara, pero estaba tan borracho que no podía apartarla. Comenzó a manosearme y frotarse contra mí, poniéndome duro. Ella había comenzado a quitarme los pantalones cuando Kenzo abrió la puerta y la encontró. Por suerte, él había olvidado sus condones y regresó por ellos. Inmediatamente la apartó de mí y la echó de nuestra habitación. Me sentí tan sucio. Eso estuvo cerca, demasiado cerca. Ni siquiera quería pensar en eso.

Kenzo se sintió mal por dejarme solo, pero le dije que no era culpa suya. Aquí estaba pensando que solo los chicos harían ese tipo de mierda. Un hombre de mi tamaño siendo abusado por una mujer fue lo último que pensé que podría suceder. Estaba tan equivocado. Nunca confiaría en nadie. Estaba tan agradecido de que Kenzo la hubiera detenido. Todavía era virgen para Emmerson. Quería que ella fuera mi única.

Unos meses después de eso, Ava dio a luz a un niño. Ella lo llamó Ian. Kenzo estaba más que triste. Se había perdido todo. Pidió permiso para ir a ver a su hijo, pero se lo denegaron. Ese día lo abracé mientras lloraba. No podía esperar a ver a su hijo. Si antes estaba dispuesto a recibir una bala por Kenzo, ahora estaría jodidamente paranoico. Kenzo era padre, así que pasara lo que pasara, tenía que asegurarme de que él regresara a casa sano y salvo.

Estábamos muy cerca de poner fin a esta guerra. A los enemigos solo les quedaba una base, y conocíamos la ubicación. Todos los altos mandos habían sido eliminados y los únicos que quedaban eran la resistencia. El plan era volar esa última base en pedazos, pero no sabíamos cómo.

Nos habían enviado en equipos de cinco para ver si podíamos identificar un punto débil para atacar. Pasamos semanas observándolos. Estábamos en la nieve en una colina cercana con rifles de francotirador, vestidos con nuestro camuflaje de invierno. Observamos sus movimientos e identificamos un patrón. Lo informamos, pero les tomó una eternidad idear un plan.

Un día de nieve, Kenzo y yo notamos que habían transportado explosivos y los habían dejado todos almacenados cerca de sus vehículos. Tenían una profunda trinchera que rodeaba el lado este, y uno de los idiotas había dejado el portón abierto. Kenzo no lo pensó dos veces. Sabíamos lo que queríamos hacer. Buscamos entre nuestras cosas y encontramos TNT y un detonador.

Podríamos armar todo junto a sus explosivos, conectar un temporizador de cinco minutos y salir corriendo de allí. Él y yo podríamos escondernos en la trinchera y hacer que nuestros otros tres camaradas nos cubrieran el trasero desde la distancia. No sabrían qué los golpeó.

Les contamos a nuestros superiores nuestro plan y nos dieron el visto bueno. Nos tomó una hora prepararnos antes de que todos descendiéramos la colina. Kenzo y yo nos escabullimos por la esquina, y los otros tres se colocaron a una distancia segura donde pudieran cubrirnos desde todos los ángulos.

Kenzo y yo entramos en el perímetro de la base, y como estaba nevando, la mayoría de los soldados enemigos estaban dentro del edificio. Había alrededor de seis patrullando ese lado. Cuando nos acercamos a su almacén, los miembros de nuestro equipo le dispararon a los guardias. Kenzo colocó el TNT en su lugar y yo le cubrí la espalda. Puso el temporizador en cinco minutos y luego corrimos.

Nuestros compañeros de equipo notaron que los enemigos comenzaron a salir, por lo que comenzaron a disparar en la dirección opuesta a la que estábamos corriendo para distraerlos. Un poco más de cuatro minutos después, Kenzo y yo llegamos a la trinchera. Entramos y nos cubrimos la cabeza. Pasaron los segundos y luego comenzaron las explosiones.

Nos tapamos los oídos, tratando de protegerlos de los sonidos ensordecedores. Las explosiones fueron tan fuertes que la tierra tembló debajo de nosotros. Miré hacia arriba y parecía que había fuegos artificiales y disparos en todas direcciones. Podíamos sentir el calor sobre nosotros, pero afortunadamente estábamos a salvo allí en la trinchera.

Después de que todo terminó, salimos y encontramos la última base de nuestros enemigos completamente aplastada y destruida. Se terminó.

Nuestros superiores reconocieron nuestra valentía y querían darnos medallas y honores pero eso no nos importaba un carajo. Todo lo que queríamos hacer era irnos y volver a casa con nuestras familias. Se planeó una gran fiesta para celebrar el fin de la guerra en la que se suponía que íbamos a ser ascendidos, pero nos la saltamos.

Ambos estábamos ansiosos por llegar a casa. Estábamos tan ansiosos que apuramos todo y regresamos una semana antes de lo planeado. Terminaron dándonos los reconocimientos en una pequeña ceremonia antes de irnos. Como pago anticipado, nos dieron una camioneta pequeña y decidimos regresar a casa en ella. Kenzo dijo que podía quedármela, que no le serviría de nada. Durante el largo viaje, ninguno de los dos pudo dormir. Nos turnamos para conducir, para poder hacer un mejor tiempo. Solo paramos para comer y usar el baño. Kenzo estaba súper emocionado por ver a su hijo por primera vez, y yo estaba ansioso por retomar las cosas con Emmy en donde las dejamos.

Finalmente, Emmerson tenía la edad suficiente. Había mantenido mi distancia antes, pero ahora ya no iba a contenerme más. Lo primero que haría sería seducirla. No esperaría hasta el día de la boda. La tomaría de inmediato. Habían pasado casi diez años desde que me dio mi primer beso y yo comencé a sentir este deseo devorador por ella. ¡Diez malditos años! No podía esperar para tenerla.

Llegamos a casa durante el mediodía, un día antes de lo planeado. Ambos salimos corriendo del camión tan pronto como lo estacionamos. Kenzo corrió a la casa de Ava para ver a su hijo y yo corrí a casa de Emmy. Encontré a Imany primero. Cuando me vio, gritó, dejó caer el plato que estaba limpiando y corrió a abrazarme. Me dio un abrazo aplastante y estudió mi rostro.

–¡Estás aquí! ¡No puedo creerlo! Pensé que ustedes iban a estar aquí mañana –dijo, sosteniendo mi rostro.

–No podíamos esperar. –Sonreí.

–¿Dónde está Kenzo? –preguntó, mirando detrás de mí.

–Fue a ver a Ian y Ava –respondí.

–¡Oh! ¡Voy a ir allí! –ella gritó.

Antes de que se fuera, la detuve.

–¿Dónde está Emmy? ¿Dónde está mamá? –Tomé sus manos entre las mías.

–Tu mamá estará de regreso en unas horas. Emmy está en el río. Dijo que quería pescar un pez para ti –dijo Imany con una sonrisa.

Dejé caer sus manos y salí corriendo de la casa. Mis piernas me llevaron rápidamente a través del bosque. Mi corazón latía rápidamente en mi pecho. Llegué al río en un tiempo récord. Una vez que llegué, no la vi. Mi pecho se movía con fuerza mientras trataba de recuperar el aliento. Todo lo que vi fue su ropa, un balde y la caña de pescar en una roca.

Mis ojos la buscaban desesperadamente. Miré por todas partes pero no vi nada. De repente, Emmerson salió del agua y respiró hondo. Estaba mirando hacia el otro lado del río, por lo que no me vio. Comenzó a nadar de espalda hacia mí.

El sol golpeaba el agua a la perfección y había mil pequeños reflejos cegadores de luz a su alrededor. Mis ojos se abrieron y me di cuenta de lo hermosa que se veía. Fue casi como una escena surrealista, como un sueño. Una sonrisa se extendió por mi rostro.

Lo hice. Había vuelto con mi pequeña.

VEINTIOCHO

ESTOICO

Estoico 23 años
Emmerson 18 años

Mis ojos estaban fijos en la chica más hermosa de este mundo.

La escuché reír y no pude evitar la sonrisa que se extendió por mi rostro. No me había notado. Emmy todavía estaba nadando lentamente hacia mí.

—¡Emmerson! —la llamé. Mi corazón latía rápido.

Dejó de nadar, se dio la vuelta y sonrió.

—¡Estoico! —gritó antes de empezar a nadar más rápido.

Cuando llegó a la orilla y empezó a salir del agua, abrí los brazos para que saltara a ellos como la última vez. Tan pronto como se puso de pie, mi sonrisa se desvaneció. ¡Estaba casi desnuda! Corrió y pude ver perfectamente sus hermosos pechos a través de la fina tela de su sostén. Sus pezones estaban duros y sus perfectas tetas rebotaban hacia arriba y hacia abajo. Sus bragas eran pequeñas y transparentes también. ¡No me jodas!

Saltó a mis brazos con una gran sonrisa y la atrapé. La sostuve con fuerza contra mi pecho, mis manos ásperas sintiendo su piel suave. Sus brazos y piernas me rodearon. Sentí que mi polla se endurecía con cada latido rápido de mi corazón. Estaba fría, pero eso no me importó un carajo. Emmerson estaba desnuda en mis brazos.

Moví mis manos hacia arriba y hacia abajo por su espalda, sintiendo su piel sedosa, y enterré mi rostro en su cuello, asimilando su olor.

–Te extrañé mucho –dijo, abrazándome con más fuerza.

–Sé que lo hiciste. No hay otro como yo en este mundo –dije, recordando la última vez que la tuve en mis brazos así. Nos reímos y la hice girar. Mi corazón se llenó de pura alegría.

Este era el momento que había esperado durante casi una década. Iba a hacerle el amor a mi chica. Finalmente iba a enterrarme profundamente dentro de su cuerpo y hacerla mía como siempre soñé. Yo la necesitaba. La necesitaba tanto.

Mis manos se movieron de su espalda y agarré sus nalgas redondas. Se sentían perfectas en mis manos. Mi rostro todavía estaba enterrado en su cabello, y podía sentir la lujuria acumularse y burbujear dentro de mi cuerpo. Fue embriagador.

Agarré sus nalgas con más fuerza, las apreté y las separé, queriendo dejar espacio para que mi erección se frotara contra ella. Quería que sintiera cuánto la necesitaba.

Ella se retorció y sus piernas se cayeron de mis caderas. Lentamente la puse de pie, pero mis manos nunca soltaron ese delicioso culo. La presioné con fuerza contra mi cuerpo, dejándola sentir mi dureza, queriendo hacerle saber cuánto me estaba afectando. Cuánto la deseaba.

–Estoico... Yo... –tartamudeó, y yo me incliné y besé su mandíbula. Estaba nerviosa, como antes. Ella no se movió. Dejé sensualmente besos con la boca abierta a lo largo de su cuello, mis manos subiendo y bajando por su cuerpo. Las serpenteé entre sus muslos y la acaricié sobre su ropa interior mojada.

Sus manos viajaron a mi pecho y puso un poco de resistencia hacia mí. Recordé lo que me dijo Kenzo, así que no me detuve. Besé su cuello. Sabía que ella estaba nerviosa, pero yo también estaba nervioso.

Dio un paso atrás rápidamente y se soltó de mis brazos. Me quedé mirando su cara nerviosa con los ojos llenos de deseo. Noté que llevaba el collar que le había dado. No tenía idea de cuánto la amaba. Ella era mi todo.

–Yo... Yo ... estaba nadando. –Lentamente señaló el río con sus manos temblorosas. Se estaba volviendo tímida. Incluso cuando estaba tan nerviosa, no la dejaría dar una excusa para alejarse de mí.

Miré a mi alrededor brevemente, pero estábamos completamente solos allí. Tenía la oportunidad perfecta para quitarme la ropa. Asentí con la cabeza y dije:

–Voy a nadar contigo.

Me quité la camisa rápidamente, y cuando vio mi pecho desnudo, saltó y se dio la vuelta, dándome la espalda. Me quité la ropa lo más rápido que pude mientras miraba sus nalgas que estaban completamente fuera de sus bragas. La mayor parte del fino material se perdió entre sus gruesas nalgas húmedas. Sus piernas tonificadas se presionaron juntas. Quería abrir esas piernas, comerme su coño y hacer que se corriera en mi boca.

Me desnudé por completo y comencé a bombear mi polla lentamente mientras miraba su cuerpo irresistible. Tímidamente se volvió hacia mí cubriéndose los pechos con el brazo. Desvergonzadamente continué moviendo mi mano sobre mi carne endurecida. Vio mi pene erecto y abrió mucho los ojos. Tiré de mi piel completamente hacia atrás y la miré a los ojos mientras lo aguanté por la base, dejándola verlo. Jadeo y se volvió una vez más. Era la primera vez que me veía. Era tan linda.

Me acerqué a ella. Estaba tan nerviosa que parecía estar congelada en su lugar. Presioné mi cuerpo ansioso contra el de ella por atrás, y con mis dos manos, acaricié sus tiernos pechos. Pellizqué y solté sus dos pezones endurecidos entre mis dedos antes de pesar sus senos en mis manos. Emmy era perfecta.

Mi boca se movió hacia ella de nuevo, y besé su delicado cuello de arriba abajo. Mis manos siguieron acariciando sus pechos hasta que no pude esperar más y moví mis manos detrás de ella para desabrochar su sostén. Dejé que se le cayera sensualmente, liberando sus globos redondos y firmes.

Mis manos volvieron a sus pechos y me di cuenta de que estaba sensible. Mis dedos se movieron sobre sus pezones y ella tembló de necesidad. No era suficiente. La necesitaba completamente expuesta para mí. Completamente desnuda. Quería sentir cada centímetro de su piel suave y fresca sobre la mía. La necesitaba para aliviar este fuego que me quemaba vivo y consumía mi mente.

Mis manos viajaron por sus caderas, y deslicé mi dedo dentro de sus bragas, tirando de ellas hacia abajo mientras mis manos viajaban hacia el sur. Se las quité por completo y mis manos viajaron hacia arriba, entrando entre sus piernas y alcanzando su coño afeitado. ¡Santo cielo!

Su coño estaba suave, cálido y húmedo para mí. Dejé escapar un gruñido mientras suavemente deslizaba mis dedos entre sus pliegues aterciopelados. Mi mente volvió a la cara que hizo cuando se corrió mientras movía su clítoris entre mis dedos, haciéndola convulsionar en mis manos la última vez que la vi. Necesitaba tenerla ahora.

Caminé hacia adelante, metiéndonos en el agua. Quería que tuviéramos algo de privacidad mientras la desfloraba, y sabía el lugar adecuado para ello. Kenzo me habló de la cueva hace muchos años. Sería perfecta. Le di la vuelta a Emmy, puse sus piernas alrededor de mis caderas, la agarré por el culo y nos metí más profundamente en el agua. La apreté con fuerza contra mí, queriendo sentir tanto como pudiera de su piel.

Sus ojos estaban muy abiertos y su respiración entrecortada. Sabía que podía sentir mi polla dura y palpitante entre sus piernas mientras nos acercaba a la cascada.

Senté a Emmerson en una roca en donde el agua no la cubría y me incorporé. Luego levanté a Emmy también y, tomándola de la mano, la acerqué más a la entrada de la cueva. La rodeé con el brazo para protegerla del peso del agua que caía sobre nosotros. Una vez que entramos en la cueva, Emmerson comenzó a temblar. Sabía que en parte se debía al frío y en parte a que estaba ansiosa. Ella debe haber sabido a estas alturas que estaba a punto de perder su virginidad. Estaba a punto de convertirla en mi mujer.

Inmediatamente la abracé, frotando sus brazos hacia arriba y hacia abajo. Quería calmarla. La verdad es que yo estaba tan nervioso como ella. Quería que lo disfrutara, quería hacerla sentir como a una princesa.

La levanté y la cargué en mis brazos. Caminé más adentro de la cueva y la acosté sobre la arena húmeda. Lo único que tenía puesto era mi bala que le colgaba del pecho. Se veía tan jodidamente hermosa.

Usé ambas manos para abrir sus piernas. ¡Oh, carajo! Era hermosa. Su coño húmedo reluciente, suplicaba atención. Se puso tímida de nuevo y trató de cubrirse, pero no se lo iba a permitir. Aparté sus manos y las puse a su lado. Emmerson era absolutamente hermosa y no había necesidad de que se cubriera de mí.

Mis labios se conectaron con sus piernas, y mi boca besó y lamió sus piernas mientras subía lentamente por su cuerpo. Emmy respiraba con dificultad y su rostro parecía preocupado. Estaba seguro de que una vez que comenzara a sentir placer, se relajaría más. Estaba tan tímida en ese momento.

Mis labios alcanzaron su dulce coño y su cuerpo se sacudió. Trató de cerrar las piernas, pero yo tenía ambas manos en sus muslos, asegurándome de que permanecieran abiertas para mí. Lamí y probé su dulce néctar.

«Joder, estaba deliciosa».

Mi boca calentó su raja mientras deslizaba mi lengua entre sus labios. Estaba empapada, y mi boca hizo un erótico sonido húmedo mientras lamía su clítoris palpitante cada vez más rápido.

Ella estaba disfrutando esto. Comenzó a mojarse mucho y su cuerpo tembló. La lamí más y usé mis dedos para mover su sensible capullo. Mientras mis dedos se movían más rápido, vi que ella comenzaba a perder el control. Sus manos agarraron la arena debajo de ella y su cuerpo se tensó con fuerza.

Debe haberse sentido todavía tímida porque apartó la mirada mientras yo la acercaba más y más a su orgasmo. Tonta, no tenía que hacerlo. Ya la había visto correrse antes. Sus piernas temblaron y sentí su coño apretarse con fuerza en mi lengua. ¡Sí! Se corrió y yo lamí todo. Sabía tan jodidamente bien. Se mordió el labio mientras disfrutaba lo último de su orgasmo en mi lengua. Emmy era perfecta, invaluable.

No podía esperar más. Necesitaba tenerla. Me coloqué entre sus piernas temblorosas y froté mi cabeza hinchada de arriba a abajo por su raja húmeda. Cuando encontré su entrada, puso sus manos en mi pecho y empujé mi punta esponjosa y gruesa dentro de ella.

—¡Ay! —Emmy se quejó. Eso la lastimó. Sabía que era normal. La estaba desvirgando. Estaba tan jodidamente estrecha. Estaba estirando su entrada al máximo. Empujé mi polla más fuerte dentro mientras la sostenía en mi mano. Emmy estaba tan apretada que si la soltaba ahora, se saldría. Me incliné hacia adelante y cuidadosamente inserté más de mí en ella. ¡Santo cielo! Perdí mi virginidad. La perdí con Emmerson como siempre había querido.

Empujó contra mí con más fuerza, clavando sus uñas en mi pecho.

—Ay, duele. Duele. —Emmerson comenzó a llorar, las lágrimas corrían por sus mejillas. Estaba dolorida. No me sorprendió porque mi polla era enorme y ella estaba increíblemente apretada. Debía de estar lastimándola mucho.

«Lo siento mucho, cariño».

Trató de alejarse de mí, pero no la dejé.

—Va a estar bien —dije, mirando hacia dónde estaban unidos nuestros cuerpos.

«El dolor pasará pronto, cariño. Por favor, Emmy, aguanta un minuto más».

Lloró más fuerte mientras yo continuaba invadiendo su pequeño agujero. Me empujé más adentro y un gemido escapó de mi boca.

—¡Ahh! ¡Mierda!

Se sentía tan bien, tan jodidamente rico.

Sabía que mi pene estaba goteando líquido preseminal. Sentí que sus pequeñas paredes se abrían, dejando espacio para que mi vara entrara en ella. Mi polla se atascó dentro de ella. No queriendo que este dolor durara más, rápidamente retrocedí y luego empujé hacia adelante aún más fuerte, tratando de abrirme paso.

—¡AH! ¡Ay! ¡Ay! —Comenzó a gritar de dolor, más lágrimas caían por sus mejillas.

«Lo siento mucho, cariño. Todo pasaría pronto».

Mi polla palpitaba con fuerza. Estaba cerca. Me empujé más dentro de ella y golpeé la pared trasera de su coño. ¡Mierda! La desfloré por completo. Ella era mía, toda mía. Oh mierda, se sentía demasiado bien. Perdí el control de mi cuerpo y comencé a sentir que mi orgasmo me golpeaba fuerte y rápido.

–¡Ahh! ¡Mierda, Emmy! ¡Ah! –Empecé a correrme duro. Fue el mejor sentimiento que jamás había sentido en mi vida. Mis caderas se movieron solas y perdí mi fuerza, inclinando mi cuerpo sobre ella. Traté de hacerlo durar dándole algunas embestidas superficiales, pero no podía moverme y mi cuerpo se quedó quieto.

–¡Aaaahhh! –gemí en voz alta mientras echaba la cabeza hacia atrás y apreté sus caderas. Mi cuerpo quería estar más profundo dentro de ella y me empujé con fuerza contra ella.

–¡Ahh! ¡Ahh! Mmmm! –gemí cuando lo último de mi esperma eyaculó desde mi sensible punta palpitante hasta las partes más profundas de su coño. Me vine mucho. Cerré los ojos mientras mi cuerpo se estremecía de placer.

Moví mis manos sobre su cuerpo tembloroso, tratando de aliviar el dolor que sabía que todavía sentía. Mis cálidas manos frotaron y acariciaron suavemente su suave piel por todas partes. Quería que sintiera lo mucho que la amaba, lo agradecido que estaba por lo que me acababa de dar.

Pasé mis dedos por su cabeza, rostro y cabello, queriendo hacer este momento más íntimo, pero ella desvió la mirada.

«¿Por qué no me miraba?».

Puse algo de mi peso corporal sobre ella mientras me movía para reposicionarme. Tomé su mandíbula entre mis manos y la hice mirarme a los ojos. Sus marrones y verdes no tenían ese brillo que solían tener. Se veía triste. Emmy todavía podría estar adolorida. Mientras la miraba a los ojos, le di un beso apasionado, pero ella no me devolvió el beso. Sus labios nunca se movieron sobre los míos.

No... entendía lo que estaba pasando.

Apoyando mi peso en mis antebrazos, usé mi pulgar para secar sus lágrimas y besé sus mejillas húmedas. La toqué suavemente, tratando de calmarla, pero ella no paró de llorar.

«¿Qué estaba pasando?»

Pensé que debía de haberla lastimado más de lo normal. Tal vez se sentiría mejor después de que empezara a moverme. Si no quisiera esto, me lo habría dicho o me habría alejado, pero no lo hizo. Podría estar adolorida. El dolor debería pasar pronto.

Apoyé mi peso en uno de mis codos y abrí más sus piernas. Comencé a moverme dentro de ella suavemente, sin querer lastimarla. Ese fue un sentimiento nuevo. Tan solo la había penetrado y me vine de inmediato. La fricción entre nuestros cuerpos borró todos mis sentidos. Vi sus manos formar puños apretados mientras lentamente metía y sacaba mi polla de ella.

–¡Ahh! ¡Emmerson! –Se sentía demasiado bien. Sentí que mi carne hinchada se derretía dentro de su calor. Emmy era la mejor mitad de mi y sin ella yo estaba incompleto.

–¡Ahh! ¡Pequeña! –Mi mente se puso en blanco. Sentí que mis caderas se movían más rápido, persiguiendo la forma más pura de placer que solo Emmerson podía darme.

Cerré los ojos y, por una fracción de segundo, mi mente volvió al infierno. Escuché disparos y gritos. Era como si casi pudiera sentir los escombros de una explosión chocando con fuerza detrás de mí. Parpadeé rápidamente, tratando de sacudirme ese pensamiento, pero sucedió de nuevo.

«¡No! Joder, ahora no».

De todas las veces que mi mente decidió fallarme, tuvo que ser en ese momento. Mi mente estaba perdida. Me moví más rápido en ella, tratando de olvidar todo. No estaba pensando. Solo quería sentirla. Quería sentirme humano de nuevo. Quería sentir el placer que Emmerson me estaba dando y no el miedo que todo lo consumía. No quería ver más ojos vacíos y rostros muertos. Sin pensarlo, bombeé dentro de ella más fuerte y más profundo, mi polla golpeando su pared trasera con cada embestida que le daba.

Me perdí. Golpeé con abandono. Cuanto más le daba, más me sentía alejado de volver a caer en mis propios recuerdos. El ritmo rápido aumentó mi placer más rápido de lo que esperaba.

–¡Ah! ¡Ah! ¡Maldita sea! ¡Estás tan jodidamente rica! –gemí con cada embestida junto a su oreja, ya no podía controlar los movimientos rápidos y duros de mis caderas. El fuerte sonido de nuestra piel húmeda golpeando cuando se encontraban ahogó los gritos de los niños en mi cabeza, el sonido de las bombas estallando.

–¡Joder, Emmy! –Estaba cerca de nuevo.

Había estado bombeando dentro de ella sin pensar. Se sintió tan bien. Por un breve momento, las imágenes en mi cabeza se detuvieron, pero justo cuando pensé que había terminado, sucedió de nuevo. No sabía qué lo estaba provocando. Esta vez, pude ver cada agujero que hice en cada una de mis muertes confirmadas.

«¡Maldito infierno!».

Emmerson, ella podría hacerme olvidar. La hice mirarme una vez más. Mis caderas se balanceaban con fuerza, haciendo que mi polla se moviera rápido dentro de ella. Me miró con ojos tristes, pero no pude evitar tener mi rostro distorsionado de placer. Mi boca colgaba abierta, mis ojos estaban llenos de lujuria y mi cabello se había soltado con la fuerza con la que mi cuerpo se balanceaba, cayendo sobre mi rostro.

«Demasiado rico, demasiado rico».

Gruñí cuando el ritmo de mis caderas se volvió irregular y mi respiración se entrecortó. Le sostuve la cara, queriendo mirar a los ojos de los que me había enamorado la primera vez que los vi. Quería que su luz me sacara de la oscuridad.

La vi tirada allí con los ojos llenos de lágrimas. Mi cuerpo estaba sobreestimulado con este sentimiento adictivo, pero no parecía que ella lo estuviera disfrutando. Ella seguía llorando.

«¿Seguía adolorida?».

El placer me golpeó con fuerza y comencé a hacer algunos sonidos animales y gemí aún más fuerte a medida que me acercaba a mi clímax. Mi cuerpo sintió la desesperación de saber que estaba alcanzando mi orgasmo y golpeé más fuerte dentro de ella.

Quería tomar sus manos entre las mías y entrelazar nuestros dedos para hacer esto más íntimo, pero sus manos todavía estaban cerradas en puños, así que me agarré con fuerza a sus muñecas. Yo estaba tan cerca. Sus firmes tetas subieron y bajaron rápidamente mientras su cuerpo se enfrentaba a mis duros empujes. El sonido de las balas golpeando las paredes se hacía cada vez más distante con cada estocada. Ella lloró más. Emmerson todavía debía de haberse sentido adolorida.

«Unos segundos más. Yo estaba tan cerca. Tan cerca, cariño».

Mi cuerpo estaba empezando a ponerse rígido. Dejé caer mi cara hacia su pecho y chupé sus tiernos pezones en mi boca. Uno primero y luego el otro. No dejé de penetrarla. Estaba a punto de correrme. Iba a correrme duro. Puse mi cabeza entre su cuello y su cara y le di tres fuertes embestidas antes de quedarme quieto dentro de ella.

–¡Ahhh! ¡Ahhh! ¡Aaaahhhhhh! –Mis caderas se estremecieron. Agarré sus muñecas con más fuerza y, consumido en este éxtasis, besé su cuello. Mi cuerpo comenzó a convulsionar por encima del de ella, y perdí toda la fuerza, cayendo sobre Emmerson. Mi polla dura palpitaba dentro de ella con cada chorro de semen caliente que se me escapaba.

¡Oh, joder! No estaba usando protección. Me vine dos veces dentro de ella sin protección. Era nuestra primera vez. No era probable que pudiera quedar embarazada tan fácilmente. No había manera. ¿No?

Me quedé sobre su cuerpo, tratando de controlar mi respiración. Levanté la cabeza y volví a besar sus labios, muy suavemente. No me devolvió el beso.

«¿Por qué no me había devuelto el beso?».

Emmy se quedó allí llorando, con los ojos vacíos. Mis cejas se fruncieron mientras la estudiaba. Se veía tan jodidamente triste.

«¿Qué carajo?».

Sentí que mi pene se ablandaba saliendo de ella y mis ojos viajaron allí. La piel de su coño estaba rojiza. Mientras salía lentamente, vi como mi semen espeso y su sangre se derramaron sobre la parte interna de sus muslos fuera de su raja.

«¿Era normal esa cantidad de sangre?».

Emmerson lloró más y mi corazón se hundió. ¡No! Le limpié las lágrimas y la besé. Una vez más, ella no me devolvió el beso. Estaba asustado. Sin saber qué hacer, besé su cuello y mi cuerpo cayó sobre ella una vez más. ¿Qué hago? Ahora que lo pensaba, dejó de disfrutar el momento en que la penetré.

«¿Qué diablos he hecho?».

Siguió llorando y su cuerpo parecía débil. Nos volteé a nuestro lado y la abracé contra mi pecho. Estaba asustado, estaba tan asustado. Froté su espalda y cabello, besando su frente y la parte superior de su cabeza repetidamente. Estaba tratando desesperadamente de consolarla. Me dolía el corazón.

Yo la lastimé. Joder, la lastimé.

Después de un rato, ella todavía estaba llorando, así que me paré con ella y la llevé de regreso al río. Esperaba que se sintiera mejor después de que la limpiara. Lavé cuidadosamente su cuerpo con mis manos temblorosas. Mi corazón dolía mientras trataba de aliviar su dolor. Hice todo lo posible para no hacerlo sexual, queriendo que ella se sintiera cómoda.

Consumido por el arrepentimiento, la abracé con fuerza. Qué idiota. Eso no era lo que quería. Nunca quise lastimar a Emmerson. Se suponía que iba a ser especial para los dos. Arruiné todo. Lo sentía mucho. Estaba tan jodidamente arrepentido. Quería decirlo, pero estaba demasiado nervioso como para hablar. La llevaría a casa y la cuidaría hasta que se sintiera mejor.

Emmerson tenía tanto dolor que apenas podía levantarse por sí misma. La cargué y la llevé de regreso a la orilla donde nuestra ropa yacía en el suelo.

Una vez allí, la ayudé a vestirse primero. No quería que ella se sintiera más avergonzada. Le puse su sujetador y ropa interior, lamentando terriblemente haberlos quitado en primer lugar. Caminé hasta la roca donde había dejado el resto de su ropa y se la llevé. La ayudé a ponerse la camisa, los pantalones y los zapatos. La senté en el suelo y fui a buscar mi propia ropa. Quería llevarla a casa y ver qué podía hacer para ayudarla.

Tan pronto como me di la vuelta, se puso de pie y se fue, dejándome completamente desnudo. Mis ojos se abrieron cuando la vi correr, el dolor era evidente en su rostro.

–¡Emmerson! –grité su nombre y resonó en el bosque. Me apresuré a ponerme los pantalones y la ropa interior, tratando de ponérmelos lo más rápido que pude, mi pie se enredó y caí de cara al suelo. Levanté la cabeza y la vi correr mientras sostenía su abdomen bajo. ¡No! Se estaba lastimando aún más.

«¿Por qué diablos estaba huyendo de mí? ¿Estaba tan asustada?».

Luché con la tela que se pegó a mis piernas mojadas.

–¡Emmerson, detente! –grité de nuevo, enojado conmigo mismo. ¿Por qué diablos no salí de mis propios pensamientos y me detuve? Ella lloró todo el tiempo. Debería haberme detenido.

Me subí los pantalones y no me molesté en cerrarlos. Me puse las botas y dejé los calcetines en el suelo. Agarré mi camisa del suelo y corrí, me la pondría en el camino. Corrí rápido por el bosque, mi corazón pesado latía rápido en mi pecho, queriendo nada más que tener a Emmerson de vuelta en mis brazos. Decirle cuánto lo sentía.

«¿Qué había hecho?».

Corrí más rápido con los puños cerrados, con ganas de golpearme. Supuse que corrió a su casa. Llegué allí, vi sus zapatos en la entrada y entré corriendo. Recordé que Imany acababa de irse a ver a Kenzo, así que no había nadie más que nosotros. Fui a su habitación y sacudí la manija de la puerta. Estaba cerrada. Le di cuatro golpes fuertes.

–¡Emmerson! –grité, lleno de miedo.

«¡Por favor, que esté bien! ¡Por favor, que esté bien!».

–¡Emmerson! Emmerson! ¡Joder, abre la puerta! –Seguí llamando a su puerta repetidamente. Estaba desesperado y enojado. Emmerson estaba herida y era mi culpa. Solo quería ayudarla.

«Déjame ayudarte, Emmy».

–Abre la puta puerta, Emmerson. –Golpeé más fuerte, haciendo temblar toda la puerta. Podría derribar esta maldita puerta si quisiera. Recordé su rostro mientras huía de mí. Estaba asustada. No quería que ella me tuviera miedo.

Dejé de tocar y respiré hondo.

–Emmy, cariño. Abre la puerta por favor –dije, tratando de sonar tranquilo. Ella no me respondió.

–Cariño, abre la puerta. Necesitamos hablar. –Mi corazón se estaba rompiendo. Emmy estaba jodidamente aterrorizada. Si entraba a la fuerza, se sentiría peor.

–¿Pequeña? –Mis manos tocaron suavemente su puerta.

«Por favor, Emmy. Nunca quise hacerte daño. Nunca te volvería a lastimar».

–Emmerson, por favor. Sé que estás ahí, por favor. –Sin respuesta. No quería verme. ¿Cómo podría pedir perdón si no me dejaba hablar con ella? ¿Cómo podría ayudarla a sanar si no me dejaba acercarme?

–Emmy, por favor.

«Abre la puerta, cariño».

–¿Emmy? –Estaba rogando.

–Cariño... –Mi voz sonó más débil cuando un nudo se formó en lo profundo de mi garganta. Lo siento mucho.

Seguí llamándola así por un tiempo. Después de unos minutos más, retrocedí. Con pasos pesados, fui a la sala de estar y me senté allí. No la iba a dejar sola. Me senté con la cabeza entre las manos, sintiéndome avergonzado.

Después de que pasaron cuarenta minutos, Imany regresó a casa. Caminó directamente a la cocina y yo salí de la casa antes de que me viera, no podía enfrentarme a ella. Regresé a casa y encontré a mi mamá de pie en la sala de estar esperándome. Tan pronto como me vio, me abrazó con fuerza. Abracé a mi mamá y las lágrimas escaparon de mis ojos. Debió haber pensado que estaba demasiado feliz de verla. Unos minutos después, mi papá entró y me abrazó también.

Quería decírselo, pero me avergonzaba de mí mismo.

«¿Cómo pude ser tan idiota?».

Tal vez después de un par de horas de descanso, Emmerson se sentiría mejor y pudiéramos hablar. La dejaría descansar y hablaría con ella después de la cena.

VEINTINUEVE

ESTOICO

Estoico 23 años
Emmerson 18 años

-Después de la cena-

Cuando llegué a su casa para cenar, Andreas me detuvo. Me dio un gran abrazo y me dijo que anunciaría nuestro compromiso. Me sentí como una mierda. Les había fallado, a todos. Yo la lastimé.

Estaba decidido a llevarla después de la cena hacia un lugar donde pudiéramos estar a solas y tener una conversación con ella, pero justo después del anuncio se apresuró a entrar en su habitación mientras se aguantaba el vientre. Habían pasado horas desde que la tomé y todavía estaba muy herida. No podía dejarla sufrir así. Necesitaba confesarme.

Esperé hasta que el resto de nuestros familiares se fueran antes de contárselo a mi mamá. Mamá estaba hablando con Imany, pero yo no podía esperar.

—Mamá, necesito hablar contigo —le dije seriamente mientras tomé su mano y la saqué de la casa.

—¿Qué está pasando? —Sonaba preocupada. Yo nunca hago esto.

—La cagué —dije, con la cara llena de preocupación.

Ni siquiera sabía por dónde empezar.

–¿Qué quieres decir? Estoico, mírame. ¿Qué quieres decir? –Tiró de mi cara, haciéndome mirarla.

–Me follé a Emmerson, y ella está herida –dije en un tono triste, con un nudo en la garganta.

–¿Qué? ¿Quieres decir que tuviste sexo con ella? ¿Qué? –Mi madre estaba confundida. Necesitaba ser más claro.

–Tuve sexo con Emmerson. Pensé que lo quería, pero después de que terminé, me di cuenta de que la forcé. Está sufriendo. Mamá, está herida y no sé qué hacer. Necesito que la ayudes por favor.

–¿Cómo diablos no te diste cuenta de que ella no lo quería? –No lo podía creer.

–Porque soy un puto idiota. No tenía experiencia y no sabía lo que estaba haciendo. Mamá, hablaré contigo pero no ahora. Ve a donde Emmerson, necesita ayuda. –Le di la vuelta y se apresuró a entrar en la casa.

Mamá pasó corriendo por el lado de la tía, y esta salió de la casa y se acercó a mí.

–¿Ida está bien? ¿Qué pasó?–buscó mi cara y vio mis ojos rojos– Mierda, Estoico. ¿Estás bien?

Negué con la cabeza.

–Lo siento –dije con voz temblorosa.

–¿Qué quieres decir? –Imany todavía me miraba directamente a los ojos.

–Yo... lastimé a Emmerson. Lo siento mucho –dije con los ojos pegados al suelo. No podía mirarla a los ojos.

–¿Qué quieres decir? –Comenzó a ponerse nerviosa.

–Yo... cuando salí de aquí, la encontré nadando en el río, apenas tenía nada puesto y me confundí... Fue mi culpa. Cometí un gran error. –Respiré dolorosamente.

«¿Cómo decirle que abusé de su hija?».

–¿Qué error? –preguntó ella, pero yo no respondí.

–¿Qué error, Estoico? –dijo más fuerte, sacudiendo mi brazo.

–Yo... la forcé. Pensé que ella lo quería, pero creo que lo forcé. –Mi cara estaba roja de vergüenza. Ella siempre había confiado en mí con Emmy. La decepcioné de la peor manera.

–¿Cómo pudiste? –Imany sacudió su cabeza.

–Estaba confundido. Me confundí. No estaba pensando. Lo siento mucho. Lo siento, Imany. –Antes de que pudiera decir más, me interrumpieron. Papá,

Andreas y Kenzo caminaron hacia nosotros. Kenzo me rodeó con el brazo. Iba a bromear, pero tan pronto como vio mis ojos, se detuvo.

–Amigo, ¿estás bien? –preguntó preocupado.

–Imany, ¿qué pasó? –Andreas le preguntó y ella negó con la cabeza.

–Deja que Estoico te lo diga él mismo –dijo antes de regresar a la casa.

Tres pares de ojos se posaron en mí. Me sentí como la mierda que era, pero tenía que enfrentar las consecuencias de mis acciones. Tomé una respiración profunda.

–Lastimé a Emmerson. –Los vi girarse hacia mí.

–¿Qué dijiste? –preguntó mi papá, dando un paso adelante.

–Joder, lastimé a Emmerson. Lo siento –dije, y esta vez Andreas dio el paso adelante.

–¿Cómo? –preguntó, y negué con la cabeza. El nudo en mi garganta se estaba agrandando.

–Yo... Yo... la forcé. –Esas palabras salieron con gran dificultad.

–¿Hiciste qué? –Andrea cerró el puño y Kenzo se paró frente a mí.

–Espera, sé que suena mal, pero conozco a Estoico. Ama a Emmerson más que a nada en este mundo. Déjenlo hablar –dijo, tratando de calmar la situación.

–Habla –dijo mi padre, con el puño cerrado también.

–Yo... pensé que ella lo quería, pero... resultó que no lo quería. Yo... No sabía... Estaba confundido. Debería haberme detenido –dije, mirando al suelo.

–¿Cómo diablos no te diste cuenta? –Preguntó Andreas, agarrándome por la camisa.

–No me pidió que me detuviera. Ella no... –Empecé a decir cuando escuché a Kenzo jadear a mi lado.

–¡Mierda! Papá, ¡No! Eso fue mi culpa. –Trató de interponerse entre nosotros, pero ya era demasiado tarde. Andreas me dio un fuerte puñetazo en la cara y caí de espaldas.

–Hijo de puta –dijo y se lanzó hacia mí.

Kenzo se interpuso en el camino, y mi padre tiró de él y lo derribó. Andreas se puso encima de mí y conectó puñetazo tras puñetazo tras puñetazo. Ni siquiera me molesté en cubrirme la cara.

–Joder, confíe en ti. –Seguía dándome puñetazos. Detrás de nosotros, Kenzo se alejó de mi padre y se tiró sobre Andreas, sacándomelo de encima.

–Mierda, papá. Detente. Él no sabía bien lo que estaba haciendo. –Kenzo estaba tratando de defenderme. No debería haberlo hecho.

–No, Kenzo, yo debería haberlo sabido –dije eso, y un puñetazo sólido aterrizó en mi cara. Esta vez fue mi papá.

–¿Qué diablos has hecho? –Seguía dándome puñetazos, en el estómago, el pecho, los brazos, por todas partes.

Podía sentir el sabor metálico de mi propia sangre en mi boca. Vi a Kenzo tratando de escapar de Andreas y fallando. Mi ojo izquierdo ya se estaba cerrando. Joder, merecía esta paliza. Kenzo finalmente se alejó de Andreas y arrojó su cuerpo sobre el mío. Papá y Andreas lo patearon repetidamente en las costillas y la espalda.

–Joder, Kenzo, muévete –le gritó Andreas.

–Me moveré cuando me prometas dejar de golpearlo –dijo, pero no iba a dejar que él recibiera una paliza por mí. Empujé a Kenzo a un lado y me paré firme.

–Lo siento, Andreas. Yo voy a tomar responsabilidad y la ayudaré a sanar. Lo prometo –dije pero se lanzó hacia mí de nuevo. No íbamos a poder tener una conversación si él seguía dándome puñetazos. Levanté los puños en posición de boxeo y me dispuse a cubrirme. Andreas hizo lo mismo. Iba a boxear con él. Hacer que se cansara primero y luego hablaría con él.

Me lanzó una combinación de golpes, ganchos y uppercuts. Apenas podía ver, pero los evité a todos. Tiré algunos puños para mantenerlo más lejos y hacer que se moviera. No iba a golpear a mi suegro. Lo moví un poco más. Se lanzó hacia adelante de nuevo, pero lo esquivé con mi juego de pies. Siguió tratando de aterrizar un golpe, y seguí evitando a la mayoría de ellos durante unos cuatro minutos más.

–¡Te voy a matar! –Andreas estaba enojado, pero se estaba cansando.

–Cálmate, quiero hablar contigo. Créeme, nadie está más enojado conmigo que yo mismo –le dije, pero él todavía no me escuchó. Me lanzó un puñetazo cruzado y casi me atrapa.

–¡La amo! –grité, mi voz se quebró. Andreas tiró otro gancho, y me moví justo a tiempo.

–Amo a tu hija, Andreas. Me casaré con ella y pasaré el resto de mi vida haciéndole justicia por mis errores. Lo prometo –dije en voz alta mientras me movía.

–¿Lo prometes? También prometiste que siempre la mantendrías a salvo. Ya no confío en ti, Estoico. ¡Aléjate de mi hija! –Andreas me lanzó un puñetazo. Moví mi cuerpo fuera del camino y lo empujé hacia adelante, haciéndolo perder el equilibrio. Andreas cayó de rodillas y se puso de pie más enojado que antes.

Se estiró el cuello, preparándose para matarme cuando Imany salió de la casa.

Caminó directamente hacia mí, empujó a Andreas y me dio un puñetazo en el pecho.

–¿Tú tienes puta idea de lo que le has hecho? –me gritó. Mi corazón se detuvo.

–¿Cómo está Emmerson? –Mis brazos cayeron, una expresión de preocupación se formó en mi rostro.

–¿Cómo crees que va a estar Emmerson? ¿Qué clase de pregunta estúpida es esa? ¡Abusaste de mi hija! ¡Por supuesto que no está bien! –me gritó y me empujó.

–Lo siento, Imany. Lo siento mucho. Por favor, déjame verla. Necesito decirle...

¡Bofetada!

Imany me abofeteó en la cara. Eso dolió más que todos los golpes de Andreas y papá combinados.

Después de eso, todo pareció suceder a cámara lenta y borrosa. Imany seguía empujándome y gritándome, pero ya no podía oír nada. Vi a Kenzo hablar con ella y ella también lo empujó. Papá me gritaba, Andreas me gritaba y Imany me gritaba y me golpeaba. Kenzo constantemente se interponía en su camino y lo empujaban. Todo en lo que podía pensar era en lo gravemente herida que debía de estar Emmerson.

Mientras sentía que mi cuerpo era empujado por diferentes personas, las lágrimas rodaron por mi rostro. Miré al suelo y comencé a decir "lo siento" repetidamente.

Imany nos había movido más hacia atrás, al costado de la casa. Me dio un último puñetazo antes de desmayarse. Andreas la tomó en sus brazos y la bajó al suelo.

«¿Qué carajos había hecho?».

Andreas gritó su nombre y la sacudió. Yo estaba petrificado. Kenzo se arrodilló y trató de ayudar a Andreas a levantarla.

–¡Ve a buscarle agua! –mi padre me ordenó, pero Imany se despertó antes de que pudiera moverme.

–Immy, ¿estás bien, cariño? Immy, háblame. –Andreas estaba preocupado. Si algo le llegara a pasar a la tía Imany, también sería culpa mía. Kenzo la ayudó a incorporarse y ella comenzó a tener arcadas y estaba a punto de vomitar. Andreas la levantó y la ayudó. Le frotó la espalda mientras ella se calmaba lentamente.

Los ojos de mi padre se posaron en mí. Estaba decepcionado. En sus ojos yo era un fracaso. Él estaba avergonzado de mí y yo lo sabía. Yo también estaba avergonzado de mí mismo.

–¡Vete a la mierda, Estoico! –me dijo.

–No te quiero cerca de Emmerson, ¿me oyes? –Andreas dijo, señalándome.

Asentí.

–Le daré espacio. –Me fui y Kenzo me siguió. Subí a la camioneta y Kenzo tomó el asiento del conductor. Kenzo condujo hasta la casa de Lucas y estacionó la camioneta.

–Espera aquí –dijo antes de salir.

Me quedé allí sentado con las manos temblorosas, golpeándome la cabeza suavemente contra el tablero.

«¡Qué jodido lío!».

Kenzo regresó con dos botellas de whisky y me llevó a casa. Mi casa, no la casa de mis padres. Llegamos allí y abrí la puerta. Era la primera vez que estaba en nuestra casa desde que regresamos del norte. Me di cuenta de que mi papá vino y puso algunas cosas y terminó otras. Joder, quizás Andreas también lo ayudó. Me senté en el piso de la sala de estar vacía y Kenzo me pasó una botella. Todo mi cuerpo dolía, pero el dolor no era peor que el arrepentimiento que estaba sintiendo.

–Emborrachémonos y vayamos a dormir. Mañana solucionaremos las cosas –dijo antes de empezar a beber. Tomé mi botella y la bebí de una vez, ignorando el ardor en mi garganta. No quería estar consciente. Los efectos del alcohol empezaron a hacer efecto de inmediato.

–Amigo, esto es mi culpa. Lo siento mucho. Te dije que no te detuvieras. –Escuché a Kenzo decir suavemente.

Mi cuerpo comenzó a inclinarse hacia el lado, todo se volvió negro y me quede inconsciente antes de golpearme contra el suelo.

TREINTA

ESTOICO

Estoico 23 años
Emmerson 18 años

Me desperté en el suelo con la garganta seca y un dolor de cabeza punzante que empeoró diez veces con el sol de la mañana. Todo dolía. Mis manos se fueron a mi cara y descubrí que mi ojo izquierdo estaba cerrado por completo, mi ojo derecho estaba hinchado y mis labios también estaban agrietados e hinchados.

Mi estómago gruñó en protesta y supe que estaba a punto de vomitar. Me levanté y salí de la casa tropezando en el camino. Una vez afuera, caí de rodillas y vomité sobre la hierba.

«¡Ah, maldito infierno!».

Me sentí como una basura. Traté de mantenerme erguido, pero lo volví a sentir. Me doblé y vomité un poco más. Tenía un sabor horrible. Todavía estaba mareado y me sentía jodidamente borracho. Debo haber lucido patético. Limpiando mi boca con el dorso de mi mano, miré hacia el camino de entrada y noté que la camioneta se había ido.

Eso fue todo. Kenzo debió haberse cansado de mi trasero y me dejó también. Regresé a la casa y me dirigí directamente a la cocina. Abrí el grifo y me enjuagué la boca antes de beber del agua corriente. Todos los armarios estaban vacíos y no había nada para comer en esta casa. Ni siquiera me molesté en mirar.

Sentándome en el piso de la cocina, sostuve mi palpitante cabeza, arrepintiéndome y con ganas de golpearme con fuerza. Todo estaba jodido. Emmerson estaba herida y toda mi familia me odiaba. Joder, yo me odiaba a mí mismo, e incluso Kenzo me había dejado. No lo culpé. Violé a su hermana. La arruiné. No la merecía, pero no me rendiría con ella, nunca.

Me acosté en el suelo de nuevo y traté de taparme de la luz.

«¿Qué haría ahora? ¿Cómo podría arreglar toda esta mierda?»

Estaba completamente solo.

Le daría a Emmerson una semana antes de mostrarle mi estúpida cara de nuevo. Qué vergüenza. Iba a ser difícil, pero tenía que actuar como un adulto y hacer lo que tenía que hacer. Le haría un bonito regalo, le llevaría flores, me arrodillaría y luego le suplicaría que me perdonara como el hijo de puta desesperado que era.

Tenía que hablar con mamá, papá, Andreas e Imany también. Bien podría empezar primero con la conversación más fácil: Kenzo. Sabía que estaba enojado conmigo, pero estaba seguro de que al menos me escucharía sin intentar matarme.

Me quedé en el suelo media hora más antes de ponerme de pie y ponerme a trabajar. Todavía necesitaba preparar esta casa para Emmy. Me casaría con ella y la haría feliz. Tenía que hacerlo. El cabezal de la ducha y los grifos de nuestro baño aún no estaban instalados, así que empezaría con eso. Conseguí mis herramientas y comencé a trabajar en ello.

Debieron pasar dos horas antes de que casi terminara de instalar todo y conectar las tuberías de drenaje del lavabo. Era difícil ver con un ojo hinchado y el otro cerrado por la hinchazón. Oí abrirse la puerta principal y fui a ver quién era. Kenzo entró con bolsas en las manos.

–Maldita sea, Estoico, te ves como una mierda. Papá realmente te jodió. Aquí, te traigo comida y medicinas. Pon esta mierda en tu ojo. Se te está empezando a poner de cuatro colores –dijo con una sonrisa mientras dejaba las bolsas en el mostrador y me arrojaba un recipiente que atrapé al vuelo.

No me dejó. Estaba buscando comida para mí. Mi hermano todavía estaba a mi lado. Cuando todos me dieron la espalda, Kenzo todavía estaba allí, cubriendo mi seis.

Agarré el recipiente con fuerza en mis manos y una lágrima salió de mi ojo. No me merecía a Kenzo. Se dio cuenta de que volvía a perder el control y me acercó para abrazarme.

–Estará bien. Te sacaremos de este lío, juntos. ¿Recuerdas? –dijo, y asentí.

Me dejó ir y volvió a sacar todo de las bolsas.

–Me tomó tanto tiempo porque fui a la casa de Ava para ver a Ian, fui a casa a buscar algo de comida y pude hablar con papá y Erik. Te tengo buenas y malas noticias. ¿Cuál quieres primero? –preguntó.

–¿Cómo está Emmerson? –Nada era más importante para mí que ella.

–Esa es la mala noticia. No lo sabemos. Mi mamá, tu mamá y Emmerson desaparecieron. Papá cree que están juntas, pero no tiene idea de dónde –dijo, pasándome un poco de pan.

–¿Qué quieres decir con que no saben? –Simplemente me aferré al pan sin comerlo.

–Pues no lo saben. Nadie las vio irse. Aparentemente, después de darte una paliza, se fueron a beber, y Emmy, mamá e Ida se fueron –explicó–. Para cuando papá regresó a casa a la medianoche, ya se habían ido. No te preocupes. Estoy seguro de que está a salvo. Deben estar juntas. Este es un pueblo pequeño, así que las encontraremos. Dales un poco de tiempo.

Asentí. Estaba pensando en darle tiempo de todos modos.

–¿Cuáles son las buenas noticias? –pregunté mientras la puerta se abría. Andreas y papá entraron.

–Quieren hablar contigo. Prometieron que no te darían una paliza. Ya les expliqué algunas cosas– dijo Kenzo, señalándolos.

¡Ah, joder! No pensé que estuviera listo para eso. Dejé el pan y me acerqué a ellos. ¿Qué me quedaba por perder? ¿Mi ojo derecho?

–Kenzo nos dijo que recibiste una bala por él. Dijo que casi mueres – mencionó Andreas, y entrecerré el único ojo que tenía abierto hacia Kenzo. Le dije que no se lo contara a nadie.

–Dijo que estaba peligrosamente cerca de tu corazón y que te tomó casi dos meses recuperarte. ¿Por qué no nos llamaste? Tu mamá o yo hubiéramos ido al norte y te habríamos ayudado –dijo mi papá con tristeza en su rostro.

–Estoy bien. No quería que se preocuparan. –Mi voz estaba ronca, todavía me dolía la garganta.

–Salvaste la vida de mi hijo poniendo tu propia vida en riesgo. –Andreas negó con la cabeza–. Quería odiarte por lo que hiciste, pero no puedo. Has amado a Emmerson desde la primera vez que la viste. Vi tus ojos iluminarse cada vez que la veías, año tras año. La cuidaste, a menudo olvidándote de tomarte un tiempo para ti. Con tus manitas le hiciste regalos a mi hija y le peinaste todas las noches antes de acostarla a dormir. Siempre estuviste ahí, ayudando, cumpliendo tu promesa y haciendo tu mejor esfuerzo. ¿Qué diablos pasó, Estoico? –Andreas preguntó, y no supe qué decir.

–Yo... Yo... –No salió nada.

–Kenzo también nos contó lo que sucedió entre tú y Emmerson justo después de tu llegada aquí para tu descanso, y lo que sucedió antes de que se fueran de regreso al norte. También nos contó sobre la conversación que tuvieron ustedes –dijo papá, señalando entre Kenzo y yo. Fruncí el ceño y miré a Kenzo con el ojo entrecerrado de nuevo. Kenzo simplemente se encogió de hombros.

El maldito Kenzo le dijo a Andreas que toqué a su hija. ¡No lo podía creer! ¡Perfecto! Justo lo que necesitaba para empeorar una conversación dolorosamente incómoda.

«Hola Andreas, abusé sexualmente de tu hija, pero solo porque la toqué cuando tenía dieciséis años y le gustó, así que asumí que lo querría de nuevo y lo hice sin pensar.»

«Sí, muy buena idea. Gracias, Kenzo».

–Lo siento mucho, debería haber sabido lo que hacía. –Eso fue todo lo que pude decir. En qué lío vergonzoso me había metido. Negué con la cabeza y me llevé las manos al rostro.

–Cuéntanos lo que sucedió y sé específico. Tenemos que entender. –exigió mi padre.

Respiré hondo.

«¿Por dónde debería empezar?».

–Lo primero que hice cuando llegamos a casa fue buscarla. Imany me dijo que Emmy estaba en el río, así que corrí allí. Cuando llegué, ella estaba nadando. La llamé y nadó hacia mí. Salió del agua, básicamente desnuda, y saltó a mis brazos. Emmy estaba feliz de verme y sonriendo. Saltó desnuda en mis brazos. Nunca pensé que no estaría interesada. No se me pasó por la cabeza. Yo... –Respiré hondo una vez más.

–Empecé a... tocarla, y Emmerson se puso nerviosa –continué–. Emmy ha actuado así antes, así que seguí adelante. Yo... la llevé a la cueva detrás de la cascada, y ella todavía no dijo nada. Yo... Yo... le di sexo oral y... se corrió. Nunca pensé que Emmerson no lo quisiera, solo pensé que estaba nerviosa. Yo... la desfloré y ella lloró. Pensé que el dolor iba a pasar pronto, pero no fue así. Fue alrededor de ese momento que perdí la cabeza y me consumió el placer. No estaba pensando, estaba demasiado lejos para detenerme. Siguió llorando y lloró todo el tiempo. Todo es mi culpa. Leí todo mal. Soy el responsable de todo. Debería haberme detenido, pero no lo hice. Lo siento mucho. Nunca quise hacerle daño. Eso es lo último que quería. –agregué mientras me rascaba el interior de los dedos con las uñas.

–Sabiendo lo que pasó antes entre ustedes dos, entiendo que estabas confundido al principio. ¿Pero por qué diablos no te detuviste cuando estaba llorando? –preguntó Andreas.

–Quería… necesitaba… sentirme… normal. Yo… tengo… Estoy teniendo algunos efectos secundarios. No es lo que… No debería ser una excusa para lo que hice. Yo… no quiero que eso sea una excusa. No importa, lo arruiné. Es mi culpa. Lo pondré bajo control. Ahora lo sé y no voy a dejar que vuelva a suceder. Nunca más –dije, notando que mis divagaciones no tenían mucho sentido. Odiaba admitirlo, pero mi mente estaba muy jodida.

–¿Qué quieres decir? –Andreas dijo, y papá se acercó a mí.

–Tenemos trastorno de estrés postraumático, papá –le respondió Kenzo desde la cocina–. Todo está todavía demasiado reciente, por lo que está bastante mal. Cualquier cosa podría desencadenarlo. Yo también lo tengo. Yo también me follaba muy duro a las chicas mientras mi mente divagaba, tratando de sentir cualquier cosa menos… Cualquier cosa menos el retroceso de las armas. –Kenzo dijo mirando a la distancia. Sus ojos se veían como los míos tendían a verse de vez en cuando. Regresamos, pero estábamos jodidos, los dos.

Papá se me acercó para abrazarme.

–Lo siento mucho, hijo. No lo sabía. ¿Por qué no me lo dijiste?

–Estoy bien, papá, lo resolveré. Lo pondré bajo control. –Traté de tranquilizarlo, pero ya estaba llorando. Kenzo se acercó a nosotros.

–No te preocupes, tío. No está solo. Pasamos juntos por el infierno y saldremos juntos de él, ¿verdad, Estoico? –Kenzo le dijo, y asentí.

Él estaba en lo correcto. Estaba tan feliz de estar de regreso que no me di cuenta de que todavía estábamos atrapados allí. Seguíamos atrapados en el infierno. Kenzo le dio unas palmaditas en la espalda a mi papá y papá lo abrazó.

–Tienes que dejar de guardarte mierdas como estas, Estoico. No podemos ayudarte si no sabemos qué está pasando. –Andreas también se me acercó para abrazarme.

–Lo siento mucho, Andreas –le dije mientras me palmeaba la espalda.

–Siento haberte golpeado. Te ves como una mierda –Andreas se rió entre dientes.

–No. Me lo merecía –le dije, abrazándolo con más fuerza.

–Sí, te lo merecías. Todavía no te quiero cerca de Emmy. Dale tiempo –dijo, y asentí.

-Tres semanas después-

No había visto a Emmerson en semanas. Estaba desesperado. Estaba tan preocupado por ella que apenas podía dormir. Solo había visto a mi mamá una vez. Tuvimos una conversación y ella me aseguró que Emmy estaba bien. Me dijo que Emmerson estaba sana y salva, pero nunca dijeron dónde estaba. Sabía que mamá cuidaría bien de mi niña, pero aún así, estaba preocupado. Dijo que Emmerson aún no estaba lista para enfrentarme, lo que significaba que todavía estaba afectada. Entendí por qué ella no querría verme, pero aun así me dolía.

Después de que tuve esa conversación con papá y Andreas, comenzaron a acercarse lentamente a mí de nuevo. No estaban contentos conmigo, pero tampoco estaban enojados. También Imany, ya no estaba tan enojada como cuando se lo dije por primera vez. Incluso me abrazó. Kenzo diciéndoles que casi me muero por él de alguna manera hizo que todos se calmaran y escucharan. No me gustó que se enteraran, pero me alegré de no haber perdido a mi familia. Todo lo que necesitaba ahora era disculparme con Emmy.

Todos los días iba a su casa con la esperanza de que hubiera regresado. Caminaba por el pueblo durante aproximadamente dos horas todos los días buscándola antes de regresar a casa. Fui a todos los lugares que sabía que le gustaban. Caminé hasta el río, la casa de reuniones y el parque. Caminé por las calles y fui a todas partes. Fui en diferentes momentos todos los días pero, hasta ahora, no tuve suerte. También fui a la casa de su mejor amiga y preguntaba por ella de vez en cuando. Incluso le había preguntado al maldito Landon. Odiaba su rostro.

Cuando no estaba buscando a Emmerson, estaba trabajando duro tratando de preparar la casa. Como de todos modos no podía dormir, trabajé día y noche durante la primera semana. Después de terminar todo el interior, me tomé un día para limpiar toda la casa. Había estado trabajando en lo que quedaba de nuestros muebles, pero no era mucho. Papá venía y me ayudaba a veces, aunque todavía no hablaba mucho conmigo. Kenzo venía con Ian de vez en cuando.

Ian era super lindo. Kenzo hizo un niño guapo. Tenía el color de pelo de Ava pero con los rizos de Kenzo. Se parecía mucho a Kenzo. Era difícil creer que él ya fuera papá. Desde que volvimos, Kenzo no había follado con nadie, en parte porque no tenía tiempo para hacerlo. Sabía que se quedaba con Ava la mayoría de las noches. Estaba cambiando y estaba realmente feliz con su hijo. Me encantaba ser tío. Iba a malcriar a ese pequeño muchacho.

No podía esperar para casarme con Emmy y formar nuestra familia. Quería ayudarla a olvidar todo y hacerla feliz. Aunque llevara algo de tiempo, yo estaba seguro de que se recuperaría. Ella tenía que hacerlo. No sabía qué haría sin ella.

Uno de esos días, papá y tío Andreas fueron a recoger materiales a un pueblo cercano y se llevaron mi camioneta. Como no me quedaba mucho que hacer en casa, solo iba a caminar y quedarme en casa de mi papá. Papá me dijo que mamá estaba trabajando hoy, eso significaba que Emmy estaba sola. No quería que se sintiera sola.

Fui a casa de Imany y hablé con ella antes de que saliera. Iba de camino a ver a sus padres que vivían cerca del borde del pueblo. Me dijo que me dejó comida y me dijo que me asegurara de comerla. Sabía que no estaba comiendo como solía comer.

Ethan estaba en casa pero también estaba de salida. Me dijo que tenía planes con Amelia. Al parecer, había planeado una velada romántica y me dijo que no lo esperara despierto. Con eso, supe que Amelia no estaría en su casa. Ni siquiera me molestaría en pasar preguntando por Emmy. Kenzo estaba con Ava e Ian. Me dijo que podía unirme a ellos, pero no quería interrumpirlos. Necesitaban tiempo para ponerse al día.

Comí la comida que Imany me dejó y limpié los platos para ella. Como ya estaba en eso, barrí y desempolvé la cocina y la sala de estar también. Me paré frente a la puerta de Emmerson y mi pecho se apretó. La extrañaba mucho. Puse mi mano en la manija pero no tenía fuerzas para abrir la puerta, así que me fui.

Por alguna razón, fui a la estación de tren. Recordé lo feliz que estaba de verme la primera vez que regresé. Qué hermosa se veía cuando corría hacia mí. Su cabello suelto volaba mientras corría. Ni siquiera podía imaginar que podía verla corriendo a mis brazos de una manera más hermosa hasta que la vi en el río.

Ella también estaba feliz entonces, como antes. Lo arruiné todo. Quería decir que era porque ella prácticamente corrió desnuda hacia mí, pero no, yo ya tenía mi mente puesta en seducirla lo antes posible. Pensando en ello, no había pensado en el sexo durante todo este tiempo. Ni una sola vez me había masturbado o había pensado en ella sexualmente. Quizás fue porque estaba demasiado preocupado, o quizás porque estaba demasiado avergonzado. De cualquier manera, sentí como si lo hubiera perdido, esa ardiente necesidad de querer estar dentro de ella. Esa cosa que me regaló el día de mi cumpleaños en una pequeña caja vacía.

Queriendo recordar ese hermoso día, decidí seguir nuestros pasos hasta la casa. Caminé hacia el parque con la cabeza gacha, buscando ese banco, nuestro banco. Desde la distancia, vi que ya había gente sentada en él. Estaba a punto de darme la vuelta cuando reconocí la puta cara de Landon. Junto a él había una chica con un chal y cabello rizado como el de Emmerson.

«¡De ninguna maldita manera!».

Mi corazón se detuvo antes de comenzar a latir más rápido. Sentí la sangre caliente bombeando de mi corazón y extendiéndose rápidamente por mi pecho. Comencé a caminar lentamente al principio. Cuanto más me acercaba, más claro estaba. Esa era mi Emmerson. Vi a Landon acercarse a ella y mis pasos se hicieron más rápidos.

Vi a Landon abrazarla. ¡Joder, no! Yo corrí. Le dije a este hijo de puta que le rompería el brazo la próxima vez que la tocara, y no estaba bromeando. Iba a arrancarle el brazo y lo iba a disfrutar.

A medida que me acercaba a ellos, disminuí la velocidad, para poder escabullirme detrás de él. No iba a dejar que este hijo de puta escapara con vida como la última vez. Lo vi dejar caer su brazo más abajo y apartar su cabello de su rostro con la otra mano antes de comenzar a hablar.

–Mírame, Emmy. Si Estoico te lastimó, significa que no te merece, punto. Es mejor estar lejos de él. –Ese hijo de puta quería quitarme a Emmy. Sobre mi cadáver.

–Pero y si... –Emmy comenzó a decir algo, pero le quité el brazo a Landon de la espalda y lo rompí como un palillo de dientes. El hueso le atravesó la piel y la sangre brotó por todas partes. El maldito gritó como una perra, y lo agarré por el cuello, lo levanté y lo arrojé con fuerza al suelo como la mierda que era.

Sabía que mi Emmy estaba allí, pero no la miré. Primero tenía que matar a este bastardo. De todos mis asesinatos, este era el único que disfrutaría.

Tan pronto como Landon aterrizó en el suelo, comencé a patearlo violentamente y pisotearlo, queriendo romper cada hueso de su asqueroso cuerpo. Lo estaba aplastando bajo mis pies como el puto bicho que era.

Emmerson comenzó a huir y yo corrí detrás de ella, olvidándome de inmediato de Landon. Mi corazón latía rápido, recordando la última vez que huyó de mí. No podía dejarla ir.

Grité su nombre mientras corría hacia ella.

–¡Emmerson, detente! –No lo hizo, solo corrió más rápido. Parecía aterrorizada.

–Emmerson, carajos, detente. –Seguí corriendo tras ella, acercándome más y más. Corrió rápido, pero no podía escaparse de mí. La agarré y la sujeté por las caderas, tirando de ella hacia mí.

–Joder, detente, Emmy. Detente, cariño. –La abracé con fuerza por detrás y ella comenzó a agitarse y a gritar. Me pateaba y trataba de escapar de mis brazos con todas sus fuerzas. La abracé con más fuerza. Tenía miedo de que se hiciera daño tratando de correr como lo había hecho la última vez.

–¡Déjame ir! ¡Déjame ir! ¡Ayuda! –Emmerson gritó desesperadamente y me sentí como una mierda. No la iba a lastimar. Nunca la lastimaría.

–Joder, Emmy. Detente, no te lastimaré, cariño. Detente, por favor. –Traté de calmarla, pero no dejó de pelear conmigo. Seguí abrazándola con fuerza y le di la vuelta, poniendo su cara en mi pecho. Ella lloró y yo mantuve una mano en su cabeza y la otra en su espalda.

«Lo siento mucho, Emmy».

Besé su cabeza y la mecí de un lado a otro para calmarla. Mi pecho se movía hacia arriba y hacia abajo con fuerza contra ella con cada dolorosa respiración que tomaba.

–Está bien, cariño. –No solo estaba tratando de calmarla, también me estaba calmando a mí mismo. Ella estaba llorando. No tenía idea de cuánto me dolía verla llorar.

–Está bien. Está bien. Te encontré. –Acaricié su cabello y seguí abrazándola. No había forma de que la dejara ir.

–Déjame ir, Estoico, –dijo, llorando con la voz más triste que jamás había escuchado salir de ella. Me rompió el corazón. Dejó de pelear conmigo. Estaba cansada y débil. Me incliné, tomé sus piernas con mi mano derecha y sostuve su espalda con mi izquierda, levantándola. La sostuve cerca de mi pecho y comencé a caminar.

Todavía estaba llorando cuando se empujó más contra mi pecho y se tapó la cara con mi camiseta, sin querer verme. No me importaba. La dejaría hacer lo que la hiciera sentir más cómoda.

Tomé el camino corto de regreso a su casa. Lloró suavemente durante todo el camino, con el rostro oculto. Yo no hablé. Simplemente caminé, queriendo llevarla rápido a la seguridad de su hogar.

Tenía que tener esta conversación con ella. Me avergonzaba mostrar mi cara, pero tenía que hacerlo. Emmerson necesitaba saber cuánto lo sentía. Me iba a disculpar y esperar lo mejor.

«Te quiero mucho, Emmy. Por favor dame una oportunidad. Nunca más te decepcionaré».

TREINTA Y UNO

EMMERSON

Emmerson 18 años
Estoico 23 años

—Tenemos que hablar. —Estoico me dejó en el suelo de mi habitación y cerró la puerta detrás de él. Nos había llevado a mi casa mientras yo lloraba durante todo el camino.

La casa estaba vacía. Papá y el tío Erik estaban en una aldea al este para recoger algunos materiales y no estarían en casa hasta mañana. Mamá estaba visitando a la abuela en el lado opuesto de la aldea en la que vivíamos, y no estaría en casa hasta altas horas de la noche. Ida se estaba poniendo al día con su trabajo después de todo el debacle de la desfloración, y Kenzo estaba pasando el día con su hijo, Ian. No sabía dónde estaba Ethan, pero suponía que estaba con Amelia. Él era el único que podría venir y salvarme, pero nunca regresaba temprano a casa, así que no era probable. Estaba jodida.

—No quiero hablar contigo. —Me puse de pie y lo enfrenté. Era hora. Necesitaba ser firme con él. Siempre había actuado como si tuviera autoridad sobre mí, pero eso estaba por cambiar. Ya que estaba frente a él, noté que todavía tenía rastros de moretones en la cara. Seguramente por la paliza que le había dado mi padre. Bien, se lo merecía. Me hubiese gustado estar allí para verlo.

Estoico negó con la cabeza antes de insistir.

—No, Emmy, tenemos que hablar y vamos a hablar ahora.

—Dije que no. Sé que no entiendes lo que no significa, así que te lo voy a explicar simplemente… ¡Cuando yo digo NO, tú me dejas en paz! ¿OK? —Hice algunos pequeños gestos con las manos para que pareciera más obvio.

—No me enojes, Emmerson —dijo Estoico en voz baja. Intentaba controlar el volumen de su voz y su respiración.

—¿O qué? ¿Mmm? ¿Me vas a forzar, Estoico? ¿De nuevo? —Esas palabras salieron de mi boca y se quedó en silencio. Ese fue un golpe bajo. Lo vi en su rostro. Parecía herido y sus ojos se pusieron vidriosos. Respiró hondo un par de veces.

—Emmerson, sé que te lastimé. Sé que no quieres verme ahora, pero no puedo esperar. Esta conversación no puede esperar. Necesitamos hablar, Emmy. Si no quieres hablar, no lo hagas, solo escucha —dijo, tratando de mantener la calma. Podía oír que le costaba hablar. Era como si tuviera un nudo haciendo que su voz profunda se quebrara.

—Ahora no. —Negué con la cabeza y aparté la mirada de él. No quería enfrentarme a él, no ahora. Era demasiado pronto para mí. Envolví mis brazos alrededor de mí. Estoico me miró fijamente con sus ojos azules. Su boca se abrió y se cerró varias veces antes de que algo pudiera salir de ella.

Caminó hacia adelante.

—Lo siento, Emmy. Déjame… —Estoico trató de tomar mi mano entre las suyas, pero me aparté. No quería que sus manos me tocaran.

—Emmy. —Lo intentó de nuevo, y una vez más, aparté la mano.

—¡No! Me violaste, Estoico. Confié en ti y me destruiste. Joder, abusastes de mi —dije con lágrimas en los ojos.

Su mano cayó. Estaba derrotado. Nunca había visto a Estoico tan afectado. El hombre parado frente a mí no era el Estoico gigante enojado que había conocido toda mi vida. En cuestión de segundos, se volvió débil y pequeño de alguna manera. Podías ver la vergüenza y el arrepentimiento en sus ojos. Su cuerpo comenzó a temblar.

—Yo… realmente lo siento, Emmy. —Lágrimas, Estoico estaba llorando. No supe qué hacer. Estas últimas tres semanas, había querido que él también estuviese lastimado. Quería que le doliera tanto como a mí, y lo estaba. ¿Ahora qué? Nunca había visto a Estoico llorar así.

—Lo siento mucho, Emmy… Por favor, perdóname. —Empezó a sollozar. Le temblaron los hombros e intentó contener las lágrimas y fracasó. No pude hacer nada más que permanecer callada, mirándolo estar tan destruido como yo lo estaba, tal vez peor. Las palabras de Ida pasaron por mi mente. Él también estaba sufriendo. Ambos estábamos sufriendo.

—Estoy enojado, Emmy. Estoy enojado conmigo mismo porque te lastimé. Me juré a mí mismo que siempre te protegería, pero perdí la cabeza y te lastimé, Emmy. —Más lágrimas. Incluso estaba hiperventilando. Nunca lo había visto tan expuesto, tan vulnerable. Me sentí mal por él.

Trató de calmarse.

—Debería haber dicho esto hace mucho tiempo, Emmy. Deberías haberlo sabido hace mucho tiempo, para que no hubiera ninguna confusión entre nosotros. Ninguna confusión sobre lo que has significado para mí, pero por alguna estúpida razón, nunca lo hice. —Se secó las lágrimas con el dorso de la mano. Estaba mirando al suelo y no a mí. Su rostro y sus ojos estaban casi tan rojos como su cabello. Sus uñas se estaban clavando en el interior de sus dedos. Parecía un niño perdido.

—Nunca he sido bueno comunicándome. Peor si tiene que ver con sentimientos o cosas así, pero eso no significa que no los tenga. Joder, a veces actúo como una roca, y lo sé. Pero yo no soy una, Emmerson. —Levantó los ojos hacia los míos y pude ver la intensidad de la tormenta en sus ojos. Pude ver que esto era doloroso para él. Debe haber estado luchando contra sí mismo durante mucho tiempo.

—Emmerson, siempre te he amado, desde el día en que naciste, y te amaré hasta el momento en que dé mi último aliento. —Seguí mirándolo a los ojos. No estaba mintiendo. Él me ama.

«Si me amaba, ¿por qué había hecho eso?».

No sabía qué pensar sobre esto. Durante la mayor parte de mi vida, sentí que él no hizo nada más que hacer mi existencia miserable, pero incluso con todos sus defectos, él siempre estuvo ahí. Siempre me cuidó. A su extraña y celosa manera, yo le importaba.

—Lo siento más que nada. Te compensaré incluso si es lo último que haga. —Estaba decidido. Se acercó y yo di un paso atrás cuando su mano buscó mi rostro. Su mano tembló y vi más dolor en sus ojos.

—Por favor perdóname. Sé que soy un maldito idiota, pero siempre he sido tu maldito idiota, Emmy —dijo en voz baja. ¿Mío? ¿Él cree que es mío? ¿Es eso lo que quiso decir cuándo dijo que se estaba guardando? ¿Realmente se guardó para mí? ¿Me esperó por casi una década?

Seguí caminando hacia atrás, pero me quedé sin espacio y él dio otro paso adelante. Mi cama estaba justo detrás de mí.

–Por favor. –Eso fue una súplica. No estaba pidiendo, estaba rogando.

–No creo que pueda, Estoico. Me lastimaste, y yo... Yo estoy... –Estaba confundida. Todo esto fue demasiado, demasiado rápido, demasiado pronto. Se acercó a mí y me senté en la cama.

–Yo... Yo... necesito espacio. –Literalmente. Todavía se estaba acercando. Comencé a inclinarme hacia atrás y él se inclinó hacia adelante. Sus manos aterrizaron a mi lado, sosteniéndose sobre mí, y mis ojos inmediatamente se fijaron en ellas. ¿Qué estaba haciendo?

Sentí que se acercaba y cuando miré hacia arriba, su rostro estaba muy cerca del mío.

Apoyé mi peso sobre mis codos, y Estoico se detuvo un buen rato, sin apartar nunca sus ojos azules de mí. Su pecho subía y bajaba rápidamente antes de calmarse lentamente. No dijo nada y no hizo ningún movimiento. Simplemente me estudió. Sus profundos ojos azules se movieron de mis ojos a mi nariz, luego a mis labios, luego a mi cuello y de nuevo a mis ojos. Respiré hondo un par de veces y, por alguna razón, ya no sentí que tenía que huir de él. Estaba tranquila, mi mente flotando suavemente en un mar de sus intensas esferas azules. Mi reflejo devolviéndome la mirada en sus pupilas. Quietud. Estaba tan cerca que podía sentir el calor proveniente de su cuerpo.

–Te amo. –Estoico rompió el ensordecedor silencio. Me quedé callada.

–Te amo tanto –dijo de nuevo, mirándome a los ojos. Una vez más no respondí.

«¿Qué podría decirle a eso?».

–Estoy locamente enamorado de ti, Emmerson. –Sus ojos viajaron a mis labios y luego de vuelta a mis ojos.

Se inclinó y lo detuve. Puse una mano en su pecho.

–Vas demasiado rápido –le dije antes de pensar. Me di cuenta demasiado tarde de lo que acababa de decir. No había forma de retractarse. Se detuvo, miró mi mano y se apartó un poco.

–Entonces, ¿mientras vaya más lento, estará bien? –preguntó Estoico, su rostro se iluminó.

«¡Oh mierda! Le di esperanza».

–No, me refiero a... Lo que dije fue... Yo... –Se inclinó lentamente.

–Iré lento, Emmy. –Este idiota no sabe lo que quise decir cuando dije que era demasiado rápido, o simplemente no le importó.

Me besó una vez, un beso muy suave y ligero, y me miró a los ojos.

–Te daré tiempo.

Estoico tomó lo que parecía un aliento doloroso, se echó hacia atrás y se sentó a mi lado.

–Te daré tiempo –dijo, asintiendo con la cabeza.

Retrocedió más lejos de mí, aumentando el espacio entre nosotros. Mi cuerpo echó de menos inmediatamente su calor.

–Esperaré todo el tiempo que necesites. Todo lo que te pediré son dos cosas. Déjame ayudarte a sanar, y dame la oportunidad de demostrarte lo mucho que te amo. –Sonaba triste. Me di cuenta de que la mayor paliza que recibió fue la que se dio él mismo. Se odiaba a sí mismo por lo que hizo.

Estoico posó los ojos en el suelo.

–No voy a poner ninguna excusa. Lo que hice estuvo mal, muy mal, y lo lamentaré por el resto de mi vida. Es una pena que tengo que cargar yo, pero no tú. Quiero que estés saludable y quiero que seas feliz.

Me senté y puse mis manos en mi regazo. Estábamos en esquinas opuestas de mi cama. No pude evitar estudiar su figura triste. Puso sus manos en su regazo y comenzó a mover los dedos de nuevo. No me había dado cuenta antes, pero eso era algo que hacía cuando estaba nervioso.

–No te merezco, pero tampoco tengo la fuerza para vivir sin ti. Eres una mujer fuerte e independiente, Emmerson. Siempre lo fuiste. No necesitas un idiota como yo a tu alrededor para nada. No te equivoques, soy yo quien te necesita a ti –dijo Estoico, todavía sin mirarme. Me quedé callada. No supe qué decir. Por primera vez en nuestras vidas, Estoico era el que hablaba y yo era la que escuchaba.

–Dame la oportunidad de mostrarte cuánto te amo, lo importante que eres para mí. Incluso si es solo una pequeña oportunidad. Tomaré lo que quieras dar. Lo tomaremos con calma, está bien, –dijo, finalmente buscándome a los ojos.

No supe qué decir, así que no dije nada. Nos miramos el uno al otro durante mucho tiempo en silencio. Mi mente estaba tratando de dar sentido a todas las cosas que habían sucedido. Empecé a sentir que mi realidad ya no era "real". No sabía qué creer. El Estoico frente a mí era una persona diferente. Por cada recuerdo que recordaba, debía haber uno alternativo: el suyo. Todo este tiempo, habíamos estado viviendo momentos iguales pero diferentes. Si lo que Ida me dijo fue realmente lo que era, entonces podría haber juzgado mal todo desde el principio. Lo juzgué mal.

Nos quedamos callados un rato más. Mi mente iba en mil direcciones diferentes, todas ellas me llevaban al mismo lugar, y esa era la triste figura de

Estoico frente a mí.

Había una pregunta que seguía pululando en mi mente. Algo que, no importaba lo que hiciera, no tenía sentido para mí.

–¿Por qué se lo dijiste a todo el mundo? –pregunté en voz baja, rompiendo el silencio.

Alzó una de sus cejas.

–Porque no hay nada ni nadie en este mundo más importante para mí que tú –dijo, mirándome a los ojos una vez más.

–Necesitabas ayuda, y yo no iba a quedarme al margen y verte sufrir sola. De ninguna maldita manera –admitió Estoico–. Prefiero ser golpeado por tu papá mil veces que dejarte lastimada sola por un maldito minuto. Nunca más –dijo, sacudiendo la cabeza y apretando la mandíbula. Sus manos se movieron de nuevo.

No sé por qué, pero eso me hizo sonreír. Quizás fue la forma en que lo dijo. Cuanto más lo miraba, más se parecía a un niño. Pensando en retrospectiva, nunca me lastimó incluso cuando se enojaba conmigo. Nunca dudó en arriesgarse por mí. Recordé sus rasguños sangrantes después de que trepé a ese árbol. Realmente nunca se quejó de eso. Nunca se quejó de nada de lo que hice, y yo hice muchas cosas para molestarlo. Asentí.

–¿Landon? –Le pregunté.

–No quiero hablar de ese hijo de puta –dijo rápidamente y sin dudarlo. Mordí mi labio tratando de contener una sonrisa y me reí internamente. Oh, Dios mío, yo era tan malvada. El pobre Landon debe seguir gritando tirado en el suelo. El rostro de Estoico se puso serio y parecía que no había terminado con él. Landon debería abandonar el continente antes de que Estoico lo alcanzara de nuevo. No sabía por qué me parecía tan gracioso cuando Estoico se enojaba. Quizás por eso solía molestarlo tanto.

Nos quedamos allí hablando durante horas. Le hice algunas preguntas y él me dio respuestas breves. La mayor parte de lo que dijo fueron disculpas y promesas de no volver a lastimarme nunca. Me explicó que todo era culpa suya y que estaba confundido cuando me lastimó. Pero él no quería que eso fuera una excusa, así que iba a tomar responsabilidad de sus errores.

Me preguntó sobre las dos veces que me había tocado antes. Quería saber si yo quería eso o si me había malinterpretado de nuevo. Le dije que sí, y dejó escapar un suspiro de alivio. Para ser honesta, hice más que solo quererlas. La segunda vez que me tocó, le habría rogado. Sin embargo, no le dije porque no quería aumentar su ego.

Me preguntó si dejé de quererlo tan pronto como sentí dolor cuando me penetró por primera vez, y me di cuenta de que él no tenía ni idea de que yo no lo quise desde el principio. Le dolió cuando se enteró. Rara vez me miró a los ojos después de enterarse de eso.

Estoico juró que daría su vida por mí y que haría cualquier cosa para ayudarme a sanar. Asentí con la cabeza, pero no estaba pensando en confiar plenamente en él todavía. Me preguntó si podía visitarme y hablar conmigo, y acepté. No pensé que él quisiera hacerme daño. De hecho, era todo lo contrario.

Durante todo el tiempo que hablamos, nuestros cuerpos no se movieron de dónde estábamos sentados, pero de alguna manera sentí que la distancia entre nosotros se cerraba lentamente con cada minuto que pasaba.

TREINTA Y DOS

EMMERSON

Emmerson 18 años
Estoico 23 años

Regresé a la casa de mis padres. Como acordamos, Estoico vino a visitarnos. Venía de visita todos los días, dos veces al día. Visitaba por las mañanas y por las tardes.

Durante la primera semana, me trajo flores silvestres y pasteles todos los días. Siempre se sentaba o se paraba a poca distancia de mí y comenzaba a preguntarme cómo estaba antes de quedarse callado por un largo tiempo, mirándome llenar mi boca con los pasteles. Por alguna extraña razón, le gustaba verme comer. Si seguía alimentándome así, terminaría gorda como una vaca. Mi vientre se mostraría antes de lo que esperaba. Estoico todavía no sabía que estaba embarazada. Yo no le había dicho. Le dije a mamá e Ida que quería decírselo yo misma, pero todavía no lo había hecho.

Siempre se mantuvo fuera de mi alcance. No había forma de que accidentalmente pudiera tocar sus manos o chocar con él. Siempre se mantenía a un metro de distancia, a veces más. Incluso cuando le pedía que me pasara algo, lo colocaba cerca de mí, pero nunca lo ponía directamente en mis manos. Me estaba evitando. Pensé que debería haber sido yo quien lo evitara, no al revés. Quería cerrar la brecha entre nosotros, pero cuando daba un paso adelante, él daba un paso atrás. La única forma de acercarme era acercarme sigilosamente a él por detrás, pero tan pronto como se volteaba y me veía, retrocedía tres pasos.

Después de unos diez días de eso, estaba cansada. Lo confronté y le pregunté por qué siempre se mantenía a distancia, y pude darme cuenta de que mi pregunta lo tomó por sorpresa. Dijo que no quería que me sintiera incómoda. Me pareció una linda respuesta, pero le dije que se detuviera. Él lo hizo. Después de eso, me sentaba cerca de él y lo veía ponerse nervioso y juguetear con sus dedos. No sabía por qué siempre tenía que encontrar la manera de molestarlo.

Una semana después de eso, tuvo una larga conversación conmigo y me convenció de que hablara con un terapeuta sobre la violación. No quería, pero prácticamente me rogó que lo hiciera. Dijo que ya había hablado con Ida y que ella ya me había concertado una cita. Dijo que siempre podríamos cancelarla, pero realmente quería que lo intentara.

Completé dos sesiones de tratamiento psicoterapéutico y luego decidí que no era para mí. Fue útil, pero para ser sincera, fui más por él que por mí. Me sentía bien, supongo. No había un terapeuta de trauma en nuestro pueblo, así que tuvimos que ir a otro pueblo.

Estoico me llevó. Para mi sorpresa, Estoico tenía una camioneta. Era cómicamente pequeña y solo sentaban tres personas. Dijo que la iba a necesitar para mover materiales para su nuevo trabajo. Nunca dijo cómo la consiguió.

Llevamos a Ida con nosotros a mi cita. Fue un viaje de cuarenta minutos, e Ida se sentó entre nosotros y habló conmigo durante todo el camino. Me alegré de tener a alguien con quien hablar en el camino, ya que Estoico siempre era tan callado. Me enfermé y vomité a mitad de camino, pero le dije que estaba mareada por el movimiento del automóvil. Eso era parcialmente cierto. No estaba acostumbrada a viajar en coche, pero las náuseas matutinas por el embarazo tampoco ayudaban.

Quería tener a Ida conmigo durante la sesión, así que ella se quedó a mi lado. Estoico se quedó afuera. Cuando terminamos con la sesión y salimos de la oficina, Estoico nos esperó con pasteles. Eso me hizo reír. Debía saber que me encantaban. Nunca supe si los trajo con él o si los consiguió en algún lugar cerca de la oficina del terapeuta.

Me tomé mi tiempo para observarlo cuidadosamente, tratando de leerlo. Para rastrear todos los recuerdos que tenía de él, buenos y malos. Todavía estaba confundida. Era tan difícil leerlo. Dijo que me amaba, pero apenas esbozó una sonrisa a mi alrededor.

A menudo me distraía con las cosas más pequeñas, como la forma en que se movía su nuez de Adán cuando hablaba y la forma en que su cabello nunca se quedaba donde lo había puesto. Cuanto más lo miraba, más guapo se volvía para mí. Cuanto más pensaba en él, más ansiaba tenerlo cerca.

Tuve que reírme, Estoico apestaba en las citas, si eso era lo que estaba tratando de hacer. Habían pasado tres semanas y todavía estaba distante. Estoico estaba tan nervioso a mi alrededor que, la mayor parte del tiempo, se sentaba en silencio a mi lado. Muchas veces lo pillaba mirándome y rápidamente volvía la cabeza o miraba al suelo. Yo ya estaba lista para seguir adelante, pero él nunca se acercó a mí. Supuse que tendría que ser yo quien hiciera los primeros movimientos.

Verlo así trajo muchos viejos sentimientos olvidados. Ella no estaba completamente perdida, todavía podía sentirla. Todavía la tenía, en algún lugar profundo de mí. Todavía estaba allí, llena de vida. La sentí levantarse y reír como una maniática. ¡Hola, mi vieja amiga! Mi mocosa interior había vuelto. Una gran sonrisa se dibujó en mi rostro más rápido de lo que pude ocultarla. Iba a molestarlo.

Esa tarde hice cien excusas diferentes para quedarnos a solas. Lo convencí de que me llevara a la casa de sus padres, sabiendo bien que ninguno de ellos estaría allí. Una vez allí, le pedí ver su habitación, así que me llevó. Una vez en su habitación, le dije que quería una siesta y que quería que me abrazara como solía hacer hasta que me quedara dormida. Se lo creyó todo.

Estoico movió su manta e hizo espacio para que nos acostáramos. Me senté en la cama de su niñez y di unas palmaditas en el colchón a mi lado. Él se sentó y yo me acosté. Se acostó a mi lado y vaciló antes de lanzar su brazo alrededor de mí. Me volví en sus brazos y lo miré de frente. Sabía que dudaba, pero no intentó decirme nada. Pasé mis dedos por su barba, por sus cejas y por su nariz como lo había hecho hace tantos años atrás. Cuando me acerqué y capturé sus labios con los míos, sus ojos se abrieron. Al igual que nuestro primer beso, presioné mis labios contra los suyos y él se sonrojó de un rojo color tomate. Pasó un breve momento y empezó a devolverme el beso.

Sus labios húmedos se movieron sobre los míos y cerró los ojos. Estoico tenía una mano acariciando mi mandíbula, pidiendo permiso. Suavemente empujó mi mandíbula hacia abajo y deslizó su lengua dentro de mi boca. Me apretó contra él y movió su lengua dentro de mí, saboreándome. Mi corazón estaba latiendo rápido. Estoico no abrió los ojos. Siguió besándome apasionadamente. No fue un beso duro o desesperado, fue cálido pero suave. Estaba tratando de ser gentil. Lentamente se deslizó encima de mí, sosteniendo su peso sobre sus antebrazos, y siguió besándome. Ambos estábamos consumidos en este beso acalorado. Sus manos fuertes tocaron muy suavemente mi cuerpo. Cada cabello de mi piel se erizó ante su toque. Movió sus manos hacia el sur y comenzó a abrir mis piernas para hacer espacio para él. Tan pronto como hizo eso, lo detuve.

Era una prueba. La pasó. Se detuvo. Estaba confundido, pero no se quejó. Me besó y retrocedió. Incluso fue dulce al respecto y me sostuvo en sus brazos para una siesta como le había pedido. No intentó nada, nada en absoluto, luego simplemente dormimos una siesta.

Al día siguiente, lo volví a hacer. Esta vez dejé que me abriera las piernas. Pasó sus cálidas manos entre mis muslos y me acarició suavemente. Dejé que me subiera la falda y se colocara encima de mí. Cuando empezó a bajarse los pantalones, lo detuve. Una vez más, se detuvo, sin hacer preguntas. Nos arregló la ropa y me llevó a dar un paseo después. Nos sentamos junto al río y me escuchó hablar durante horas como solíamos hacer cuando era pequeña.

Al día siguiente, lo volví a hacer. Para entonces debía tener ya las bolas moradas. No tenía idea de que estaba jugando con él. Esta vez, dejé que me quitara la blusa y me besara los pechos. Lamió y saboreó mis pezones hasta que estuvieron duros y sensibles. Apretó su dureza contra mis muslos y mi núcleo se calentó de necesidad. Estoico se quitó la camisa y su piel entintada sobre la mía se sintió divina. Casi no lo detuve. Se sintió tan bien. Abrió mis piernas, se colocó entre ellas y una vez más, una vez que se bajó el pantalón, lo detuve. Mordí mi labio y contuve mi risa. Esta vez respiró hondo antes de retroceder, pero no se quejó. Casi me sentí mal por eso, pero no. Me fui a casa y me reí a carcajadas. Había un lugar especial para mí en Hel con mi nombre en letras grandes y en negritas.

Después de eso, empezó a sospechar de mí. Al día siguiente intenté hacer lo mismo, pero él no cayó. Dijo que estaba ocupado y que necesitaba ir a trabajar. Nunca lo había visto salir de mi casa tan rápido como en aquel día. Me senté en mi sala de estar y me mordí el labio. La broma me la pasó a mí ahora. Lo deseaba desesperadamente.

Al día siguiente se me ocurrió una excusa más creíble para mantenerlo cerca. Le dije a Estoico que me sentía mal y que estaba sola. No fue una mentira completa. Mamá se fue temprano en la mañana para pasar el día con familiares como hacía de vez en cuando, y yo también me sentía mal, aunque no era algo que no pudiera manejar yo misma. Era solo una ligera náusea matutina.

Convencí a Estoico para que me ayudara y se quedara conmigo mientras yo dormía. Lo tenía en mi cama conmigo y comencé a besarlo, tratando de perderme en sus brazos una vez más. Quería saborear esos labios adictivos. Me devolvió el beso y luego vaciló.

–¿Estás bien? –pregunté, con una mirada inocente en mi rostro. Sabía bien cuál era su problema, yo.

–Sí, ¿y tú? –Acarició mi cabello suavemente y pasó su mano amorosamente por mi espalda.

–Estoy mejorando, pero todavía no me siento del todo bien –dije con un puchero infantil, y me besó el labio inferior suavemente. Me miró a los ojos antes de tomar mi labio entre los suyos una vez más. Esta vez se lo metió suavemente en la boca mientras lo besaba. Siguió haciendo eso, y pronto el beso se calentó. Justo como yo lo quería. Me besó un poco más y luego se detuvo.

–Creo que tenemos que detenernos aquí, Emmy –dijo con los ojos llenos de lujuria.

–¿Por qué? –dije, atrayéndolo hacia mí una vez más.

Me besó de nuevo y se apartó.

–No puedo, Emmy. –Sacudió la cabeza.

–¿No puedes qué? –pregunté, mordiéndome el labio, sabiendo exactamente lo que quería decir. Le estaba volviendo loco.

–Me temo que no podré parar la próxima vez que me lo pidas. Deberíamos dejarlo aquí. Es lo mejor –dijo y luego comenzó a ponerse de pie. Tomé su mano y tiré de él hacia abajo.

–Entonces no lo hagas. –Lo besé fuerte. Me besó una vez y se apartó, sus ojos azules ardientes buscando los míos. No dije nada, solo le atraje de nuevo y seguí besando sus deliciosos labios. Acaricié su espesa barba mientras nos besábamos.

Su beso fue más dulce y sentí que me derretía lentamente en él. Sentía un hormigueo por todas partes, y mi piel estaba empezando a ponerse como piel de gallina.

Abrí la boca y lamí su labio inferior. Abrió la suya y me dejó entrar en él. Sentí el calor y la humedad esparcirse por toda mi ropa interior. Podía sentir su polla dura presionada contra mis muslos. Todo se estaba escalando, pero esta vez no iba a detenerlo.

Dejó besos por mi cuello y sus manos comenzaron a acariciar mi pecho. Estaba siendo gentil. El calor de sus manos hizo que mis pezones se pusieran firmes. Mis manos fueron inmediatamente a su largo cabello. Le desabroché el moño y pasé los dedos por sus rizos. Nuestra hija seguramente tendría el pelo loco. Afortunadamente, Estoico era bueno peinando el cabello.

–¿Emmy? –Esa fue una pregunta. Estaba pidiendo permiso. Seguía besando mi cuello. Me di cuenta de que estaba nervioso. Si le hubiera pedido que se detuviera en ese momento, podría haber tenido un ataque al corazón.

–Sí. –Esa fue mi respuesta. No había forma en el mundo de que pudiera detenerme ahora. Podría haber estado hormonal o algo así, pero sentí que había un fuego en mí que solo él podía aliviar.

Estoico me miró a los ojos, buscando, preguntándose si me había escuchado correctamente

–Em...

–¡Ahh! ¡Fóllame de una vez! –Había silencio. Sus ojos estaban muy abiertos, revelando su incredulidad. Supongo que no esperaba que yo fuera tan atrevida.

Prepárate, Estoico, porque si pensabas que tendrías una gatita temblorosa debajo de ti, estabas terriblemente equivocado.

Su rostro cambió de sorprendido a impresionado, y me dio la sonrisa más sexy que jamás había visto antes y rápidamente me quitó los pantalones y la ropa interior de un solo tirón. Luego se quitó la camisa con una mano y la arrojó al otro lado de la habitación. Allí estaba, mi dios nórdico. A partir de entonces, ese cuerpo sería mi religión, y con mucho gusto me arrodillaría y lo adoraría. El hombre era perfecto. Siempre supe eso, incluso cuando lo llamé horrible mil veces.

Mis ojos viajaron a sus abdominales y bajaron a sus perfectas líneas en forma de V. ¡Guau! Se bajó la cremallera y se puso los pantalones y los calzoncillos por debajo de las caderas. Su polla rígida saltó y le dio una palmada en el estómago, la cabeza estaba enrojecida y su eje venoso.

«¡Joder, era enorme!».

Debe ser casi del tamaño de mi antebrazo, igualmente de grueso. No es de extrañar por qué estaba tan herida antes. Estoico tenía el pelo rojo rizado por encima de su miembro, pero no demasiado. Pude ver que estaba recortado. Él era hermoso.

Me vio mirando a su enorme monstruo, lo tomó en su mano y se lo apretó duro, lentamente haciendo que goteara líquido preseminal. Mis ojos se agrandaron.

«¡Ah, joder! Yo lo quería».

–¿No que estabas enferma, Emmerson? Quizás deberíamos parar –dijo con una sonrisa. Entrecerré los ojos. Él sabía que estaba mintiendo.

«Olvida lo que dije. Lo quería ahora».

Abrí la boca para hablar, pero él debió saber lo que quería porque rápidamente agarró mis rodillas, me atrajo hacia él y abrió mis piernas. Sus ojos azules miraron mi coño mojado y goteando, y lo vi sonreír. Bajó la boca, dirigiéndose directamente a mi raja empapada.

«¡Santo cielo! ¡Sí!».

Estoico me dio una larga lamida de abajo hacia arriba con su lengua aplastada, y vi estrellas. Su barba me hacía cosquillas en los muslos, pero no podía importarme menos. Lentamente separó mis labios y lo hizo de nuevo, larga y húmeda, su lengua saboreándome como un delicioso caramelo. Cuando llegó a la cima, rodeó con su lengua mi clítoris.

Uff, eso se sintió tan bien.

–Mmm... Tan jodidamente deliciosa. –Lo escuché decir antes de que su lengua cayera sobre mí una vez más. Mientras lamía deliciosamente mi clítoris, mis manos agarraron las sábanas debajo de mí y las apreté con fuerza.

–¡Aahh! –Sonaba súper cachonda, tal vez porque lo estaba. Me estaba derritiendo como un helado y Estoico me estaba lamiendo toda.

Su boca se cerró alrededor de mi sensible capullo y lo chupó como a un dulce.

–Mmm, joder –dijo Estoico en voz baja. Estaba disfrutando esto. Levanté la cabeza para verlo, y él tenía una mano envuelta alrededor de su dura polla, masturbándose lentamente.

El chasquido de sus labios sobre mí llamó mi atención y, de repente, su ritmo se aceleró. Mis manos fueron a sus rizos rojos y lo acerqué más a mí. Estaba más hambriento, más desesperado. Su lengua invadió mi interior y sus dedos comenzaron a frotar mi clítoris rápidamente. Su lengua carnosa y húmeda estaba haciendo maravillas dentro de mí. Mi espalda se arqueó y levanté las caderas, deseando más de él dentro de mí.

–*¡Mmm, gostoso!* –dejé escapar un pequeño chillido–. ¡Santo cielo, sí! –Se sentía tan jodidamente bien.

Estoico deslizó su lengua y la reemplazó con su dedo medio, tocando inmediatamente un punto tierno y muy sensible dentro de mí hacia el frente de mi coño. En lugar de mover los dedos hacia adentro y hacia afuera, comenzó a moverse como si indicara "ven aquí".

«¡Oh, estaba a punto de hacerlo!»

–¡Ahh, joder! –Mi respiración era irregular, mis piernas temblaban y mis ojos estaban rodando hacia atrás en sus órbitas.

«¿Cómo diablos me estaba haciendo sentir tan bien? ¿Dónde aprendió eso?».

Añadió otro dedo y la presión comenzó a acumularse en todo mi cuerpo, lo que lo puso rígido. Estaba tratando de respirar, pero parecía que no podía encontrar el aire.

−No luches, solo córrete en mis dedos, pequeña. −Con eso, bajó la cara y cerró la boca alrededor de mi clítoris, lamiendo y chupando sin piedad.

Sentí que mi cuerpo se ponía rígido.

−¡Oh, mierda! ¡Santo cielo, Estoico! Santo... ¡Ahh! ¡Aaahh! −Me estaba corriendo duro. Puro placer disparándose rápido a través de mí, haciéndome echar la cabeza hacia atrás y abrir la boca en un grito silencioso.

Mi cuerpo estaba convulsionando. Tenía una mano envuelta en el cabello de Estoico y la otra empuñando las sábanas sobre mi cabeza. Mis caderas se movían. Estoico agarró una de mis piernas y me abrió de nuevo. Ni siquiera sabía que se las estaba cerrando. Él todavía estaba allí, moviendo y chupando mi clítoris sensible con fuerza con su lengua y moviendo sus dedos dentro de mí, haciendo que esa increíble sensación durara más.

−Estoico. −estaba rogando. Lo acerqué a mí. Cuando su rostro se acercó al mío, lo besé con fuerza, saboreándome en sus labios. Todavía tenía una mano en su cabello rizado. Nuestras lenguas una vez más se saborearon.

−No puedo esperar −dijo Estoico contra mis labios, sin aliento. Quería exactamente lo mismo que yo quería. Abrí mis piernas más para él, y se bajó un poco más los pantalones, no queriendo perder tiempo en quitárselos por completo. Tal vez no quería volver a caerse de cara si yo decidía salir corriendo. Rápidamente me quitó la camisa y el sostén y miró mi cuerpo con hambre.

Estoico tomó su polla dura en su mano y la frotó a lo largo de mi raja húmeda. Su espesa cabeza redonda rezumaba líquido preseminal.

−Dime si te duele y me detendré, ¿de acuerdo? −Sabía que si le pedía que se detuviera, necesitaría cada gramo de fuerza de voluntad que tuviera para detenerse, pero lo haría.

Asentí con la cabeza y él comenzó a presionarse contra mí. Tan pronto como su cabeza entró en mí, sentí un ligero dolor punzante por el estiramiento.

−¡Ah!

−¿Estás bien? −preguntó con la cara roja.

«Mierda, ¿estás bien tú?».

Parecía preocupado, así que rápidamente dije:

−Sí, no pares. −Su cálida punta húmeda y esponjosa se deslizó dentro de mí, y vi a Estoico abrir la boca en un gemido silencioso y mirarme a los ojos.

−Mmm −dije mientras me mordía el labio. Ambos ojos viajaron hacia el sur y miraron por donde él me penetró.

Su boca colgaba abierta mientras empujaba más de sí mismo dentro de mí, frunciendo el ceño como si tuviera dolor. Su cabeza redonda se atascó un poco, pero todavía empujó un poco más.

–Ay. –Me estremecí un poco. Me estaba estirando al máximo.

–¿Quieres que me detenga? –preguntó, mirándome a los ojos. Su voz profunda esta vez sonó como si se hubiera quedado sin energía. Pensé que esto me lastimaría a mí, no a él.

–No, está bien. Solo ve despacio. Eres enorme. –Una risa, saqué una risa de él en medio de un intento de penetrarme.

Metió la cara entre mi hombro y mi cuello y respiró hondo. Comenzó a empujarse lentamente dentro de mí una vez más. Lo sentí poner una mano sobre mi cabeza para mantenerme en lugar, y la otra agarró con fuerza las sábanas a nuestro lado y las exprimió con fuerza.

Cuando su verga dura se hundió más profundamente dentro de mí, Estoico dejó escapar un gemido. Mis manos fueron a su espalda y le clavé las uñas.

«¡Dios, era enorme!».

–¡Ahhh! –Estoico dejó escapar otro gemido. Llegó a la parte de atrás de mi vagina y pude sentirlo presionando contra mi cuello uterino. Era tan grande que todavía le quedaban unos ocho centímetros que no encajaban.

–Oh, carajo. Oh, joder. ¡Ahhh! –Estoico gimió de nuevo, su respiración estaba súper irregular. Me abrazó con fuerza y se estremeció. Me dio algunas estocadas cortas. Su miembro palpitó dentro de mí, y sentí que el calor se vertía dentro.

«¿Acaba de correrse? No... ¿Se corrió?».

Lo miré y su rostro estaba rojo tomate, mordiéndose el labio, respirando rápidamente.

–¿Acabaste de...?

–¿Hm...? –Su rostro todavía estaba junto a mi cuello.

–Tú... Uhmm...

«¿Debería siquiera preguntar?».

–¿Qué? –Lentamente levantó la cabeza y me miró a los ojos.

–¿Acabas de... acabas de correrte? –Extraña conversación para tener con un hombre que evidentemente seguía tan duro como una roca dentro de mí.

–Sí –dijo con la cara roja.

–¡Oh! Yo... hmm... Yo... –Debió haber pensado que yo era estúpida y desorientada.

Besó mi cuello.

–No te preocupes, la próxima vez te lo haré saber.

«¿La próxima vez? ¿Podría seguir adelante?»

Todavía no se estaba moviendo. Le tomó unos segundos regular su respiración y luego me miró a los ojos y me dio un suave beso en los labios.

–Te amo, Emmy.

«¿Qué decir a eso?».

Quiero decir... lo amaba. Siempre lo había hecho, siempre lo haré, pero no sabía si estaba enamorada de él. Todo era demasiado pronto. Siempre lo vi como un hermano, y ahí estaba yo, con su pene enterrado profundamente dentro de mí y embarazada de su hijo.

Debió haber leído la confusión en mi rostro y me dio una pequeña sonrisa.

–Está bien, no tienes que decir nada, Emmy.

Menos mal, porque eso estaba a punto de ser incómodo.

–Yo... estoy bien. Puedes moverte. –Quería cambiar la conversación y poner esto en marcha, estaba súper cachonda. Estoico asintió.

–Dame uno o dos segundos. –Estaba enrojecido.

«¿Lo estaba lastimando?».

Nos quedamos allí, mirándonos sin hablar ni movernos durante aproximadamente un minuto. Su rostro nunca perdió el enrojecimiento que parecía deberse a la vergüenza. Parecía un niño travieso que acababa de hacer algo que no debería haber hecho. Él era tan lindo.

–Yo... me voy a mover ahora ¿está bien?

¡Finalmente! Asentí para hacerle saber que estaba lista. Él retrocedió muy lentamente.

–Mierda, Emmerson, estás tan apretada –dijo y su pene se movió. Podía sentir todo, todas y cada una de sus venas frotándose dentro de mí. Dios, su polla se sentía genial. No fue como la última vez, no hubo dolor, solo placer.

Estoico se sentó de rodillas y se empujó lentamente hacia adentro.

–¡Mmmm! –No pude contenerme. Mordí mi labio y mis manos se aferraron a sus fuertes brazos tatuados. Esos tres cuernos de Odin nunca se habían visto tan sexys. Mis ojos viajaron por su fuerte brazo, admirando sus nuevos tatuajes.

«Espera, ¿esa soy yo? ¿Se tatuó mi cara en su brazo?».

Se aferró a mis caderas con fuerza, distrayéndome de mis pensamientos.

Estoico dejó escapar un gruñido silencioso y luego lo hizo de nuevo, saliendo lentamente hasta la mitad, luego empujando lentamente hasta el fondo. Mi coño estaba tan húmedo que su polla se deslizaba fácilmente dentro y fuera de mí. Su cuerpo tenía la piel de gallina.

–Ah, joder. Maldita sea, Emmy. –Sus fuertes músculos estaban tensos y sus nudillos se estaban poniendo blancos por la fuerza con que sostenía mis caderas. Una deliciosa tortura, eso era lo que se sentía. Mi cuerpo estaba todo caliente y excitado. Podía sentir su semen corriendo por mi muslo interno mientras Estoico se empujaba más profundamente dentro de mí.

Estoico se detuvo profundamente dentro de mí y me miró con dureza. Frunció el ceño y parecía enojado.

–¿Qué está...? –No me dejó terminar.

–¡Que se joda! –dijo con una voz oscura.

«¿Qué demonios? Por qué estaba... ¡Oh!».

Antes de que pudiera reaccionar, Estoico dio un fuerte y profundo empujón dentro de mí. Dio otro y luego otro, una y otra vez, haciéndolos más rápidos cada vez. Pronto me estaba follando salvajemente.

–¡Mierda! ¡Ah, ah, ah! Oh, mierd... Aaahh. –Mis ojos se pusieron en blanco y gemí en voz alta como una loca. Estoico me estaba follando tan bien. Cualquier duda de que él no era un hombre para mí, me la estaba haciendo olvidar en ese momento. Cualquier pensamiento de él como mi hermano fue inmediatamente e irrevocablemente eliminado de mi cabeza.

Mis tetas subían y bajaban rápidamente. Estoico tomó una en sus manos y le dio un apretón. Después de soltarla, le dio una suave palmada.

–¡Ah! –Mis ojos estaban muy abiertos y vi a Estoico mordiéndose el labio con fuerza. Estaba gimiendo y gruñendo. Entre los dientes, estaba diciendo muchas cosas. Habló con una voz tan baja que no las escuché.

Las caderas de Estoico se movían muy rápido, empujando su polla dentro de mí. No tenía idea de que Estoico supiera cómo mover sus caderas de esa manera. Se puso de rodillas, sujetó mis caderas con más fuerza y me levantó levemente. Sacudió mis caderas con fuerza contra él, como si yo fuera una muñeca de trapo ingrávida y, al mismo tiempo, siguió embistiéndome incontrolablemente.

–¡Estoico! Mmm... ¡Aahhh! ¡Ahhh!

–Toma esta polla, Emmerson –dijo en voz muy baja, sonando poseído. Mis ojos se abrieron, más calor subió a mi centro. Soltó mis caderas y suavemente puso su enorme mano sobre mi garganta. Sus labios seguían moviéndose.

«¿Estaba hablando sucio?».

Tal vez pensó que no me gustaría y se estaba conteniendo. No podría estar más equivocado. Siguió embistiendome rápido. Mi corazón latía aceleradamente de emoción, su polla se deslizaba húmeda dentro y fuera de mí velozmente. Joder, a Estoico le gustaba a lo rudo. Aparentemente a mí también.

–¡Aahh! ¡Ahh! ¡Ahh! –Su cabeza cayó hacia atrás, su boca se abrió y comenzó a gemir más fuerte. Mi boca también estaba abierta, pero no salió ningún sonido. Era demasiado bueno. Parece que Estoico quería follarme hasta que me reventaran los sesos.

Mis ojos volvieron a ponerse en blanco en sus órbitas y sentí que mi coño se apretaba extremadamente a su alrededor. Estaba a punto de correrme, estaba a punto de correrme duro.

Estoico debió sentir que me estaba poniendo más tensa y exigió:

–Mírame, pequeña.

Abrí los ojos y traté de concentrarme en los azules del diablo. Sus caderas iban más rápido, y cada vez que entraba en mí, sonando súper húmedo, nuestra piel se golpeaba con fuerza. Sentí sus bolas pesadas golpear mi trasero.

–Córrete, pequeña. Vente en mi polla. –Soltó mi cuello y acarició mis dos pechos, dándoles un ligero apretón. Movió sus pulgares sobre mis pezones duros.

–¡Me estoy corriendo! –dije suavemente. Eché la cabeza hacia atrás y comencé a convulsionar, mi cuerpo tembló violentamente mientras el placer consumía cada célula de mi cuerpo.

–Esa es mi nena. –Estoico puso su mano entre nosotros y frotó mi clítoris rápidamente, haciendo que mi orgasmo fuera más fuerte. Mi mente se quedó en blanco, y mientras mi cuerpo temblaba, todo lo que podía sentir era puro placer. Me dejó cabalgar mi orgasmo por un rato más, y luego disminuyó gradualmente la velocidad.

–Date la vuelta. Quiero ver tu culo. –Con un movimiento rápido, me dio la vuelta. Lo sentí moverse y quitarse el resto de sus pantalones. Yo estaba exhausta y sin aliento, y no sabía cómo él podía seguir adelante.

–En cuatro, Emmy. –Subió mis caderas y me acomodó como me quería.

Presionó ligeramente mi espalda baja, haciéndome arquear la espalda, y luego se empujó lentamente dentro de mí. Las embestidas largas y duras de Estoico se volvieron cada vez más rápidas. Me dio con puro abandono, a veces con golpes irregulares, haciéndonos gemir a ambos en voz alta. ¡Era una bestia!

«Mierda, ¿en qué me había metido?».

Mientras me follaba más fuerte, mis gemidos se volvieron más erráticos. Estaba súper sensible, y Estoico seguía dándome sin darme tiempo para respirar o pensar. Sus fuertes embestidas me llevaron más arriba en la cama. Sus gemidos se hicieron más fuertes y más animales.

–No quiero parar. –No lo iba a hacer. Siguió empujando fuerte. Empujó mi pecho hacia abajo en la cama y me presionó contra ella, manteniéndome allí con su mano en la parte de atrás de mi cuello.

No se detuvo. Todavía estaba golpeando mi coño con fuerza. Me sentí tan llena de él. La presión era casi insoportable.

–¡Ahh! Tan rico –gemí y no estaba mintiendo.

Estoico se apretó más fuerte contra mí, pasó sus grandes manos desde mi abdomen hasta mi pecho y me levantó hacia él. Presionó mi espalda contra su pecho y metió una mano entre mis senos. Tomó mi cuello e inclinó mi cabeza hacia él, besándome con fuerza. Devoró mis labios al mismo tiempo que acariciaba mis tetas. Mis senos deben haberse sentido pequeños en esas manos enormes.

Estaba borracha en él, su sabor, su olor, su tacto.

–Aguántate. –Puso mis manos en la cabecera de mi cama mientras sus manos recorrían mi cuerpo. Me dio embestidas largas y sensuales.

Una de sus manos acechaba entre mis piernas y comenzó a frotar círculos alrededor de mi clítoris erecto.

«¡Oh, Dios mío, se sintió tan bien!».

Estoico besó mi cuello y acarició mis tiernos senos. Me encantaba cómo prestaba atención a cada parte de mi cuerpo. Mis jugos y su semen lubricaron su eje perfectamente, haciéndolo resbaladizo para que se moviera rápidamente.

Su paso se aceleró, al igual que su mano frotando entre mis piernas.

–¡Aah! ¡Ahh! ¡Sí! ¡Sí! *¡Mais forte!*

Empezó a empujar más fuerte y nuestros cuerpos sudorosos empezaron a hacer ese sonido de piel chocando de nuevo. Estoico volvió a agarrar mi cuello, inclinó mi cabeza y me hizo mirarlo a los ojos mientras se movía más rápido tanto con su polla como con sus dedos.

Penetró mi boca con su lengua y me dio un beso lleno de puro deseo. Me dio una palmada en el trasero con una mano callosa y amortiguó mi gemido con su beso. Estoico soltó mis labios, y cuando abrí los ojos, ahí estaba, "El Dokken". Tenía el más cálido color de fuego ardiendo en él. Lo miré profundamente a los ojos y con una voz sexy dije:

–*Monte-me. Monte-me, rápido e forte.*

Estoico golpeó su polla con fuerza en mi coño. Una vez, dos veces, tres veces. Más rápido y más duro. Su dedo frotando increíblemente rápido, aumentando mi placer más rápido de lo que mi cuerpo estaba listo. Empezó a gruñir y gemir. Sus gemidos sonaban tan sensuales que me excitaba aún más.

Mientras todavía sostenía mi cuello, presionó mi espalda baja hacia abajo, haciendo que me arqueara para él.

–¡Ah! ¡Joder, Estoico! ¡Aah! ¡Mmm! –Me estaba acercando. Una vez que mi espalda estuvo arqueada, tal como él quería, escupió en sus dedos y los movió de regreso a mi centro para dar toques tortuosos a mi clítoris. Me empezaron a temblar las piernas y supe que estaba cerca.

–Ahí tienes, Emmy. Toma esa polla gruesa hasta el fondo de tu pequeño coño como una buena niña –dijo en voz muy baja. ¡Oírle hablar sucio me ponía tan jodidamente cachonda!

–¡Ahh! –Yo estaba tan cerca.

Todavía estaba martilleando fuerte dentro de mí y frotando mi clítoris.

–¡Ahh! ¡Ahh! ¡Estoico! ¡Estoico! Yo... me voy a... –Mi mente se estaba quedando en blanco. Los dedos de mis pies se curvaron, y el aire se quedó atrapado en mi garganta.

–Emm, me voy a correr, pequeña. Me voy a correr. –Aceleró el paso y me corrí. Mi coño comenzó a latir con fuerza y dejó escapar un fuerte gemido. Mi cuerpo se estremeció y grité su nombre a todo pulmón. Saber que él también se estaba corriendo lo hacía mucho más sexy. Me dio más hambre. Me hizo querer más.

–¡Ahh! ¡Ahhh! ¡¡Mierda!! ¡Ahh! ¡Joder, me estoy corriendo! –Su cuerpo comenzó a ponerse rígido y redujo la velocidad de sus embestidas.

«Oh joder. ¡No!».

Quería más. Me hizo adicta. Sus brazos se envolvieron alrededor de mi cintura y su rostro se perdió en mi cabello. Estoico respiraba con dificultad.

–¡Quiero más! –gemí. Sonaba desesperada. Empecé a levantar las caderas y a dejarlas caer sobre él. Sentí que me agarraba con más fuerza.

–Emm –fue todo lo que dijo. Lo deseaba tanto. Dejé que mis caderas se soltaran como cuando bailaba y comencé a rebotar en su polla lo más rápido que pude, empalándome en ella.

–Joder, Emmy. ¡Aahh! ¡Aahh! –No me detenía, yo estaba tan cerca de nuevo.

–Cariño, no puedo. No puedo. –Suplicó pero no me detuve, Estoico empezó a gemir como un animal herido. Estaba demasiado sensible. A eso lo llamaría venganza. Le temblaban las piernas con fuerza y estaba completamente sin aliento. Le estaba jodiendo la vida, ordeñándolo hasta dejarlo seco.

–¡Aah! ¡Aah! ¡Me estoy viniendo! –Ahí estaba de nuevo, esa sensación adictiva. Puro placer. Estoico era mi nueva droga.

–¡Oh, dios! –Chillé. Me estaba corriendo duro. Mi cabeza cayó hacia atrás y aterrizó en su pecho. Me agarró con sus manos temblorosas por mis costillas y gimió fuerte, temblando. Mi coño estaba pulsando sobre él con fuerza. Sabía que él también podía sentirlo. Lo sentí temblar con cada ola de mi placer. Su carne palpitaba dentro de mí, goteando más de su semen.

–No te muevas, joder. –Suplicó de nuevo. Me estaba apretando con fuerza.

¡Oh! Él debería haberlo sabido mejor, yo era una malvada.

Le di otro fuerte rebote y se retiró rápido. Me tiró sobre la cama y su cuerpo cayó exhausto junto al mío.

–¡Maldita sea, Emmerson!

No pude detenerla. Una sonrisa se extendió por mi rostro. y comencé a reírme como una persona demente. Me miró y se mordió el labio inferior, entrecerró los ojos y me vio reír. Su pecho subía y bajaba rápidamente.

–¿Me perdonas?

Sí, lo haré. Bueno... parcialmente.

–Solo si me prometes hacer que me corra así de fuerte cuando yo quiera.

Él asintió con la cabeza.

–Listo. –Ahora era él quien sonreía como un loco y estaba acostado de espaldas.

–¿Quieres casarte conmigo? –preguntó, mirando al techo.

«¿Lo quería?».

Quiero decir... Ya estaba embarazada de su hijo, adicta a su polla y acostumbrada a tenerlo en mi cara todos los días.

«¿Acaso me podía ver con alguien más que con Estoico?».

No, realmente no podía. Sabía con certeza que no quería ver a Estoico cerca de ninguna otra mujer.

–Sí... supongo. –Yo también estaba mirando al techo. No quería parecer demasiado interesada. Aún le quedaba mucho por hacer.

Él solo asintió con la cabeza. Nos quedamos allí, acostados uno al lado del otro. Eché un vistazo a su pene que se ablandaba y me mordí el labio. Notó cuando lo hice.

–¡Oh, joder, no! –Se dio la vuelta y se tapó la polla. Era tan jodidamente lindo. ¿Por qué no me había dado cuenta de eso antes?

–¡Lo prometiste! ¡Mentiroso! –Sacudí su brazo.

–No estamos casados todavía. Joder, mujer, me vas a matar. –Su rostro estaba rojo.

¡Oh, Estoico, estabas tan jodido! Tú hiciste este monstruo, ahora tendrás que vivir complaciéndolo. ¡Gua, ja, ja, ja, ja!

No le molesté más por el momento. No le iba a contar sobre mi embarazo hasta mucho después de la boda. Conociéndolo, se volvería raro y protector, y yo quería muchas más folladas duras como la de hoy.

La boda. Realmente me iba a casar con Estoico Dokken. Yo sería la Sra. Dokken. Emmerson Dokken. La maldita Emmerson Dokken. No me acostumbraría pronto a eso.

Estoico se movió, me atrajo hacia él y presionó mi espalda contra su pecho, sin dejarme dar la vuelta.

–Descansa. –Él era un abrazador. Recordé lo mucho que disfruté durmiendo con él durante ese invierno. Sentí su polla húmeda y pegajosa contra mi muslo. Espera, la almohada, espacio personal.

«¡Ja! Muy gracioso, Estoico».

Debí de haberle gustado de verdad todo este tiempo.

Sentí que me frotaba la barriga con el pulgar como solía hacer para ayudarme a dormir, pero no pude descansar. Estaba ansiosa. Pronto me casaría con él. Eso iba a ser algo permanente. Sabía que sería un buen marido en general. Si no lo fuera, haría que mi familia y la de él le patearan el trasero como lo hicieron antes. ¿Qué tan malo podría ser?

–Duerme, Emmerson. –Estoico debe haber sabido que mi mente tenía un millón de cosas corriendo a través de ella.

–Sí, papi –le dije. Ese cabeza de roca no iba a entender el doble sentido. Me reí internamente, y se le formó una sonrisa de comemierda en su rostro.

«Oh, le gustó eso».

TREINTA Y TRES

EMMERSON

Emmerson 18 años
Estoico 24 años

Dos semanas después de que Estoico y yo tuvimos ese encuentro sexual caliente en mi habitación, nos casamos. Como todo estaba listo y ninguno de nosotros vio por qué había que esperar, simplemente lo hicimos. Después de todo, ese era el plan original. No quería darle mucha importancia. Fue un poco vergonzoso ya que toda nuestra familia sabía exactamente lo que había sucedido entre nosotros. No era sólo yo, pude ver que Estoico también estaba avergonzado e incómodo.

El día antes de casarnos, Estoico pasó por mi casa y se llevó la mayoría de mis pertenencias al nuevo lugar donde viviríamos. Dijo que quería que el lugar fuera una sorpresa para mí, que vería donde era después de que terminara la boda.

Nos casamos en una tarde fresca de finales de verano. La ceremonia fue sencilla. Estoico había construido un arco de madera y Amelia y mamá lo habían decorado con cortinas y flores silvestres. Colocaron todo delante de un gran sauce llorón. Usamos muchas sillas de comedor que no combinaban para sentar a nuestros amigos y familiares. Fue simple pero hermoso.

Tenía un vestido sencillo. Estaba hecho de una hermosa tela fluida de color blanquecino y tenía mangas de ganchillo que me llegaban a los codos. Mi cabello largo y súper rizado estaba suelto y llevaba una corona de flores. Estoico vestía también con sencillez. Llevaba una camisa blanca abotonada que se arremangó hasta los codos, mostrando muchos de sus tatuajes, y pantalones negros sencillos. Nunca antes había visto a Estoico vestido con tanta elegancia. Incluso se recortó la barba y mantuvo su cabello recogido en un moño bien hecho.

Alguien vino a oficializar el matrimonio y Estoico y yo intercambiamos nuestros votos. Cuando se le pidió a Estoico que besara a su esposa, suavemente me puso la mano en la cara y me dio un beso largo y suave. Nuestra familia aplaudió y vi a papá llorar.

Kenzo nos ayudó a tomar algunas fotografías. Tomamos algunas en el bosque y bajamos por el río antes de regresar para la cena. Conectamos cuatro mesas y nos sentamos todos juntos como una gran familia. Durante la cena, me senté junto a Estoico y él me tomó de la mano todo el tiempo. Estoico estaba actuando con timidez y frotaba suavemente su pulgar en la palma de mis manos, y de vez en cuando, me miraba.

Mi padre y el tío Erik hicieron muchos brindis. Podríamos decir que ambos estaban borrachos. Estoico no bebió, y yo tampoco, por razones obvias. Mamá se aseguró de darme jugo de manzana diluido en mi taza. Las únicas que sabían de mi embarazo eran mamá, Ida y Amelia. Tuve que decírselo a Amelia. Ella estaba feliz por mí. Dijo que estaba emocionada de convertirse en tía.

Sabía que se suponía que debía llamar a Ida y Erik suegros ahora, pero tomaría algún tiempo acostumbrarme después de toda una vida de tenerlos como mi tío y tía. Les prometí que les visitaría a menudo y pasaría tiempo con Ida como solía hacerlo. Dijo que preferiría venir a mí, que no quería que me moviera demasiado con mi barriga.

Una vez terminada la cena, Estoico ayudó a papá, Erik y Kenzo a limpiar. Todos hablaron un rato y los vi abrazarse desde lejos. Fui a mi habitación y empaqué el resto de mis cosas. De repente me sentí triste por dejar el lugar donde había vivido toda mi vida y seguir ciegamente a Estoico a un lugar nuevo.

Mi mamá e Ida entraron en mi habitación y nos abrazamos por mucho tiempo. Me dijeron que las puertas de sus casas siempre estarían abiertas para mí y que me visitarían a menudo para ayudarme con mi embarazo. Mamá me animó a no esperar demasiado para contárselo a Estoico. Ida estuvo de acuerdo con ella. Él también debería saberlo. Estuve de acuerdo.

Ida insistió en no dejarme llevar nada pesado, así que puso mis pertenencias en la parte trasera de la camioneta de Estoico por mí. Esperamos a que los muchachos terminaran de guardar todo, y cuando lo hicieron, vinieron a despedirse de mí.

Papá me abrazó y volvió a llorar. Dijo que yo era y siempre sería su princesa. Erik me abrazó y me dijo que siempre había sido una hija para él. Kenzo me dio un fuerte abrazo y me dijo que lamentaba todos los malentendidos. No sabía de qué estaba hablando, pero tampoco tuve tiempo de aclararlo.

Papá me abrió la puerta y me senté en el asiento del pasajero. Estoico se sentó en el asiento del conductor y nos despedimos antes de que se fuera. Vi a mi familia despedirse de mí hasta que estuvimos lejos, y ya no pude verlos.

–¿Vamos lejos?

–En realidad, no –dijo y tomó mi mano en la suya.

Estoico guardó silencio durante todo el camino. No sabía cómo iniciar una conversación, así que también me quedé en silencio. Después de unos veinticinco minutos de viaje, Estoico dio un giro hacia el bosque en medio de la nada. Era un camino estrecho y lleno de baches que tenía una curva, así que no podía ver nuestro destino. Después de que Estoico pasó la curva, la vi.

Frente a mí estaba la casa más hermosa que jamás había visto. Parecía grande, más grande que cualquiera otra que hubiera visto en nuestro pueblo. Todo estaba en un nivel y la entrada tenía un revestimiento de piedra. Estoico estacionó el camión, e inmediatamente solté su mano y abrí la puerta.

Al salir de la camioneta, lo primero que noté fue el olor: flores silvestres y pasto recién cortado. Por alguna razón, la casa miraba en una dirección extraña en lugar del camino de entrada. Había flores recién plantadas cerca del césped delantero y un gran patio a la izquierda. Miré más a mi izquierda y lo vi. El río. Estábamos en una colina y este lugar tenía la vista más hermosa del río que jamás había visto.

Mis ojos se abrieron con sorpresa y mi mano aterrizó en mi pecho. Me acerqué a la valla y la miré.

–Quizás quieras entrar por la puerta de enfrente –dijo Estoico detrás de mí, y lo vi señalar la entrada. Mis ojos se desviaron hacia él, me extendió un puño y le dio la vuelta. Cuando abrió la mano, había un juego de llaves en un llavero de madera que decía: "Siempre".

–¿Es esto real? –Le di una mirada de duda. Esto no puede ser. Nuestra casa debe estar detrás de esta en alguna parte.

Estoico no dijo nada. Simplemente sonrió, tomó mi mano entre las suyas y puso la llave en ella. Sentí que mi cara se iluminaba y mi corazón latía más rápido. Despegué y corrí hacia la entrada. Estoico caminó detrás de mí con las manos en los bolsillos.

Puse la llave en el pomo de la puerta y ¡giró! Me detuve para mirarlo y él asintió con una sonrisa. Abrí lentamente la puerta y me quedé boquiabierta. La casa era enorme. Era rústica con un alto techo abovedado, grandes vigas de madera y enormes ventanales que dejaban entrar una tonelada de luz solar. Parecía que tenía un concepto de piso abierto. Podía ver la cocina desde donde estaba parada, y era grande con una isla en el centro. Los pisos de toda la casa eran de madera oscura. Era hermosa.

Me quedé completamente quieta en la entrada. Estoico me levantó al estilo nupcial y entró en la casa. Me puso de pie en medio de la sala de estar y me abrazó por detrás, apoyando su cabeza en mi hombro. Mis ojos escudriñaron con asombro a mi alrededor. El lugar ya tenía todo lo que necesitábamos. Estaba amueblado, pero de alguna manera parecía vacío. Me di cuenta de que todo era nuevo y que solo necesitaba algo de decoración.

–¿Qué tan grande es? Parece enorme. ¿Cuántas habitaciones tiene? –dije rápidamente, todavía en estado de shock. No lo podía creer.

«¿Cómo lo hizo?».

–Cuatro habitaciones y media –dijo, abrazándome con más fuerza.

«¿Qué? ¿Qué demonios?».

–¿Qué? ¿Por qué cuatro y media? –Me volví en sus brazos, mi rostro a centímetros de su pecho. Mis ojos se desviaron hasta sus azules.

–No lo sé, Emmy. Fue a ti a quien se le ocurrió ese número, no a mí.

«¿Qué?»

Tenía una expresión de "¿qué carajos?" en mi rostro, y él simplemente sonrió más ampliamente.

«¿Qué era lo que no estaba entendiendo?»

Traté de pensar mucho en lo que quería decir, y luego, de repente, lo recordé. Jadeé en voz alta y me tapé la boca.

–¿Las preguntas estúpidas?

–¿Qué? –dijo con una risa.

–¡Las preguntas estúpidas! Estoico, me hiciste tantas preguntas estúpidas que empecé a darte respuestas estúpidas. –No lo podía creer.

Espera un minuto ¿Cuánto tiempo había estado planeando esto? No podía ser.

Di un paso atrás y negué con la cabeza, pero sus brazos todavía estaban envueltos alrededor de mi cuerpo. Estoico me había estado haciendo preguntas desde que tengo memoria.

Mis ojos seguían fijos en él y empezó a rascarse el cuello.

–Bueno... creo que lo tomé todo demasiado literal –dijo.

No podía ser. Dejé sus brazos y deambulé por la casa. En cada rincón de esta casa, podía escuchar la voz de mi yo más joven respondiendo a sus preguntas. Fue casi como un leve susurro.

«¡Noreste!». Mi cabeza se volvió hacia la entrada. No es de extrañar que la casa mirara en una dirección extraña. Miré al suelo. «Oscura, pues, ¿por qué no?», seguido de nuestras risas. Caminé hasta la cocina y pasé los dedos por la encimera. «Las piedras duran más que la madera».

«¡Una pared de cristal! Una grande». ¡De ninguna manera! Corrí a ver las otras habitaciones y vi la pared de vidrio de nuestra habitación.

Escuché la voz del joven Estoico. «Emmy, ¿una colina o un valle?».

«¿Una colina?». También pude escuchar mi voz joven mientras mis ojos estudiaban la magnífica vista.

Había pensado en esto todo el tiempo que yo había vivido. Mis manos empezaron a temblar. Me abrazó por detrás de nuevo, apoyando su barbilla en mi cabeza. Ni siquiera me di cuenta cuando entró en la habitación.

–¿Te gusta? –Su voz era suave.

Me gustaba. Hizo más que gustarme. ¡Me encantó! Estaba feliz, pero por alguna razón, mi corazón me dolía. Estoico realmente siempre me había amado. Pero nunca me lo dijo.

«¿Por qué? ¿Por qué a mí?».

Me volví y miré a sus ojos azules. Todas las cosas de las que estaba tan segura acerca de Estoico se desmoronaron rápidamente. ¿Sabía siquiera quién era el verdadero Estoico? ¿Qué más no sabía de él?

Estoico se inclinó y capturó mis labios con los suyos. Fue suave y apasionado. Le devolví el beso y él secó las lágrimas que no sabía que corrían por mis mejillas. Estoico me sujetó por la cintura y me movió lentamente hasta la cama. Había hecho una cama rústica hermosa con gruesos pilares sólidos de los que colgaban cortinas.

Una vez que estuvimos cerca de la cama, bajó la cremallera de mi vestido. Se tomó su tiempo para quitarme el vestido lentamente mientras me dejaba besos con la boca abierta en el cuello. El vestido cayó y se amontonó alrededor de mis pies. Estoico pasó sus grandes y cálidas manos desde mis caderas hasta mi pecho, tomando suavemente mis senos. Me quitó el sujetador y me besó desde el cuello hasta mis tiernos globos. Su boca se cerró sobre uno de mis endurecidos pezones mientras masajeaba el otro con la mano. Su toque era sensual y su boca me estimuló hasta el punto de hacerme temblar.

Se desabotonó los primeros cuatro botones de su camisa, se la quitó y me apretó contra su pecho. Sentí su piel cálida sobre la mía, frotando mis sensibles yemas, haciéndome excitar de inmediato. Mi núcleo se humedeció. Me quitó la corona de flores y la arrojó a una esquina de la cama. Estoico enredó sus dedos en mi cabello y suavemente echó mi cabeza hacia atrás, inclinándome perfectamente. El fuego de sus ojos azules se centró en los míos necesitados. Lentamente se inclinó y me dio un beso acalorado. Cerramos los ojos y su lengua invadió mi boca. Saboreé su delicioso sabor. Noté aún más humedad formarse entre mis piernas y cuando su mano cayó a mi cadera, sentí que mi coño se apretaba con anticipación.

–Acuéstate –dijo en un tono oscuro y áspero lleno de deseo. Me senté en la cama, me moví al medio y me acosté como él me pidió. Mi pecho se movía hacia arriba y hacia abajo con dureza, tratando de encontrar el aire que me había quitado en ese beso. Me sentí cohibida y mis manos fueron a mis senos y cubrieron mis pezones. No dijo nada, solo sonrió.

«¿Por qué estaba tan nerviosa?».

Mordí mi labio y froté mis piernas juntas mientras lo veía quitarse los pantalones y la ropa interior. Se paró frente a mí desnudo en toda su gloria. Mierda, Estoico se veía tan rico, y era todo mío. Estoico era mío. Acababa de darme cuenta. Él siempre había sido mío y siempre lo sería.

Estoico se subió a la cama, su repentino peso hizo rechinar el colchón. Me agarró por las caderas, enganchó los dedos en el único trozo de tela que me quedaba en el cuerpo y, sensualmente, me quitó las bragas mojadas, deslizándolas muy lentamente hacia abajo y fuera de mis piernas. Me quitó los dos zapatos y los tiró al suelo. Sus hipnotizantes ojos azules se enfocaron en los míos mientras lentamente abría mis piernas. Lo vi lamerse los labios con anticipación y supe que estaba a punto de devorarme. Sus ojos me prometieron un orgasmo trascendental.

Sus manos recorrieron mis muslos y bajó sensualmente su cuerpo. Sentí que un dios estaba a punto de adorarme.

«¿Acaso yo me merecía esto?».

Estoico besó mi pierna suavemente mientras movía sus labios hacia arriba, dejando suaves besos que hicieron que mi piel hormigueara. Nuestros ojos nunca perdieron el contacto, y cuando alcanzó mis ansiosos pliegues, me dio una larga lamida, enviando sacudidas por todo mi cuerpo.

Me abrió para él con ambas manos y me lamió deliciosamente lento. Se tomó su tiempo para devorarme lentamente, insertando su lengua carnosa dentro de mí, moviendo y rodeando mi sensible clítoris, luego lamiendo, besando y chupando por todos lados y alrededor de mis labios. Todo el tiempo, Estoico mantuvo sus ojos fijos en mí. En sus profundos ojos azules, pude ver que yo era la cosa más preciosa de este mundo para él.

Estoico continuó complaciendo mi punto más sensible hasta que mis piernas empezaron a temblar. Insertó uno de sus largos dedos dentro de mí, encontrando ese punto que me hizo ver las estrellas la última vez que me devoró así. Hizo un movimiento de "ven aquí" con los dedos, y pude sentir la tensión creciendo en lo más profundo de mí. Cerró la boca sobre mí, reclamando mi perla anhelante mientras insertaba otro dedo.

Empecé a perder el control. Estaba conteniendo mis gemidos, pero escaparon de mi garganta ruidosos y necesitados. Agarré las sábanas con una mano y él tomó la otra, entrelazando nuestros dedos. Sus ojos estaban pegados a los míos, disfrutando de la forma en que me hacía derretirme en su boca.

Agarré su mano y las sábanas con más fuerza, y un gemido escapó de mi boca. Yo estaba tan cerca. Estoico debió sentirme apretar con fuerza sus dedos porque los movió más rápido y más fuerte en mí. Solo me tomó unos segundos correrme duro en su mano y en su boca.

Mi cuerpo temblaba violentamente, pero ni una sola vez cerré los ojos ni aparté la mirada del hombre que acababa de llevarme al paraíso. Estoico siguió moviendo sensualmente sus dedos dentro de mí y lamiéndome, haciendo que mi orgasmo durara.

Se apartó y admiró mi coño reluciente mientras se lamía los labios húmedos. Lo vi bajar la mano y acariciar su carne dura lentamente hacia abajo y luego hacia arriba, haciendo que goteara un poco de líquido preseminal.

—Eres tan jodidamente hermosa —dijo con los ojos fijos en mi entrada húmeda y necesitada—. Sabes tan jodidamente bien, también. —Se inclinó y me dio una última lamida y un beso abierto sobre mis sensibles labios.

—Mmm. —Me saboreó una última vez antes de comenzar a besar mi cuerpo.

Estoico dejó un rastro de besos calientes quemando mi piel, esparciendo calor por todo mi cuerpo. Besó un camino sobre mi abdomen hasta mis tiernas colinas y siguió subiendo, hasta mi oreja.

—Te amo tanto, pequeña. —Su voz estaba llena de mil sentimientos diferentes.

«¿Por qué no lo vi antes? Que estúpido de mi parte».

Me estaba derritiendo. Estoico estaba derritiendo mi corazón y cambiando mi mundo, con cada beso que me daba. Estaba claro para mí que ese día Estoico no estaba tratando de follarme sin más. Iba a hacerme el amor, lenta y suavemente, derramando sobre mí todo el amor que había estado reteniendo durante años. Tomó mi barbilla entre sus manos y me dio un beso apasionado. Podía sentirlo. El temblor en sus manos. Él también estaba nervioso.

Los azules de Estoico aterrizaron en mí antes de que abriera mis piernas, haciéndose espacio para él entre ellas. Sin apartar sus ojos lujuriosos de mí, frotó su miembro duro contra mi raja, dejándola húmeda y resbaladiza con mi crema. Estoico metió su punta hinchada dentro de mí y la empujó tan profundo como pudo.

Dejé escapar un grito ahogado mientras él gruñía sensualmente. Estaba estirando maravillosamente mis paredes. Su varilla venosa latía dentro de mí. Mi coño lo agarró con fuerza, y Estoico comenzó a bombear dentro y fuera de mí dolorosamente lento.

Capturó mis labios en los suyos y se empujó más profundamente dentro de mí. Estoico mantuvo ese ritmo, lento hacia fuera lento hacia dentro. Gemí contra sus labios y él amortiguó mi placer con su lengua.

Fue tan íntimo, tan sensual. Estoico tomó mis manos entre las suyas y entrelazó nuestros dedos. Podía sentir cada textura irregular frotándose deliciosamente dentro de mí. Su carne ya dilatada se expandió aún más adentro. Estoico dejó escapar un largo gemido, y esta vez, ahogué sus gemidos con mis labios.

Su cuerpo comenzó a temblar sobre el mío, su respiración se volvió irregular y sus ojos se cerraron, inmerso en el intenso placer que nuestros cuerpos estaban creando. Sus labios se movieron suavemente sobre los míos. Dejó ir mis labios y besó mi mandíbula hasta mi cuello.

–¡Ahh! ¡Ahh! Emmerson… –gimió en voz baja, casi como un susurro. Soltó mis manos y puso las suyas sobre mi cabeza, sosteniéndome en lugar. Su espalda se curvó, sus rodillas se inclinaron hacia adelante, y tensó sus abdominales con fuerza mientras empujaba sus caderas contra las mías. Su ritmo comenzó a acelerarse. Estoico me dio un beso antes de levantarse y poner todo su peso sobre sus rodillas.

Comenzó a bombear su dureza en mí. Me tomó las piernas, las sujetó por las pantorrillas y las separó. Siguió sosteniéndolas, abiertas de par en par para que él pudiera ver cómo mi apretado coño envolvía a su ansioso monstruo. Echó la cabeza hacia atrás y rodó sus caderas sobre mí.

–¡Oh, joder! –gimió. Debía estar cerca.

Mis tetas estaban rebotando, así que las tomé en mis manos y jugué con mis sensibles pezones. Estoico me vio y sus caderas se aceleraron.

–¡Ahh! ¡Ahh! –gemí, echando la cabeza hacia atrás, mis piernas ya temblaban. Iba a correrme. Estoico nos estaba llevando a ese lugar brillante una vez más.

Estoico cerró mis piernas y puso mis dos pies sobre su hombro derecho. Sus manos sostuvieron mis muslos mientras sus caderas golpeaban contra mí. Me dio un pequeño beso en la pierna sin ralentizar el paso.

–Tan jodidamente apretada –dijo entre respiraciones.

–¡Sí! ¡Sí! ¡No pares! –dije en voz baja. Yo estaba tan cerca. Hice lo mejor que pude para mantener mis ojos en él, sin querer detener esta hermosa conexión entre nosotros. Los ojos azules de Estoico se enfocaron en los míos. Su boca colgaba abierta, y supe que podía sentir mis paredes apretarse con fuerza a su alrededor.

–¡Oh! –El aire quedó atrapado en mis pulmones cuando sentí una fuerte descarga eléctrica golpear mi cuerpo con fuerza. Mi cuerpo se tensó antes de convulsionar, mi coño latía salvajemente y mis jugos empaparon la carne de Estoico, haciéndolo aún más resbaladizo para él entrar y salir de mí. Agarré las sábanas fuertemente y gemí de placer.

–Mierda. ¡Oh mierda! me estoy corriendo –dijo Estoico en voz baja y oscura. Sus embestidas fueron rápidas y erráticas. El cuerpo de Estoico se quedó inmóvil y sus piernas temblaron. Gimió y gruñó mientras descargaba su semilla contra mi cuello uterino. Sus grandes manos encontraron mis pechos y los agarró firmemente. El éxtasis atravesó nuestros cuerpos, y Estoico continuó dándome empujones lentos y superficiales, haciendo que nuestros orgasmos duraran más.

Estoico sacó su polla reluciente, empapada en nuestros jugos, y cayó en la cama a mi lado. Me dio un abrazó por la espalda con fuerza y me besó el cuello. Todavía tenía la respiración entrecortada y estaba tratando de controlar mi corazón que latía rápido. Aun podía sentir pequeñas ondas de mi orgasmo cuando Estoico me inclinó aún más en una posición fetal y hundió su polla todavía dura dentro.

Estaba demasiado sensible, y gemí en voz alta cuando penetró mi coño todavía palpitante.

–¡Ahh! ¡Joder, Emmerson! ¡No quiero parar! –Estoico también estaba sensible, pero aun así continuó moviéndose dentro de mí. Le temblaban las piernas y las manos, pero sus caderas no paraban.

–¡Aahhh! –gemí. Fue demasiado. Cada parte de mi cuerpo estaba completamente excitada. Mi cerebro se rehusaba a trabajar bajo tanto placer.

–¡Estoico! –gemí de nuevo, aferrándome a las sábanas por mi vida.

–Eso es, cariño. Sigue corriéndote. –Aceleró el paso. Mi coño seguía apretándose incontrolablemente, rápido y duro, a su alrededor, y mi cuerpo seguía temblando.

–¡Ah, carajos! ¡Me voy a correr de nuevo! –Estoico dejó escapar un gruñido animal, y lo sentí correrse dentro de mí una vez más. Me sostuvo con fuerza por las caderas y giró lentamente sus caderas hasta que no pudo más. Nos quedamos allí, convulsionando juntos, conectados, sintiendo cómo los orgasmos del otro se calmaban lentamente.

Después de un rato, Estoico me llevó al baño y nos duchamos juntos bajo el agua fría. Entre besos sensuales, limpió mi cuerpo y yo limpié el suyo. Cuando terminamos, Estoico nos secó con una toalla grande y esponjosa.

Me llevó a la cama y me acostó debajo de la gruesa manta. Nos quedamos mirando a la pared de vidrio y nos abrazamos mientras la luz del día desaparecía y la oscuridad consumía el horizonte. Pronto, un millón de estrellas aparecieron en lo alto del cielo despejado, y sentí a Estoico dejar besos sobre mi cuello.

Mientras estaba envuelta en sus cálidos brazos, no pude evitar pensar.

«¿Con quién estaba casada?».

Este gigante gentil romántico y amoroso no se parecía en nada al Estoico enojado con el que recordaba haber crecido.

«¿Por qué diablos nunca me di cuenta?».

TREINTA Y CUATRO

EMMERSON

Emmerson 18 años
Estoico 24 años

Me desperté en los cálidos brazos de Estoico. Era temprano y todavía dormía. Estábamos completamente desnudos y me encantaba cómo se sentía su piel sobre la mía. Una de sus largas piernas estaba entre las mías, mi cabeza estaba en uno de sus brazos y su otro brazo estaba envuelto con fuerza alrededor de mi cintura, como cuando era pequeña. Me encantó. Realmente me encantó. Siempre me gustó. La pared de vidrio dejaba que la luz del sol de la mañana llenara la habitación, y era simplemente perfecto. Estoico había construido una casa con la que solo podría haber soñado. Era surrealista.

Me quedé allí, con una sonrisa en mi rostro, mirando la figura dormida del hombre que me había amado más que a cualquier otra cosa en toda su vida. El padre de mi hijo.

El brazo de Estoico se movió y gruñó. Levanté la cabeza para mirarlo. Él estaba soñando. Se retorció de nuevo, y de repente, su cuerpo saltó y gritó:

—¡Nooo! —Rápidamente se sentó y sostuvo su cabeza. Respiraba con dificultad, tenía la vista perdida. Tuvo una pesadilla. Una mala.

—¿Estoico? —Me senté y le toqué el codo, pero Estoico retrocedió.

«¿Qué carajos?».

Finalmente despierto, sus ojos se posaron en mí y todo su comportamiento cambió.

–Emmerson –dijo en voz baja, y su expresión se suavizó. Me atrajo hacia él y me abrazó con fuerza. Besó mi frente, mis mejillas y luego mis labios.

–Buenos días –dijo. Como si nada hubiera pasado.

–¿Qué era...?

–Nada. Siento haberte despertado. Quédate en la cama, te preparé el desayuno. –Se puso de pie y salió de la habitación. Me quedé mirando su ancha espalda y su firme trasero mientras caminaba.

Maldita sea, estaba tan bueno. Mmm, ¡yo quería de eso!

Tiré las sábanas a un lado, me levanté rápido, salté con mi trasero desnudo, y caminé hacia la cocina. Lo encontré alcanzando los cuencos de los gabinetes superiores cuando sus ojos se fijaron en mi figura. Me quedé allí, presionando mis piernas juntas, haciendo una deslizar hacia arriba y hacia abajo por mi suave piel. Con mi mano giré uno de mis rizos y mis dientes mordieron mi labio inferior.

Estoico levantó una ceja, los ojos mirando hacia arriba y hacia abajo de mi cuerpo. El cuenco que acababa de agarrar estaba a punto de caerse de sus manos. Él sabía lo que quería.

Caminé sensualmente hacia él, moviendo mis caderas y pasando un dedo por mi pecho. Estoico estaba congelado en su lugar con la boca abierta. Mi cuerpo podía detener su mundo y eso me encantaba. Miré mi juguete de carne favorito y sonreí. Ya se estaba poniendo duro.

Cuando me acerqué a él, dejó el cuenco sobre la encimera y se inclinó. Me dio un beso suave en los labios y me miró a los ojos. Dejé que mis manos tocaran su fuerte figura. Las deslicé hasta su pecho. Mientras lo miraba a los ojos, lo atraje hacia mí y besé su mandíbula barbuda, luego su cuello, luego sus pectorales y luego un pezón. Seguí bajando sin romper el contacto visual, y sus ojos se abrieron grande.

Mis manos ya estaban más allá de su cintura, y mis besos ya estaban recorriendo sus abdominales. Estoico parecía nervioso. Me arrodillé, sostuve su dura polla con mi mano y la jalé hacia mí. Mi mano se movió hacia arriba y hacia abajo sobre él, y le di una lamida desde la base hasta la hendidura de su cabeza.

Estoico jadeó. No esperaba eso. Era la primera vez que usaba mi boca para complacerlo. Era hora de que le devolviera el favor.

Tiré de su prepucio hacia atrás y chupé la cabeza dentro de mi boca. Le di una succión descuidada y mojada, cerré mis labios sobre él y lamí las sensibles crestas de su polla con la punta de mi lengua. El cuerpo de Estoico se puso rígido.

Si había aprendido algo sobre Estoico, era que se excitaba demasiado rápido y eyaculaba prematuramente. Pero la segunda y tercera corridas eran las divertidas.

Lo puse de nuevo en mi boca y lo chupé.

–¡Aah! –gimió, y su mano sostuvo mi cabeza. Moví la cabeza de arriba a abajo, chupándolo más fuerte. Usé mis manos para masturbar el resto de su polla. Solo había puesto unos 7 u 8 centímetros de su larga salchicha en mi boca, pero quería meterme más de él. Lo chupé, empapando su eje con mi saliva.

Su respiración se aceleró y le temblaron las piernas. Recogió todo mi cabello en una mano y lo retuvo, para poder ver mi rostro mientras lo complacía. Mantuve contacto visual con él y presioné más su punta en la parte posterior de mi garganta, pero me atraganté. Se puso rígido una vez más. Seguí haciéndolo, una y otra vez, haciéndole soltar un gruñido bajo.

Dejé que mi mandíbula se relajara y lo presioné contra mí hasta que su hongo se deslizó más allá de mi úvula y luego más adentro.

–¡Mierda, Emmerson! –Su mano agarró mis rizos con más fuerza, y bombée más su polla en mi boca antes de sacarla, jadeando por aire. Lo chupé de nuevo, más fuerte, y lo acaricié con mis manos. Su polla tembló en mi boca. Estaba cerca.

–¡Emmy! –Relajé mi mandíbula de nuevo y me tragué toda su dura polla. Mis labios estaban presionados contra su base, y los ojos de Estoico volvieron a ponerse en blanco. Sus caderas se movieron y lo mamé con fuerza.

–¡Aahhh! –Estaba a punto de estallar.

Estoico mantuvo mi cabeza quieta con ambas manos y me folló la garganta rápidamente. Su polla se deslizó dentro y fuera de mi garganta.

–Me estoy viniendo, muñeca. ¡Me estoy viniendo! ¡Ahh! ¡Ahh! ¡Ahh!

Su polla palpitaba con fuerza dentro de mí, y su espeso semen corrió por mi garganta. Estoico sacó su dura polla y tomé el aliento que necesitaba desesperadamente. Tragué todo el semen espeso de Estoico. Me lamí los labios e hice contacto visual con los fuegos azules de Estoico.

Con un movimiento rápido, Estoico me levantó, me puso sobre el mostrador de la isla y me abrió las piernas.

–No tienes idea de lo que me estás haciendo, Emmerson –dijo mientras miraba mi coño mojado y negaba con la cabeza. Su boca se cerró sobre mi clítoris y lo chupó con fuerza. Me abrió para él y lamió mi coño como un hombre desesperado. Se apretó con fuerza contra mí y sacudió la cabeza haciendo que su lengua se moviera más rápido sobre mi sensible perla.

Estoico se puso de pie, frotó mi perla una vez más con su pulgar y me dio una palmada en el coño.

–¡Ah! –Mi cuerpo saltó, me empujó hacia abajo con una mano y agarró su dura polla enojada con la otra.

–Dime cuánto lo quieres. –Sus ojos se oscurecieron.

–¡Joder, lo necesito! ¡Dámelo! –Sonaba desesperada.

–¡Tan jodidamente cachonda! –golpeó mi coño con su polla pesada y me frotó con el pulgar de nuevo–. Tan jodidamente mojada. Ruégame, cariño .

¡Yo lo quería! Joder, lo quería y él estaba jugando conmigo.

«¡Vete a la mierda, Estoico!».

No ibas a ganar esta batalla. Sabía exactamente lo que él quería.

Gilipollas.

Lo miré a los ojos, me mordí el labio y usé dos dedos para abrir los labios de mi vagina para él.

–¡Préñame, papi! –dije con mi voz más zorra.

Dí en el clavo. Estoico parecía poseído. El Dokken se había levantado. Le tomó un segundo para reaccionar y otro para metérmela fuerte.

«¡Santo cielo! ¡Sí!».

Estoico soltó el martillo neumático y me folló sin sentido. Inmediatamente mis ojos se volvieron hacia atrás y me mojé como si alguien hubiera abierto una manguera. Ni siquiera dos minutos después de las embestidas, y yo me estaba deshaciendo.

–Llámame papi –exigió, deslizando un dedo dentro de mi boca para que lo chupara.

Mis dedos de los pies se curvaron, mi espalda se arqueó y estaba allí.

–¡Ah, joder! ¡Me estoy corriendo, papi! –Me folló más fuerte y más profundo. Mis piernas empezaron a temblar.

–¡Aah! ¡Aah! ¡Aah! ¡Aah! –Luces brillantes. Vi las jodidas puertas del Valhalla abrirse para mí.

«¡Joder, sí!».

Estoico gimió y gruñó con fuerza cuando me corrí sobre su carne dura, pero no se detuvo. Era un hombre con una misión. Si tan sólo supiera que su misión se había cumplido hace mucho tiempo atrás. Dejaría que se divirtiera y que trabajara más duro para dejarme embarazada. Simplemente disfrutaría el viaje. Dejé escapar un pequeño chillido y una risa, y él frunció el ceño, completamente desorientado.

Estoico daba embestidas con abandono, y yo estaba gimiendo increíblemente fuerte, él también. Me alegré de que no hubiera nadie viviendo cerca de nosotros, o hubiera sido muy vergonzoso.

Estoico se retiró, me hizo levantarme, me dio la vuelta y me inclinó.

–Abre esas piernas. –Me dio una palmada en la parte interna de los muslos e hice lo que me dijo. Me golpeó el culo con fuerza y deslizó su espada de carne hasta el fondo, golpeando mi cuello uterino.

–¡Ah, joder! –gemimos al mismo tiempo. Se sintió tan bien.

Estoico puso algo de peso en mis caderas con sus dos manos colosales y me metió la polla como un pistón. Echó la cabeza hacia atrás y gimió:

–¡Joder! ¡Toma esa polla, zorra! Sé que te encanta mi leche entre tus piernas. –Me dio una dura nalgada. Mis ojos se agrandaron.

«¡Mierda! ¡Joder, sí, Estoico! Háblame sucio».

–¡Ahh! ¡Ahh! ¡Ahh! ¡Dame más fuerte! –grité. Estoico deslizó una mano alrededor de mi garganta y me montó como una bestia salvaje. Nuestros cuerpos se golpeaban el uno contra el otro, el sudor comenzaba a formarse por todo su cuerpo. Ya casi estaba allí.

–¡Joder, sí, Emmy! ¡Joder, Emmy! ¡Me voy a correr! ¡Aah!

–¡Sí! ¡Préñame, Estoico! ¡Préñame, hijo de puta! –Eso lo tiró por el risco. Yo era una malvada. Sus embestidas se volvieron súper irregulares y gimió. Todo su cuerpo se convulsionó y sus piernas perdieron toda su fuerza.

–¡Mierda! –dijo, sin aliento, y se agarró con fuerza a la encimera, tratando de no caerse. Verlo correrse así de duro y el violento latido de su polla en lo más profundo de mí desencadenó mi orgasmo, y me corrí con él. Las paredes de mi coño latían rápidamente a su alrededor, haciéndolo gemir más, ordeñando toda su semilla.

Me apretó contra él, nos bajó al suelo y nos acostó en el suelo de la cocina, sin querer sacar la polla pero sin tener la fuerza para permanecer de pie.

–Maldito infierno, Emmerson. ¡Me vas a matar!

Nos reímos como niños tontos en el suelo durante mucho tiempo, todavía conectados. Debió haber querido realmente dejarme embarazada. ¡Estoico era tan chistoso, como un niño!

Después de un rato, nos duchamos juntos, desayunamos y nos sentamos en el diván. Estaba lloviendo. El día era fresco, la brisa era húmeda y el olor a lluvia llenaba todo el lugar. Podíamos escuchar el sonido de las gotas de lluvia cayendo. Incluso cuando estaba lloviendo, este lugar era hermoso. Estoico tomó la taza de leche tibia casi vacía que había preparado de mis manos y la puso sobre la mesa. Se sentó a mi lado y me dio una dulce sonrisa.

Mi mente viajó de regreso a esta mañana y su extraño comportamiento.

«¿Qué fue eso?».

–¿Estoico? –Mi voz era suave.

–¿Mmm?

–¿De qué se trataba tu pesadilla? –Descansé mi cabeza en su hombro mientras entrelazaba nuestras manos.

Estoico respiró hondo.

–No fue una pesadilla. Fue algo mucho... peor.

–¿Qué era? –Estaba preocupada.

–No quiero hablar de ello. –Sacudió la cabeza y apartó la mirada de mí. Sus ojos estaban perdidos y vacíos. Retrocedí un poco más en el diván, lo tomé del brazo y lo atraje hacia mí. Apoyé su cabeza en mi regazo y pasé mis dedos por su cabello.

–Estoico, si vamos a pasar el resto de nuestras vidas juntos, debes aprender a comunicarte conmigo. Tienes que confiar en mí. Necesito saber qué está pasando para poder ayudarte. No quiero ser una inútil y... –me interrumpió.

–No eres una inútil. Ya me has ayudado. Me ayudas todos los días, cada minuto, cada segundo que paso respirando. Eres todo a lo que me aferro.

«¿De qué estaba hablando?».

–No entiendo. –Realmente no lo hacía. Me sentí perdida. Era como si hubiera una gran cantidad de información que me faltaba. Otra cosa que todos sabían, pero nadie me había dicho. Hizo una pausa por un largo rato.

–Te mentí.

«¿Él mintió? ¿Cuándo? ¿Por qué?».

–¿Acerca de? –Fruncí el ceño y dejé de cepillarle el pelo con las manos. Estaba asustada. Será mejor que no diga que tenía otra mujer o un hijo o algo así.

–No estaba en la valla protegiéndola. Estaba mucho más lejos de ella.

«¿Qué? ¿Estaba hablando del norte?».

–Mucho más allá de las líneas enemigas, en el corazón de la batalla, la puta línea del frente.

«¿Qué?».

Sentí mi rostro caer. ¿Estoico estuvo en una batalla? ¿Pasó años en batalla? Mi corazón se detuvo. Yo estaba en shock. No pude hablar.

–No estábamos sosteniendo la frontera. Estábamos en servicio activo, llevándoles la lucha a ellos, trabajando para eliminar la amenaza. Día tras día, justo en la línea de fuego. –Mi mano fue a mi pecho. y mis ojos se volvieron borrosos.

–Sabía...–hizo una pausa y luego continuó–. Cuando te dejé aquí, supe que tal vez no volvería. Entonces, me aferré a ti cada segundo posible. Podrías haber pensado que era un maldito cretino. –Dejó escapar una risa sin humor.

–Pensé que estabas triste porque tenías que alejarte de nosotros y nos extrañarías. Yo nunca... Nunca... –Luché por juntar las palabras.

–Eso también.– Silencio.

–Emmerson... –Su pecho se movió hacia arriba y luego hacia abajo con fuerza. Me di cuenta de que le resultaba difícil decir estas cosas, pero lo estaba intentando.

–Lo vi, Emmerson. Vi la destrucción con mis propios ojos. Vi sufrimiento y vi lo que la codicia puede hacer a los menos afortunados. –Mi mano cayó a mi costado.

«¿Por qué? ¿Por qué tenía que ir allí? ¿Quién le hizo hacer esto?».

–Aún puedo verlos, cuando cierro los ojos puedo verlos. Cientos de rostros sin vida, todos los niños muertos. Todavía puedo escuchar las explosiones, el sonido metálico de los disparos. Una y otra vez. Todavía puedo sentir el retroceso de cada disparo que tomé.

Estaba traumatizado. Mi Estoico estaba traumatizado.

«¿Cómo podía seguir tan tranquilo? ¿Cómo estaba hablando de todo esto con tanta calma?».

Sentí que me salían lágrimas de los ojos y se me oprimió el pecho. Pasó por mucho dolor. Me dolía el corazón por él.

«¿Por qué a él? ¿Por qué no a algún otro?».

Todavía no me había mirado a la cara, así que no sabía lo afectada que estaba.

–Mentí porque quería que vivieras una vida feliz, Emmy. Esa es la razón por la que fui allí en primer lugar, para que pudieras estar libre y correr por el bosque sin una maldita preocupación. Entonces estarías a salvo. Para que nunca tuvieras que ver o pasar por algo así. Para mantener todo eso lejos de ti, cariño. Destruirlo con mis propias manos y estrangularlo antes de que creciera y te pusiera en peligro. –Estoico siguió mirando a lo lejos.

–Si yo peleando allá es lo que se necesita para mantenerte a salvo aquí, lo haría cien veces más. Pero fue difícil, fue muy... difícil.

«¿Lo hizo por mí? ¿Pensó que tenía que hacer eso por mí? ¿Cómo diablos se le ocurrió esa idea tan jodida?».

Si hubiera sabido, nunca lo habría dejado ir. Nunca lo hubiera dejado sufrir así. Lo habría atrapado en mis brazos cortos y me habría aferrado a él, lo habría abrazado con fuerza y nunca habría dejado que se alejara de mi lado.

¿Erik e Ida lo sabían? ¡Por supuesto que lo sabían! Todos lo sabían, y no lo detuvieron. ¡Kenzo! Kenzo estaba con él. ¿Kenzo también pasó por eso?

—¿Kenzo? —Apenas podía hablar, pero entendió lo que quería decir.

—Sí. —Eso es todo lo que dijo.

Sentí la tristeza rodeándome como una gruesa manta oscura. Las lágrimas que caían por mis mejillas formaron largas hileras de tristeza interminable. La pesadez de mi ignorancia cayó sobre mí como una gran piedra. El peso de la vida feliz que viví sin reconocer el alto precio que Estoico estaba pagando por ella.

—¿Quieres saber cómo me has ayudado? —Me miró, secó mis lágrimas con el pulgar y acarició mi cabello.

—Cada vez que sentía que la oscuridad me consumía, pensaba en ti, y como un faro de luz, tus ojos me alejaban de mis demonios. Tú y solo tú me mantienes a flote.

«Joder, no me lo merecía».

Estoico seguía acariciando mi cabello.

—Eres mi gravedad, Emmerson. Sin siquiera darte cuenta, me atraes hacia ti con una fuerza que yo no tendría la voluntad de luchar en contra, incluso si quisiera.

«Joder, no me merecía esto. Había sido una mocosa con él toda mi vida. Una niña estúpida y desorientada».

—Fuiste y eres mi todo. Eres mi todo, cariño. Sin ti, estoy perdido.

Empecé a llorar fuerte. No pude evitarlo. Estoico se sentó, me puso en su regazo y me abrazó con fuerza.

Lloré mucho, durante mucho tiempo. No fue el tipo de llanto silencioso. Lloré en voz alta, sollocé continuamente. Fue el tipo de llanto más feo que puedas imaginar. Mocos corriendo por mi nariz, hipo, náuseas, toda mi cara roja, mis ojos hinchados, hiperventilando, mi cuerpo temblando y balbuceando tonterías ininteligibles. Estoico simplemente se sentó allí y me abrazó, diciéndome que todo estaría bien.

«¿Qué había hecho para merecerlo?».

TREINTA Y CINCO

ESTOICO

Estoico 24 años
Emmerson 18 años

El día que finalmente le conté a Emmerson sobre mi trastorno de estrés postraumático, ella lloró durante horas. Eso fue hace unos cuatro días.

Sabía que a ella no le iba a gustar, pero no sabía que la destrozaría. Ni siquiera entré en detalles, nunca lo haré. Lamenté habérselo dicho. Estaba tan afectada que incluso hiperventilaba. Para cuando se calmó, sus ojos estaban tan rojos e hinchados que pensé que no podía ver, así que la cargué y me la llevé adentro. Nos olvidamos del almuerzo. La acosté a mi lado para una larga siesta después de eso. Después de que se durmió, me levanté y le preparé arroz y chile para la cena. Antes de que terminara de cocinar, Emmy se despertó, de alguna manera luciendo peor que cuando se fue a dormir.

Me reí internamente de su estado, pero la verdad es que me alegré. Significaba que ella me amaba. Sin embargo, nunca lo había dicho en voz alta. No tenía porqué hacerlo. Lo supe, después de ese día, lo supe.

–Vuelve a la cama, cariño. La cena aún no está lista.

Caminó hacia mí y me abrazó por detrás.

–Me siento tan mal, Estoico. No debería haber sido una mocosa contigo todos estos años. –Yo estaba sonriendo.

–Te amo tal como eres, Emmy, la pequeña malcriada parte de ti incluida.

Nunca cambies.

Lloró un poco más y trató de convencerme de que hiciera terapia como yo la convencí a ella, pero me negué. Prometí que si alguna vez se salía de control, aunque fuera un poco, lo haría.

Ese día nos duchamos juntos. Le peiné el cabello desordenado y la puse a dormir después de leer un libro de mitología nórdica. Era como si el tiempo hubiera pasado al revés, y tenía a Emmerson la niña de vuelta en mis brazos. Me encantó.

Emmerson era todo un personaje. Ahora que pasaba todo mi tiempo con ella, me di cuenta de lo traviesa que podía ser. Era malcriada pero de una manera linda. Estaba súper segura de sí misma y llena de autoestima. Estaba feliz de no haberle arruinado eso con el fiasco de nuestra primera vez.

Emmerson tenía opiniones firmes y me di cuenta de que tenía pensamientos profundos sobre la sociedad y los límites entre lo que estaba mal y lo que estaba bien. Me sentó y me sermoneó sobre todas las razones por las que pensaba que la guerra en la que luché estaba mal. Hizo muchos puntos que me hicieron repensar todo lo que había hecho. Dijo que no creía que la violencia fuera la respuesta.

Emmy estaba triste por mí y me dijo que temía que nuestro sistema había tomado mis buenas intenciones y el amor que tenía por ella y me había usado como una herramienta para su beneficio. Señaló el hecho de que nuestros líderes dijeron que el norte quería expandirse hacia el sur, pero, en última instancia, era el sur el que se había expandido hacia el norte. Decían que el norte quería imponernos su forma de vivir, pero fuimos nosotros los que acabamos obligándolos a vivir a nuestra manera. Dijeron que el norte estaba matando de hambre a sus ciudadanos, pero fuimos nosotros los que bloqueamos todo el comercio y los matamos de hambre a ellos.

Era una idealista. Si ella viera lo que yo había visto, entonces no pensaría de la misma manera. Emmy finalmente estuvo de acuerdo en que los norteños estaban equivocados, pero no estuvo de acuerdo en hasta qué punto teníamos derecho a inmiscuirnos en su proceso democrático. Dijo que siempre había dos caras de una moneda. No estuvimos de acuerdo. No quería entrar en detalles, y ella nunca iba a retroceder de su nube utópica, así que lo dejamos ahí.

¡Joder! Si nuestros hijos resultaban ser como ella, estaría en muchos problemas. Al menos no me aburriría. Nunca tendría un minuto de silencio, eso era seguro.

Una de las muchas cosas interesantes que había aprendido sobre Emmerson era que cuando estaba súper cachonda, gemía en portugués. Era estúpidamente sexy y me ponía duro como una piedra, incluso cuando no tenía ni puta idea de lo que estaba diciendo. Rara vez traducía lo que decía. Aunque tenía una idea. Conociendo a mi Emmerson, podría haber estado gritando las peores cosas más sucias que le vendrían a la mente.

A ella le encantaba el sexo. No, era más como si amara mi polla. Estaba obsesionada con ella. A Emmy le gustaba hacer cosas que me pusieran extremadamente cachondo, sabiendo que me correría rápido. Era el juego de "veamos qué tan rápido podía ordeñarme". A ella le encantaba verme correrme. Me miraba la cabeza y me veía eyacular, viendo cómo mi esperma se disparaba a chorros. Eso la excitaba. Me aseguré de que siempre pudiera oírme gemir y de que pudiera ver mi cara cuando estaba a punto de llegar al orgasmo.

¡Emmy me volvía loco! Era tan jodidamente hermosa y sexy. Tuve tanta suerte.

Recuerdo estar preocupado por su orientación sexual cuando era pequeña. Nunca me hubiera imaginado que iba a crecer para ser tan seductora. Me atacaba como una depredadora. Incluso cuando ella gateaba sensualmente hacia mí de rodillas y actuaba sumisa, sabía que estaba a punto de devorarme. Había tratado de ser dominante, pero esa pequeña zorra me dominaba cada maldita vez. Era un juego para ella y nunca perdía. No me importaba una mierda porque lo que mi niña quería, yo se lo daba.

Hablando de querer, no había nada que quisiera más que embarazarla y formar una familia. Me la había follado con fuerza y me había venido profundamente dentro de ella muchas veces, con la esperanza de dejarla embarazada. No podía esperar a verla redonda y hermosa, cargando a mi hijo. No podía esperar a tener una pequeña Emmerson en mis brazos una vez más. Cruzaba los dedos, esperando a que me dijera que no le había llegado la regla.

Cada vez que teníamos sexo, pensaba en dejarla embarazada y ella me dejaba disfrutar de esa fantasía. Emmy me seguía el juego, me pedía que la dejara embarazada, que le diera mi semilla y que pusiera un maldito bebé allí. Eso me hacía correrme tan fuerte que mis piernas me fallaban. Sabía que ella lo encontraba divertido, pero no me importaba porque se sentía jodidamente perfecto. Cuanto más sucia era la conversación, más fuerte me golpeaba el orgasmo. Emmy tenía una boquita bastante sucia, y disfruté llenándola hasta el fondo de su garganta.

El sexo se volvió intenso. Me alegré de haberme guardado para disfrutar de todo esto con ella. Emmy valió la pena la espera.

–¡Estoico! –Cantó mi nombre.

«¿Qué diablos estaba haciendo ahora?».

–Aquí, nena. –Me encontraba lavando los platos. Estaba tan perdidamente enamorado que insistí en hacer las tareas del hogar. No me avergüenza admitirlo.

–¡Tengo algo para tí! –cantó de nuevo. Estaba de pie en la esquina con una sonrisa traviesa, ambas manos detrás de ella, y balanceaba su cuerpo de lado a lado. ¡Qué linda! Sentí una amplia sonrisa en mi rostro.

–¿Qué es?

–Es algo que escondí... en algún lugar... –cantó una vez más. Ella quería jugar. Sabía cómo terminaría esto.

–¿Dónde? –Arqueé una ceja.

–Mmm.... –Se llevó un dedo a los labios, fingió pensar y se mordió el labio. Sí... quería sexo. Lo llamó "El Dokken". Mi padre se avergonzaría de nosotros si supiera para qué usamos su apellido.

–Te diré sí... –No tuvo que terminar eso, dejé caer la esponja y enjuagué el jabón de mis manos.

«Pongámonos a trabajar».

–¡Ven aquí! –Emmerson chilló y saltó a mis brazos. La agarré, ella me rodeó con sus brazos y me besó. Mordisqueó mi labio inferior y deslizó su lengua dentro de mi boca. Probé la dulzura de su beso y ya podía sentir a 'El Dokken' despertar.

–¿Dónde lo quieres, nena? –Dije mientras miraba los colores más hermosos que jamás había visto.

–La cama –dijo y me besó la oreja. La llevé a nuestro dormitorio, abrí la puerta de una patada y la puse en nuestra cama. Me quité la camisa y ella se emocionó, como una niña a punto de desenvolver un juguete nuevo.

–¡Demasiada ropa! ¡Quítatelo todo! –Se rió. Me quité los calcetines y abrí mis jeans.

–¿Qué hay de ti, pequeña? –Llevaba un vestido. Había comenzado a usar vestidos todo el tiempo. Sabía por qué. Me daba acceso fácil. Si quería follar, solo necesitaba levantarle la falda y tomarla.

–No te preocupes por mí, papi. –Lo estaba haciendo. Burlándose de mí. Sabía exactamente cómo presionar mis botones. Mocosa malvada. Me quité los pantalones y luego la ropa interior. Mi polla dura saltó y me dio una palmada en el estómago. Sus ojos se abrieron cuando lo vio y se mordió el labio de nuevo.

–Acuéstate. –Palmeó la cama. No estaba preguntando, yo estaba en problemas. Me arrastré hasta el centro de la cama y me acosté como ella quería.

Emmerson tomó mi polla con su mano suave y muy sensualmente movió su mano hacia arriba y hacia abajo, moviendo mi prepucio hacia atrás. Puso una mano sobre la otra y usó ambas manos para masturbarme. Ni siquiera con las dos manos pudo sostener toda mi polla. Mi gran cabeza de hongo se le escapó de las manos, se la metió en su boca caliente y la chupó.

–Joder, cariño. –Mis manos fueron a su cabeza y ella inmediatamente me detuvo.

–¡No! Sin tocar. Sé un buen chico y déjame sacarte toda tu rica leche –dijo mientras mantenía contacto visual conmigo, y luego su boca volvió a mi polla.

Puse mis manos detrás de mi cabeza y la dejé hacer lo que quisiera. La estaba malcriando. Me chupó un poco más y luego se detuvo. Emmerson se sentó de rodillas y comenzó a subirse la tela suelta de su vestido. Mostrándome lentamente ese delicioso cuerpo suyo.

Una vez que la tela pasó por su cadera, supe lo que estaba haciendo. Tenía puesta la prenda interior más sexy que jamás había visto. Llevaba unas bragas de encaje blanco que se mantenían en lo alto de sus caderas, mostrando esa parte irresistible donde sus caderas y sus piernas se unían y que hacía que sus curvas se vieran jodidamente perfectas cuando se sentaba.

Siguió subiéndose el vestido y sentí que mi polla goteaba líquido preseminal. Joder, era tan hermosa. Todo era de una sola pieza, pero tenía encajes y cintas envueltas alrededor de ella. Podía ver que sus pezones se endurecían, pidiendo atención. Se lo arrancaría, pero sabía cuánto trabajo se necesitaba para coser un atuendo así.

Estaba a punto de mover las manos cuando volvió a detenerme.

–No, no, no, sin tocar, ¿recuerdas? –¡Mierda, caí en su trampa! Era una tortura.

–Sienta ese coño en mi boca. –Quería comérmela.

–No–negó con la cabeza–Esto se trata de ti. Quiero que papi se sienta realmente bien.

«¿Qué diablos estaba haciendo?».

Emmerson agarró mi polla y comenzó a chuparme de nuevo. Lo hizo mojado y sucio, tal como me gustaba. Su saliva corrió por mi eje y empezó a atragantarse con mi polla.

–Aahh, mierda, Emmy. Ve más profundo. –Tan jodidamente rico.

Emmerson retrocedió para respirar y luego volvió a bajar, metiendo toda mi polla en su boca. ¡Esa era mi chica! Sus labios estaban presionados con fuerza contra mi cuerpo y tenía arcadas, pero lo mantuvo allí. Se echó hacia atrás para tomar un respiro y volvió a bajar, moviendo su cabeza sobre mi polla dura.

¡Santo cielo!

—¡Ah! —Si seguía haciendo eso, no iba a durar mucho.

Emmerson me sacó de su boca y bombeó mi eje con sus manos, lamiendo mi pene. Mientras seguía bombeando mi polla, lamió más y más hasta que llegó a mis bolas y las lamió también. Tomó una en su boca y la chupó. Sentí mi polla temblar. Yo la deseaba.

—Emmy... —gemí, y ella entendió. Emmerson se acomodó y se sentó a horcajadas sobre mí. Movió su ropa interior a un lado, tomó mi miembro y lo colocó en su entrada. Emmy deslizó primero mi punta gruesa dentro de ella y después se dejó caer lentamente sobre mí, llenándose al máximo.

Disfruté la forma en que mi polla estiraba sus paredes mojadas.

—¡Ah, joder, Estoico! Tan grande. —Se veía tan sexy. Quería tocar su cuerpo, complacerla y jugar con esos sensibles pezones. Me estaba matando.

Sus tetas se veían perfectas desde aquí. Siempre había querido frotarlas con aceite, deslizar mi polla dura entre ellas, pellizcar sus pezones y luego que me chupara la punta.

Una vez que se acostumbró al tamaño, me dio una sonrisa juguetona. Puso una mano en mi pecho para mantener el equilibrio, soltó su cabello y comenzó a subir y bajar sus caderas sobre mí de manera muy sensual.

—¡Oh! ¡Mmm! —Empecé a gemir. No iba a durar mucho.

Emmerson echó la cabeza hacia atrás y comenzó a rebotar en mi polla, moviéndose cada vez más rápido.

—Aahh, Emm... —Sí, me iba a correr.

—¡Estoico! *Eu sou toda tua* —dijo con la voz más sexy que jamás había escuchado, sus ojos llenos de fuego puestos en los míos.

Mis piernas se abrieron y no pude contenerme de levantar las caderas para encontrarme con ella mientras me golpeaba con fuerza. Joder, quería tocarla.

Sus pechos rebotaban dentro de esa fina tela y podía sentir que mi polla comenzaba a palpitar.

—¡Me estoy corriendo! —dije suavemente. Mis manos agarraron la almohada debajo de mí con fuerza y mi boca colgó abierta. Emmerson de alguna manera rebotó más rápido en mi carne y mis caderas se movieron violentamente. La fuerza de mis golpes hizo que sus tetas rebotaran fuera de su escaso atuendo. Ella gemía en voz alta y le temblaban las piernas.

—¡Oh! ¡Oh! ¡Mmm! ¡Joder, sí! ¡Santo cielo, sí! —Me estaba corriendo. Le di un fuerte empujón y mis manos sostuvieron sus caderas sobre mí. Mi cabeza estaba golpeando su cérvix, y sentí mi polla palpitar con fuerza dentro de ella, mi leche se derramaba por todo su cuello uterino. ¡Sí!

Yo estaba sensible. Emmerson todavía estaba encima de mí con esa mirada en sus ojos y esa maldita sonrisa que yo ya conocía demasiado bien. Antes de que comenzara a rebotar en mi polla de nuevo, la aparté de mí. Me retiré y la besé con fuerza. Solo necesitaba uno o dos minutos para recuperarme.

La besé fuerte y apasionadamente. Pasé mis manos por todo su cuerpo y la besé por todas partes. Cuando estuve listo, le di la vuelta.

–Culo arriba, pequeña. –Lo hizo. Presioné firmemente su pecho contra el colchón y su espalda formó un sexy arco. Su culo estaba en alto, listo para mi polla como yo lo quería.

Apoyé mi peso sobre mi rodilla izquierda, manteniéndola en la cama, y mi otra pierna estaba doblada, mi pie derecho apoyado en el colchón. Mi cabeza esponjosa penetró en su coño empapado y gimió tan pronto como sintió que me deslizaba dentro de ella. Estaba poniendo mi polla en un ángulo delicioso que me ayudó a adentrarme más en ese estrecho y pequeño coño suyo.

Primero comencé a mover sensualmente mis caderas contra ella, acelerando mi paso gradualmente. No mucho después, comencé a golpear con fuerza en su coño mojado, una mano sosteniendo sus caderas y la otra sosteniendo mi gran peso en la cama.

Las piernas sedosas de Emmerson estaban juntas, haciendo que su ya apretado coño estuviera más apretado para mí.

–*Foda me duro* –gimió. No sabía lo que eso significaba, pero la iba a follar más fuerte.

Mi polla se deslizaba fácilmente dentro y fuera de su coño empapado. Mi semen goteaba fuera de ella y corría por sus muslos. Con cada fuerte empuje, más de nuestra humedad combinada salía de ella.

Seguí dándole empujones firmes y comenzó a ponerse muy tensa.

–¡Hazme correrme! –gimió, sin aliento. Con mucho gusto. Aceleré mi paso. ¡Joder, se sentía tan bien!

–*¡Nossa!* –gritó. Incliné su cabeza hacia mí, y vi que sus ojos se pusieron en blanco. ¡Joder, Emmerson! Tan jodidamente sexy. Me iba a hacer venir otra vez.

Se incorporó y apoyó su peso en los brazos. Inclinó la cabeza hacia atrás y su largo cabello rizado le rozó el trasero mientras me miraba a los ojos.

–*Estoico, você vai ser pai. Estou grávida.*

No tenía idea de qué diablos estaba diciendo, pero sonaba súper sexy. La agarré por el cuello y la acerqué más a mí. Besó mis labios suavemente.

–Mmm, cariño, ¡estás tan jodidamente apretada! –Ella estaba cerca. Tan jodidamente cerca. Joder, yo también estaba cerca.

–¡Ahh! ¡Estoico! Yo... Yo estoy... –Ella iba a correrse.

–¿Vas a correrte, pequeña? Yo también. Me estoy corriendo, Emmy. –Mi voz era baja y oscura. Joder, amaba cuando nos corríamos juntos. Se tensó, clavó las uñas en las sábanas y soltó un gran grito ahogado.

–¡Estoy embarazada! ¡Oh, carajo! ¡Oh! ¡Oh! ¡Estoy embarazada! ¡Estoico, estoy embarazada!

Su cuerpo se sacudió violentamente cuando se corrió con fuerza, y disminuí la velocidad, sintiendo sus paredes agarrándome con fuerza. Podía sentir su pulsación fuerte a mi alrededor, y no podía pensar con claridad. Yo también estaba a punto de correrme.

«¿Qué diablos quiso decir con eso? ¿Estaba bromeando?».

–¿Qué? –Eso sonó como un gemido. No dijo nada y respiraba con dificultad, tratando de recuperar el aliento.

«¿Realmente dijo lo que pensé que dijo?».

Apreté sus caderas con más fuerza y fui un poco más rápido para llegar al límite.

–¡Aah! ¡Emmy! –Estaba a unos segundos de venirme.

–¡Estoy embarazada!

Estallé. Chorros de semen caliente se dispararon rápidamente dentro de su coño.

–¡Ahh! ¡Ahh! ¡Ahh! –Le di algunos empujones duros antes de que mi cuerpo exhausto cayera sobre la cama junto a ella.

«¿La escuché correctamente?».

–¿Qué? qué... –No podía hablar. Mi cuerpo estaba temblando.

–Estoy embarazada.

–¿Estás bromeando?

«Estaba bromeando, tenía que estarlo».

–No.

–¿Cómo diablos lo sabes? –No habíamos salido de casa.

–Lo sé desde hace mucho tiempo –dijo con una sonrisa.

«¿Mucho tiempo?».

–¿Qué?

«¿Qué significaba eso?».

Mi respiración seguía entrecortada, al igual que la de ella. Mi corazón latía más rápido. Espera un puto minuto, esto podría ser real.

–Me preñaste en la cascada –dijo, sonriendo de nuevo.

«¡Santo cielo, no!».

Mi rostro cayó y mis ojos se abrieron. Me quedé callado.

De todas las veces que tuve sexo con Emmerson, esa fue la única que había esperado con todo mi corazón que no fuera el momento en que la dejara embarazada. De hecho, me había alegrado al pensar que no había quedado embarazada esa vez. No quería que esa fuera la forma en que creáramos a nuestro primer hijo. Estaba jodidamente avergonzado. No es de extrañar por qué estaba tan alterada. Joder, arruiné esto también.

Me llevé las manos a la cabeza y me tiré del pelo.

–¿Qué? ¿No estás feliz? –Emmerson me miró con ojos preocupados mientras se sentaba.

–No es eso, cariño. Estoy feliz. –Estaba tratando de fingir estar alegre. Sabía que estaba fallando.

–¿Es porque te lo oculté? –Estaba nerviosa, y yo no quería arruinarlo aún más.

–No, pequeña. No, estoy feliz, de verdad. –La atraje hacia mí y la besé. La acosté de nuevo y la abracé contra mi cuerpo. Mis manos fueron a su vientre y la acaricié. Me dolía el pecho, mi bebé estaba creciendo justo debajo de mis manos.

–Estoy de casi tres meses –dijo en voz baja.

Me quedé callado. Fue agridulce. Tener a mi familia en mis brazos fue más hermoso de lo que podría haber imaginado. Saber que hice esto a partir de mi mayor jodido arrepentimiento, dolía.

–Yo te perdoné. Sé que estás arrepentido. Te perdoné hace mucho tiempo. Deberías perdonarte a ti mismo también. –Ella supo cómo me sentía sin yo decirle.

La abracé más fuerte. Enterré mi cara en su cabello y traté con todas mis fuerzas de no llorar.

–Te amo, Estoico. Es un honor para mí ser la madre de tus hijos. Soy la chica más afortunada de este mundo. –Su pulgar rozó la mano que tenía sobre su vientre y asentí con la cabeza. Sentí que si intentaba hablar, lloraría, así que no lo hice.

Nos quedamos allí, abrazándonos el uno al otro. Esa linda niña me iba a dar el mejor regalo que alguien podría pedir.

«¡Iba a ser padre!».

TREINTA Y SEIS

ESTOICO

Estoico 24 años
Emmerson 19 años

¡Era una malvada! Ahora sabía por qué me llamaba tanto "papi". No es de extrañar por qué se reía tanto.

Pasé mis días viendo a Emmerson bailar y cantar en la casa con su panza. Se veía tan hermosa. Bailaba mientras cocinaba, bailaba mientras se duchaba y bailaba mientras limpiaba el polvo; siempre bailaba o cantaba. Me encantaba. Significaba que estaba feliz. Mi pequeña estaba feliz conmigo y ella estaba feliz en esta casa que había construido solo para ella. Estaba feliz con nuestro hijo creciendo dentro de ella. No hacía nada más que mirarla todo el día con una suave sonrisa en mi rostro como un idiota. No me arrepiento de nada. No me arrepiento de ningún camino que tomé, no me importaba lo que dijeran, valió la pena. Ella valió la pena.

En nuestro tiempo libre, Emmerson y yo nos tomábamos de la mano e íbamos a dar largos paseos por el bosque todos los días. Ella hablaba sin parar durante todo el camino. Siempre escuché en silencio todo lo que tenía que decir. Después de terminar con nuestras horas de cultivo cada semana, por lo general íbamos caminando hasta el río y nadábamos juntos. Si se ponía cachonda, la llevaba a la cueva detrás de la cascada y le hacía el amor.

Empecé a practicar tiro con arco con el arco que Emmerson me había dado.

Se sentaba en el porche comiendo sandías y riendo mientras me veía fallar todos los objetivos. Quería decirle que parecía una sandía, pero tenía miedo de que se quitara el zapato y me lo arrojara. La vida era divertida y sencilla, y estaba realmente feliz con ella.

Todavía me despertaba gritando la mayoría de las mañanas, pero Emmerson siempre me abrazaba, ponía mi cabeza en su pecho y me daba palmadas hasta que me calmaba. Poco a poco, fue mejorando con el tiempo.

Nuestra familia estaba bien. En el momento en que les conté a todos sobre el bebé, me di cuenta de que mi mamá lo supo todo el tiempo, Imany y Amelia también lo sabían. Kenzo, Andreas, Papá y Ethan estaban muy contentos con la noticia. Papá lloró por la emoción de convertirse en abuelo por primera vez.

Kenzo tuvo la "gran" idea de invitarnos a tomar cervezas para celebrar, y todos nos emborrachamos. Papá, Andreas, Ethan, Kenzo y yo terminamos arrastrándonos como animales, riéndonos y hablando tonterías por las calles de regreso a casa. A Imany y a mamá no les pareció nada gracioso. Nos dieron un sermón por eso.

Emmy estaba en la casa de su familia esperándome. Cuando me vio completamente borracho con la cara roja y arrastrando las palabras, se rió como una loca. Dormimos allí esa noche en la antigua habitación de Emmerson. De ninguna manera iba a arriesgar a mi bebé y a Emmy conduciendo en ese estado. Cuando sus padres se fueron a dormir, Emmy chupó mi polla borracha hasta dejarla seca. ¡Eso fue increíble! Esperaba que Andreas ya se hubiera quedado inconsciente porque yo gemí como una puta, y Emmerson no se molestó en callarme la boca. Imany debe habernos escuchado con seguridad. ¡Ah, qué vergüenza!

Al menos Ethan ya no vivía en su casa. Se había mudado con Amelia. Se casaron poco después de eso. Emmerson hizo todo lo que pudo para ayudarlos a tener una hermosa boda. Ella puso mucha más energía en su boda que en la nuestra. Siempre quiso a Amelia como a una hermana, y ahora lo eran de verdad. Ethan comenzó sus estudios y Amelia decidió seguir una carrera como bióloga, por lo que terminaron mudándose a un pueblo diferente. Emmerson los extrañaba mucho.

El hijo de Kenzo, Ian, estaba creciendo muy rápido. Emmy se ocupaba de Ian en casa a veces. Ella tenía talento para cuidar de los niños. Kenzo y Ava estuvieron intermitentes en su relación hasta que se estabilizó. Después de todas sus inseguridades. Kenzo terminó decidiendo conseguir un hogar para Ava y su hijo, y se quedó con ellos. Al principio, dijo que quería estar cerca de ellos y que se veía a sí mismo como un compañero de habitación allí, pero todos sabíamos que había mucho más de lo que estaba dispuesto a dejar salir. Le dije que sus muebles saldrían por mi cuenta y comencé a trabajar en las piezas de inmediato. Dejó de joder con las chicas. Estaba demasiado ocupado como para hacerlo. Comenzó a trabajar con papá y Andreas como herrero. Kenzo se haría cargo del negocio después de que papá y el tío se jubilaran. También querían que estuviera allí con Kenzo, pero preferí trabajar con madera desde casa, donde podría ver a Emmerson todo el tiempo.

Instalé una puerta de vidrio para garaje en mi taller que mantenía abierta cuando el clima era agradable y eso me daba una vista perfecta de la casa, especialmente el espacio de trabajo de la media habitación de Emmerson que también tenía una pared de vidrio. Cada vez que podía, la miraba. La vi coser sus mochilas durante horas. A veces se paraba, se estiraba con su gran barriga y luego continuaba trabajando mientras estaba de pie. Si la veía bostezar varias veces, dejaba de trabajar y me inventaba alguna excusa tonta para hacer que tomáramos un descanso, como pedir un bocadillo o quejarme de un dolor de espalda imaginario, para que me diera un pequeño masaje en la cama. Una vez que la sacaba de su lugar de trabajo, la abrazaba con fuerza y no la dejaba ir.

Emmy sabía que siempre la estaba mirando. A veces fingía no darse cuenta de mí y sensualmente se quitaba la ropa para "cambiarse", se subía la falda y me mostraba más de sus piernas, o se inclinaba sensualmente mostrándome su delicioso culo redondo. Me excitaba rápido. Corría de regreso a la casa con una erección dura rebotando en mis pantalones sueltos y la follaba, dándole un orgasmo intenso antes de volver al trabajo con una sonrisa de pendejo en mi rostro.

Por la noche, Emmerson y yo nos sentábamos en nuestro diván en el porche, y veíamos el cielo oscurecerse lentamente y a las estrellas aparecer. Le frotaba la barriga y le cantaba canciones a nuestro bebé, amando la forma en que se movía dentro de ella. Acaricié y toqué su vientre tanto y tan a menudo como pude.

Estaba nervioso y muy cauteloso con su embarazo, así que cuando su barriga se hizo más grande, insistí en hacer toda la limpieza y cocinar. Cualquier cosa para cuidar de ella. Arreglé la habitación y los muebles de nuestro bebé mucho antes de su nacimiento. También puse la pequeña mecedora que le hice a Emmerson cuando era pequeña en la habitación. Esperaba que a nuestro bebé le gustara tanto como le gustó a Emmy. No podía esperar para tener a nuestro bebé en mis brazos.

Lo mejor de su embarazo fue que Emmerson siempre estaba cachonda. Cuando estábamos solos en casa, ella siempre usaba un vestido sin nada debajo.

Todavía recordaba la pelea que tuvimos por los vestidos cuando éramos pequeños. Siempre negaba con la cabeza ante ese pensamiento.

Follábamos dos o tres veces al día. Sabía que este era el período de la luna de miel, pero algo me dijo que Emmerson siempre tendría un gran apetito por el sexo. Esperaba poder seguirle el ritmo.

Recientemente recibí una carta de los oficiales del gobierno. Me ofrecieron un puesto de defensa con un rango superior en el ejército, pero lo rechacé. Escondí la carta de Emmerson y la quemé cuando ella no estaba mirando. Las medallas que recibí habían quedado atrás y olvidadas en algún lugar de la casa de mis padres. Estaba feliz viviendo esta vida simple junto a Emmy, y no iba a cambiar eso por nada en este mundo. Nunca le conté a Emmerson sobre las cosas que había hecho, por lo que algunos me consideraban un héroe. Nunca quise que me vieran como tal.

En la primavera, una semana antes del cumpleaños de Emmerson, en un día tranquilo lleno de flores, nació nuestro bebé. Dio a luz en casa y mi mamá la ayudó durante todo el proceso. Mi corazón se rompió queriendo ser yo, el que tuviese que pasar por ese dolor y no ella.

Tomé su mano y la besé mientras ella gritaba de dolor. Mantuve la calma por fuera, pero por dentro estaba aterrorizado. Todo lo que quería era que Emmy y el bebé estuvieran sanos. Mi mamá me aseguró que estaba bien, pero con cada fuerte contracción, sentía que mi corazón se detenía y el aire se volvía más difícil de respirar.

Emmerson tuvo a nuestro bebé en la bañera. Mamá dijo que era mejor para ambos que el bebé naciera en el agua. Cuando llegó el momento, sostuve ambas manos de Emmerson detrás de ella y besé su cuello y mejillas repetidamente. Emmerson fue tan valiente y yo estaba tan orgulloso de ella. Dio un último empujón fuerte y salió nuestro bebé. Mamá examinó al bebé, asegurándose de que estuviera bien y que respirara bien antes de ponerlo sobre el pecho de Emmerson.

Era un niño. Tuve un hijo. Secretamente esperaba una niña que se pareciera a Emmerson, pero amaría a este niño con todas mis fuerzas. Mamá me pasó las tijeras y corté el cordón.

Inclinándome sobre la bañera, acaricié suavemente la cabeza de mi hijo. Sentí una presión en el pecho. Su sedoso cabello era rojo como el mío y rizado como el de Emmerson, y su piel bronceada era suave y aún estaba sucia por el parto. Sus ojos azules apenas se abrieron. Emmerson lo miró y soltó una risa ahogada que sonó como un grito. Tal vez encontró divertida la expresión seria de nuestro bebé. Se parecía más a mí.

–Bienvenido a este mundo, Owen –dijo mientras lo besaba.

Emmy estaba exhausta, pero no podía dejar de sonreír. Colocó a Owen sobre su pecho y él comenzó a succionar de inmediato. Mi mente estaba pensando seriamente en la gran responsabilidad que tenía ahora, en cómo haría cualquier cosa para mantenerlos a salvo, pero por dentro estaba extremadamente feliz. El tipo de felicidad que te aterroriza, sabiendo lo precioso que era todo esto y sabiendo lo fácil que podría ser perderlo todo en cualquier momento. Emmerson tomó mi mano y sonrió mientras me miraba a los ojos.

–Estamos bien. Estaremos bien. Él está sano y saludable –dijo, sabiendo de alguna manera exactamente a dónde me estaban llevando mis pensamientos. No sabía cómo lo supo. Asentí y besé su frente.

Me quedé allí mirándola alimentar a nuestro hijo por un tiempo mientras mi mente ya estaba pensando en todas las cosas que quería hacer por él, con él. Mamá tomó a Owen y lo secó con un paño, lo envolvió bien con una manta y me lo dio.

Parecía tan pequeño en mis manos grandes, tan frágil. Mis ojos lo estudiaron y supe en mi corazón que ya lo amaba.

Ya era padre.

EPÍLOGO

LOS DOKKENS

Estoico 88 años
Emmerson 83 años

Vivieron sus vidas.

El tiempo pasó como una brisa rápida, y en medio de risas, juegos y abrazos, su longevo tiempo comenzó a agotarse.

Fue un día fresco de otoño. Estoico podía ver los muchos colores de los árboles extendiéndose en la distancia. Había visto los mismos árboles cambiar con cada estación, año tras año. Cada temporada fue tan hermosa como la anterior, y cada año estuvo lleno de amor en los brazos de Emmerson.

Sus hijos, Owen, Ezra, Ivy, Eden, Beau, Leon y Kiara, estaban allí ese día. Todos se quedaron a su lado durante horas, riendo y recordando todos sus hermosos recuerdos junto a su padre. Todos se sentaron a su alrededor y él los escuchó hablar, sus ojos se llenaron de luz y felicidad. Muchos de sus diecinueve nietos también estaban allí. Algunos de sus bisnietos se subieron a su cama y besaron sus arrugadas mejillas.

Su familia era grande. Estoico siempre se aseguró de hacer regalos hechos a mano para todos sus hijos y nietos todos los años, y recordó todos sus cumpleaños y días especiales. Al igual que había hecho con Emmerson, les peinó, les contó mitos e historias, los llevó a pescar y los vio convertirse en personas maravillosas. Siempre estuvo ahí para ayudarlos y apoyarlos en todo lo que quisieran y necesitaran. Había construido más cunas para su familia de las que pudo recordar. Trabajó con madera hasta que su cuerpo cansado ya no se lo permitió.

Se había enfermado y respirar se hacía más difícil cada día que pasaba. Nadie tenía la culpa excepto su vejez. Sabía que no pasaría la noche, pero no le importaba. Había disfrutado de una vida hermosa.

Mirando hacia atrás en su vida. Solo tenía un arrepentimiento. La cosa por la que Emmerson lo perdonó, pero que nunca pudo perdonarse a sí mismo. Pasó el resto de su vida recompensando ese error en un millón de formas diferentes, como había prometido.

Durante estos largos años, había visto a muchos de sus seres queridos dejar este mundo. Tanto sus padres como los de Emmerson murieron cuando Emmerson y él tenían sesenta y tantos años. Kenzo había muerto de un ataque cardíaco a los setenta y cinco años y Ava y sus tres hijos y siete nietos le sobrevivieron. Se casó con ella. Ella lo había amado y cuidado desde siempre, y él terminó enamorándose locamente de la chica que le dio todo y no pidió nada a cambio. La mayoría de sus viejos amigos también habían fallecido, y el pueblo que una vez conoció tan bien estaba lleno de caras nuevas.

Ethan se mudó lejos y no regresó, pero le enviaba cartas de vez en cuando. Amelia y él tuvieron dos hijos y cinco nietos.

Estoico se alegró de haber tenido la oportunidad de pasar su tiempo con Emmerson. Cada día que pasaba se ponía más y más hermosa incluso cuando tenía canas y arrugas. Nadie era más hermosa a sus ojos que ella. Estoico solía tomarla de la mano y acompañarla al río todas las semanas. Como en los viejos tiempos, se sentaban en una roca y Emmerson hablaba durante horas. Él siempre la escuchaba.

Emmerson había comenzado a tener problemas para caminar, por lo que necesitaba un bastón para moverse. Mientras Estoico se mantuvo fuerte, la había agarrado del brazo y la había acompañado a donde ella quería ir. Pero ya no más. Emmerson tendría que caminar sola a partir de ahora.

Estaba agradecido por su vida sencilla. Su mente estaba llena de todos los recuerdos felices de su familia, los bailes lentos con Emmerson, todo el tiempo que jugaron bajo la lluvia y todas las veces que nadaron en el río. Atesoraba el recuerdo de cada uno de los nacimientos de sus hijos y también los nacimientos de sus nietos. Recordó todas las cosas que hacían el uno por el otro. Las cosas sencillas como las cenas y los desayunos en la cama o los chistes que le contaba mientras se columpiaban en el diván.

Cuando cayó la noche, Estoico pidió que lo dejaran a solas con su chica. Sus hijos salieron de la habitación, pero algunos se quedaron a pasar la noche, no queriendo dejar a su mamá sola durante este tiempo.

Emmerson entró en la habitación y, con dificultad, caminó hacia su figura que se desvanecía lentamente. Los recuerdos felices de su juventud pasaron por su mente. Desde que eran niños, ella no había hecho nada más que pelear con él hasta que Estoico se convirtió en un hombre, y luego quedó hipnotizada por sus encantos. Recordó la forma en que Estoico sostenía al más pequeño de sus hijos en sus brazos mientras lavaba la ropa y los mayores corrían y jugaban alrededor de ellos en el patio. La forma en que su largo cabello rojo brillaba bajo el sol. La hermosa vida por la que él había trabajado tanto.

Ella se sentó en la cama junto a él, y él se acostó lentamente sobre su regazo. Su cuerpo todavía se sentía pesado como siempre. Su pecho se movía con dificultad y se cansaba más con cada respiración que tomaba. Emmerson acarició con amor su cabello ahora blanco, al igual que el de ella. Sus rizos seguían siendo tan suaves como los recordaba.

Abrazó en sus brazos al que una vez fue un vigoroso hombre fuerte, pero ahora estaba gris y debilitado. Él era el hombre al que había amado toda su vida. El hombre bondadoso, dulce, amoroso pero tranquilo que vivió su vida por ella. El hombre al que aprendió a comprender incluso cuando su rostro no revelaba nada y sus palabras eran escasas. Rápidamente se enteró de que él siempre le había expresado su amor, pero no con palabras. Sus acciones valían un millón de palabras, y pronto se dio cuenta de que él no tenía que hablar para que ella lo supiera. Ella podía verlo en sus ojos. Los mismos ojos en los que se había perdido tantas veces, sabiendo bien que esta podría ser la última vez que los viera.

Estoico nunca decía mucho, pero siempre escuchaba. Incluso en su vejez, todavía podía recordar todas las cosas que ella decía, incluso las menos importantes. Desde sus primeras palabras, él las había guardado en su mente y había atesorado el recuerdo de su voz durante todos estos años como su posesión más valiosa.

Él colocó su mano ahora arrugada sobre su pecho, y ella envolvió la suya alrededor de la de él. Sus ojos se fijaron en los colores más hermosos que jamás había visto, la cosa más preciosa y mágica que jamás había tenido en sus brazos.

Levantó la otra mano y le tocó suavemente la cara. Su niña. Nunca dejó de llamarla así. Intentó sonreír y, cuando sus manos empezaron a caer, le pellizcó el pezón. Ella se rió y le dio una palmada en la mano. Estoico intentó reír, pero empezó a toser.

–Vamos, vamos. Deja de reírte, viejo loco. Ni siquiera puedes respirar –le dijo mientras lo acariciaba con amor. La voz de Emmerson, era su sonido favorito en todo el mundo.

Los años habían llenado de arrugas su rostro que una vez fue fuerte. Emmerson amaba todas y cada una de ellas. Le recordaban todos los años que tuvo la bendición de estar envuelta en sus brazos.

Emmerson sostuvo sus dos manos que descansaban sobre su pecho de nuevo, envueltas en las suyas ya arrugadas. El calor que calentó su vida se desvanecía lentamente.

Estoico intentó decir algo, pero el aire se le quedó atascado en los pulmones una vez más.

–No te preocupes, lo sé. Lo sé –dijo, y él asintió con la cabeza.

Se quedaron así, sintiendo las manos del otro. Emmerson habló sobre la vida que tuvieron juntos, lo agradecida que estaba de tenerlo y todos los hermosos recuerdos que había creado para ella. Siguió hablando con él y cantó canciones en voz baja mientras él partía silenciosamente. Emmerson notó el momento en que su pecho dejó de moverse, pero no dejó de hablar. Sus ojos todavía estaban fijos en ella y ella los miraba de vez en cuando. Todavía podía ver el amor en ellos incluso después de que él se había ido. Sus manos acariciaron su rostro. Siguió hablando toda la noche, no queriendo dejarlo ir, queriendo tenerlo en sus brazos, al menos, unos minutos más.

Él la había tenido en sus brazos el día que ella nació, ella lo había tenido en los suyos el día que él murió.

Sus cenizas fueron esparcidas por el río. Una vez a la semana, Emmy le pedía a uno de sus hijos que la llevara allí. Emmerson se sentaba en una roca y hablaba con él. Hablaba durante horas. Ella sabía que él estaba escuchándola en silencio. Como siempre lo hizo.

El Fin

Reconocimientos

Primero que nada, me gustaría extender mis más sinceras gracias a mi editora, traductora y colaboradora, Caridad Blanco, por haberse ofrecido a ayudarme en este arduo trabajo y por haberme ayudado a hacer de este un libro en el que puedo sentirme orgullosa. Sin su ayuda no creo que hubiera podido publicar esta versión. Mil gracias. Te estaré eternamente agradecida.

Igualmente, me gustaría darle las gracias a la autora y editora Gina Ferré por ofrecer su ayuda con las correcciones de este libro. Muchas gracias.

También, quiero extender mi agradecimiento a la comunidad de lectoras y autoras de habla hispana que creyeron en mí, me apoyaron y promovieron mi trabajo, en especial a la autora L.G.L. por ser la primera en apoyarme y animarme. Es gracias a ellas que mi libro en su versión en español se dio a conocer y muchos tuvieron la oportunidad de leerlo. ¡Gracias!

Además, quiero extender mi gratitud a todas las personas que me apoyaron durante la creación de estos libros, tanto en inglés como en español. La gente que estuvo a mi lado apoyándome desde el comienzo, que creyeron en mí aun cuando no me conocían como autora y mi libro tenía innumerables errores ortográficos. Las hermosas personas con quienes he tenido la dicha de formar una muy linda amistad. Siempre tendrán un lugar especial en mi corazón.

Por último, pero no menos importante, quiero dar las gracias a las personas que me apoyaron en mi cuenta de Ko-fi. Su generosidad me trajo alegría en momentos en los que el cansancio me agobiaba y sus palabras de aliento me ayudaron a continuar hacia delante. ¡Gracias!

Las personas que me apoyaron en Ko-fi:

Lorayna	B_kay	Liudmyla
ToniPluke	Mitz	WendyLandicho
Adeena	Aierodesa	Teaatbeesea
RainbowRenee	Anonymous Ko-fi Supporter	Mel
Eyeronic Editing	El Rivers	Cristina
JIA		Jael Brown

Sobre la Autora

Eliyang es autora de novelas románticas y eróticas para adultos. Los lectores han descrito su trabajo como una montaña rusa de emociones que les hace palpitar los corazones y agarrarse de sus asientos. Sus historias están diseñadas para hacer que los lectores piensen, cuestionen preguntas sobre la vida, morales, y valores, entre muchas otras cosas, al igual de hacerles sentir todas las emociones posibles junto a los personajes de la historia.

Eliyang escribe sus libros en inglés y luego los traduce al español para el disfrute de la comunidad hispanohablante. Su meta es publicar todos sus historias en ambos idiomas. Eliyang nació en la pequeña isla tropical de Puerto Rico, y se graduó con honores de la Universidad de Puerto Rico con un bachillerato/licenciatura en artes visuales. Actualmente, Eliyang vive con su esposo y dos hijos en Pensilvania, EE. UU. Cuando no se encuentra escribiendo o trabajando en sus libros, se le puede encontrar creando arte y jugando con sus hijos.

Pueden comunicarse con Eliyang a través de su página en Facebook, facebook.com/Eliyang1410, su cuenta de Instagram, @eliyang14, o en Twitter, @Eliyang24412128. También puede enviarle un correo electrónico a eliyang.novels@gmail.com y visitar su página web https://linktr.ee/Eliyang para ver todos sus enlaces y mantenerse al tanto de sus nuevos proyectos.